고요한,
소란한

고백

고요한, 소란한 고백

초판1쇄 인쇄 2018년 5월 2일
초판1쇄 발행 2018년 5월 9일

지은이 김영희

펴낸이 박대일
편집 이문영 · 임유리 · 신지연 · 전보라
교정 김필균
마케팅 송재진 · 임유미
디자인 박현주

펴낸곳 파란미디어
출판등록 2004년 9월 14일 제313-2004-00214호

주소 03992 서울시 마포구 동교로23길 14 국제빌딩 6층
전화 02.3141.5589 영업부 070.4616.2012 편집부
팩스 02.3141.5590
전자우편 paranbook@gmail.com
카페 http://cafe.naver.com/paranmedia
페이스북 http://www.facebook.com/paranbook

ISBN 978-89-6371-511-7(03810)

고요한, 소란한 고백

김영희 장편소설

파란

차 례

#

그 남자

'달은 40억 년 전의 시간을 고스란히 품고 있다.'

문득 떠오른 문장을 노트 위에 끄적거리다 펜을 놓쳤다. 몸을 숙여 바닥에 떨어진 펜을 주운 뒤, 나를 힐끔 돌아본 동료를 향해 아무것도 아니라고 손을 내젓고는 자리에서 일어섰다.

"어디 가?"

"잠깐 바람 쐬러 옥상에."

사무실을 나섰다. 여러 날 밤샘 작업을 한 탓에 뒷목이 뻣뻣하고 머리가 묵직했다. 엘리베이터가 지하 2층에서 꼼짝도 하지 않았다. 비상구 문을 열고 느릿느릿 계단을 올라가다 다시 한 번 그 문장이 떠올랐다.

달은 40억 년 전의 시간을 고스란히 품고 있다는.

"아, 그래. 티모시 페리스가 쓴 책이었던 것 같은데."

《우주를 느끼는 시간》이었던가? 책 표지가 유난히 눈에 띄어 기억에 남았다. 편안하게 누워서 밤하늘을 올려다보고 있는 누군가의 실루엣이, 수면 부족 상태에 시달리던 내게는 한없이 부러웠기 때문인지도 모르겠다.

미국에서 뜻이 맞는 몇 명의 동료들과 의기투합하여 사업을 시작했다. 나름 성공적인 결과를 내고, 규모를 확장하기 위해 한국으로 왔다. 귀국한 지 겨우 반년밖에 되지 않아 아직 국내에서는 사업 기반을 확고히 하지 못한 상태였다. 미국에서는 꽤 여러 건의 큰 계약도 따내고 사업 기반을 다졌다고 하지만, 한국에서는 처음부터 다시 시작하는 것이나 다름없었다. 잠잘 시간은 고사하고 밥 먹을 시간조차 없었다.

옥상 문을 열자마자 바람이 불어왔다. 모래 먼지가 바람결에 덩달아 일어난 것인지 순간적으로 눈이 따끔거렸다. 길 건너편에서 건물 외벽 공사를 하고 있는데, 아마도 거기서 날아온 먼지가 아닐까 싶었다.

달에도 이런 먼지가 존재할까?

문득 엉뚱한 궁금증이 들었다. 수면 부족 상태가 이런 부작용도 가지고 오나 보다. 옥상 난간에 팔을 걸치고 몸을 기댔다.

달 표면의 토양은 5천만 년에 고작 1밀리미터 남짓 깎여 나간다고 한다. 5천만 년에 1밀리미터라면 1억 년에는 2밀리미터가 깎여 나갈 것이다. 그러면 40억 년이라고 해 봤자 80밀리미터, 겨우 8센티미터가 침식된다는 의미이다.

"8센티면 이 정도 되나?"

검지와 엄지를 벌려 그 간격을 가늠해 보다가 피식 웃고 말았다. 내가 뭘 하고 있는 건가 싶어서, 한편으로는 '겨우' 8센티미터라고 하기에는 그 깎여 나간 정도가 내 짐작보다 큰 것 같아서.

물도 바람도 공기도 존재하지 않기 때문에 달에서는 침식 작용이 거의 일어나지 않는다는 말이 흡사 거짓처럼 여겨졌다. 나는 다시 한 번 내 검지와 엄지가 만들어 냈던 8센티미터의 간극을 물끄러미 응시했다.

달의 시간은 온전히 멈춰 있었던 게 아니다. 이만큼은 깎여서 우주 저편으로 흘러가 버린 셈이니. 아무도 알지 못했던, 아무도 존재하지 않았던 그사이에도 달은 홀로 아득한 시간을 견디고 있었으리라.

'나는 그게 좋더라.'

앳된 여자아이의 수줍은 목소리가 바람결에 실려 환청처럼 귓가에 맴돌았다.

'수백, 수천 년 전의 별을 우리가 보고 있다는 거. 수백만 년 전의 은하를 보고 있다는 거. 그 과거의 시간이 지금 나와 함께하고 있다는 거. 그런 걸 생각하면 오싹할 정도로 신기하고 멋져. 정말 굉장하지 않아?'

그 아이가 그토록 말을 많이 한 건 흔한 일이 아니었다. 제 쌍둥이 언니와는 다르게, 그 아이는 수줍음 많고 소심하고 말수가 적은 편이었기에. 그래서 더욱 그날의 기억이 특별하게 각인되었던 것 같기도 하다. 우연히 하굣길에 같이 서점에 들렀던 날, 청소년용 천문학 안내서를 읽다 말고 눈을 반짝이며 말하던 그 아이에 대한 기억이 지금까지도 이토록 생생한 걸 보면. 유치한 표현이겠지만, 나를 보며 별과 은하에 대해 말하던 그 아이의 반짝이는 눈이 바로 그 별을 닮아 있었다.

서동은.

오래된 기억 속에서 그 아이의 이름을 끄집어냈다. 몇 번 소리 없이 되뇌어 보던 이름을 억지로 밀어 넣었다.

가끔 이렇게 뜬금없이 그 아이가 생각날 때가 있다. 계기는 언제나 사소한 것이었다. 길거리를 걷다가 노점 가판대에서 가느다란 머리띠 하나를 보고 그 아이를 떠올린 적도 있고, 카페에서 주문한 아메리카노에 시럽을 넣다 말고 그 아이를 기억해낸 적도 있다. 대체 머리띠나 시럽이 그 아이와 무슨 관련이 있는 것인지 모르지만, 기억이란 건 늘 엉뚱한 모습으로 찾아들고는 했다.

그리고 그건 오늘도 마찬가지였다. 뜬금없이 달 운운하는 문장을 끄적거리다가 결국 그 아이에 대한 생각으로 이어졌으니까. 아니, 어쩌면 그 아이와의 추억이 남아 있는 한국으로 돌아왔기에 그 증세가 더욱 심해진 것인지도 모르겠다.

불쑥 달을 보고 싶단 충동이 일었다. 아직 달을 보려면 최소한 예닐곱 시간은 더 지나야 할 듯한데……. 나는 휴대전화를 꺼내 '달'의 이미지를 검색했다. 보름달, 반달, 손톱달 등 이미지가 쉼 없이 쏟아졌다.

"서동은……. 동은아."

10년 전의 첫사랑을 가만히 불러 보았다. 오랜만에 소리 내어 부른 그 아이의 이름은 입안에서 깔깔한 모래알처럼 굴러다녔다. 아직 지워지지 않은 기억, 여전히 미련처럼 들러붙어 있는 감정의 잔재.

고백조차 하지 못하고 끝나 버렸던 내 첫사랑. 열일곱 살의 그 기억과 악몽.

그 모든 것들은 시간이 흐르며 흩어져 버렸을 텐데, 어째서 나는 이렇게 그 아이를 기억하고 있는 것일까. 왜 완벽하게 지우지 못하고 마치 그 시절 어딘가를 헤매는 사람처럼, 문득 그 아이를 떠올리는 것일까.

흡사 내 일부분이 되어 버리기라도 한 것처럼, 무심코 열일곱 살을 생각하면 바로 이렇게 그 아이가 생생한 환영幻影이 되어 내 눈앞에 나타난다.

"동은아. 너, 이제 괜찮아?"

바람결에 또다시 날아든 먼지가 눈에 들어가기라도 했나 보다. 눈시울이 뜨거워진 까닭은.

"괜찮은 거지?"

대답을 들을 수 없다는 걸 알면서도 내 눈앞에 나타난 환영을 향해 거듭 물었다. 그것 역시 지난 10년 사이에 생긴 오래된 버릇이다.

"괜찮을 거야. 하다못해 달도 무려 8센티나 깎여 나갔다고 하잖아. 지난 40억 년의 시간 동안."

물도 바람도 공기도 없는 그곳에도 변화는 찾아왔으니까.

어쩌면 이제 그 아이도 열일곱 살의 끔찍했던 악몽과 상처에 무뎌지고 둔해져서 조금은 괜찮아졌을지도 모른다. 아물지 않는 상처라 하더라도 달의 표면이 깎여 나간 것처럼 차라리 깎여 나갔다면…….

끼이익.

그 순간, 녹슨 옥상 문이 열리는 소리와 함께 동료의 목소리가 들렸다. 담배를 피우러 올라온 동료가 나를 보더니 사소한 잡담을 늘어놓기 시작했다. 나는 맞장구를 치며 휴대전화 속에 띄워져 있던 달의 이미지를 닫았다.

그럼에도 불구하고 가슴속에 들러붙은 감정의 잔여물은 쉽게 털어 낼 수 없었다. 10년이나 지났음에도, 여전히.

'그래서 첫사랑이겠지.'

나는 동료의 시시한 농담에 피식 웃으며 하늘을 올려다보았다.

아직은 달이 보일 시간이 아니었다.

1.
세상의 소리를 기억하는 법

잠결에 알람 소리가 요란하게 울리고, 밥솥에서 치이익, 하고 김이 빠져 나오는 소리가 나면 그건 아침이 되었다는 뜻이다.

'서동은, 일어나서 밥 먹어야지! 동미야, 방에 가서 동은이 좀 깨워.'

나는 거의 매일 늦잠을 잤다. 나를 깨우는 건 언제나 쌍둥이 언니 동미의 몫이었다. 동미는 엄마의 말이 떨어지기가 무섭게 방으로 들어와 곧바로 침대 위로 뛰어올랐다. 이불 속에 폭 싸여 있다가 동미의 낙하 공격을 받으면 잠이 확 달아나기 일쑤였다. 효과 만점. 그것이 동미가 나를 깨우는 방법이었다.

…….

가만히 눈을 떴다. 아무도 깨워 주지 않는 터라 내 기상 시간은 일정하지 않다. 밤늦게까지 작업했을지도 모른다는 염려로, 아버지는 나를 그냥 마음껏 자도록 내버려 둔다. 나는 관자놀이를 톡톡 두드리는 듯한 두통을 느끼며 몸을 일으켰다. 새벽녘에 비가 내렸는지 창문에 빗방울이 맺혀 있는 게 보였다.

'그래서 두통이 있구나.'

비가 오는 날은 어김없이 두통이 찾아온다. 장마철 폭우가 쏟아지는 날에는 두통뿐만 아니라 온몸을 두들겨 맞은 듯한 근육통과 이명 증세까지 나타난다. 물론 이명 증세는 내 착각일 뿐이다. 청력을 잃어버린 내가 소리를 듣는다는 건 말도 안 되는 일이니까. 그런데 어떻게 비 오는 날을 알아차릴 수 있는 걸까. 빗소리를 듣는 것도 아닌데.

지끈거리는 머리를 손으로 누르고 있는데, 잠옷이 당겨지는 느낌과 함께 종아리에 북슬북슬한 털이 닿았다. 몽실이가 새까만 눈으로 나를 올려다보며 꼬리를 흔들었다.

'몽실아, 좋은 아침.'

벙긋벙긋 입술만 움직여 인사를 건네며 몽실이를 안아 들었다. 몽실이는 청각 장애 도우미견이다.

몽실이가 앞발로 내 팔을 가볍게 긁었다. 나와 몽실이 사이에 정해 놓은 신호이다. 나는 몽실이를 안은 채 방문 쪽으로 고개를 돌렸다.

"잘 잤니, 동은아?"

아버지의 입 모양을 가만히 쳐다보다가 고개를 끄덕이며 웃었다.

"머리는 안 아프고?"

새벽에 비가 내렸으니 아버지는 밤잠을 설쳤을 것이다. 혹여 내가 아프기라도 할까 걱정되어서 방 앞을 몰래 서성였을지도 모른다. 아무리 스물일곱 살이나 먹은 딸이라 하더라도 아버지의 눈에는 아직도 일곱 살짜리 어린애로 보일 테니까. 더구나 내게 장애가 있는 이상, 더욱 마음이 쓰이는 건 당연한 일인지도 모르겠다.

나는 청각 장애가 있다. 정확히 설명하자면 청각 장애 2급. 사람들은 흔히 청각 장애 2급이라 하면 아주 조금은 소리를 들을 수 있는 줄 알기도 한다. 아예 들리지 않는 건 1급이라고 생각하니 말이다. 하지만 청각 장애는 1급이 없다. 즉, 2급이라는 건 소리를 아예 듣지 못한다는 의미이다.

나는 고요한 세상 속에서 살아간다.

선천적인 장애를 가지고 있었던 것이 아니기에 나는 세상의 소리를 기억하고 있다. 하루하루 시간이 지나갈수록 그 기억이란 게 점차 희미해지고 흐릿해져서 이제는 기억 속의 소리를 끄집어내는 게 어렵기는 하지만, 그래도 소리가 주었던 느낌들 중 일부는 여전히 남아 있다.

그중 대표적인 것이 바로 아침을 알리는 알람 소리와 밥솥에서 김이 빠져나오는 소리이다. 그리고 나를 깨우던 엄마의 목소리와 침대 위로 뛰어들어 깔깔대던 동미의 목소리도 기억한다. 아버지가 잠꾸러기라며 나를 놀리던 웃음소리도.

그 소리들은 하얀 쌀밥 같은 느낌이다. 갓 지어서 모락모락 김이 올라오던, 엄마가 해 준 밥 같은 느낌. 두 번 다시 내가 가질 수 없을 그리운 기억.

"밥 먹자."

아버지의 말은 간단했다. 일상 속 간단한 대화는 독순술로 알아들을 수 있지만 그 이상 길어지는 말은 종이와 필기구가 필요하다. 하지만 그렇다고 해서 간단한 말을 가볍게 여기는 건 아니다. 아버지가 건네는 간단한 말 속에 무수히 많은 말이 숨어 있다는 걸 잘 알고 있기 때문이다.

서봄 작가님! 장한이입니다.^^

안녕하세요, 서봄 작가님.^^ 닻별 기획의 장한이입니다.

교정, 교열 작업이 조금 전에 마무리되었다는 소식부터 먼저 전할게요. 작가님께서 워낙 세심하게 검토해 주신 덕분에 제가 할 일이 그다지 많지 않았네요. 이제 CTP 제작 들어갈 거고요. 다음 주에 작가님께 예쁜 책을 보내 드릴 수 있을 겁니다. 짜잔! 기대되시죠?^^

저도 이번 작품 역시 얼마나 사랑스럽고 예쁘게 나올지 잔뜩 기대하고 있어요. 작가님의 작품을 매번 딸아이에게 갖다줬더니 이제는 언제 가지고 올 거냐고 독촉까지 하네요. 이 녀석이 작가님의 1호 팬입니다. 하하.

참! 그리고 책이 출간될 시기에 맞춰 사인회를 진행할까 하는데 작가님의 의향은 어떠신지요? 거창한 건 아니니까 절대 부담 가지지 마시고요. 일원동 쪽의 키즈 서점에서 간단히 한 시간 정도로 계획하고 있거든요. 편하게 의견 말씀해 주시면 감사하겠습니다.

그럼 오늘 하루도 행복하게 보내시고요. 회신 기다리고 있겠습니다.

감사합니다, 작가님.^^

— 닻별 기획, 장한이 드림.

아침을 먹은 뒤, 컴퓨터를 켜자마자 메일을 확인했다. 출판사 담당자가 보낸 메일이 와 있었다. 그런데 그 메일 속에 상상도 하지 못했던 내용이 포함된 탓에 순간적으로 멍해졌다.

'사인회라니? 누구……. 설마 내 사인회라고?'

머릿속이 새하얘졌다. 나는 놀란 가슴을 진정시키기 위해 숨을 내쉬었다. 말도 안 되는 일이다. 사인회를 연다니. 내가 연예인도 아닌데 무슨 사인회를 해? 담당자에게 메시지를 보내려다가 아버지의 의견부터 확인해 봐야겠다 싶어 메모 어플을 켜고 바쁘게 손을 움직였다. 그러곤 현관으로 막 나가려던 아버지에게 다가가 휴대전화를 내밀었다. 아버지가 내용을 확인하더니 눈을 휘둥그렇게 뜨고 나를 보았다.

"사인회?"

아버지의 물음에 고개를 끄덕여 대답했다. 그러자 아버지가 턱을 문지르다가 다시금 물었다.

"동은이 네 생각은 어떤데?"

나는 아버지의 입 모양을 가만히 보다가 휴대전화 키패드를 눌렀다.

[좀]

그러나 겨우 한 글자를 입력했던 걸 곧바로 지워 버린 뒤, 잠시 망설인 끝에 다시 메모를 입력했다.

[당혹스러워요. 무섭기도 하고. 사인회는 정말 대단한 사람들이 하는 거잖아요.]

[네가 어때서? 뽀통령 다음으로 요즘 최고 인기를 누린다는 크로코 엄마가 바로 넌데.]

아버지가 입을 열었다가 안 되겠다 싶었는지 휴대전화를 꺼내 키패드를 두드렸다. 나는 아버지의 메모를 눈으로 훑다가 어깨를 축 늘어뜨리고는 한숨을 내쉬었다. 아버지의 말에 자신감이 붙기는커녕 외려 부담감이 든 탓이다.

크로코 엄마. 그것은 내 책의 독자들이 나를 지칭하는 별명이다. 가끔은 서봄이라는 필명보다 크로코 엄마로 불리기도 한다. 크로코는 내 동화책 시리즈에 등장하는 주인공이다. 호기심 많은 새끼 악어. 동물원 밖의 세상이 궁금해서 탈출한 크로코는 세상을 탐험하면서 때로는 힘든 일도 겪지만, 소중한 친구들을 만나고 조금씩 성장해 가는 중이다. 크로코의 이야기는 내게 유난히 각별한 의미를 지니고 있다. 어릴 적, 동미와 함께 지어냈던 이야기 속의 새끼 악어가 바로 크로코라는 이름을 달고 세상에 나온 것이니까.

동미.

그 존재를 떠올린 순간 가슴이 먹먹해져 숨조차 쉬기 어려웠다. 나도 모르게 얼굴이 창백해지기라도 한 것인지, 아버지가 걱정스러운 얼굴로 내 어깨를 붙들었다. 나는 애써 웃음 지으며 괜찮다고 손짓을 했다.

'수화를 배울 걸 그랬나?'

이럴 땐 조금 불편하다. 갑자기 내 의사를 전하고 싶을 때, 그렇게 하지 못하니까. 고작 할 수 있는 거라고는 얼굴 표정과 손짓 정도. 하지만 청력을 잃었을 때, 더 이상 들을 수 없다는 걸 인정하고 싶지 않아서 수화를 배우지 않았다. 갑작스럽게 생긴 장애를 아무렇지 않게 받아들일 수 있을 만큼 내 마음은 단단하지 않았다. 더구나 당시 상황 자체가 그런 여유를 허락하지 않았다. 그 뒤에는 이런저런 이유로 수화를 배우지 않았고, 그러다 보니 지금은 그냥 독순술과 필담으로 대화를 나누는 것에 익숙해진 터였다.

[사람들이 실망할까 봐 겁나요.]

나는 다시 아버지에게 메모를 보여 주었다. 아버지는 내 메모를 보고는 굳은 표정을 지었다.

"고작 그런 이유 때문이라면 아빠가 더 실망이야."

알고 있다. 아버지는 내가 언제나 당당하고 씩씩하기를 바란다는 걸. 장애를 가지고 있다 하더라도 그것이 내게는 아무것도 아니라는 듯 그렇게 살아가기를 바란다는 걸. 그렇지만 나는 아직 덜 자란 것인지, 여전히 세상에 나가면 주눅이 들고 움츠러들기 일쑤이다. 스물일곱이나 먹었는데도 어른이 되기에는 모자란 나이인가 보다.

어쩌면 나는 스물일곱 살이 아닌, 열일곱 살의 여름에 멈춰 있는 것인지도 모르겠다. 장마철. 시간당 30밀리미터 이상의 폭우가 무섭게 퍼부었던 날. 그 시간 이후로 나는 조금도 자라지 않은 것일 수도 있다.

하지만…… 사람들은 크로코 엄마에게 실망하지 않겠지.

출판사에서는 지금껏 나에 대해 그 어떤 정보도 세상에 내놓지 않았다. 물론 처음부터 그랬던 건 아니다. 오히려 출판사 쪽에서는 내게 장애가 있다는 걸 알게 된 뒤, 그 사실을 일종의 홍보 포인트로 이용하고 싶어 했다. 출판사 입장에서 보면 충분히 그럴 수 있다. 그러나 장애가 있다는 점을 내세우면서까지 책을 팔고 싶지는 않았다. 계약이 무산될지 모른다는 각오로 출판사의 제안을 거부했는데, 당시 그런 내 입장을 받아들이고 배려해 준 이가 바로 담당자인 장한이 차장이었다. 그는 내가 원하지 않는 이상 나에 대한 어떤 것도 공개하지 않겠다고 약속했고, 그 약속은 여러 해가 지난 지금까지도 철저히 지켜지고 있다.

그런데 그런 그가 내게 사인회를 하자고 하다니.

왜 그런 말을 꺼낸 것인지 이해할 수 없었다. 언제나 아버지처럼, 삼촌처럼 의지하던 장 차장이기에 더욱 당혹스럽고 놀라운 마음마저 들었다. 지끈거리는 두통 탓에 인상을 쓰자 아버지가 다정한 손길로 나를 다독여 주었다. 아버지에게 못난 모습을 보였다는 부끄러움이 밀려왔다.

[일단 차장님이랑 얘기해 봐야겠어요.]

나는 간신히 휴대전화에 입력한 메모를 아버지에게 내밀었다. 아버지는 희미하게 미소를 짓고는 고개를 끄덕였다. 그게 아버지가 내게 보내는 무언의 격려라는 걸 모르지 않았다.

거실 소파에 앉아 잠시 망설였다. 그때 몽실이가 뒷발로 선 채 내 다리를 앞발로 짚었다.

'괜찮아. 용기를 내 봐.'

몽실이가 그렇게 말하는 것만 같았다. 나는 몽실이의 자그마한 머리를 쓰다듬고는 장한이 차장에게 메시지를 보냈다.

[차장님, 서봄이에요.]

그러자 기다렸다는 듯 휴대전화가 부르르 몸을 떨었다.

[작가님! 잘 지내셨어요?]

나를 담당하고 있는 장 차장의 목소리는 어떤 느낌일까, 문득 궁금해졌다. 그의 둥그스름한 얼굴처럼 목소리 역시 둥글둥글 모난 구석 없이 다정하지 않을까. 푸근한 인상의 장 차장은 아홉 살 먹은 딸과 단둘이 살고 있는 마흔한 살의 싱글 파파이다. 딸아이가 태어난 지 얼마 되지 않았을 때, 아내가 죽었다고 들었다. 30대 초반에 아내를 잃고 혼자 아이를 키워야 했을 그의 삶은 오죽 힘들었을까.

그래서인지도 모른다. 내가 장 차장만큼은 믿는 것 말이다. 사랑하는 이의 죽음을 겪어 본 사람이라면, 지독한 상실감에 고통스러워했던 사람이라면 적어도 다른 사람에게 상처를 주는 일 같은 건 하지 않으리라는 믿음이 있었다.

[메일 확인했어요, 차장님.]

[많이 놀라셨죠?]

[다른 사람한테 보낼 메일을 저한테 잘못 보내셨나 했어요.]

[봄이 작가님.]

장 차장의 메시지가 화면 위에 새로 떴다. 그는 종종 나를 '봄이'라고 부르고는 한다. 단순히 출판사 담당자로서 맡고 있는 작가를 대하는 게 아니라, 그저 자신보다 어린 조카를 대하듯 챙길 때 말이다. 그리고 그럴 때의 장 차장에게 나는 유난히 약해지고는 한다.

[크로코가 세상에 한 걸음 발을 내디뎠을 때처럼, 작가님도 용기를 내 보면 안 될까요?]

'그렇지만…….'

휴대전화 키패드 위에서 움찔거리던 손끝에선 아무런 말도 이어지지 못했다. 그 역시 내 대답을 기대한 건 아니었는지 또 다른 메시지가 연이어 도착했다.

[미안해요. 그런데 이번 작품 읽어 보면서 작가님도 크로코처럼 세상으로 나가면 좋겠단 생각이 들었어요. 작가님도 분명히 그걸 바라고 있을 거라고 생각했고요. 무서워서 움츠리고 있다고 해서, 나가기 싫다는 건 아니니까.]

나는 숨을 들이쉬고는 그대로 멈췄다. 아니라고, 그렇게 대답할 수가 없었다. 나도 모르는 내 마음을 장한이 차장이 먼저 알고 있었던 걸까. 크로코는 내 바람이 만들어 낸 캐릭터였을까. 동물원의 우리에 갇혀 있는 크로코는, 듣지 못하는 장애에 갇혀 있는 내 분신과도 같은 모습일까. 내가 머뭇거리며 쉽게 답장을 보내지 못하는 사이에 장 차장의 메시지가 다시 도착했다.

[어쩌면 봄이 작가님이 상처받고 저를 원망할지도 몰라요. 사인회를 왜 하자고 했냐고, 화를 낼 수도 있죠. 하지만요 작가님. 때로는 상처를 감수해야 할 순간이 오더라고요.]

내가 그만큼 나이를 먹고 나면 장 차장의 말을 이해할 수 있을까. 상처를 감수해야 할 순간이라는 게 왜 있어야 하는 건지, 그에 대한 답을 찾을 수 있을까. 그러기에는 지금의 내 나이가 아직 너무 어린 건지도 모른다. 나는 그의 말을 온전히 납득할 수 없었다. 하지만 그런 내 무지를 굳이 내색하고 싶지 않았다.

[사인회에서 작가님이 착용할 크로코 가면도 준비했는데, 한번 보실래요?]

'응? 가면이라니?'

내가 답장을 보낼 틈도 없이 그에게서 이미지 파일 하나가 도착했다.

크로코의 가면.

내 책의 삽화에 등장하는 크로코가 앙증맞은 송곳니를 자랑하며 가면의 형태로 휴대전화 화면에 떴다. 매번 책을 낼 때마다 삽화를 그려 주는 일러스트레이터의 작품이 분명했다. 내가 그 이미지에서 시선을 떼지 못하고 있는데 휴대전화가 부르르 진동했다.

[삽화가님이 준비한 선물이에요. 직접 얼굴 마주하는 게 부담스러우면 쓰시라고요.]

그 순간, 눈물이 툭 떨어졌다. 내가 모르는 사이에 다른 이들에 의해 진행된 이 상황을 두고 화를 내야 할 텐데, 그보다 가슴이 먹먹해졌다. 그것은 이해의 영역을 넘어선, 어떤 감정의 발로이기도 했다. 나는 손으로 쓱쓱 눈가를 문지른 뒤에 장 차장에게 답장을 보냈다.

[이미 다 준비하셨는데 어떻게 못 한다고 해요.]

[흐흐. 죄송.]

내가 푸념 섞인 승낙의 답장을 보내자마자 장 차장의 넉살 좋은 메시지가 도착했다. 왜 그런지 웃음이 나왔다.

휴대전화 화면에 떠 있는 크로코의 가면을 손가락으로 어루만지며 숨을 깊이 들이쉬었다. 달라진 건 없다. 여전히 무섭고 겁이 난다. 하지만 후회할지도 모른다는 걸 알면서도 한 번쯤 변덕을 부려 보고 싶었다. 그래, 새끼 악어도 냈던 용기를 나라고 못 내란 법은 없으니까. 그렇게 애써 다부진 생각을 하며 고개를 끄덕였다.

시간이 쏜살같다는 말을 이렇게 실감한 적이 몇 번이나 있었을까. 순식간에 다가온 사인회 날, 나는 사인회장 위쪽의 "신비주의 작가, 크로코 엄마 서봄이 드디어 오늘 여러분 앞에 섭니다!"라고 쓰인 큼직한 현수막을 쳐다보다가 멀미가 날 것처럼 속이 울렁거려 손으로 가슴을 쓸어내렸다.

제안을 받아들이고 지난 며칠 동안 단단히 각오를 했다고 생각했는데, 막상 사인회장에 도착하자 바짝 긴장이 되면서 가슴속까지 서늘하게 얼어붙었다. 얼음 조각상이라도 된 것처럼 손가락 하나 움직일 수가 없을 정도였다. 그러니 장한이 차장이 건넨 크로코 가면을 받아 들 엄두조차 내지 못한 건 당연한 일인지도 몰랐다.

귀여운 송곳니를 드러낸 새끼 악어가 그런 내 기분은 모른다는 듯 환하게 웃고 있었다. 그 웃음을 마주하고 있다가 간신히 손을 내밀어 가면을 건네받았다. 기분 좋게 웃고 있던 새끼 악어, 크로코가 손안에서 구겨지며 표정을 찌푸렸다.

'아, 미안.'

움켜쥐었던 손의 힘을 풀고 구겨진 가면을 손바닥으로 문질러 폈다. 그 순간, 누군가가 내 어깨를 가볍게 두드렸다. 장한이 차장이 나를 쳐다보며 웃고 있었다. 그 시선이 마치 걸음마를 처음 하게 된 어린아이를 보는 듯한 느낌을 주어서 멋쩍은 마음이 들었다.

[걱정하지 마요. 하고 싶은 말을 이 엽서에 적어주면 작가님이 답을 해 줄 거라고 공지했어요.]

장 차장이 건넨 메모는 예쁜 엽서에 쓰여 있었다. 이번에 출간되는 책과 함께 증정될 엽서라고 했다.

그러지 않아도 가장 두려운 게 바로 이 문제였다. 사람을 대하는 게 어렵고 서툰 터라 크로코 가면을 쓰는 건 그나마 다행이었지만, 그것만으로 해결되지 않는 게 있으니 말이다.

바로 소통의 문제.

독자들이 내게 전하는 말을 알아듣지 못하기에, 나는 그들에게 그 어떤 말도 해 줄 수 없다는 것. 그저 그들이 내민 책의 첫 페이지에 사인만 하는 기계가 될지도 모른다는 것.

그것이 제일 무서웠다. 하지만 일단 사인회를 하겠다고 결정한 마당에 장 차장에게 징징대고 싶지 않아서 혼자 밤잠을 설치며 며칠 동안 마음고생을 했다. 그런데 이런 배려를 해 준 것이다. 내가 상상도 못 한 방식으로.

문득 크로코가 갇혀 있던 우리와 비슷한 곳에 갇혀 있는 내 모습이 눈앞에 선명히 그려졌다. 그러나 크로코와 달리 나는 탈출할 생각조차 하지 않고 그저 멍하니 하루하루를 보내고 있었다.

'이제 그만 나옵시다, 봄이 작가!'

탐험가 장한이 차장이 우리 밖에 서서 양손을 허리에 얹고 나를 향해 힘차게 외쳤다. 나는 두렵고 무서워서 고개를 절레절레 흔들었다. 그러자 장 차장이 이번에는 밧줄을 휘휘 돌려 우리 안으로 던져 넣었다.

'밧줄을 잡아요.'

장 차장이 내게 말했다. 가면을 만지작거리던 손을 뒤집어 손바닥을 보았다. 그가 던져 넣은 밧줄을 잡고 우리 밖으로 나가려다 보면 어쩔 수 없이 손바닥이 밧줄에 쓸려 벗겨질지도 모른단 생각이 들었다.

[크로코는 남자죠? 재현이가 크로코는 고추가 없다고 여자래요. 그

래서 막 싸웠어요.]

[재현이 말도, 윤서 말도 다 맞아. 이건 비밀인데, 크로코는 남자도 여자도 될 수 있거든.]

아이가 눈을 동그랗게 뜨더니 뒤이어 고개를 끄덕였다. 아이의 엉뚱한 질문에 그럭저럭 대답이 된 것 같아 다행이었다.

잔뜩 긴장하고 걱정했던 것과 달리 사인회는 원활하게 진행되었다. 사인을 받으러 온 어린 독자들이 비교적 얌전했기 때문이다. 아이들과 함께 온 일부 엄마들의 얼굴에 귀찮은 기색이 스친 것도 같았지만, 그래도 이 정도면 양호한 편이라 할 수 있었다. 출판사 직원들 역시 그렇게 생각했는지 안도하는 표정이었다.

가면을 쓰고 있어서 이마와 눈 주변에 땀이 맺혔지만, 아무 문제없이 사인회를 마칠 수만 있다면 더 바랄 게 없을 것 같았다. 나는 사인을 받기 위해 다가오는 어린 여자아이와 아이의 엄마를 향해 고개를 살짝 숙여 인사했다. 그런데 바로 그 순간 예기치 못한 일이 벌어지고 말았다.

쑥스럽게 웃으며 엽서를 내밀던 여자아이를 밀쳐 내고 한 남자아이가 탁자 위로 기어 올라왔다. 그러고는 곧바로 손을 뻗어 내 크로코 가면을 벗기려 들었다. 나는 가면이 벗겨지는 걸 막으려고 반사적으로 몸을 뒤로 물렸다. 거기까지는 가벼운 해프닝 정도로 치부할 수 있었다.

하지만 문제는 아이가 허공을 향해 손을 휘젓다가 그대로 균형을 잃고 탁자 아래로 고꾸라졌다는 점이다.

'……!'

목구멍 아래에서 비명이 나오려 했다. 그러나 막상 입 밖으로 나온 건 다급히 토해 낸 숨이 전부였다. 탁자 아래로 고꾸라진 아이의 몸이 내 허벅지 위로 떨어졌다가 곧바로 튕기듯 바닥으로 추락했다. 손을 뻗어 아이를 붙잡을 새가 없었다. 너무 놀라고 당황한 탓에 나는 손가락 하나 움직이지 못한 채 바닥에 떨어진 아이를 내려다보는 것 말고는 아무것도 하지 못했다.

머리부터 떨어지면서 다친 것인지 아이의 뒤통수에서 피가 흘렀다. 그것을 본 순간, 눈앞이 흐려지면서 숨이 막혀 왔다. 나는 한 손으로 목을 긁다시피 하며 다른 손으로 테이블 위를 쓸어내렸다. 사인을 위해 준비되어 있던 엽서 한 더미가 손끝에 걸려 바닥에 흩날렸다.

"으아앙!"

귀에 들리지는 않지만 아이가 울음을 터뜨렸다는 걸 알 수 있었다. 아이는 무심코 제 뒷머리에 손을 댔다가 붉게 물든 손바닥을 보고는 입을 크게 벌린 채 울었다. 아이의 울음소리에 다들 정신이 들었는지 허둥지둥 몰려들었다. 그 바람에 나는 누군가에게 밀쳐져 뒷전으로 밀려나고 말았다.

자리에서 일어나 엉거주춤한 자세로, 앞을 가로막은 사람들 너머로 다친 아이를 보았다. 아이의 엄마가 하얗게 질린 얼굴로 어쩔 줄 몰라 하는 게 눈에 들어왔다. 그리고 장 차장이 잔뜩 당황한 얼굴로 아이를 업은 채 사인회장 밖으로 나가 버렸다. 남은 출판사 직원들이 우왕좌왕하다가 다시금 사인회를 진행하려는지 사람들을 향해 뭐라 말을 하는 게 뒤이어 보였다.

상황은 금방 수습될 것 같지 않았다. 사인을 받기 위해 줄을 서 있던 아이들은 이미 이리저리 뛰어다니며 난장판을 만들고 있었고, 엄마들은 출판사 직원들을 향해 삿대질을 하기도 하고 얼굴을 찡그리며 뭐라 소리를 치기도 했다. 아마도 엉망이 된 사인회에 대해 불만을 말하고 항의하는 것일 터. 그 모습을 보다가 두 손으로 가면을 쓴 얼굴을 감싼 채 어깨를 움츠렸다.

내가 모든 걸 망쳐 버린 걸까. 그냥 책 뒤에 숨어 있어야 했는데, 과한 욕심을 부린 걸까.

아이의 머리에서 흘러나온 핏자국이 바닥에 남아 있었다. 그리고 그 주변에 엽서들이 처량한 모양새로 흩뿌려졌다. 조금 전 내가 떨어뜨린, 바로 그 엽서였다.

장 차장을 비롯해 출판사 직원들을 볼 면목이 없었다. 내게 장애가 없었더라면 하지 않아도 되었을 번거로운 수고마저 서슴지 않은 사람들인데, 그들의 노력이 이렇게 허사가 되어 버린 게 너무나 미안해서 견딜 수 없었다.

엉망이 된 상황에서 그 어떤 시도도 하지 못하는 나의 무능함에 진저리가 났다. 내가 할 수 있는 것이라고는 소란을 수습하기 위해 이리 뛰고 저리 뛰는 출판사 직원들을 바라보는 게 전부였다.

"작가님, 괜찮으세요?"

그 순간, 출판사 직원 중 한 사람이 다가와 말했다. 나는 간신히 그가 건넨 질문을 이해한 뒤, 고개를 끄덕였다. 그러자 내 상태를 확인한 직원이 몸을 숙여 엽서를 줍기 시작했다. 내가 그의 곁에 쭈그려 앉아 함께 엽서를 줍자 직원이 만류하듯 손을 내저었다.

'이거라도 하게 해 주세요…….'

듣지 못하는 귓속에 사람들의 웅성대는 소리가 스며들었다. 지금 뭐 하는 거냐고 비난하는 목소리 역시 귓속을 파고들었다. 그 모든 게 내가 만들어 낸 착각일 테지만, 다른 한편으로는 지금 이 순간 실재하고 있는 감각일 터였다. 그것을 두 눈으로 확인하기가 두려워 고개를 들 수 없었다.

바로 그때, 느닷없이 작은 손 하나가 다가와 내 얼굴에 씌워져 있던 크로코 가면을 벗겨 냈다. 나는 갑작스러운 상황에 반사적으로 고개를 들었다.

아이들이 나를 향해 뭐라고 외쳤다. 나와 아이들을 둘러싼 공기가 불안정하게 흔들렸다. 소리가 내는 진동인지도 몰랐다. 갑자기 젤리 안에 갇혀 버린 기분이 들면서 숨이 막히기 시작했다. 나는 입안을, 귓속을 가득 채운 젤리 때문에 말을 할 수도, 들을 수도 없었다.

아니, 사실은 그것 때문이 아니었다.

그저 듣지 못하는 장애가 있고, 그 바람에 말하는 법을 잊었을 뿐이다. 젤리 따윈 존재하지도 않을뿐더러 그저 핑계에 지나지 않는다. 하얗게 점멸되는 눈앞의 광경을 멍하니 바라보다가 까무룩 정신을 놓아 버리려던 찰나, 느닷없이 누군가가 다가오더니 곧바로 내 손목을 움켜쥐고 어둠 속에서 나를 쑥 빼내 주었다.

'어?'

순식간에 숨통이 트였다. 나는 숨을 깊이 들이쉬고는 내 손목을 잡고 있는 누군가의 손을 보았다. 한눈에 봐도 남자의 손이라는 걸 알 수 있었다. 손목을 얽어매고 있는 긴 손가락과 손등 위의 푸르스름한 핏줄. 천천히 시선을 위로 옮겼다.

'……!'

심장이 쿵, 내려앉았다. 갑작스럽게 지난 10년의 시간이 도르르 말려 한 덩어리가 되어 내 머리를 때리고 지나갔다. 그 충격 때문인지 현기증이 일었다. 남자에게 잡혀 있던 손이 순간적으로 경련을 일으켰다.

'맙소사.'

나는 크로코 가면을 황급히 집어 쓰려고 했다. 그러나 그보다 먼저 남자가 팔을 뻗어 내 다른 손목도 붙잡았다. 그러곤 일그러진 얼굴로 말했다.

"동은아! 서동은, 너 맞지?"

어째서일까. 남자에게 양손을 모두 붙들린 채 내게 외치는 그의 목소리를 생생히 귀로 듣는 듯한 착각에 사로잡혔다. 열일곱 살의 여름 이후 잃어버렸던 소리를 되찾기라도 한 듯 그의 목소리가 너무나 선명히 들렸다. 아니, 들렸다고 생각했다.

동화, 류동화의 목소리였다. 변성기가 지나서 굵어졌지만 아직 앳된 티가 가시지 않았던 소년의 목소리였다.

그 순간, 울컥거리며 속에서 뭔가가 치받고 올라오려 했다.

동화의 손을 뿌리치고 벌떡 일어났다.

쏴아아.

거센 빗소리가 귓가에 맴돌았다. 나는 순식간에 10년 전의 여름으로 되돌아가 있었다. 줄기차게 쏟아지는 빗소리에 경찰차의 사이렌 소리가 섞여 들려왔다. 그때 내 옆에는 동화가 있었다.

주먹을 꽉 움켜쥐고 눈을 질끈 감았다. 노란색 폴리스 라인이 감긴 눈꺼풀 위로 선명하게 새겨져 내 앞을 가로막았다.

10년 전, 비가 퍼붓던 바로 그날처럼.

2.
바람이 부는 까닭

참혹했던 열일곱 살의 기억은 언제나 빗소리와 함께 시작된다. 한여름에 내리던 폭우였지만, 온몸이 덜덜 떨릴 정도로 오한이 일었던 것이 떠오른다. 경찰차의 사이렌 소리와 사람들의 웅성대는 소리가 날카로운 바늘 묶음이 되어 나를 찔렀다. 소리조차 지르지 못하던 순간, 그나마 견딜 수 있었던 건 그날 그 모든 소리로부터 지켜 내겠다는 듯 나를 꽉 끌어안고 내 귀를 틀어막아 주었던 소년의 손길 덕분이었다.

……물론, 그 손길이 나를 온전히 지켜 주지는 못했지만.

그래서인가 보다. 내가 그 소년, 이제는 낯선 성인 남자의 모습으로 나타난 동화에게 이런 내 모습을 더욱 보이고 싶지 않았던 까닭은. 아무리 10년이란 세월이 지났다고 하더라도 그에게만큼은 알리고 싶지 않았다. 내가 그날 이후 소리를 전혀 들을 수 없게 되었다는 걸.

[혹시 소리를 듣지 못하는 거야?]

그렇지만 내 바람은 허사로 돌아가고 말았다. 그 점에 대해 새삼 아쉬워하거나 화를 낼 이유는 없었다. 나를 마주 대하고 있는 사람이라면 내 장애를 금방 알아차릴 수 있을 테니. 본인이 내뱉은 소리가 상대방에게 전달되지 못하고 무의미하게 흩어져 버리는 걸 느끼지 못할 사람은 없으니까.

사인회장 근처의 카페 안에서 진한 커피 향을 맡으며 간신히 마음을 진정시키고 나서야 그에게서 질문이 적힌 메모를 받았다. 그가 조심스럽게 건넨 질문은 스스로 이미 답을 알고 있는 거나 마찬가지였다. 동화가 내게 소리 내어 묻는 대신, 작은 메모지 위에 흔들리는 글씨체로 질문을 적어 나간 것 자체가 그 증거였다.

그에 대하여 어떤 대답도 하지 못했다. 10년 전 소리를 잃었던 날처럼 말 자체를 송두리째 잃어버린 것만 같았다.

귓가에 여전히 맴도는 빗소리가 너무 거세서, 나는 양손으로 귀를 꼭 막고 몸을 움츠렸다. 모든 소리로부터 나를 지켜 내기 위해 내 귀를 틀어막았던 동화의 손 대신, 초라한 내 손으로 양쪽 귀를 틀어막을 수밖에 없었다.

동화가 귀를 막은 내 손을 붙잡아 끌어 내렸다. 그의 손은 내가 기억하던 손보다 더 큼직하고, 낯설었다. 10년이나 지났으니 그게 당연한 일인지도 몰랐다.

[동은아.]

그날, 그는 내 손바닥 위에 천천히 한 글자, 한 글자, 적어 내려갔다. 손가락으로 고작 이름 세 글자를 쓰는 것뿐이었는데, 내게는 억겁의 시간이 흐른 것처럼 느껴졌다.

[동은아.]

그 세 글자 사이사이에 과거의 추억들이 희미하게 모습을 드러냈다가 이내 빗물에 씻겨 내려가듯 사라졌다. 마지막에 남은 건 노란색 폴리스 라인, 그것뿐이었다.

지금도 마찬가지다.

그때 나는 힘을 주어 억지로 그에게서 손을 빼냈다. 텅 빈 손을 움켜쥐자 그가 내 손바닥에 적었던 세 글자가 구겨지는 듯했다. 그 구겨진 글자들이 손바닥을 찌르는 것인지 따끔따끔한 통증이 환각처럼 일었다. 그게 아파서 눈물을 쏟고 말았다. 손등 위에 떨어진 눈물방울을 보고 있으려니 그날 동화가 건넨 손수건이 생각났다.

'손수건을 돌려줘야 할 텐데.'

자리에서 일어나 서랍장 쪽으로 타박타박 걸음을 옮겼다. 제일 위쪽의 서랍에 넣어 둔 손수건은 잘 빨아서 다림질까지 해 놓은 상태였다. 그걸 가만히 꺼내서 두 손으로 쥐었다. 얼굴이 뜨끈뜨끈 달아올랐다.

'10년 만에 만나서 겨우 그런 모습을 보여 줬구나.'

펑펑 운 것으로 모자라 코까지 훌쩍였으니 확실히 예쁘다고는 할 수 없었을 것이다.

예전에 소리를 들을 수 있었던 시절에는 감기나 비염 때문에 코가 막히고 콧물이 줄줄 나와도 다른 사람들 앞에서는 함부로 코를 풀지 못했다. 패앵, 하고 코를 풀면 그 소리가 너무 커서 다른 사람들의 귀에 다 들리니까, 그게 괜히 부끄럽고 민망했다.

이제는 그런 부끄러움도 민망함도 느끼지 못한다. 소리는 여전히 존재하고 있을 텐데도 순전히 내 귀에 들리지 않는다는 이유만으로 나는 그런 감정으로부터 멀어졌다.

그런 내 모습이 동화에게는 어떻게 보였을까.

[어떻게 지냈어?]

그가 뒤이어 건넨 메모지 속 물음은 덤덤하기 그지없었다. 하지만 나로서는 그보다 대답하기 어려운 질문이 또 있을까 싶을 정도로 곤란한 물음이기도 했다.

결국 내가 적은 대답은 한 음절에 지나지 않았다.

[잘.]

잘 지냈어. 나는 그 말을 온전한 문장으로 쓰지 못했다. 아니, 쓸 수 없었다. 잘 지냈단 말은 거짓인지도 몰랐다. 혹은 진실일 수도 있겠지만. 나는 과연 내가 잘 지냈는지 확신하지 못했다. 스스로 확신하지 못하는 말을 10년 만에 만난 그에게 진실인 척 태연히 건넬 배짱이 없었다.

그 대답을 동화가 믿었는지 믿지 않았는지는 알 수 없다. 그러나 그는 자연스럽게 고개를 주억거리더니 이내 평온한 얼굴로 자신의 이야기를 했다. 오랜만에 만난 친구 사이에 그저 평범하게 나눌 법한, 별것 아닌 사소한 일상을.

[사실은 부탁 받고 대신 온 거야.]

그가 민망한 얼굴로 털어놓은 얘기.

[회사 동료 아이가 크로코 팬이라 작가 사인 받아다 주기로 약속했는데 여기서 너를 만나게 될 줄이야.]

동화가 웃으며 써 내려간 문장들, 그 어딘가에서 아직도 맴돌고 있는 기분이다. 나는 기억을 되새기다 고개를 돌렸다. 창밖으로 느릿하게 흘러가는 구름이 보였다.

10년 전, 나는 부모님과 함께 야반도주라도 하듯 살던 동네를 떠났다. 그리고 그 시절의 모든 것과 이별했다. 내가 이별한 대상 중에는 동화도 포함되어 있었다. 옆집에 살던 내 친구. 내 첫사랑. 그저 혼자 몰래 좋아했던 소년. 그와 함께한 추억은 더없이 소중하고 따스한 것이었지만, 그 소중한 온기를 포기해야 할 만큼 당시의 현실은 끔찍하고 참혹했다.

집 안 곳곳에 그리운 추억이 새겨져 있는데, 그걸 매 순간 마주하며 숨을 쉬고 살아갈 수 없었다. 노란색 폴리스 라인이 사라진다 해도 그 악몽 같던 골목을 아무렇지 않게 지나다닐 엄두가 나지 않았다.

학교도 마찬가지였다. 악몽 같았던 그날과 관련된 모든 것으로부터 달아나고 싶었다. 그래서 자퇴서를 내고 운동장을 가로질러 걸어오던 날, 단 한 번도 뒤를 돌아보지 않았다.

나와 내 가족에게는 끔찍한 악몽이자 두 번 다시 평온했던 과거로 돌아갈 수 없게 만든 그 일이, 고작 흥밋거리로 전락해 다른 이들의 입에 오르내리는 걸 듣고 싶지도 않았다. 사람이 얼마나 악의적일 수 있는지, 그때 처음으로 알게 되었다. 수군대던 동네 사람들의 말을 모두 다 기억한다. 값싼 동정심으로 점철되었던 호기심이 모진 말로 변질되던 과정을 모조리 지켜보았다. 태어나서 처음으로 사람들을 향한 증오심이 살의로 바뀔 수도 있다는 걸 깨달았다.

나는 그 살의를 밖으로 표출하는 대신 내게로 돌렸다. 문구점에서 쉽게 살 수 있는 커터 칼로 몇 번이나 내 살을 그었다. 통각이 사라지기라도 한 것인지 아무리 살을 그어도 아픔이 느껴지지 않았다. 그래서 자해하는 걸 멈출 수 없었다. 내 몸에 스스로 상처를 내서라도 일말의 통증이나마 느끼고 싶었다. 내가 할 수 있는 건 고작 그것뿐이란 생각만이 머릿속을 채우고 있었다. 그런 내 시도는 아버지에게 들키면서 중지되고 말았다.

내 뺨을 사정없이 때렸던 아버지의 손길을 기억한다. 또한 뺨을 때린 직후, 나를 끌어안은 채 아버지가 터뜨렸던 울음소리도 기억한다.

아버지가 그토록 통곡하는 걸 본 적이 없다. 그제야 나는 알았다. 나만 아픈 게 아니라는 걸. 아버지도 엄마도 나처럼, 아니 나보다 더 아프다는 걸. 나는 피투성이가 된 팔로 아버지를 끌어안고 울음을 토했다. 모든 게 원망스러웠다.

하다못해 내 울음소리조차도 듣고 싶지 않았다.

……그리고 나는 그날 밤, 열병을 앓았다. 며칠 동안 열병을

앓다가 간신히 열이 내려 정신을 차렸을 때, 내 귀는 세상의 모든 소리를 더 이상 들으려 하지 않았다.

[너, 귀는, 설마 그때…….]

조심스럽게 메모지를 건네며 내게 묻던 동화의 눈에 새겨진 아픔을 떠올렸다. 그리고 머뭇거리며 적은 그 물음 속에서 느껴지던 망설임도. 나는 아무렇지 않게 웃었다. 웃었다고 스스로 생각했지만 동화가 볼 때는 그게 아니었는지도 모르겠다. 그의 낯빛이 흐려졌으니까. 아니, 내 표정 때문만은 아니었을 수도 있겠다. 어렴풋이 짐작한 내 장애의 이유를 확인받은 것이나 마찬가지니 더욱 참담한 기분인가 보았다.

'너는 여전히 다정하구나.'

나는 구겨진 손수건을 손으로 쭉쭉 문질러 펴다가 묽게 웃었다. 10년 만에 만난 동화에게서 앳된 소년의 모습을 찾는 건 쉬운 일이 아니었다. 열일곱 살의 소년을 스물일곱 살 먹은 성인 남자에게서 찾으려고 하는 건 말도 안 되는 일이니까.

동화의 손이 예전보다 더 크고 낯선 느낌을 주었다는 걸 생각했다. 그러고 보니 그때보다 키도 더 큰 듯싶었다. 새삼 놀라운 마음에 나도 모르게 입을 달싹였다.

'너 키가 많이 컸…….'

소리로 나오지 못한 말들이 입안에서 부서졌다. 내가 지금 혼자 방 안에 틀어박혀서 뭘 하고 있는 건가 싶었다. 일그러지려는 얼굴을 감추기 위해 고개를 숙이고 호흡을 가다듬었다. 청력을 잃은 지 10년이나 되어 이미 익숙해질 대로 익숙해진 상태였는데, 평소에 하지 않던 행동을 했다. 마치 10년 전, 우리에게 아무런 일도 일어나지 않았던 그 시기로 되돌아간 것처럼.

지금 이 자리에 나를 제외하고 아무도 없다는 게 다행이었다. 나는 청력을 잃은 것과 동시에 말하는 법도 잊었다. 스스로 듣지 못하는 소리를 입 밖으로 낸다는 건 생각보다 훨씬 두려운 일이다. 내 나름대로는 아아아, 하고 말하더라도 다른 사람은 어어어, 하는 소리로 들을 수 있기 때문이다. 그래서 나는 귀로 들리는 소리를 잃고, 입으로 내는 소리를 잊었다.

[많이 보고 싶었어.]

지난 토요일에 받았던 동화의 메모를 꺼냈다. 보고 싶었다고 말하는 그의 필체를 가만히 손끝으로 어루만지다가 문득 궁금증이 일었다.

'동화의 목소리가 어땠더라?'

내가 기억하는 소리는 그리 많지 않다. 더 이상 들을 수 없는 소리는 하나씩 사라져 갔다. 그래서 나는 사라져 가는 소리를 다른 방식으로 기억하기로 했다. 물론 모든 소리를 기억하고자 한 것은 아니다. 기억하고 싶은 소리만. 잊고 싶지 않은 소리만.

저장된 기억 속의 소리들을 뒤적여 동화의 목소리를 찾아봤다. 하루하루 시간이 켜켜이 쌓여 있던 소리들의 틈새에서 그의 목소리에 대한 기억을 끄집어낼 수 있었다. 곱게 접어 주머니에 넣어 두었던, 그 모서리가 닳을 때까지 전해 주지 못했던 편지의 느낌. 그것이 내가 기억하는 동화의 목소리이다.

'……하지만, 그래서 뭐.'

괜히 눈시울이 뜨거워졌지만 아무렇지 않은 척했다. 10년 전 혼자 했던 짝사랑을 다시 만났다고 해서 뭔가가 달라질 거라고 믿을 만큼 순진하지 않다. 예상치 못한 재회라 하여 그것에 새삼 특별한 의미를 부여할 만큼 어리지도 않다.

나는 계속 웃기만 했다.

뒷발로 선 몽실이를 대신해 문을 열었다. 택배 기사가 문 앞에 두고 간 상자가 보였다. 익숙한 출판사의 마크가 찍혀 있는 상자였다.

[방금 증정본 받았어요. 감사해요, 차장님.]

[확인해 보셨어요? 예쁘죠?^O^]

마치 휴대전화를 손에 쥐고 있었던 듯 곧바로 답장이 왔다. 나는 장 차장의 메시지를 확인하고 상자를 열었다. 증정본 스무 권과 함께 손바닥보다 조금 큰 악어 인형이 들어 있었다.

[악어 인형도 같이 왔어요.]

증정본을 한 권 꺼내 인쇄된 내용을 훑어보다가 장 차장에게 메시지를 보냈다.

[소희 장난감 사러 갔다가 크로코 생각이 나서요. 크로코랑 닮지 않았어요? 물론 우리 크로코가 훨씬 더 귀엽지만요!]

소희는 장한이 차장을 바보로 만드는, 그의 아홉 살 외동딸이다. 장 차장의 말에 따르자면 내 팬 1호라고도 했고.

[감사해요, 차장님. 책도 정말 예뻐요. 고생하셨습니다.]

[작가님도 고생 많이 하셨어요. 당분간 작품 걱정 털어 내시고 푹 쉬세요. 그리고 다음 작품도 저희랑 같이 하시는 겁니다!]

장 차장의 너스레에 입매가 저절로 느슨해졌다. 그에게 고맙다는 인사가 담긴 답장을 간단히 보내고 멍하니 휴대전화를 만지작거렸다.

장 차장을 비롯해 출판사 사람들에게는 더없이 미안한 마음이다. 책을 출간하면서 홍보 차원에서 열었던 사인회를 망쳐 버렸는데 그들 중 어느 누구도 나를 탓한 사람은 없었다. 오히려 사인회를 원만하게 진행하지 못했다며 내게 몇 번이고 사과했다.

'정작 사과해야 할 사람은 난데.'

나 때문에 고생한 이들을, 나로 인해 다친 아이를 생각하니 마음이 무거워졌다. 그나마 다행인 건 아이의 상처가 그다지 심각하지 않았다는 점이다. 만약 아이가 크게 다쳤더라면……. 상상조차 하기 싫어 고개를 절레절레 저은 뒤, 다른 생각을 하고자 했다. 그러자 기다렸다는 듯 묻어 두었던 기억 하나가 슬그머니 모습을 드러냈다. 그러지 않아도 그 기억을 되새기지 않으려고 일부러 아무 생각 없이 멍하니 있었는데도. 휴대전화 연락처 속에서 이름 하나를 물끄러미 바라보았다.

'류동화.'

비록 어린 시절의 풋내 나는 감정일지라도 내게는 행복한 추억 중의 하나로 남아 있던, 그래서 지금은 더욱 떠올릴 수 없던 첫사랑.

……하나 더. 동화는 내가 아닌, 동미를 좋아했다.

그 사실을 오랜만에 떠올리니 쓴웃음이 비어져 나왔다. 세월이 이렇게 지났는데도 가슴이 아릿해져서 숨을 쉬는 것조차 힘겨워진다. 아마도 이 통증은 평생 나와 함께할 것이다. 내 시간은 이미 10년 전에 멈춰 버린 것이나 다름없으니까.

나는 무거운 한숨을 토해 내고는 동화의 연락처를 가만히 더듬어 보았다. 그 순간, 화면을 잘못 건드린 것인지 동화에게 전화가 걸렸다.

'맙소사! 어떡하지?'

뒤늦게 허둥지둥 전화를 끊으려는데, 동화가 전화를 받은 것인지 휴대전화 화면이 바뀌었다. 통화 시간이 조금씩 늘어가는 걸 본 순간, 머릿속이 새하얘졌다.

'어……, 어쩌지?'

생각할 새도 없이 재빨리 전화를 끊어 버렸다. 떨리는 심장을 간신히 붙잡고 있는데, 곧바로 메시지가 도착했다.

[동은아, 방금 전화했지? 네 숨소리만 듣고도 너인 줄 알겠더라.^^]

휴대전화 화면에 뜬 글자에도 촉감이 있다면 말랑말랑한 푸딩 같지 않을까. 아니면 부드러운 티라미수 같을지도 모르고. 가슴속 어딘가가 간지러운 느낌에 어색해져서 손가락으로 코끝을 만졌다. 그 느낌이 생경하기 그지없어 괜히 퉁명스러운 투로 답장을 보냈다.

[내 번호 저장해 놨잖아. 그거 보고 알았을 거면서.]

[앗! 들켰다.^^;]

동화가 곧바로 장난스러운 메시지를 다시 보냈다. 예전의 기억이 조금 더 생생해졌다. 그때도 동화의 목소리는 늘 부드럽고 온화했다. 그러면서도 그 또래의 소년이 가지고 있을 법한 장난기를 품고 있었고……. 나는 그런 동화의 목소리를 꽤 좋아했었다.

[참! 사인 엽서 가져다 줬더니 아이가 정말 좋아했대. 신나서 뛰다가 엎어져서 코까지 깨졌을 정도로.]

[뭐? 많이 다쳤대?]

놀란 마음에 황급히 물었다. 사인회에서 벌어졌던 불상사가 다시금 떠오르면서 가슴이 쿵쾅쿵쾅 뛰었다.

[쌍코피 조금 흘리다 말았대. 사진 봤는데 진짜 개구쟁이더라. 너도 볼래?]

동화가 곧이어 사진 한 장을 보내 왔다. 나는 그가 보낸 사진 속의 꼬마를 쳐다보았다. 화장지를 돌돌 말아 양쪽 콧구멍을 막은 채 씨익 웃고 있는 개구쟁이의 얼굴을 보니 저절로 웃음이 나왔다.

아이가 크게 다친 건 아니란 사실에 안도감이 밀려들었다. 나는 조용히 웃다가 휴대전화를 손에 쥔 채 아래를 내려다보았다. 몽실이가 악어 인형을 끌어안고 노는 모습이 보였다. 그리고 증정본도 눈에 들어왔다. 잠시 망설였지만 손가락이 저절로 움직였다.

[혹시 동화책 봐?]

너무나 뻔한 대답을 들을 법한 질문이었다. 스물일곱 살의 성인 남자에게 동화책을 보냐고 묻다니. 그가 내 사인회에 왔던 건, 단지 회사 동료의 부탁 때문이었는데. 내가 질문하고도 어이가 없어서 붉게 달아오른 뺨을 슬쩍 문질렀다.

하지만 그에게서 온 대답은 내 예상 밖의 것이었다.

[응. 좋아하는 편이야.]

'어? 진짜?'

그의 메시지를 보고 잠시 멍해져서 눈만 깜빡였다. 혹시 농담으로 한 말이 아닐까 싶었다. 그러나 이모티콘조차 없이 진지한 대답은 섣불리 농담이라 여기기 어려웠다.

[동화책 좋아한다고?]

[좋아서 쓰는 너도 있잖아.]

나는 저절로 입꼬리가 올라가려는 걸 간신히 끌어 내리느라 애를 써야 했다. 동화가 딱히 내가 쓴 동화책을 좋아한다고 한 것도 아닌데, 왜 괜히 뿌듯해지고 어깨를 으쓱이게 되는 건지 모를 일이다.

[그럼 증정본 보내 줄까?]

[증정본? 이번에 나온 책?]

[응.]

나는 고개까지 끄덕이며 답장을 보내고는 머쓱한 마음에 냉큼 메시지를 하나 더 보냈다.

[출판사에서 증정본을 많이 보내 줘서 남았거든.]

아, 아니다. 이런 말은 하지 않는 편이 나았을까. 남는 거 가지고 있기 곤란해서 준다는 것 같잖아. 동화에게 메시지를 보내자마자 든 후회에 얼굴을 찡그렸다. 게다가 다른 생각이 이어지는 바람에 자신감이 뚝 떨어지고 말았다.

동화가 내 책을 좋아했더라면 부탁 받은 사인만 받아 가지는 않았으리라는 생각.

그 생각이 일단 머릿속에 자리를 잡고 나니 얼굴이 화끈거리기 시작했다. 정작 동화는 내 책을 좋아하지도 않는데 나 혼자 괜히 착각하고 들떠서 증정본을 보내 주겠단 말을 한 게 아닐까 싶어서. 나는 서둘러 동화에게 보낼 메시지를 작성했다.

[방금 내가 한 말은 취소할…….]

그러나 그 메시지를 미처 전송하기도 전에 동화가 먼저 메시지를 보냈다.

[사인해서 주는 거지? 퇴근길에 서점 들러서 네 책 사려고 했는데. 아! 이왕이면 작가님한테서 직접 받았으면 좋겠다.]

'으응?'

[오늘 저녁에 시간 어때? 만나자.]

순간, 아무것도 머릿속에 떠오르지 않았다.

'아아, 또…….'

나는 가게 안으로 들어갔다가 다시 나오며 난처하게 웃는 동화를 보고 억지로 입꼬리를 끌어올렸다. 그렇지만 저절로 어깨가 축 처지는 것까지 숨길 수는 없었다. 그건 몽실이도 마찬가지였는지 꼬리를 축 늘어뜨렸다.

[미안해.]

[네 탓 아니야. 장애인 보조견이 식당에 출입할 수 있는 건 당연한 건데. 전부 다 신고해 버릴까 보다.]

동화의 필체가 끝부분으로 갈수록 점점 더 날카롭게 흔들렸다. 그의 속상한 마음이 필체에 고스란히 묻어났기 때문인 듯했다.

간질간질하다.

누군가가 나를 대신해 화를 내고 있는 이 상황이 신기하기도 하고, 겸연쩍기도 하다. 아버지와 외출했다가도 종종 겪었던 일이라, 더 이상 불쾌한 일을 겪지 않으려고 몽실이를 집에 놔두고 아버지와 단둘이 나갈 때도 있었다. 나보다 더 마음 아파하고 속상해할 아버지를 아니까.

그런데 아버지 말고도 나 때문에 마음 아파하고 속상해하는 사람이 바로 내 눈앞에 있다. 아주 오래전에 인연이 끊어졌다고 여겼던 친구가, 내 첫사랑이 바로 그 사람이다. 그 사실이 어쩐지 감격스러웠다. 나도 모르는 사이에 밀려든 그 감정을 숨기지 못하고 웃었다. 그러자 동화가 나를 보더니 말했다.

"웃으니까 진짜 예뻐."

어……. 내가 제대로 이해한 게 맞는 건가. 대꾸할 말을 찾지 못한 채 휴대전화를 꼭 쥐고만 있었다. 양쪽 뺨에 열기가 오르는 것인지 뜨끈해졌다. 아마 거울을 봤더라면 홍시처럼 빨갛게 물든 내 얼굴을 볼 수 있을 것이다.

'정신 차려, 서동은!'

뺨을 손으로 가볍게 두드리다가 불쑥 떠오른 생각에 입을 벌렸다.

'아, 책!'

그래, 애당초 만나기로 한 건 증정본 때문이었으니까. 나는 힐끔 시간을 확인했다. 어느새 저녁 먹을 때를 훌쩍 넘긴 상태였다. 몽실이를 데리고 들어갈 만한 식당을 찾지 못한 탓에 시간만 허비한 셈이 되고 말았다. 마음이 조급해졌다. 방금 전 느꼈던 감정들을 모두 잊을 정도로. 나는 허둥대며 가방 안에서 포장된 책을 꺼냈다. 나름대로 예쁘게 포장을 한다고 해 봤는데, 막상 지금 보니 별로 예뻐 보이지 않았다.

'여기.'

소리 내어 말하지 못하고 그냥 책을 든 손을 동화를 향해 쑥 내밀었다. 그러나 동화는 내 손에 들린 책을 그저 가만히 내려다보기만 했다. 책을 받을 생각이 없는 듯한 그의 태도에 민망해졌다. 그 바람에 책을 들고 있던 손이 천천히 아래로 내려갔다. 아니, 내려가려 했다.

그 순간 손이 가벼워졌다. 동화는 포장된 책을 앞뒤로 살피듯 이리저리 돌려 가면서 보더니 씩 웃었다. 그 웃음이 열일곱 살의 동화가 짓던 웃음과 사뭇 닮아 있었다.

"뜯어봐도 돼?"

나는 고개를 끄덕였다. 길거리 한복판에서 책을 건네주고 헤어지는 것이 식당을 찾아 헤매며 시간을 낭비하는 것보다는 낫겠단 생각이 들었다.

물론, 조금 섭섭하기는 하지만.

나도 모르게 조금은 기대하고 있었나 보다. 동화와 저녁도 먹고 이야기도 나누며 느긋하게 시간을 보낼 수 있을 거라고.

나는 쥐고 있던 목줄을 손에 돌돌 감고 몽실이를 안아 들었다. 어쨌든 이제 책을 전해 줬으니 내가 할 일은 다 끝낸 셈이다.

[그럼 나]

갈게, 라는 말을 미처 입력하기도 전에 갑자기 동화가 내 손을 붙잡아 끌어당겼다. 그 바람에 휴대전화 키패드를 잘못 건드려서 오타가 주르륵 이어졌다.

[그럼 나 ㄱㅏㅏㅏㅏㄹ]

[가기는 어딜 가려고.]

동화가 내 휴대전화를 빼앗더니 내가 썼던 메모 아랫줄에 제 할 말을 입력하고는 다시 내게 건넸다. 나는 황당한 얼굴로 그를 쳐다보았다. 그러나 그는 아랑곳하지 않고 태연한 표정으로 얘기했다.

"야박한 서동은. 밥도 안 사 주고 돌려보내려고?"

누가 일부러 그러는 줄 알아? 억울한 마음에 부어터진 얼굴로 그를 노려보았다. 그러자 동화가 픽 웃더니 붙잡고 있던 내 손을 재차 끌어당겼다.

'어, 어어?'

나는 얼떨결에 그가 이끄는 대로 따라갈 수밖에 없었다. 한 손은 동화에게 붙들린 채, 다른 손으로는 몽실이를 안고.

몽실이의 밥부터 먼저 챙긴 뒤, 동화가 내 옆에 다가와 털썩 앉았다. 그러곤 비닐봉지 안에서 편의점 도시락 하나를 꺼내더니 내게 건넸다. 나는 멀뚱멀뚱 그를 쳐다보았다. 동화가 겸연쩍은 표정을 짓더니 노트에 뭔가를 부리나케 써서 내밀었다.

[이것도 꽤 낭만 있잖아.]

글쎄. 낭만이라고 할 것까지는……. 손등에 앉은 날벌레를 쫓아내기 위해 허공에 대고 팔을 흔들었다. 그런 나를 본 동화가 입을 벌리고는 웃음을 터뜨렸다.

아니, 아마도 웃음을 터뜨렸을 것이다.

그의 웃음소리를 듣고 싶단 욕심이 불쑥 밀려들었다. 그저 짐작으로 웃음을 터뜨렸겠지, 하는 것이 아니라 직접 내 귀로 그의 웃음소리를 들을 수 있으면 얼마나 좋을까. 갑자기 말도 안 되는 욕심을 부리려 하는 내 모습이 우스워서 쓴웃음을 삼켰다.

그 순간, 동화가 도시락을 가져갔다. 나는 고개를 들어 그를 쳐다보았다. 동화가 아무렇지 않게 도시락 뚜껑을 열고 젓가락을 꺼내더니 내 손에 쥐여 주고 도시락을 되돌려 주었다. 순간적으로 머쓱한 기분이 들었다.

'내가 어린애도 아닌데.'

그가 직접 쥐여 준 젓가락을 힘주어 잡으며 몽실이를 쳐다보았다. 워낙 자그마한 녀석이라 그런지 강아지용 통조림 안에 머리가 쏙 들어갈 것 같았다. 그 모습을 보고 있으니 조금 전 몽실이 밥을 챙겨 주던 동화의 모습과 방금 내 도시락을 열고 젓가락을 쥐여 준 그의 모습이 동시에 겹쳐졌다.

'나는 몽실이가 아닌데.'

어린애도 몽실이도 아닌 나를 이렇게 챙겨 주는 동화의 행동에 뭔가 기분이 이상해졌다. 나는 쥐고 있던 젓가락을 엇갈려 움직여 보았다. 대수롭지 않은 행동일 뿐이었다. 매일 밥을 먹을 때마다 늘 하는 움직임에 불과했다. 그런데 그 흔한 움직임이 갑자기 어색하게 느껴져서 손에 저절로 힘이 들어갔다. 마치 젓가락질을 처음 배우는 어린아이라도 된 것처럼.

톡톡.

어깨를 가만히 건드리는 손길이 느껴졌다. 나는 소스라치게 놀라 옆을 돌아보았다. 나보다 더 놀라서 눈을 휘둥그렇게 뜬 동화와 시선이 마주쳤다. 과한 반응을 보였다는 생각에 민망해졌다. 내가 아무런 반응도 이어 가지 못한 채 눈만 깜빡이고 있자, 동화가 가벼운 웃음과 함께 손가락으로 어딘가를 가리켰다.

'아, 도시락.'

동화의 손가락이 무엇을 가리킨 것인지 알아차리자마자 고개를 획 돌리고는 서둘러 밥을 먹기 시작했다. 얼굴에 당황함이 그대로 드러났을 거란 생각에 나도 모르게 고개가 숙여졌다. 그렇게 몇 번 맨밥을 먹다 보니 마음이 차분해졌다. 나는 한결 여유로워진 상태로 반찬을 집어 먹었다. 약간 짭짤하기는 했지만 그럭저럭 먹을 만했다.

그렇게 밥을 먹어 속이 든든해지고 나니 덩달아 마음도 든든해진 것 같았다. 나는 어느새 다 비워 버린 도시락 안에 젓가락을 넣은 뒤, 조심스럽게 옆을 돌아보았다. 밥을 씹고 있는 동화의 옆얼굴이 내 눈에 들어왔다.

'너는 여전히 밥을 느리게 먹는구나.'

예전과 변하지 않은 그의 모습 때문일까. 10년 전의 동화를 보는 듯한 착각에 사로잡혀 그에게서 시선을 떼지 못했다. 사실, 정확히 말하자면 동화는 밥을 빨리 먹는 축에 속했다. 반대로 나는 밥을 느리게 먹는 편이었고. 그래서 동화가 먼저 밥을 먹고 난 뒤에도 나는 절반이나 남은 밥을 마저 먹어야 했다. 그럴 때마다 빨리 밥을 먹어야 한다는 부담감에 마음이 급해졌던 터라, 언젠가 그에게 그 점을 투덜댄 적이 있었다.

그 뒤부터 동화의 밥 먹는 속도가 확연히 느려졌다.

나는 가만히 웃다가 고개를 다시 돌렸다. 10년이나 흘렀음에도 불구하고 나로 인해 바뀌었던 그의 버릇이 본래대로 되돌아가지 않았다는 사실에 가슴속 어딘가에서 아릿한 통증이 일었다. 희미한 기억이 가지고 온 뭔가가 가슴속을 두드린 것만 같았다.

'됐어. 생각하지 마.'

고개를 저었다. 하나의 기억은 다른 기억을 동반하는 법이다. 그리고 그 다른 기억은 또 다른 기억을 끌어들일 것이다. 기억과 기억이 서로 엮여서 줄줄이 딸려 나오다 보면, 결국 마지막 기억에 다다를 터.

10년 전, 마지막 기억으로.

열병을 앓기 전, 소리를 잃기 전, 마지막으로 기억했던 그 지옥 같은 순간으로.

나는 다급히 숨을 들이쉬고는 손을 오므렸다. 텅 비어 있던 손바닥에 손톱이 박히는 듯한 감촉이 전해졌다.

'그 애의 손톱 사이사이에 피가 묻어 있었는데.'

무심코 이어진 기억에 나도 모르게 명치를 누르며 몸을 구부렸다. 아아, 아파. 눈시울이 뜨거워지는 것 같단 생각과 동시에 눈물이 후드득 손등 위로 떨어졌다. 옆에 앉아 있던 동화가 놀랐는지 내 어깨를 감쌌다.

"왜 그래, 동은아? 어디 아파?"

아마 그런 물음들이 그의 입에서 나왔을 것이다. 비록 소리를 듣지는 못해도 그 소리가 전하는 파동은 느끼니까. 물론 그 느낌은 내 착각일 뿐이겠지만, 나는 동화의 목소리가 전한 파동을 느끼고 더욱 눈물을 쏟아 냈다. 괴물이 내지르는 비명 같았을지도 모른다. 10년 동안 닫혀 있던 목구멍을 통해 거슬러 올라온 소리는 끔찍했을 것이다. 그렇지만 내 귀에는 들리지 않기에, 나는 나도 모르게 마구 소리를 질러 댈 수 있었다. 아니, 그런 계산 따위는 하지도 못한 채 발광했다.

잊고 있었던, 아니, 잊으려 했던 과거의 기억이 머릿속을 비집고 들어와 나를 조롱했다. 갈고리처럼 자란 손톱으로 나를 벅벅 긁어 댔다. 기억 속의 손톱과 그 사이사이에 묻어 있던 핏자국이 가슴속에 붉은 자국을 남겼다.

숨이 가빴다. 순식간에 절망감이 나를 잠식했다. 숨조차 제대로 쉴 수 없는 고통이지만, 그 누구도 나를 이해할 수 없을 터였다.

'무서워. 겁이 나서 미치겠어.'

시커먼 어둠 속에 나만 홀로 남겨진 것만 같았다. 들리지 않던 귓가에 요란하게 퍼붓는 빗소리가 들렸다.

그날처럼. 10년 전 그날처럼.

그 순간 나를 꽉 끌어안는 손길이 느껴졌다. 그리고 내 몸을 휘감은 단단한 팔도 느낄 수 있었다.

'아! 동화!'

나는 잠시 잊고 있던 그의 존재를 알아차리고 허겁지겁 그에게 매달렸다.

'제발 나만 놔두고 가지 마. 무서워. 두려워. 동화야, 제발…….'

"괜찮아."

그가 속삭이는 소리가 들렸다. 환청이라는 걸 알면서도 고개를 주억거리며 동화의 품에 안긴 채 눈물을 쏟았다.

"괜찮아, 동은아."

동화의 목소리는 다정하고 부드러울 것이다. 나는 잦아드는 울음 사이로 그런 짐작을 해 보았다.

울음을 그치고 난 뒤에 밀려든 겸연쩍음과 민망함 때문에 한동안 고개를 들지 못했다. 동화가 잠시 자리를 비운 와중에도 마찬가지였다.

왜 그렇게 울었을까. 그 애가 날 보고 뭐라고 생각했을까. 더구나 미친 사람처럼 괴성을 질러 대며 발광했는데. 나는 고개를 푹 숙인 채 죄 없는 땅을 발로 툭툭 찼다.

그때, 갑자기 볼에 차가운 뭔가가 닿았다. 순간적으로 놀라서 고개를 퍼뜩 들었다. 내 앞에 서서 씩 웃고 있는 동화와 눈이 마주쳤다. 그가 나를 향해 뭔가를 내밀었다.

콘 아이스크림이었다. 겉 포장지가 깔끔하게 벗겨진.

'어어…….'

나는 소리 없이 입을 달싹였다. 아이스크림의 포장지를 벗겨 주었구나. 마치 도시락을 먹을 때 젓가락을 손에 쥐여 주었던 것처럼.

가만히 아이스크림을 한입 먹었다. 초코 크림의 달콤한 맛 때문인지 혀가 얼얼했다. 아니, 차가워서 혀가 얼얼해진 걸까. 그런데 그 느낌이 그다지 나쁘지 않았다. 오히려 가슴속 어딘가를 부드러운 깃털로 간질이는 느낌마저 들어서 자꾸만 몸이 들썩였다.

동화와 눈이 마주쳤다. 여전히 내 앞에 서 있던 동화가 부드럽게 미소 지었다. 괜히 어색해져서 아이스크림을 또 한입 먹었다. 부드러운 크림이 입안에서 사르르 녹았다.

동화가 내 옆으로 다가와 앉는 기척이 느껴졌다. 하지만 굳이 옆을 돌아보지 않았다. 오로지 내가 할 일은 아이스크림을 모두 먹어 치우는 것뿐이라는 듯 계속 먹는 데에만 열중했다. 동화 역시 다리를 꼬고 앉은 채 아이스크림을 먹었다.

동화가 갑자기 몸을 숙이더니 내 다리를 붙들고 서 있던 몽실이를 안아 들었다. 나는 3분의 1 정도 남은 아이스크림을 입에 쏙 넣고 그를 돌아보았다. 나와 시선이 마주치자 동화는 한 손으로 몽실이를 안은 채 다른 손으로 자신의 입가를 가리켰다. 그 손짓을 따라 무심코 입가를 닦았다. 손등 위에 하얀 아이스크림이 묻어났다.

그 순간, 갑자기 불어온 바람결에 머리카락이 날렸다. 나는 황급히 손으로 머리를 감쌌다. 동시에 동화가 내 머리를 끌어안았다.

두 눈을 질끈 감았다. 미친 듯 휘몰아치는 바람과 내 가슴속은 똑같이 닮아 있었다. 이유도 없이 그냥, 어느 순간 휘몰아치는 게 다르지 않았다. 나는 숨을 들이쉰 채 가만히 눈만 깜빡였다. 숨을 다시 뱉어야 한다는 생각을 하지 못했다. 그저 지금 내 머리를 감싸고 있는 동화의 단단한 팔만이 모든 감각을 차지하고 있을 뿐이었다.

그래. 그때처럼.

노란색 폴리스 라인. 미친 듯 쏟아지던 장마철의 폭우. 사람들의 수군거림. 그 모든 것으로부터 나를 단단히 감싸 주었던 건 동화의 손이었다. 아직 덜 자란 소년의 손. 지금 생각하면 동화 역시 그저 어린 소년에 불과했는데. 그럼에도 동화는 나를 힘주어 끌어안은 채 내 귀를 제 손으로 꽉 막아 주었다.

바로 지금처럼.

나는 충동적으로 손을 내밀어 내 머리를 끌어안고 있던 동화의 팔을 붙잡았다. 굵고 단단한 남자의 팔은 내가 기억하던 소년의 것과 사뭇 달랐다. 하지만 나를 든든히 지켜 줄 것 같은 느낌은 10년 전과 다르지 않았다.

'너, 밥 먹는 속도가 빨라지지 않았더라.'

고개를 들어 동화를 올려다보며 가만히 속으로 말을 걸었다. 그러고는 눈시울이 뜨거워지려는 걸 간신히 참은 뒤, 가볍게 웃음 지으며 그의 품에서 벗어났다. 내 머리를 끌어안고 있던 팔이 느슨하게 풀려 나가는 게 어쩐지 허전했지만 내색하고 싶지는 않았다.

다시 고개를 돌려 앞을 응시했다. 공원의 가로등 불빛 아래로 고양이 한 마리가 슬며시 모습을 드러냈다가 사라졌다. 그리고 갑자기 휘몰아쳤던 바람도 어느새 잔잔히 가라앉았다.

바람이니까, 당연한 것이었다.

[데려다줄게.]

동화의 고집은 쉽게 꺾이지 않았다. 그냥 몽실이와 둘이 충분히 갈 수 있다고 몇 번이나 설명을 했지만 동화는 제 고집을 꺾으려 하지 않았다.

[시간이 많이 늦었어.]

[지하철 타면 금방 갈 수 있어.]

당장 내일도 출근해야 할 사람을 집까지 데려다 달란 명목으로 부려먹을 수는 없다. 그러나 이런 내 마음을 알 리 없는 동화는 거듭 고집을 부렸다.

[여자 혼자 집에 보내라고? 나, 그렇게 매너 없는 남자 아니거든?]

그냥 나는 어색했다. 동화와 나 사이에 '여자', '남자' 운운하는 단어가 나온 것 자체가. 눈을 마주치는 것조차 민망했다. 동화는 그저 당연한 말을 한 것뿐인데, 그 말을 이상하게 받아들인 내가 문제였다.

나는 여자. 동화는 남자.

그 명백한 사실을 담은 말이 왜 내게는 야릇하게 이해된 것인지. 동화의 눈에 내가 '여자'일 리 없는데. 몽실이가 하품을 하더니 뒷발로 목덜미를 긁는 게 보였다.

'우리 몽실이 졸린가 보다.'

몽실이 때문에라도 어서 집에 가 봐야겠단 생각이 들었다. 나는 동화를 향해 휴대전화를 달라고 손짓했다. 그러나 동화는 고개를 흔들고는 짓궂게 웃었다. 예전에 그가 옆집에 살던 때 종종 장난을 치면서 지어 보였던 웃음과 흡사하게.

그래서 더 이상 그의 고집을 꺾으려 할 수 없었다. 마음이 너무 아파서. 그런데 아프단 말을 할 수 없어서.

나는 어쩔 수 없다는 듯 어깨를 으쓱였다. 그러자 동화가 환하게 웃더니 내 손목을 잡아끌었다. 큼직한 손. 그의 손등에 살짝 돋은 힘줄이 유난히 눈에 띄었다.

"집에 가자. 데려다줄게."

들을 수 없는 동화의 목소리에 이끌리듯 걸음을 옮기기 시작했다. 바닥에 앉아 있던 몽실이가 냉큼 일어나더니 경쾌한 발걸음으로 내 곁을 따랐다.

몇 걸음 걷다 말고 동화의 옆얼굴을 돌아보았다. 정면에서 마주 볼 때와는 또 다른 느낌이었다. 더구나 어둑한 와중에 본 얼굴은 그 음영이 또렷하게 드리워진 탓인지 날카로워 보이기도 했다. 그러나 그 날카로움 속에 숨겨져 있는 다정함을 알고 있기에 더 이상 낯설지 않았다. 느린 속도로 밥을 먹던 그의 모습이 다시금 떠올랐다.

괜히 가슴이 뛰었다.

[집이 어디야?]

사인회가 있었던 날, 동화가 동네 입구의 버스 정류장 앞에 나를 내려 주면서 거듭 아쉬워하더니 오늘은 아무래도 단단히 마음먹고 나온 듯싶다. 차 문까지 잠그고 개구쟁이처럼 웃는 동화를 보니 그의 고집을 꺾기가 쉽지 않을 것 같단 생각에 한숨을 내쉬었다.

'하필이면 바로 여기에 차를 세울 건 뭐람.'

익숙한 간판, 그 바로 아래에 말이다. 나는 다시 동화를 쳐다보며 눈을 가늘게 떴다.

'설마 얘가 우리 아버지 가게를 알고 있었나?'

그럴 리 없다는 걸 누구보다 내가 잘 알지만, 가게 앞에 주차를 해 놓고 싱글거리며 웃고 있는 동화를 보고 있으려니 저절로 의심이 생겼다. 하지만 나는 고개를 절레절레 흔들고는 의심을 털어 버렸다.

지난번 사인회 때, 동화의 차를 타고 오기는 했어도 그건 저 아래에 있는 버스 정류장까지였을 뿐이다. 나를 내려 준 뒤에 바로 출발한 것을 확인했으니 동화가 이 가게를 알 리 없었다.

'어쩔 수 없지, 뭐. 게다가 죄 짓고 숨어서 사는 것도 아닌데 밝히지 못할 이유도 없잖아.'

나는 체념 섞인 표정으로 어깨를 으쓱이고는 휴대전화에 바쁘게 메모를 작성했다.

[여기, 우리 가게 앞이야.]

메모를 확인한 동화의 눈이 휘둥그렇게 커지더니 나를 향했다.

"진짜?"

동화의 동그란 눈을 마주한 채 고개를 끄덕였다. 그러자 동화가 바깥의 간판을 확인하다 말고 눈을 더욱 크게 떴다. 뭘 보고 그러나 싶어서 나도 같이 고개를 기울이며 차창 밖을 보았다.

'어? 아버지!'

가게 밖으로 나온 아버지의 모습이 보였다. 단골손님과 뭔가 대화를 나누던 아버지가 웃음을 터뜨린 순간, 운전석에 앉아 있던 동화가 냉큼 차 문을 열고 내렸다. 그러고는 곧바로 아버지를 향해 성큼성큼 걸어가더니 고개를 숙여 인사했다. 아버지는 갑자기 나타난 동화를 보고 당황해하는 듯싶더니 이내 환하게 웃으며 그의 어깨를 두드렸다.

'아, 곧바로 알아보셨나 보네. 10년이나 지났는데.'

그 순간, 몽실이가 내 허벅지를 밟고 일어서더니 유리에 앞발을 콕, 찍고 꼬리를 흔들었다. 그와 동시에 조수석 유리창 밖으로 아버지의 얼굴이 다가왔다.

"이제 오는 길이니?"

끄덕. 아버지의 입 모양을 보다가 고개를 주억거렸다. 아버지는 휴대전화를 꺼내 뭔가를 빠르게 입력하고는 내게 건넸다.

[동화랑 같이 올 줄 몰랐네.]

저도 몰랐는걸요. 나는 머쓱한 표정으로 아버지를 쳐다보았다. 아버지가 몽실이를 안은 채 기분 좋은 웃음을 짓고 있었다. 아마 동화를 오랜만에 만난 반가움 때문일 것이다. 예전에 나란히 옆집에 살던 시절, 아버지는 동화를 친아들처럼 여겼다. 나와 동미, 이렇게 딸만 둘을 두고 있던 아버지에게 동화는 같이 목욕탕도 가고 축구도 할 수 있는 아들 같은 존재였다. 또한 동화에게도 아버지는 친아버지 같은 존재였고.

그는 어머니와 단둘이 살았다. 아주 어릴 적에 동화의 아버지가 돌아가셨고, 그래서인지 동화도 우리 아버지를 유난히 따랐다.

문득 동화의 어머니가 기억났다. 혼자여도 씩씩하게 아들을 키우는 모습이 대단해 보여 나도 저런 용기를 가져야지, 하며 다짐을 했던 일도 덩달아 떠올랐다.

10년 만의 우연한 만남은 깊이 묻어 두었던 과거를 자꾸만 떠올리게 한다. 동화와 나, 그리고 동미는 3남매라 불러도 과언이 아닐 정도로 늘 붙어 다니던 사이였다. ……더구나 그날, 내 옆에 있었던 이는 동화였다. 물론 그 모든 걸 떠나서도 동화를 보면 동미가 저절로 떠오르는 건 어쩔 수 없는 일이다.

동미에게 좋아한다고 고백했던 동화.

두 사람이 얼마나 잘 어울렸는지, 누구보다 내가 잘 알고 있다. 그래서 그만큼 마음이 아팠다.

나는 고개를 마구 흔들어 상념을 털어 내고는 휴대전화에 메시지를 입력해 아버지에게 건넸다.

[먼저 들어갈게요.]

[동화도 왔는데 얘기 좀 더 하지.]

[지금까지 놀다가 들어왔는걸요.]

아버지의 말에 고개를 저으며 애써 웃었다. 아버지는 나와 동화를 번갈아 보다가 고개를 끄덕이고는 안고 있던 몽실이를 건네주었다. 그 순간, 동화가 내 옆에 따라왔다.

"같이 가."

'아니야, 괜찮아.'

혼자 갈 수 있다고 손짓까지 동원하여 내 뜻을 표시했다.

[밤에 혼자 돌아다니면 안 돼.]

휴대전화 메모에 입력된 동화의 말은 단호했다. 그 말만큼이나 단호한 얼굴로 나를 쳐다보다가 제 편을 들어 달라는 듯 아버지를 바라보았다. 아버지 역시 고개를 끄덕이더니 같이 가라는 듯 손짓을 했다.

'진짜 괜찮은데.'

가게에서 집까지는 불과 5분 거리였다. 나는 난감한 얼굴로 아버지를 쳐다보다가 다시 동화를 보고는 한숨을 내쉬었다. 아무 이유도 없이 더웠다.

#
그 남자

“야! 류동화! 나 수학 교과서 갖고 간다!”

교실 뒷문이 열리더니 동미의 목소리가 쩌렁쩌렁 울렸다. 주변에 있던 친구 녀석들 사이에서 휘파람 소리가 들렸다. 나는 영어 독해집을 보다 말고 고개를 들었다. 어느새 교실 안으로 성큼성큼 들어온 동미가 내 사물함을 열더니 수학 교과서를 꺼내 들었다. 익숙하다 못해 제 사물함을 열기라도 하는 것처럼 자연스러운 모습이었다.

“또 교과서 안 가지고 왔어?”

“흐흐.”

동미가 개구쟁이처럼 웃으며 손에 들린 교과서를 흔들더니 교실을 나가 버렸다. 하여간 못 말린다니까. 나는 혀를 차고 다시 독해집으로 시선을 돌렸다. 그러나 내 앞의 빈자리에 앉아 눈을 빛내는 친구 녀석 때문에 고개를 들 수밖에 없었다.

"야, 동화야. 솔직히 털어놔라."

"뭘 털어놔?"

친구의 뜬금없는 말에 눈을 찡그리며 물었다. 그러자 친구가 의자 등받이를 손으로 붙잡고 잔뜩 호기심 어린 눈으로 나를 쳐다보더니 실실 웃으며 말을 이었다.

"너 서동미랑 사귀지?"

"뭐?"

이게 무슨 헛소리인가 싶어 기가 막혔다. 하지만 친구 녀석이 괜한 헛소리를 한 게 아니라는 듯 옆에서 다른 녀석이 끼어들었다.

"사실대로 말해 봐, 인마. 그러지 않아도 궁금하던 참이었는데. 둘이 사귀지? 언제부터 사귀었냐? 중학교 때도 분위기 묘했다고 너희랑 같은 중학교 나온 애들이 그러던데."

"대체 무슨 헛소리야? 서동미랑 사귄다고? 내가?"

어이가 없다 보니 헛웃음이 저절로 나왔다. 하지만 그걸 달리 이해한 듯 녀석들은 더욱 신이 나서 떠들어 대기 시작했다.

"당연하지, 인마! 우리가 그 정도 눈치도 없을 줄 알았냐? 딴 여자애들한테는 무심한 놈이 서동미한테만 항상 다정하잖아. 우리가 멍청이냐. 안 그래?"

"그러게. 동미한테 마음이 있으니까 걔 동생한테도 잘해 주고. 그런데 걔네는 명색이 쌍둥이라면서 되게 다르더라."

옆자리에 앉은 녀석이 시시덕거리다가 다른 얘기를 꺼냈다.

바로 동미의 쌍둥이 동생, 동은에 대해서였다. 헛웃음과 함께 친구 놈들의 얘기를 듣던 내 이맛살이 찌푸려졌다. 그러나 그런 내 표정을 보지 못한 듯 녀석은 더욱 큰 목소리로 말을 이어 나갔다.

"그렇잖아. 서동미는 여신인데, 걔 동생은 완전 평범해. 쌍둥이라는 것도 걔들이 그렇다고 하니까 믿는 거지, 솔직히 쌍둥이 같지도 않더라. 누구 하나 주워 왔나?"

농담이랍시고 킬킬대며 덧붙인 말에 내 표정이 굳었다. 동네 사람들도 종종 동미와 동은을 비교하고는 했다. 동미가 또렷한 이목구비에 서구적인 외모인 데 반해, 동은은 올망졸망하단 말이 어울릴 정도로 자그맣고 귀여운 인상이었다. 그렇다고 해서 지금 내 옆에 있는 녀석이 지껄이는 말 따위를 들을 정도로 동은이 못난 얼굴인 건 결코 아니었다. 나는 짜증이 치미는 걸 참으며 자리에서 일어났다. 녀석들이 수업 곧 시작할 텐데 어디 가냐고 물었지만 대꾸하지 않고 교실 밖으로 나갔다.

저절로 발길이 동은의 교실로 향했다. 쉬는 시간이 얼마 남지 않았지만, 복도에는 여전히 아이들이 많았다. 그러나 동은의 모습은 찾아볼 수 없었다. 모범생답게 이미 제자리에 앉아 교과서를 펼쳐 놓고 수업 들을 준비를 해 놓았을 터였다. 나는 열려 있는 뒷문에 몸을 기대고 서서 동은을 보았다. 동미가 창틀에 앉아 다리를 흔들며 동은에게 뭔가 말을 건네고 있는 게 보였다. 그 말을 듣던 동은이 살포시 웃는 모습이 뒤이어 눈에 들어왔다.

'저렇게 예쁜데, 다들 눈이 삐었다니까.'

나는 구시렁거리며 손바닥으로 가슴을 쓸어내렸다. 가슴이 두근거리고 속이 울렁였다. 종종 있는 증세였다. 그 원인이 무엇인지도 잘 알고 있었다. 아니, '무엇'이 아니라 '누구'라고 표현하는 게 더 정확하겠다. 바로 서동은, 그 애가 내 가슴을 두근거리게 만들고 속을 울렁이게 하는 원인이니까.

그 애는 말갛게 웃는 얼굴이 유난히 예쁘다. 살짝 아래로 처진 눈꼬리가 웃으면 더욱 아래로 내려가는데, 그 모습이 순한 강아지를 연상시켜서 얼마나 귀여운지 모른다.

그래. 다들 그걸 모른다.

그러니까 바보 같은 말들을 하는 것이겠지. 동은은 제 쌍둥이 언니만 못 하다거나, 평범하다거나. 혹은 쌍둥이라는데 좋은 건 언니 쪽으로 다 몰아줬나 보다, 하는 우스갯소리들.

그런 말을 들을 때마다 화가 났다. 내 얘기가 아닌데 화를 내는 게 이상할 것 같아서 꾹 참기는 했지만, 집에 돌아가 부글부글 끓어오르는 화를 주체할 수 없어서 죄 없는 베개를 주먹으로 펑펑 때린 적이 부지기수였다.

'그 애가 얼마나 예쁜데. 지금도 봐. 저렇게 배시시 웃는 얼굴이 얼마나 사랑스럽냐고.'

……맙소사. '사랑'스럽다니. 나는 속에서 튀어나온 '사랑'이란 단어에 뺨이 홧홧하게 달아올라 숨을 깊이 들이쉬었다.

언제부터였을까. 그저 이웃집에 사는 친구였던 동은이 내게 다른 의미가 된 것은.

같은 중학교를 다니면서 더욱 친해진 동은에 대한 감정이 어느 순간 우정이 아닌, 다른 형태로 바뀌었다. 사춘기의 서툰 감정이라 여길 수도 있겠지만 내게는 '첫사랑'이라 이름 붙여도 좋을 만큼 두근거리고 설레는 감정이었다. 지금껏 고백조차 못 하고 있을 정도로.

동은을 보면 심장이 뛰어서 고백은커녕 말 한마디 건네는 것조차 쉽지 않았다. 동미의 앞에서 술술 나오던 말도 동은을 마주하면 꽉 막히기 일쑤였다. 처음에는 그런 내 모습이 낯설고 민망해서 동은을 보면 달아나거나 멀리 돌아가고는 했다. 그나마 요즘은 그런 증세를 꽤 고치기는 했지만, 그래도 여전히 그녀를 대하는 게 어색한 건 사실이었다.

느닷없이 쏟아지는 폭우보다 무서운 게 소리 없이 내리는 가랑비일지도 모른다는데. 부슬부슬 떨어지는 빗방울에 옷깃이 젖어 드는 것처럼 그 애를 향한 내 감정 또한 어느 순간 가슴속을 가득 채우고도 남는 건 아닐까. 그렇게 되면 그때는 내 마음을 고백할 수도 있지 않을까.

"어? 동화네? 야, 류동화! 거기 서서 뭐 해? 동은이 보러 왔어?"

그 시기가 어쩌면 얼마 남지 않았을지도 모른다는 생각을 한 순간, 동미가 뒷문에 서 있던 나를 발견하고는 호들갑스럽게 손짓을 했다. 그러자 동은이 고개를 돌려 내 쪽을 보더니 눈을 크게 떴다. 나는 멋쩍은 기분에 뒷머리를 긁적이며 동은의 자리로 다가갔다.

"곧 수업 시작할 텐데."

동은이 칠판 옆의 시계를 보고는 내게 말을 걸었다. 왜 왔냐고 묻는 듯 동은의 눈에 물음표가 떠 있었다. 그 시선에 괜히 얼굴이 더 뜨겁게 달아올랐다. 내 마음을 고스란히 들킨 것만 같아서, 다른 생각을 할 틈도 없이 입에서 튀어나오는 대로 대꾸했다.

"책 빌리려고 동미네 교실에 갔었는데 자리에 없기에 혹시 여기 와 있나 해서."

마치 준비라도 하고 있었던 것처럼 거짓 핑계가 그럴듯하게 나왔다. 조금 전에 동미가 수학 교과서를 빌려 간 게 머릿속에 남아 있었던 덕분인 듯했다. 동은이 내 말을 듣고는 순간적으로 흐린 미소를 짓더니 고개를 끄덕였다.

"그렇구나. 너도 책 안 가져올 때가 있네? 무슨 책인데? 내가 빌려줄게. 아! 너희 반, 이번 시간이 물리였지? 잠깐만 기다려."

동은이 교실 뒤쪽의 사물함으로 가기 위해 자리에서 벌떡 일어섰다. 나는 그 모습을 넋 놓고 쳐다보다가 뒤늦게 정신을 차리고는 다급히 그녀의 팔을 붙잡았다.

"아니야! 그러지 않아도 돼!"

"응? 하지만 너 책 빌려야 한다고……."

"동미한테 빌릴 거야!"

급한 마음에 동은의 말을 끊었다. 그러자 동은이 느릿느릿 눈을 깜빡이더니 묘한 표정을 지었다. 금방이라도 울 것 같은 표정이었다. 뭔가 잘못 본 건가 싶어 그녀의 표정을 다시 살피려는 순간, 동은이 내게 붙들려 있던 팔을 빼내고는 고개를 돌려 동미를 향해 입을 열었다.

"들었지? 동화가 책 빌려 달래."

"흐으음……. 그냥 여기서 빌리면 되지. 굳이 나한테 빌려야겠다는 건 뭐람."

동미가 투덜대며 자리에서 일어섰다. 그러고는 가자면서 내 등을 떠밀었다. 나는 얼떨결에 동미에게 떠밀려 교실 밖으로 향할 수밖에 없었다. 복도로 나가자마자 동미가 내 팔을 주먹으로 툭 치는 시늉을 하더니 콧소리를 흥얼거렸다.

"너 웃긴다, 류동화. 내가 좀 전에 네 사물함에 물리 책 있는 거 봤거든? 그걸 그새 어디다가 팔아먹었을 리도 없고."

"내가 착각했어. 책 안 빌려줘도 돼."

왜 그런지 동은이 지었던 표정이 신경 쓰여 뒤통수가 자꾸만 근질거렸다. 그래서 동미의 말이 끝나기가 무섭게 시큰둥한 투로 받아쳤다. 그러자 동미가 내 앞을 가로막고 서더니 장난스러운 미소와 함께 고개를 갸웃거렸다. 나는 그녀의 장난을 받아 줄 기분이 아니라 미간을 찌푸린 채 말을 꺼냈다.

"수업 시작할 때 됐어. 나 교실로 들어……."

"동화, 너 혹시 말이야."

동미가 내 말을 중간에 가로막은 뒤, 눈을 가늘게 좁힌 채 입을 열었다. 그러고는 뭔가 말을 이으려는 찰나, 복도 저편에서 동미네 담임의 목소리가 끼어들었다.

"거기, 너희 둘! 수업 종 쳤는데 안 들어가고 뭐 해? 학교가 연애하는 장소인 줄 알아, 인마?"

방금 동미와 내가 나온 교실 안에서 짓궂은 휘파람 소리와 함께 웃음소리가 들렸다. 나는 인상을 쓰며 한 손으로 이마를 짚었다. 가뜩이나 친구 녀석들이 동미와 나를 엮어서 놀려 대는 것도 듣기 싫은데, 이런 식으로 동미네 담임마저 비슷한 농담을 할 줄은 몰랐다. 더구나 동은이 지금 이 얘기를 전부 들었을지도 모른다고 생각하니 짜증이 저절로 일었다.

'좋아하는 애한테 고백은커녕, 이따위 헛소리나 듣게 하고.'

나는 다시금 말을 건네려는 동미를 향해 손을 내저은 뒤, 빠른 걸음으로 교실을 향했다. 내 자신이 너무나 바보 같아서 헛웃음조차 나오지 않았다.

"야! 류동화!"

친구들 몇 명과 농구를 하다가 들어오던 참이었다. 땀에 젖어 이마 위에 달라붙은 머리칼을 쓸어 넘기다가 나를 부르는 목소리에 마당 안으로 들어서다 말고 발걸음을 멈췄다. 동미가 2층 계단 중간쯤에 서 있다가 나를 보고는 담벼락 가까이 다가왔다. 나 역시 동미가 있는 담 쪽으로 걸음을 옮겼다. 그러고는 버릇처럼 동미의 뒤쪽을 힐끔 넘겨보았다.

"뭐야, 사람 보자마자 축 처져서 시무룩한 표정이나 짓고."

나도 모르게 실망한 표정이 겉으로 드러났었나 보다. 나는 동미의 뚱한 목소리에 표정을 가다듬은 뒤, 다시 시선을 돌렸다. 동미가 나와 눈이 마주치자 짓궂게 웃더니 담 위에 팔을 괴고 말을 이었다.

"왜 그렇게 시무룩해했을까. 응?"
"무슨 얘기를 하고 싶은 건데?"
동미를 향해 퉁명스럽게 되받아쳤다. 마치 뭔가를 알아차렸다는 듯 행동하는 동미를 앞에 두고 있으니 불안해져 말투가 더욱 퉁명스러워졌다. 그러자 동미가 새침한 표정으로 입을 삐죽거렸다.
"너 진짜 웃긴다? 동은이 앞에서는 쭈뼛거리고 말도 제대로 못 하면서, 내 앞에서는 너무 막 나가는 거 아니야?"
"내가 뭘 어쨌다고 그래?"
동미는 까칠한 내 태도에도 전혀 기분이 상하지 않은 듯 싱글거리더니 태연한 어조로 말을 이었다.
"동은이는 도서관 가서 책 빌릴 거 있다고 하더니 아직 올 생각을 안 하네."
"……누, 누가 물어봤어?"
나도 모르게 말을 더듬었다. 얼굴이 빨갛게 익었을 거라는 걸 충분히 알 수 있었다. 괜히 머리를 쓸어 넘기고는 집으로 들어가려고 몸을 틀었다. 바로 그때 동미가 웃음을 터뜨리더니 종알거렸다.
"동은이가 안 보여서 많이 아쉬워쪄여?"
마치 나를 놀리는 것처럼 혀 짧은 투로 묻는 말에 울컥 화가 치밀었다.
"서동미, 그만해. 재미없거든?"
"이것 봐, 이것 보라고. 동은이랑 같이 있을 때는 다정한 척,

상냥한 척 굴더니, 동은이 없다고 곧바로 태도 돌변하는 것 좀 봐. 야, 류동화. 아무리 그래도 그렇지. 너무하는 거 아니니? 나 이래 봬도 동은이 쌍둥이 언니거든? 나한테 잘 보여야 너한테 조금이라도 이득이 되지."

"너한테 잘 보여서 나한테 이득이 될 건 뭔데?"

시큰둥하게 묻는 내 말에 동미가 발끈하며 목소리를 높였다.

"당연히 이득이 있지! 너, 동은이 좋아하잖아."

"……!"

갑작스러운 동미의 말에 숨이 턱, 하고 막혔다. 나는 주먹을 꽉 쥐고 막힌 숨을 토해 내기 위해 안간힘을 써야 했다. 그런 내 상태를 알아차리지 못한 동미가 다시 한 번 입을 열었다.

"좋아하는 거 아니야? 딱 봐도 좋아하는 거던데."

동미가 나를 빤히 쳐다보았다. 내 속내를 읽으려는 듯 쳐다보는 시선을 피해서 눈을 돌렸다. 하지만 동미는 그런 나를 향해 거듭 말을 이었다.

"동은이 좋아하는 거, 네 얼굴에 다 쓰여 있어. 괜히 아니라고 거짓말하지 마."

"……."

"너, 며칠 전에 동은이네 교실에 와서 나한테 책을 빌리느니 어쩌느니 한 것도 걔 얼굴 보고 싶어 왔다가 둘러댈 핑계 없어서 그런 거잖아. 아니야?"

씩 웃으며 묻는 동미의 볼이 개구쟁이처럼 부풀었다. 나는 당황하여 입을 벙긋거리다가 이내 체념하듯 어깨를 축 늘어뜨렸다.

"다른 때는 눈치 없이 굴더니 이럴 때만 눈치가 빠르네."

"흐흥. 내 동생이 관련된 일인데 당연하지. 첫 남자 친구가 생기느냐, 하는 중대한 시점이니까."

동미의 눈이 호를 그리며 휘어졌다. 그 모습에 더욱 쑥스러워져서 나도 모르게 헛기침이 나왔다. 그러자 동미가 키득거리며 웃더니 담 위를 톡톡 건드리고는 말을 꺼냈다.

"안 되겠다. 야, 대문 열어 놔. 나 그쪽으로 갈 테니까."

"뭐? 왜?"

"담벼락을 사이에 두고 대화하기 피곤해서 그래. 넌 편하게 서 있는지 몰라도, 난 지금 까치발 중이거든?"

동미가 담 너머에서 종종거리며 움직이는 소리가 이어졌다. 나는 한숨을 푹 내쉬며 고개를 설레설레 흔든 뒤, 대문 쪽으로 발길을 돌렸다. 집에 들어가지도 못하고 마당에 서서 이게 뭘 하는 건가 싶었다. 대문의 잠금장치를 풀자마자 동미가 기다렸다는 듯 문을 열고 마당 안으로 들어왔다. 그러더니 대문을 제대로 닫지도 않은 채 내게 다그치듯 말했다.

"말해 봐. 네 입으로 직접."

"뭘 말하라는 거야?"

동미의 말뜻을 알 것 같았지만 애써 모르는 척 물었다. 당황한 탓인지 입안이 바짝 말랐다. 그런 내 상태를 짐작한다는 듯 동미가 짓궂은 미소를 입에 대롱대롱 매단 채 뒷짐을 지고 한 걸음 더 가까이 다가왔다. 그러고는 내 얼굴을 빤히 쳐다보다가 대꾸했다.

"알잖아. 내가 뭘 말하라고 하는 건지."

"……."

"네가 정말 동은이를 좋아하는 거라면, 내가 도와주려고 그런단 말이야."

"뭐?"

순간 당황한 나머지 목소리가 높아졌다. 동미는 그에 아랑곳하지 않고 뒷짐을 진 채 내 주변을 느릿느릿 돌다가 다시 나와 정면으로 마주했다.

"하지만 본인이 스스로 털어놓지도 않는데, 내가 그걸 지레 짐작으로 도울 수는 없잖아? 어떻게 생각해?"

"……."

나는 아무런 대꾸도 하지 못했다. 그 대신 주먹을 꽉 쥐고 침을 꼴깍 삼켰다. 심장 대신 커다란 북이라도 매달린 것처럼 둥둥둥둥, 소리가 가슴속에서 터져 나올 것만 같았다. 그게 얼굴로도 드러난 것인지 동미의 눈이 동그래졌다. 그러곤 곧바로 그녀가 내 어깨를 손바닥으로 때리며 말을 이었다.

"와아, 류동화가 이렇게 바보 같은 표정을 지을 거라고 누가 상상이나 할까. 야! 류동화. 소극적인 남자 별로거든? 매력 없다고."

"뭐?"

"넌 뭐, 소리밖에 못 해? 생긴 건 멀쩡한 게 왜 바보처럼 같은 소리만 자꾸 되풀이하는 건데? 대답이나 해 봐. 그래야 나도 너를 돕든지 말든지 결정할 거 아니야? 이래 봬도 내가 꽤나 든든한 아군이 될 수 있거든? 나 놓치면 후회할 거다?"

농담처럼 건네는 말과 달리 그녀의 눈빛은 진지했다. 그러나 나는 동미의 말에 쉽게 대답하지 못했다. 혼자 마음속에 꾹꾹 눌러 담아 두었던 감정이기에 밖으로 꺼내는 게 어색하고 어려웠다. 그저 세상 누구보다 동은이 가장 예뻤고, 책상 앞에 얌전히 앉아 책을 읽고 있는 그녀를 물끄러미 쳐다보느라 시간 가는 줄 몰랐을 뿐이다. 학교 복도를 지나가다가도 무심코 앞에 걸어가고 있는 동은의 뒷모습을 보면 가슴이 철렁 내려앉기 일쑤였을 뿐이다. 그저 그랬을 뿐이지, 다른 욕심은 낸 적 없었다.

아니다.

사실은 꿈을 꾼 적이 있다. 언젠가 이 마음이 감당하기 힘들 정도로 자라게 되면 그때는 세상에서 가장 멋지게 고백을 해야지, 하는.

"좋아해."

이런 식으로 동은이 아닌 동은의 쌍둥이 언니에게 간접적으로 전하는 고백이 아니라, 동은을 마주하고 내 진심을 온전히 보여 주고 싶었다.

"좋아해. 정말, 많이 좋아해."

당사자가 아닌 그 애의 자매를 앞에 두고 가슴속에 담아 두었던 마음이 튀어나왔다. 그 고백을 들어줄 사람이 아닌 다른 사람의 앞에서. 꾹꾹 눌러 담았던 마음이 제멋대로 엉뚱한 사람에게 먼저 튀어나오고 말았다.

아아……. 이미 그 애를 향한 내 마음이 가슴속에 담아 둘 자리보다 훨씬 자랐나 보다. 나는 더 이상 숨길 수 없는 감정을 끌어안은 채 새삼 깨달았다.

서동은, 그 애가 내게 어떤 의미인지.

그 자그마한 여자애가 내게 얼마나 소중한 존재인지.

3.
지금 이 순간을 살아가고 있는 중

"동은아, 좋은 아침!"

오늘 아침에도 아버지는 어김없이 내 방 앞에 서서 환한 웃음과 함께 아침 인사를 건넸다. 나는 부스스한 머리를 손으로 매만진 뒤, 아버지를 향해 웃었다.

그저 평범한 아침이었다. 다른 날과 달리 몽실이가 방을 나가려다 말고 갑자기 귀를 쫑긋거리며 나를 향해 돌아선 것만 아니었더라면.

'응?'

휴대전화를 집어 들고 화면을 보았다. 새로운 메시지가 도착했다는 문구가 화면에 떠 있었다. 그 사람의 이름도 함께.

류동화.

그의 이름을 확인하자마자 숨을 급히 들이쉬었다. 가슴속의 서랍장이 덜컥, 소리를 내며 열린 것 같았다. 아주 오래된, 그리고 그만큼 소중한 뭔가를 보관해 놓은 서랍이 열린 느낌이라고 해야 할까. 너무 소중했던 터라 함부로 꺼내 볼 수도 없었던 뭔가가 저 스스로 서랍을 열고 나오려는 듯싶다고 해야 할까.

[하아암.]

'……으응?'

동화의 메시지를 본 내 표정은 아마 황당함으로 구겨졌을 것이다. 아침부터 메시지를 보내서 느닷없이 하아암, 이라니. 이게 대체 무슨 메시지인가 싶어 저절로 고개가 기울었다. 나는 아버지가 몽실이를 데리고 조심스럽게 방을 나간 줄도 모른 채 그 자리에 서서 동화에게 답장을 보냈다.

[잠 덜 깼어?]

내가 내린 결론은 그것이었다. 얘가 잠이 덜 깼구나. 그에게 그렇게 질문을 보내 놓고 돌아섰다. 거실로 막 나가려는데 쥐고 있던 휴대전화가 부르르 진동했다.

[크로코 때문이잖아! 밤새 크로코랑 같이 동물원에서 탈출하느라고 얼마나 고생했는지 알아?]

잠깐. 그러니까 지금 꿈에서 그랬다는 거지? 당연히 꿈일 터였다. 내 동화책 주인공인 새끼 악어 크로코가 실제로 동화를 찾아갔을 리 없으니 말이다. 나는 어이가 없어서 헛웃음을 지은 뒤, 빠르게 답장을 보냈다.

[그러라고 증정본 준 거 아니거든? 그리고 왜 네가 크로코랑 동물원에서 탈출을 하느라고 고생한 건데? 넌 사람이면서.]

[내 꿈에는 사람도 동물원 우리 안에 갇혀 있었어. 그건 좀 기분 묘하더라. 동물원 우리 안에 갇힌 사람을 과연 사람이라 여길 수 있나 싶기도 하고. 나도 모르는 무의식 속에서 어떤 식으로든 탈출하고 싶단 생각을 하고 있었던 건가 싶기도 하고…….]

나는 동화책을 썼을 뿐이지 철학책을 쓴 게 아니다. 과하다 싶을 정도로 진지한 그의 메시지에 당황하여 다시 답장을 보내려 하는데 동화의 메시지가 연이어 화면에 떴다.

[농담! 사실 너랑 만난 게 믿기지 않고 그래서, 아니 너뿐만 아니라 아저씨를 뵌 것도 반갑고. 어쨌든 그 바람에 이런저런 생각을 하다가 잠을 설쳤어. 넌 잘 잤어?]

나만 기분이 이상했던 건 아니구나. 안도하는 마음이 앞섰다.

[응.]

가슴이 두근거리는 소리가 귀에 전해지는 것처럼 생생하게 느껴졌다. 나는 고개를 마구 흔들다가 그 자리에 쪼그리고 앉았다.

10년 만에 만난 동화의 모습이 눈을 감고 있는데도 선명히 떠올랐다. 퇴근길 직장인의 표본처럼 정장 차림을 하고 있던 동화가 바로 눈앞에 서 있는 듯 여겨졌다. 나는 잠시 망설이다가 눈을 뜨고 앞을 응시했다. 세면대 아래로 이어진 배수관이 보였다. 그제야 지금 내가 어디에 있는 것인지 내 현실을 느낄 수 있었다.

'그래, 현실.'

피식 웃으며 무릎을 펴고 일어섰다. 세면대 위쪽에 달려 있는 거울에 비친 내 모습이 우스웠다. 열에 들뜬 듯 불그스름한 뺨이 바보 같았다. 10년 전에 끝났던 인연에 휘둘리고 있는 내 모습이 한심했다.

'정신 차리자, 서동은. 그 애가……, 동미한테 고백했던 것도 들었잖아.'

나도 모르게 입술이 파르르 떨렸다. 거울 속의 내가 금방이라도 울음을 터뜨릴 듯 얼굴을 일그러뜨리는 걸 외면하고, 두 손 가득 물을 받아 얼굴에 끼얹었다. 찬물이 얼굴에 닿자 정신이 들었다.

동화를 좋아했었다. 그게 딱히 특별한 일은 아니었다. 동화는 여자애들에게 인기가 많았다. 잘생긴 외모와 뛰어난 성적이 인기의 이유이기는 했지만, 그보다 그가 여자애들의 마음을 사로잡았던 건 친절하고 상냥한 태도와 성숙해 보이는 분위기 때문이었다.

사춘기에 접어든 남자애들에게서 흔히 보이던 허세나 반항 섞인 모습은 그에게서 결코 볼 수 없었다. 동화는 매사에 어른스러웠고 누구에게나 친절했다. 나 역시 그런 동화에게 자연스레 시선이 갈 수밖에 없었다. 그가 풍기는 성숙하고 다정한 분위기가 좋았고, 그러면서도 가까운 사람들에게만 종종 보여 주는 개구쟁이 소년의 모습도 좋았다.

첫사랑이라는 건, 그렇게 서서히 내 가슴속에 스며들었다.

처음에는 그게 사랑이라는 것도 모를 정도로 그냥, 막연히 동화가 좋았다. 옆집에 나란히 살면서 남매처럼 자랐던 터라 그저 우애라고만 생각했다. 그런데 그것이 내 착각이라는 걸 알게 되었다.

그 애를 마주할 때면 말문이 막혔다. 심장이 제멋대로 뛰고 얼굴도 붉어지기 일쑤였다. 그런 신체 반응을 느끼고도 그에 대한 내 마음이 어떤 것인지 모른다면 거짓말일 터였다.

동화를 좋아했다.

그 마음을 인정하기까지 홀로 고민한 시간이 얼마나 길었는지 모른다. 하지만 나는 그 마음을 인정한 뒤에도 결코 동화에게 내 마음을 털어놓을 수 없었다. 동화의 곁에는, 언제나 나보다 동미가 더 가까이 있었기 때문에.

친남매라도 되듯 늘 함께 어울렸던 우리 세 사람의 관계에 변화가 찾아온 게 언제부터였을까. 어느 날을 기점으로 갑자기 바뀌었다고 정확히 말할 수는 없지만, 아마도 내가 동화를 좋아하는 마음을 알아차리고 얼마 지나지 않았을 때였을 것이다.

동화가 나보다는 동미에게 더 편하게 말을 건네고, 웃고, 장난을 쳤다. 간단한 부탁일지라도 그는 내가 아닌, 동미에게 하고는 했다. 그게 샘이 나서 가끔은 그에게 다가가려 해 봤지만, 그때마다 동화는 멈칫하는 반응과 함께 머쓱한 표정을 지으며 입을 다물기 일쑤였다. 혹은 어색하게 말 몇 마디를 한다거나.

그러니 눈치채지 못할 수가 없었다. 동화가 동미를 좋아한다는 걸. 아니, 적어도 동미를 다른 누구보다 특별히 생각하고 있다는 걸. 다른 여자애들에게는 보인 적 없던 모습을 동미에게는 언제나 거리낌 없이 보인 것만으로도 충분히 알 수 있는 사실이었다.

그리고 그런 내 생각이 맞았다는 걸 알게 됐다.

'좋아해.'

동화가 동미에게 고백하는 걸 우연히 엿들었다. 도서관에 다녀오느라고 조금 늦게 집에 돌아온 날이었다. 집으로 들어가려던 내 귀에 바로 옆집에서 도란도란 대화를 나누는 소리가 들렸다. 정확한 내용은 알 수 없었지만, 그 대화를 나누는 이들이 동화와 동미라는 건 알 수 있었다. 반가운 마음에 옆집으로 다가가 대문을 두드리려 했다.

'좋아해. 정말, 많이 좋아해.'

동미에게 건네던 동화의 고백만 아니었더라면, 나는 서슴지 않고 옆집 대문을 두드렸을 것이다. 그다음에는 대문을 열고 나온 그들을 보고 환하게 웃으며 무슨 얘기를 하던 중이냐고 묻고 나도 끼워 달라 했을 것이다. 하지만 나는 그러지 못했다. 대문을 두드리려던 손은 허공을 맴돌다 그대로 내려갔고, 그들의 대화를 더 이상 들을 용기가 나지 않아 자리를 피하기에 급급했다.

동미를 향한 그의 행동이 전부 이해됐다. 좋아한단 그 말 한마디로 모든 게 설명되었다. 그래서 그날, 밤새 눈이 퉁퉁 붓도록 울었다. 다음 날, 동미뿐만 아니라 부모님도 눈이 부은 나를 보고 놀랄 정도로. 하지만 딱 거기까지였다. 동화는 내게 소중한 친구였고, 동미 역시 하나뿐인 내 쌍둥이 언니였으니까. 질투할 이유도, 시샘할 까닭도 없었다. 그저 시작도 제대로 해 보지 못한 첫사랑을 마음속 깊숙한 곳에 갈무리하여 숨겨 놓았을 뿐.

……그것조차 얼마 지나지 않아 끝을 내야 했지만.

저릿해지는 속을 추스른 뒤에 고개를 들어 거울을 보았다. 창백한 얼굴의 내가 나를 응시하고 있었다. 가만히 손을 들어 뺨을 만져 보았다. 동미와 나는 이란성 쌍둥이였기에 사람들이 흔히 생각하듯 똑같은 생김새는 아니었다.

동미는 아버지를 닮아서 이목구비가 또렷하고 큼직한 서구형 미인이었다. 그에 비하면 나는 올망졸망하다고 해야 할까. 어릴 적 부모님의 표현을 빗대어 말하자면 말이다. 그래도 외모를 비교하며 불평해 본 적은 없었다. 되레 누군가가 동미를 보고 예쁘다며 감탄하면 내가 칭찬이라도 받은 듯 우쭐해하고는 했다. 그게 마치 쌍둥이의 특권이라도 되는 것처럼.

그런데 왜 나는 그때 아무것도 느끼지 못했을까. 우리는 쌍둥이였는데. 비록 이란성이기는 해도 우리는 하나라고 믿었는데. 동화와 나란히 집에 돌아오면서 그저 숨겨 놓았던 내 마음이 혹시 흘러나오기라도 할까, 그것에만 전전긍긍했다. 하다못해 미친 듯 퍼붓는 비조차도 신경 쓰지 못할 정도였다. 그래서 노란색 폴리스 라인이 골목을 가로막고 있는 걸 보고도 나는 그 무엇도 짐작하지 못했다.

첫사랑이라 이름 붙일 수조차 없는 앳된 감정에 휘둘려 아무것도 알아차리지 못했던 내 아둔함이 원망스러웠다.

'네 잘못이 아니야. 아무리 네가 쌍둥이라고 해도 그런 것까

지 알 수는 없어.'

아버지는 끊임없이 자해하던 나를 붙들고 그렇게 말했다. 네 탓이 아니라고. 너는 평범한 사람일 뿐이지, 초능력자가 아니라고. 그럼에도 불구하고 나는 거듭 죄책감에 시달려야 했다. 그 죄책감의 일부는 동화 때문이기도 했다.

혹시 동화를 좋아하면서 나도 모르게 동미를 원망했던 적은 없었을까. 그래서 부정적인 감정이 동미에게 나쁜 영향을 끼쳤던 건 아닐까. 그런 생각이 내게 달라붙은 채 쉽게 떨어져 나가지 않았다.

그래도 세월이 흐르면서 어느 정도 마음을 다잡았다고 여겼는데 그게 아니었나 보다. 동화와 다시 만나자마자 이렇게 흔들리는 걸 보니.

나는 세면대를 손으로 짚고 호흡을 가다듬었다. 그러고서 다시 거울을 쳐다보았다. 젖은 얼굴의 내가 볼썽사나운 웃음을 억지로 짓고 있었다.

새로운 작품을 의논하기 위해 장한이 차장이 집 앞까지 찾아왔다. 내가 출판사로 가도 된다고 했지만, 그의 고집을 꺾을 수는 없었다.

원고 이야기를 이어 가던 중, 테이블 위에 올려놓은 팔에서 진동이 느껴졌다. 동화였다.

[뭐 해? 점심 먹었어?]

[응.]

답장이라 하기에는 너무 성의 없어 보이지 않았을까. 너무 쌀쌀맞다 생각하고 서운해하는 건 아닐까. 걱정이 줄을 이어 가려는데, 장 차장이 뭔가를 적더니 내 쪽으로 노트를 밀었다.

[누구, 좋아하는 사람 있나 봐요.]

'예, 예에?'

눈을 휘둥그렇게 뜨고 장 차장을 쳐다보았다. 그가 부드럽게 미소 짓더니 테이블 위의 휴대전화를 눈짓으로 가리켰다.

'아아……. 그런 게 아닌데.'

내가 휴대전화를 힐끔거린 걸 알아차렸나 보다. 서둘러 해명하기 위해 펜을 집어 들었다. 그런데 막상 뭔가를 쓰려고 하니 뭘 어떻게 써야 할지 알 수가 없었다. 지금 내가 느끼는 감정을 스스로도 정확히 알지 못하는데 다른 이에게 뭐라고 설명할 수 있을까.

그러던 중, 장한이 차장이 적어 놓은 메모가 다시 눈에 들어왔다.

[누구, 좋아하는 사람 있나 봐요.]

가슴이 먹먹해졌다. 좋아하는 사람. 나는 동화를 그렇게 여기고 있는 걸까. 10년 전의 감정일 뿐인데 그 오래된 감정을 뒤늦게 되살리기라도 하려는 걸까. 10년 만에, 게다가 고작 두 번 만났을 뿐인데. 아니, 애당초 품어서는 안 되는 감정이잖아. 그러면 안 되는 거잖아. 나는 고개를 절레절레 저은 뒤, 펜을 쥐고 있는 손에 힘을 주었다.

[그런 거 아니에요. 그냥, 오랜만에 만난 동창이에요.]

그저 오랜만에 만난 동창이라 이름 붙일 수는 있을까. 스스로 확신할 수 없는 말을 적으며, 나는 불편함을 느꼈다. 동화는 내게 그런 식으로 간단히 설명될 수 있는 존재가 아니었다. 하지만 그 이상 어떤 의미를 섣불리 부여하고 싶지도 않았다.

차라리 만나지 않았더라면.

나도 모르게 맞은편에 앉아 있는 장 차장을 흘겨보았다. 따지고 보면 지금 내가 하는 고민의 시작이 바로 사인회가 아니었던가. 사인회만 하지 않았더라면 동화와 조우하는 일은 없었을 테고, 그럼 이렇게 고민하는 일도 없었을 텐데. 장 차장을 향해 원망스러운 마음을 담아 다시 노트 위에 꾹꾹 눌러 적었다.

[이게 다 차장님 때문이잖아요.]

아니. 이건 억지일 뿐이다. 정작 원인은 내게 있는데 말이다. 10년이나 세월이 흘렀음에도 불구하고 과거에서 벗어나지 못한 내 탓이다. 그걸 장 차장 때문이라고 떠넘기는 건 비겁하다. 나는 방금 적었던 문장 위에 줄을 그었다.

~~[이게 다 차장님 때문이잖아요.~~]

그럴 수 있었으면 좋겠다. 줄을 그어서 취소할 수 있는 문장처럼, 내 마음도 그 위에 줄을 쭉쭉 그어서 애당초 존재한 적 없다는 듯 되돌릴 수 있으면 얼마나 좋을까. 나는 충동적으로 펜을 쥔 채 이어서 썼다.

[좋아하면 안 되는 사람을 좋아하는 건 나쁜

~~나쁜~~

~~사람을 좋아하는 건~~

좋아하면 안 되는 ~~사람을 좋아하는 건 나쁜~~ 거겠죠?

좋아하면 안 되는 거겠죠?]

좋아하면 안 된다. 굳이 장 차장에게 물어볼 것도 없다. 파르르 떨리는 입술을 깨물고 방금 썼던 문장들을 바라보다가 그대로 그 페이지를 찢어 구겼다. 그러곤 고개를 들어 장 차장을 쳐다보았다. 장 차장이 그저 물끄러미 나를 바라보고 있었다.

맞은편 자리에서 혹시 내가 쓴 내용이 보였을까.

걱정되었지만, 아무렇지 않은 척 노트의 새로운 페이지에 다시 원고 이야기를 적었다.

장한이 차장과 헤어지고 집으로 들어가려던 중에 동네 서점에 들렀다. 주인아저씨가 돋보기를 쓴 채 책을 읽고 있다가 눈인사를 건넸다.

"강아지는?"

몽실이를 집에 두고 나왔단 뜻을 전하기 위해 손짓을 했다. 그러자 아저씨가 못마땅한 얼굴을 했다.

"도우미견이라면서 데리고 다녀야지."

'으음…….'

나는 눈을 굴리다가 이내 배시시 웃었다. 장 차장이 바로 집 근처의 카페까지 와 주었기 때문에 조금 가벼운 마음으로 행동한 건 사실이었다. 저번에도 바로 이런 마음으로 가볍게 외출을 했다가 자전거와 부딪치는 사고가 있었는데 말이다.

요즘은 쉽게 찾아보기 힘든 동네 서점, 그곳 특유의 고요함과 정겨움이 좋다. 물론 대형 서점과 달리 많은 책이 구비되어 있지 않고 온라인 서점에서 흔히 하는 이벤트나 이런저런 혜택이 있는 것도 아니다. 그래도 가끔은 이렇게 동네 서점에 들러 서가의 책들을 훑어보다가 마음에 드는 걸 고르고는 한다. 책에 대하여 아무런 정보도 얻지 못한 상황에서 그 순간의 끌림으로 책을 선택하는 즐거움은 간단한 말 몇 마디로 표현하기 힘들 정도로 소중한 것이기에.

그렇게 얼마나 시간이 지났을까. 고른 책 몇 권을 품에 안은 채 서가의 제일 위쪽에 꽂혀 있는 책을 꺼내기 위해 팔을 뻗었다. 하지만 아슬아슬하게 손이 닿지 않았다. 아저씨가 가게 안쪽의 살림집에 들어간 것인지 보이지 않아서 한 번 더 시도해 보려고 팔을 한껏 뻗었다. 이번에도 손이 닿을 듯 말 듯했다. 어쩌면 아저씨의 도움 없이 책을 꺼낼 수도 있을 것 같단 생각에 발뒤꿈치까지 들어 보았다.

그런데 그게 과욕이었던 모양이다. 균형을 잃으면서 누군가와 몸을 부딪치고 말았다.

'앗!'

비틀거리다가 안고 있던 책들을 모조리 떨어뜨렸다. 나와 부딪친 남자가 짜증 섞인 표정으로 나를 향해 뭐라고 외쳤다.

아마도 조심하지 않았다며 나를 탓하는 말이었을 것이다. 나는 고개를 꾸벅 숙여 사과의 뜻을 전하고자 했다. 하지만 남자는 불만 가득한 얼굴로 다시 한 번 내 어깨를 밀치며 지나가려 했다.

바로 그때, 누군가가 내 허리를 감싸 안아 그대로 잡아당겼다. 그 바람에 그 사람의 가슴팍에 이마와 코를 부딪치고 말았다. 얼얼한 통증을 느낄 새도 없이 먼저 전해진 건 따스한 체온이었다. 타인의 것임에도 불구하고 어쩐지 안심하게 만드는, 그런 온기였다. 나는 놀라서 질끈 감았던 두 눈을 그제야 천천히 떴다.

제일 먼저 시야에 들어온 건 구겨진 와이셔츠에 묻어 있는 살구색 흔적이었다. 방금 부딪치면서 묻은 게 분명한 화장 얼룩이었다. 그 사실을 깨닫자마자 얼른 고개를 숙여 사과했다.

내 뺨에 타인의 손가락이 닿았다. 다른 사람의 살갗이 닿은 감각에 깜짝 놀라 고개를 들었다. 바로 앞에 서 있는 이의 얼굴을 본 순간, 눈이 저절로 휘둥그레졌다.

'어, 어떻게 네가…….'

갸름한 얼굴선과 길게 뻗은 속눈썹이 선명히 눈에 들어왔다. 동화는 전체적으로 섬세해 보이는 미남이다. 그렇다고 해서 심약해 보이는 인상이라는 뜻은 아니다. 오히려 분위기 자체는 단정하면서도 서늘하고, 한편으로는 강인한 느낌을 자아냈다. 그 어떤 일에도 결코 흔들리지 않고 제자리를 지킬 것처럼.

그래, 동화는 그런 사람이다.

조금 전 내 허리를 감쌌던 손의 주인이 동화라는 걸 깨닫자 그 손에서 전달되었던 체온과 감촉이 다시 한 번 생생히 되살아났다. 온몸의 감각이 갑자기 수십 배는 예민해지기라도 한 것처럼 곤두섰다.

'아아…….'

동화가 황급히 몸을 돌리더니, 황당한 표정으로 서 있는 남자에게 뭔가를 이야기했다. 그러자 남자가 동화의 말을 들으며 인상을 쓰고는 나를 향해 시선을 던졌다. 마치 희한한 구경거리라도 보는 듯한 시선에 저절로 몸이 굳었다. 내게 장애가 있다는 걸 알게 된 사람들의 시선은 늘 비슷하게 닮아 있었다.

지금 이곳에 동화가 함께 있다는 사실이 수치스러웠다. 순식간에 나만 홀로 열등한 존재가 된 것 같았다. 그냥 이 자리에서 온데간데없이 사라졌으면 하는 바람마저 들었다. 한없이 작아져서, 차라리 먼지처럼 흩날려 버리기라도 한다면 이런 마음을 느낄 일은 없을 텐데.

그 순간, 나를 건드리는 손길이 느껴졌다. 그 손길이 누구의 것인지 확인할 필요는 없었다. 뒤이어 그 손이 바닥에 나뒹굴던 책을 하나하나 집어 들었다. 혹시 묻었을지 모르는 먼지를 모조리 털어 내겠다는 듯 그 손은 책의 표지를 조심스럽게 어루만졌다. 조금 전 나를 감싸 안았던 그 손길이 바로 저러했을 터.

막을 새도 없이 코끝이 시큰거리며 눈시울이 뜨거워졌다. 눈물이 툭 떨어지려는 걸 간신히 참고 고개를 들었다. 동화가 줄곧 나를 보고 있었던 건지 곧바로 그와 눈이 마주쳤다. 황망한 마음에 어찌할 바를 몰라 다시 눈을 돌리려는 순간, 그가 나를 향해 입을 열었다.

"괜찮아?"

나는 황급히 고개를 끄덕였다. 고맙단 말이 소리가 되지 못한 채 목에 걸렸다. 그 이물감이 불편해서 헛기침을 하려다가 뒤늦게 남자의 존재가 떠올라, 고개를 움직였다. 남자는 어느새 반대편 책장 쪽으로 자리를 옮긴 상태였다. 큼직한 백팩에 가려진 남자의 뒤통수를 멍하니 쳐다보고 있는데, 동화가 내 팔을 가볍게 건드렸다.

[통로가 좁아서 비켜 달라고 했는데 대답이 없어서 무시당한 줄 알았대.]

'……아! 그랬구나.'

책을 꺼낸답시고 거기에만 온 신경을 쏟았던 게 문제였다. 듣지 못해도 주변에 누가 있는지 알아차렸어야 했는데. 남자가 책 몇 권을 들고 계산대 쪽으로 가는 게 보였다. 자리를 비웠던 아저씨가 가게 안쪽에서 막 나오다가 남자를 보고는 서둘러 계산대로 향하는 모습도 볼 수 있었다. 계산을 하며 대화를 나누는 두 사람을 보다가 쓴웃음을 지었다.

나에게 있어서 세상은 한 편의 무성 영화이다. 그 속에서 내가 할 수 있는 건 고작 스크린 밖의 관객처럼 그들의 몸짓과 표정으로 막연히 상상하는 게 전부일 뿐이다. 그들의 대화에 끼어들 수도 없고 함께 이야기를 나누지도 못한다. 말 그대로 영화를 보듯 바라볼 수밖에 없는 것이다. 그렇기에 나는 남자의 말을 듣지 못했고, 남자는 그런 내 행동을 오해했다.

남자가 계산을 마친 책을 들고 돌아서는 게 눈에 들어왔다.

나는 서둘러 남자를 향해 다가갔다. 백팩 안에 책을 넣으며 걸음을 옮기던 남자가 나를 보고는 멈춰 섰다.

'죄송합니다.'

나는 소리 내어 사과하지 못하는 대신, 고개를 몇 번이고 숙였다. 그러자 남자가 당황한 얼굴로 입을 두어 번 달싹이더니 이내 손사래를 치고는 서점 밖으로 나가 버렸다. 문이 열렸다가 닫히면서 조용히 불어 들어온 바람이 곧바로 사라졌다.

[괜찮대. 자기야말로 오해해서 함부로 행동한 거 미안하다고.]

동화가 옆에 다가와 휴대전화를 내밀었다.

남자가 느꼈을 불쾌함이 이해됐다. 얼마나 어이없고 황당했을까. 좀 비켜 달라는 말에도 불구하고 꼼짝도 하지 않고 있었으니 말이다. 미안한 마음에 한숨을 내쉬고는 시선을 돌렸다. 동화가 여전히 나를 바라보고 있었다. 그 시선에 내 속마음을 모조리 들킬 것만 같아 화제를 돌렸다.

[여기는 어떻게 온 거야?]

그러고 보니 벌써 퇴근 시간이 된 건가. 하기야 장 차장도 나와 헤어진 뒤에 곧바로 퇴근할 예정이라고 했으니 그럴 법도 했다. 동화의 뒤로 힐끔 시선을 던졌다. 가게 밖은 여전히 환했다. 그나마 하늘 저편으로 불그스름한 노을이 지는 것이 보여서 저녁 무렵이 되었다는 걸 실감했을 뿐.

[아저씨 가게 가던 길에 네가 보여서.]

동화의 휴대전화 화면을 쳐다보다가 그의 손에 들려 있는 책들이 눈에 띄었다. 아까 넘어졌을 때, 바닥에 떨어뜨린 것들이었다. 조심조심 책 표지의 먼지를 털어 내던 그의 손길이 생각났다. 바닥에 나뒹굴던 책이나 지금의 내 모습이나 별반 다를 게 없단 생각이 들었다.

'네 다정함은 동정의 다른 모습일까.'

동화에게 들켜 버린 내 모습이 너무나 초라해서 기분이 한없이 가라앉았다. 사인회 때 보인 모습으로 부족했던 걸까. 왜 하필이면 그에게 이런 모습을 또 보이게 된 건가 싶어 허탈하기까지 했다.

그 순간, 동화가 내 어깨를 가볍게 건드리고는 나가자는 듯 고갯짓을 했다. 나는 머릿속을 채우고 있던 복잡한 상념을 묻어 둔 채 다시 휴대전화 키패드를 두드렸다.

[책 좀 계산하고.]

동화를 향해 책을 달라는 의미로 손을 내밀었다. 하지만 그는 계산대 쪽으로 걸음을 옮겼다. 그 모습을 멍하니 보고 있다가 그가 지갑을 여는 걸 보고서야 정신이 들었다. 나는 황급히 동화에게 다가가 그의 팔을 붙잡았다.

'왜 네가 계산을 해!'

급한 탓에 휴대전화의 키패드를 두드린다거나 노트와 필기구를 찾을 틈이 없었다. 그저 내 뜻을 알아차려 주기를 바라며 그의 팔을 붙잡은 손에 힘을 주어 재차 동화를 만류했을 뿐. 다행히 동화는 내가 하려던 말을 눈치챈 듯 지갑 안에서 카드를 꺼내려다 말고 나를 돌아보았다.

나는 계산대 위에 있는 책들을 눈짓으로 가리킨 뒤, 그의 지갑을 보며 고개를 흔들었다. 그러자 동화가 미간을 슬쩍 좁히더니 자신의 휴대전화에 뭔가를 입력해서 내게 내밀었다.

[겨우 책 몇 권이야. 우리 사이에 이 정도도 안 돼?]

'우리 사이'라……. 그가 입력한 문자를 보다 말고 눈꺼풀이 가늘게 경련을 일으켰다. 그가 말한 '우리 사이'는 아마도 친구를 의미한 것일 터였다. 그런데 그걸 뻔히 짐작하면서도 가슴이 제멋대로 술렁거렸다. 그러는 사이에 동화가 카드를 꺼내 아저씨에게 건넸다. 그를 막으려 했지만 이미 카드 단말기에서 영수증이 출력되고 있는 중이었다.

"애인?"

아저씨가 영수증을 동화에게 건네다가 나를 흘끔 보고 말했다.

'애인이라니!'

아저씨가 느닷없이 꺼낸 말에 눈만 껌뻑이다가 뒤늦게 고개를 저었다. 하지만 그런 내 행동을 부끄러워서 그러는 거라고 여긴 것인지, 아저씨가 눈을 찡긋거리며 웃었다.

"서 사장이 부럽네. 이렇게 번듯한 사윗감도 있고."

'예에?'

황당함에 눈을 빠르게 깜빡였다. 사, 사윗감이라고? 이대로 놔두었다가는 동네에 어떤 소문이 퍼질지 모르겠단 생각에 황급히 아저씨의 오해를 정정하려 했다.

그때, 내 어깨를 잡고 있던 동화의 손에 살짝 힘이 들어갔다. 조금 전 나를 품에 안아 보호해 주었던 그의 손을 겹쳐 떠올리니 얼굴로 열기가 쏠리는 것만 같았다.

동화가 내 어깨를 잡고 있던 손을 놓고는 아저씨가 책을 담아 준 종이 가방을 받아 들었다. 그러곤 아저씨와 뭔가 짧게 대화를 하는 듯싶더니 나를 쳐다보며 짓궂게 웃었다.

"사장님이 우리 잘 어울린다는데."

'뭐, 뭐어?'

화들짝 놀라 눈을 크게 뜨고 아저씨를 돌아보았다. 아저씨가 동화를 내 애인이라고 철석같이 믿는 듯 흐뭇한 얼굴로 나를 쳐다보고 있었다.

'아니에요! 애인 아닌데…….'

변명할 새도 없이 동화가 내 어깨를 끌어안고 몸을 돌렸다. 그 바람에 아무런 해명도 하지 못하고 그에게 이끌려 서점 밖으로 나올 수밖에 없었다.

'이럴 때 말을 할 수 있으면 바로 부정했을 텐데.'

억울한 마음에 입을 삐죽이다가 그때까지도 여전히 내 어깨를 끌어안고 있는 동화의 손을 힐끔 쳐다보았다. 가지런한 손톱이 괜히 눈을 어지럽혔다.

'남자 손이 뭐 저렇게 예뻐.'

나는 속으로 생각하며 고개를 숙였다. 그의 손을 충분히 떨쳐 낼 수 있었다. 그럼에도 불구하고 그러지 못했다.

쿵쿵쿵쿵쿵.

가슴이 두근대다 못해 미친 듯이 쿵쿵거리며 뛰었다. 동화의 귀에 고스란히 들리지 않을까 걱정이 될 정도였다.

'사장님이 우리 잘 어울린다는데.'

귓바퀴가 뜨끈해졌다. 그와 동시에 장 차장이 내게 건넸던 말이 떠오른 탓이었다.

'누구, 좋아하는 사람 있나 봐요.'

장 차장의 앞에서는 아니라고 부정했다. 오랜만에 만난 동창이라고, 그렇게 해명을 했는데…….

[우리 잠깐 놀다가 갈까?]

뭐? 뜬금없는 동화의 말에 그가 손으로 가리키는 방향을 쳐다보았다. 동화가 가리킨 곳은 놀이터였다. 그네와 시소, 철봉뿐이기는 하지만 동네 꼬마들에게 인기가 많은 곳이다. 지금도 꼬마들이 두 팔을 벌려 뛰어다니다가 그네를 타고 철봉에 꼬치구이처럼 매달려 노는 모습이 보였다. 나는 황당함을 감추지 못하고 동화를 쳐다보았다.

'지금, 쟤들이랑 놀자는 거야?'

내 눈짓의 의미를 알아차린 듯 동화가 입을 크게 벌리고 웃었다. 아마도 시원스러운 웃음일 것이다. 그의 웃음소리를 듣지 못하는 게 아쉬웠다. 그러나 내가 아쉬운 기색을 드러내기도 전에 동화가 내 손을 잡아끌었다.

'어, 어어?'

얼떨결에 그가 이끄는 대로 갈 수밖에 없었다. 터벅터벅 걷는 발 아래로 모래가 밟히는 감촉이 생경했다. 늘 다니던 길이고 항상 봐 오던 놀이터였다. 하지만 이렇게 직접 놀이터 안으로 들어온 건 처음이었다. 황당함 대신 신기한 마음이 그 자리를 차지했다. 나는 동화에게 손을 붙들린 채 주위를 두리번거리며 걸었다. 그는 나와 달리 목표 지점을 정해 놓은 사람처럼 내 손을 붙잡고 성큼성큼 걸음을 옮겼다.

동화가 나를 데리고 간 곳에는 시소가 있었다. 그네와 철봉은 모두 꼬마들이 차지하고 있었지만 시소만큼은 어찌된 영문인지 아직 점령되지 않은 상태였다. 그는 시소의 한쪽에 나를 앉혔다. 높이 올라가 있던 시소에 앉자마자 푹 꺼지듯 내려앉았다. 시소 아래로 맞닿은 타이어의 탄력이 느껴졌다.

문득, 어릴 때 동미와 시소를 타며 놀던 기억이 떠올랐다. 동미가 경쾌하게 터뜨렸던 웃음소리가 귓가에 맴도는 듯도 싶었다. 환청이라는 걸 알면서도 그 소리를 놓치기 싫어서 눈을 감고 그녀의 웃음소리에 집중했다. 동미가 까르르 웃는 소리에 눈시울이 뜨거워졌다. 그 순간, 갑자기 시소가 움직이더니 내가 앉아 있던 자리가 쑥, 위로 올라갔다. 그 바람에 눈을 뜨고 앞을 보았다. 어느새 동화가 시소의 맞은편 자리에 앉은 채 나를 향해 손을 흔들고 있었다.

동화가 내 시선보다 아래에 있는 게 어쩐지 이상했다. 그러나 나쁘지는 않았다. 나는 시소의 손잡이를 꼭 잡은 채 물끄러미 그를 바라보았다.

'누구, 좋아하는 사람 있나 봐요.'

장한이 차장 때문인가 보다. 그가 남겼던 메모가 거듭 기억났다. 가슴이 먹먹해지는 걸 억누르며 그에게서 시선을 돌리려 했다. 그때, 동화가 나를 향해 웃었다. 순간적으로 뭔가가 덜컥

대며 가슴속을 스쳐 지나갔다.

평균치보다 키도 큰 성인 남자가 어린아이가 타는 시소에 앉아 있으니 그 모습이 우스꽝스러울 법도 하건만 그의 모습은 결코 우습지 않았다. 오히려 시소에 앉아 웃고 있는 모습이 잡지 속의 화보 같다고 해야 할까. 내가 그를 감상하듯 빤히 쳐다보자 동화가 그런 나를 마주 바라보다가 개구쟁이를 닮은 미소와 함께 다리를 쭉 폈다. 그와 동시에 그보다 높이 떠 있던 몸이 아래로 내려갔다. 동화는 나를 땅 위에 안전하게 내려앉게 한 뒤, 시소에서 내려와 다가왔다.

동화가 가만히 내 앞에 섰다. 그는 서 있고 나는 앉아 있는 터라 눈높이의 차이가 어마어마했다. 그래서인지 괜히 어색한 마음이 들었다. 나는 동화를 올려다보는 대신, 내 앞에 다가온 그의 구두를 뚫어져라 노려보았다. 놀이터의 모래 때문인지 동화의 구두는 뿌연 상태였다. 빈틈이라고는 찾아볼 수 없던 동화에게서 느껴진 허술함에 어쩐지 긴장했던 마음이 조금은 느슨하게 풀렸다.

그 순간, 앞에 서 있던 동화가 갑자기 무릎을 접고 앉았다. 그 바람에 그와 눈높이가 거의 같아져서 시선을 돌릴 새도 없이 동화와 눈을 마주하고 말았다.

그의 시선은 고요하고 깊었다. 달빛조차 비추지 않는 어둠 속의 호수를 들여다보고 있는 느낌이었다. 그러나 그것이 전부는 아니란 예감이 들었다. 고요하고 깊은 시선 아래에 가라앉아 있는 열기가 어느 순간 폭발할지도 모른다는 두려움이 밀려왔다. 이런 내 생각이 얼마나 어이없고 황당한지 잘 알지만, 그럼에도 불구하고 동화의 눈은 내게 그렇듯 이중적인 느낌을 주었다. 나는 바싹 마른 입술을 축이지도 못하고 그의 눈을 하염없이 응시했다.

동화가 가만히 나를 바라보다가 희미하게 웃었다. 그 웃음에 가슴속이 또다시 덜컹덜컹 흔들렸다. 이유를 알 수 없는 흔들림이었다.

좀처럼 잠이 오지 않았다. 서늘한 밤공기에 몸이 떨려 왔다. 아니, 그보다는 제멋대로 뛰는 가슴 때문에 몸이 떨리는 거라고 보는 게 옳을지도 모르겠다. 나는 쿵쾅대며 뛰는 가슴을 문지르다가 다리를 가슴께로 당겨 끌어안은 뒤, 무릎 위에 턱을 괴었다.

환하게 불이 들어와 방 안의 어둠을 밝히고 있는 탁상시계를 보았다. 02:27이란 숫자가 눈에 들어왔다. 깜빡 잠이 들었다가 금방 깨서 뒤척인 게 전부였는데 그새 시간이 이렇게 흐른 건가 싶어 신기한 마음이 들었다.

시소.

놀이터.

그리고 동화.

나로 하여금 잠을 이루지 못하게 하는 세 가지를 연이어 속으로 중얼거려 보았다. 솔직히 대단한 일이 있었던 건 아니다. 내 인생에 있어서 뭔가 엄청난 변화가 벌어진 것도 아니고. 그저 함께 놀이터에서 잠시 시간을 보냈을 뿐이다. 나이에 어울리지도 않게 시소에 앉은 채.

내 앞에 한쪽 무릎을 꿇고 앉아 가만히 웃던 그를 떠올렸다. 그러다가 문득 생각나서 휴대전화를 집어 들었다. 전원을 꺼놓았던 터라 다시 켜기까지 시간이 필요했다. 나는 휴대전화 화면이 하얗게 밝아지는 걸 멍하니 보다가 바탕 화면 위의 메시지 아이콘을 눌렀다. 놀이터에서 동화와 나눈 대화가 고스란히 남아 있는 휴대전화 화면을 손끝으로 느릿느릿 문질렀다.

[우리, 다음에 두물머리 가자.]

[두물머리?]

[응. 양평 두물머리. 혹시 가 봤어?]

[아니.]

시소에 앉아 있던 내 앞에 쪼그려 앉은 채 그는 뜬금없이 두물머리에 가자는 말을 했다. 여행 얘기를 나누고 있던 것도 아닌데 갑자기 그게 무슨 말인가 싶었다. 그래서 동화에게 아무런 확답을 하지 못했다.

'……두물머리라고?'

휴대전화 화면을 손끝으로 두드리다가 협탁 위에 있던 노트북을 끌어당겼다. 어차피 잠을 자기는 어려울 것 같은데 이참에 두물머리나 검색해 볼까.

검색창에 두물머리, 라고 입력을 하자마자 다양한 사진들을 볼 수 있었다.

파란 하늘과 그보다 더 파란 호수. 노란 햇살을 머금은 나무. 호수 한쪽을 가득 채우고 있는 연잎의 선명한 색.

'……좋다.'

호수 위를 지나온 바람이 코끝을 건드리기라도 한 것처럼 기분이 상쾌해져서 나도 모르게 표정이 풀어졌다. 사람들이 많이 찾는 여행지라고 알고 있기는 했지만 딱히 관심을 둔 적이 없었는데 이렇게 사진과 글을 보고 있으려니 한 번쯤은 가 보고 싶단 마음이 들었다. 아니, 어쩌면 동화가 그곳에 가자고 한 말 때문인지도 모르지만.

헛기침을 하며 허리를 똑바로 폈다. 노트북 화면을 보느라 집중하고 있었던 탓에 등을 구부정하게 숙이고 있었다는 걸 뒤늦게 깨달았다.

새 탭을 열어 가끔 방문하던 도서 리뷰 사이트에 들어갔다. 리뷰 사이트 중에서 가장 유명하다 싶을 만큼 많은 회원 수를 자랑하는 곳이었다. 물론 그만큼 리뷰가 아닌 악평 같은 것들도 많이 올라오는 곳이기는 하지만 말이다.

'이게, 대체…….'

마우스를 쥐고 있던 손에 힘이 들어갔다. 관심을 갖고 있던 작품의 리뷰를 훑어보던 중에 무심코 보게 된 글들 때문이었다. 숨이 꽉 막히면서 몸이 제멋대로 부들부들 떨리기 시작했다.

– 서봄 작가 사인회 다녀오신 분 계세요? 애들이 좋아하는 작가라

사인 받으러 갔었는데 기분만 잡쳐서 돌아왔네요.

– 말 한마디 안 하고 도도하게 앉아 있는 거 봤을 때부터 마음에 안 들었어요. 번거롭게 엽서에 하고 싶은 말을 쓰라고 하지 않나, 도대체 무슨 사인회를 그렇게 유별나게 한 거래요? 한류 스타도 그 정도로 도도하게 굴지는 않겠네.

– 저도 그 자리에 있었어요. 명색이 동화 작가란 사람이 자기 책의 주된 독자가 아이들이란 걸 모르는 것도 아닐 테고, 그럼 사인회에도 당연히 아이들이 많이 올 걸 예상하고 더 주의를 했어야죠. 출판사 직원들이 우왕좌왕하며 수습하려고 바쁘게 돌아다니는데도 혼자 아무것도 안 하고 고상한 척 앉아 있는데, 진짜 욕 나올 뻔했다니까요.

– 아직 다들 모르시나 봐요. 그 작가, 청각 장애인이라던데.

– 헐! 그게 무슨 말이에요? 듣지 못한대요?

– 출판사에서 쉬쉬해서 많이 퍼지지는 않은 모양인데, 그래도 이미 알 만한 사람들은 아는 모양이더라고요.

– 그래서 엽서를 쓰라는 둥 그런 걸 시켰었나 보네요.

– 그게 사실이라면 더 문제 있는 거 아니에요? 그 작가, 원래부터 신비주의 운운하면서 책 팔았잖아요. 출판사에서도 미스터리, 정체불명 작가라고 막 광고 내보내고. 그게 다 장애 숨기려고 했던 거 아닌가요?

– 출판사에서 장애인이라고 차별한 거네요. 정체도 드러내지 못하게 하고.

순식간에 눈앞이 부옇게 흐려졌다. 전혀 몰랐다. 가슴속이 선득해지면서 목구멍을 누가 틀어막기라도 한 듯 숨이 막혀 왔다. 나는 잠옷 앞섶을 꽉 움켜쥔 채 헐떡이며 마우스를 꽉 쥐었다. 차가워진 손끝이 저렸다.

그 누구도 온전히 나를 이해할 수는 없을 터였다. 하다못해 가장 가까운 가족조차도. 그것을 탓하려는 건 아니다. 그건 어느 누구의 무심함으로 돌릴 만한 일도 아니다. 장애와 비장애, 그 간극은 보통 사람들이 생각하는 것보다도 훨씬 넓기 때문에 메울 수 없는 것뿐이다. 배려의 문제도 아니고, 이해의 영역도 아니다.

그러니 그들을 원망하거나 탓하고자 하는 마음이 들지는 않았다. 내가 그 어떤 행동도 하지 못한 이유를 변명하고 싶지도 않았다. 다만, 예상치 못하게 내 장애가 드러나면서 그 일로 말미암아 출판사에도 비난이 향한 것 같아 무섭고, 겁이 났다.

내가 장애를 밝히고 싶지 않아서 공개하지 않았던 것뿐이다. 편견 없이 그냥 작품으로만 평가 받고 싶었다. 그래서 고집을 부려 지금껏 나에 대해 아무것도 드러내지 않은 건데, 그게 이제 와서 문제가 될 줄은 몰랐다.

더구나 아무런 죄도 없는 출판사를 향한 비난이란 형태로.

사인회 이후, 이런 일이 벌어진 줄도 모르고 혼자 속 편하게 있었단 사실에 자괴감이 밀려들었다. 나는 머리가 지끈거려서 덜덜 떨리는 손끝으로 관자놀이를 꾹 눌렀다. 그러나 그런 정도로는 두통이 사라지지 않았다.

심장이 제멋대로 뛰었다. 발작이라도 일어날 것처럼 온몸이 부들부들 떨렸다.

곤히 자고 있던 몽실이가 잠에서 깨어나 다가왔다. 그러고는 뭔가 불안한 느낌을 받은 듯 내 허벅지를 앞발로 짚었다. 그 작은 움직임 덕분일까. 막혔던 숨이 조금이나마 트였다. 나는 숨을 깊이 들이쉬었다가 내쉰 뒤, 몽실이를 품에 안았다. 몽실이의 작은 몸 위로 눈물이 툭툭 떨어졌다.

'몽실아, 나 어떡하지?'

덜컥 겁이 났다. 내가 알지 못하는 사람들의 비난이 무서웠고, 나 때문에 주변 사람들 역시 비난받는 게 두려웠다. 한 걸음 더 내디디려던 시도는 금세 무용지물이 되고 말았다. 뒷걸음질을 치고 난 자리에 남은 건 후회뿐이었다.

그 순간, 미처 닫지 않았던 인터넷 화면이 보였다. 조금 전에 보았던 두물머리의 아름다운 풍경이 눈앞에 선연히 그려졌다. 나는 입술을 파르르 떨다가 그대로 노트북을 덮어 버렸다. 그러자 몽실이가 품 안에 안겨 있다가 젖은 뺨을 핥아 주었다. 그 작은 위로에 눈물이 왈칵 쏟아졌다.

동화가 보고 싶었다. 10년 전, 그 골목에서 나를 보호해 주었던 것처럼. 그때 수군거리던 사람들의 목소리 속에서 내 귀를 막아 주었던 것처럼. 이번에는 이 모든 걸 보지 않아도 되게끔 내 눈을 가려 주었으면 싶었다.

나는 더듬더듬 휴대전화를 찾기 위해 손을 뻗었다. 베개 근처에 있던 휴대전화를 찾아 든 순간, 눈물이 재차 떨어졌다.

'안 돼.'

손에 쥐었던 휴대전화를 곧바로 침대 위에 던져 버렸다. 이런 내 모습을 그에게 보이고 싶지 않았다. 적어도 이렇게 비참한 모습만큼은 동화의 앞에 내보일 수 없었다.

4.
푸딩 속의 물고기

거의 뜬눈으로 밤을 지새운 탓인지 머리가 지끈거렸다. 지난밤, 뜻하지 않게 본 글들이 날카로운 칼날이 되어 가슴속을 헤집고 또 헤집었다.

글 자체로 평가받는 건 아무렇지 않았다. 날카로운 리뷰 같은 걸 볼 때면 속상한 마음이 들기도 했지만, 그건 내가 감수해야 하는 부분이라고 생각했기에 받아들일 수 있었다. 하지만 오늘 새벽에 봤던 비난 글들은 그와 무관한 것이라 가슴속에 비수처럼 꽂혔다. 또한 나만을 향한 게 아니기에 더욱 아팠다.

들릴 리 없는 수군거림이 귓속까지 파고드는 느낌이었다. 그들이 했던 말들 한 글자, 한 글자가 귓속의 피부를 긁고 지나가는 것만 같았다. 귓속에 벌레가 들어가면 이런 느낌일까. 나는 두 손으로 귀를 틀어막고 몸을 웅크렸다.

10년 전에도 이와 비슷한 일이 있었다. 노란색 폴리스 라인 안팎으로 경찰들이 바쁘게 오가는 와중에 웅성대는 목소리들을 들은 적이 있다. 내가 지나갈 때마다 동네 사람들이 수군대던 소리도 들었다.

'불쌍해서 어떡해요? 애가 아주 만신창이가 됐다면서요?'

'요새 애들 참 무섭네. 어떻게 동네 골목에서 저런 짓을 저질러?'

'그런데 솔직히 남자애들 탓만은 아니지 않아요? 걔가 평소에도 좀, 그랬잖아요. 얼굴 반반하게 생겨서 눈웃음 살살 치고.'

어쩌면 그래서 아버지는 엄마와 나를 데리고 그곳을 떠나야 했던 건지도 모른다. 일이 다 해결되지 않았음에도 불구하고 마치 도망이라도 치듯 집을 버리고 떠나야 했던 건 그래서였는지도 모른다.

'……그때처럼, 다 버리고 도망치고 싶다.'

학교에 가서 자퇴서를 내고 돌아오던 날처럼, 그렇게 모든 걸 다 버리고 달아나고 싶단 충동이 강하게 일었다. 인생에도 자퇴서란 게 있다면 차라리 좋을 텐데. 그러면 이렇게 버티고 살아야 할 이유 같은 건 없을 텐데.

눈물이 턱을 타고 뚝뚝 떨어졌다.

물고기는 흔히 귀가 없다고 생각하기 쉽다. 사람의 눈으로는 확인할 길이 없기 때문이다. 물고기는 사람과 달리 귓바퀴가 없어서 겉으로는 귀가 어디에 있는지 보이지 않는다. 그저 존재하는 것이라고는 내이內耳뿐이다.

– 물고기도 소리를 듣나요?

언젠가 인터넷 게시판에 올라왔던 질문 글이 문득 떠올랐다. 정확한 사실 대신 그 질문에 대한 추측성 답변들이 실시간으로 올라왔던 것도 덩달아 기억났다.

요양 병원 1층 한쪽에는 어항이 놓여 있다. 그 어항 안에서 손바닥보다 자그마한 크기의 물고기 대여섯 마리가 이리저리 헤엄쳤다. 혈앵무라고 했던가. 어항 속 물고기를 처음 보고 신기해하던 내게 아버지가 알려 주었던 기억이 난다.

수초 사이를 오가던 혈앵무 중 한 마리가 내 쪽으로 다가와 입을 뻐끔거렸다. 투명한 어항을 사이에 둔 채 나를 빤히 바라보는 혈앵무의 새까만 눈과 마주쳤다. 조금 더 허리를 숙여 혈앵무와 눈높이를 맞춘 뒤, 입을 벙긋거렸다.

'네가 살아가는 세상은 어떤 소리로 채워져 있니?'

붉은 빛깔의 물고기는 그저 뻐끔거릴 뿐이다. 소리 없는 물음에 대한 소리 없는 대답이었다. 애당초 작은 물고기가 건네는 대답을 듣는다는 것 자체가 말도 안 되는 일이다. 더구나 혈앵무가 소리 내어 대답한다고 해도 내가 듣는 건 불가능하다. 그걸 생각하니 지금 내가 여기서 뭘 하고 있는 건가 싶어 실소가 나왔다.

점도증진제를 풀어 넣은 물속을 헤엄치는 나를 상상해 보았다. 푸딩처럼 변한 물속에서 나는 귀와 입이 모두 막힌 채 몸을 바르작거린다. 걸쭉해진 물은 내 귀와 입을 모조리 막아 버릴 것이다. 소리를 들을 일도, 직접 소리를 낼 일도 없을 터다. 그러면 나는 그게 나 자신을 완벽하게 지켜 줄 거라고 과신할지도 모른다. 푸딩처럼 변한 물이 마치 단단한 갑옷이라도 되는 양 착각하면서.

……사실, 지금 내가 바로 그 꼴이다.

엄마가 입원해 있는 이곳은 집에서 멀지 않은 곳에 위치한 요양 병원이다. 아버지와 내가 엄마의 병원을 알아보면서 고려했던 조건들 중 하나가 바로 집 근처에 있는 곳이어야 한다는 점이었다. 그래야 아버지나 내가 수시로 병원에 들러 엄마를 살필 수 있으니 말이다.

아버지가 가게에 나간 사이에 내가 집에서 홀로 엄마를 돌보는 건 불가능한 일이었다. 10년 전의 일로 말미암아 충격을 받아 쓰러진 엄마의 병명은 우측 뇌출혈이었다. 그 후 엄마에게는 후유증이 찾아왔다. 왼쪽 팔다리를 제대로 쓸 수 없게 되었을 뿐만 아니라 시상증후군을 앓게 되어 감각에도 이상이 온 것이다.

벌레가 기어 다니는 듯한 느낌이나 조이는 느낌, 혹은 저릿저릿한 느낌, 그리고 때로는 칼로 베고 쑤시는 것만 같은 극심한 통증까지. 수시로 찾아드는 감각 이상에 내가 대처할 수 있는 건 거의 없었다. 하다못해 엄마가 통증을 호소할 때조차 그 소리를 들을 수 없으니 말이다.

더구나 엄마가 생의 의지를 잃어버리고 툭하면 식사를 거부하였던 탓에 그때마다 영양 수액이라도 맞아야 했다. 그러니 엄마를 집이 아닌, 병원에 입원시킨 건 어쩔 수 없는 선택이었다.

……아니, 그렇게 믿고 싶은 건지도 모르지만.

나는 병실 문 앞에 잠시 멈춰 섰다. 숨을 크게 들이쉰 뒤, 병실 문을 열었다.

예전의 엄마라면 내가 병실에 들어서자마자 '우리 동은이 왔어?' 하며 환하게 나를 반겼을 것이다. 그러나 지금의 엄마에게는 결코 기대할 수 없는 모습이다.

엄마는 등을 보인 채 창문 쪽을 향해 멀거니 앉아 있었다. 아침에 단정하게 빗어 내렸을 머리가 헝클어진 채 하나로 묶여 있는 게 보였다. 나는 느릿느릿 엄마에게 다가가 그 옆에 가만히 섰다. 하지만 엄마는 내가 다가온 것을 알았을 텐데도 시선 한번 주지 않았다.

익숙한 모습이다.

엄마가 나를 알아보는 시간은 극히 적으니 말이다. 통증을 감소시키기 위하여, 그리고 심리 치료를 위하여 먹는 약과 주사 때문에 엄마는 대부분의 시간을 잠에 취해 있거나 혹은 지금처럼 하루를 멍하게 보내고는 한다.

'책 나왔어요, 엄마.'

나는 가슴속이 먹먹해지려는 걸 애써 감추며 가방 안에서 증정본 한 권을 꺼내 들고 엄마의 손에 쥐여 주었다. 그러고는 엄마 앞에 쪼그려 앉아 그녀를 올려다보았다.

뇌출혈로 쓰러지기 전, 엄마는 쾌활하고 소녀 같은 분이었다. 동미가 엄마의 성격을 쏙 빼닮았단 말을 들었을 정도로, 어릴 적의 엄마는 유쾌하고 발랄한 말괄량이였다고 들은 적이 있다.

그렇지만 지금의 엄마를 보면 어느 누가 그런 말을 믿을까.

엄마의 손에 들려 있던 책이 힘없이 바닥으로 떨어지려는 걸 간신히 붙잡았다. 나는 얼굴이 일그러지려는 걸 꾹 참으며 책을 들고 일어섰다. 그러고는 침대 옆 선반 위에 책을 꽂아 놓았다.

처음 냈던 책부터 이번에 낸 책까지, 선반 위에는 크로코 시리즈가 가지런히 꽂혀 있다. 책이 출간된 뒤에 하나씩 가져다 놓은 것들이다.

잘했다고, 대견하다고, 그렇게 말해 주면 얼마나 좋을까.

이 책들 중 많은 부분을 엄마의 곁에서 탄생시켰다. 엄마가 거의 대부분의 시간을 멍하니 정신을 놓고 있거나 약에 취해 잠들어 있었던 터라 나는 병실에서 엄마의 옆을 지키면서도 늘 혼자였다. 그 무료한 시간을 버티기 위해선 노트북을 가지고 와 원고 작업을 할 수밖에 없었다.

그러지 않고서는 엄마가 나를 외면한 채 과거의 어느 시간 속을 헤매는 모습을 감당하기가 힘들었다. 나로 인해 상처투성이가 된 엄마를, 그리고 넝마가 되어 버린 엄마의 삶을 마주할 용기가 나지 않았다.

그 순간, 팔을 건드리는 손길이 느껴졌다. 엄마가 정신이 든 것인지 나를 쳐다보았다.

"언제 왔어."

엄마는 소리 없이 물었다. 나는 헝클어진 엄마의 머리를 잠시 쳐다보다가 어색하게 입을 달싹였다. 하지만 정작 그 어떤 대답도 할 수 없었다. 뒤늦게 휴대전화를 꺼내려는데 엄마가 그런 나를 물끄러미 보다가 이내 관심을 거두고는 침대 위에 몸을 모로 뉘였다.

'책이 나왔어요.'

그 말을 하려던 손끝이 민망해져서 저절로 오므라들었다. 나는 엄마의 목 위까지 이불을 끌어 올려 덮어 준 뒤, 의자에 앉아 한숨을 내쉬었다. 얇은 이불조차 엄마에게는 무거워 보였다. 내게 등을 보이고 누워 있는 엄마의 뒷모습을 보고 있으려니 가슴이 먹먹해졌다.

'엄마, 미안. 미안해요, 나 때문에.'

엄마는 세상 누구보다 예뻤다. 그러나 지금의 엄마는 초라하기 그지없는 모습을 하고 있다. 윤기 없이 부스스한 머리칼이 베개 위에 흐트러져 있는 걸 보던 중에 눈앞이 흐려졌다. 눈물이 나오려는 걸 참기 위해 황급히 고개를 뒤로 젖히고 눈을 깜빡였다. 형광등 불빛 때문인지 눈이 시렸다.

엄마가 쓰러지게 된 원인 중에는 나도 포함되어 있다. 동미의 일이 가장 큰 이유였겠지만, 힘겹게 버티고 있던 엄마를 직접적으로 무너지게 만든 건 바로 나였다. 내가 청력을 잃은 날, 엄마는 간신히 서 있다가 그대로 주저앉게 된 것이다.

그래서 나는 엄마 앞에서 언제나 죄인일 수밖에 없다. 엄마가 이렇게 초라한 모습으로 말라 가고 있는 건 전적으로 내 탓이다.

조심스럽게 손을 뻗어 엄마가 덮고 있는 이불 끝을 잡아 보았다. 병원 마크가 찍혀 있는 이불에 얼룩이 보였다.

'이불을 갈아 달라고 해야겠네.'

나는 간호사에게 남길 메모를 쓰기 위해 가방을 뒤적였다. 메모지와 펜을 막 꺼내려던 순간, 누워 있던 엄마가 벌떡 일어나 앉더니 그대로 배를 움켜쥐고 몸을 구부렸다.

'엄마!'

엄마의 등에 손을 댔다. 엄마가 고통스럽게 몸을 떠는 게 고스란히 손바닥을 통해 전해졌다. 나는 덜덜 떨다가 황급히 침대 위쪽에 있는 호출 벨을 눌렀다. 빨갛게 점등된 호출 벨을 보다가 다시 엄마를 붙잡았다.

'엄마, 어디가 아픈데? 또 속이 아파요?'

독한 약을 계속 먹다 보니 자연스럽게 뒤따라온 게 위장 장애였다. 언젠가 엄마의 주치의가 위 내시경 사진을 보여 준 적이 있다. 아무런 의학 지식도 없는 내가 봐도 엄마의 위벽이 시뻘겋게 붓고 헐어 엉망이라는 걸 알 수 있었다.

하기야 다른 곳은 그렇지 않을까.

엄마의 몸속에서 멀쩡한 곳을 찾는 게 오히려 불가능할 것이다. 나 때문에 문드러진 속은 굳이 내시경으로 들여다볼 필요도 없을 테니까.

'엄마, 조금만 기다려요. 선생님 불렀으니까.'

이럴 때는 내가 말할 수 없다는 사실에 너무나 화가 난다. 아파서 괴로워하는 엄마에게 단 한마디 말조차 건네지 못하니 말이다. 그렇다고 아픈 엄마의 눈앞에 메모지를 들이대거나 손짓을 할 수도 없는 노릇이고.

너무나 무기력한 상황 앞에서 한없이 작아지려는 찰나, 의사가 침대 옆으로 다가와 곧바로 엄마의 상태를 살피기 시작했다.

의사가 엄마를 향해 몸을 숙이고는 뭐라고 말을 걸었다. 그러자 엄마가 그를 향해 입을 달싹였다. 엄마의 일그러졌던 얼굴이 조금 나아지는 게 보였다. 의사가 아직 어떤 처치를 한 것이 아닌데도 불구하고 엄마는 한결 편안해진 모양이었다.

……그게 당연한 건지도 모른다.

아프단 말을 누군가가 들어주는 것만으로도 큰 의지가 될 수 있으니 말이다. 나는 함께 온 간호사에게 뭔가 지시를 내리는 의사를 보았다. 의사가 병실 밖으로 나간 직후에 가까이 다가와 엄마를 다독이는 간호사의 손길도 물끄러미 보았다. 나보다 더 가까이, 그리고 편하게 엄마를 다독이는 그녀의 모습이 어쩐지 부럽고 한편으로는 샘이 났다.

[급성 위경련이래요.]

간호사가 허리를 펴고 내 쪽으로 돌아서서 간단히 메모를 적어 건넸다. 그럴 거라고 예상했다. 엄마가 지금처럼 배를 움켜쥐며 아파했던 게 처음이 아니니까. 아마도 진경제가 든 수액을 맞고 약을 먹으면 통증은 수그러들 것이다. 늘 그랬던 대로.

간호사가 나간 뒤, 엄마가 다시 몸을 뉘였다. 새우처럼 등을 구부린 채 모로 누워 있는 몸이 통증 때문인지 간헐적으로 움찔거렸다.

'간호사가 곧 약을 갖고 올 거예요.'

나는 건네지도 못하는 말을 삼키며 엄마의 팔과 다리를 주물러 주었다. 가느다란 팔과 다리에 가슴이 미어졌다. 마침 간호사가 수액 팩과 약을 가지고 돌아왔다. 그에 안도하며 한 걸음 뒤로 물러섰다.

"가시려고요?"

그녀가 엄마의 팔에 바늘을 꽂고 난 뒤에 나를 향해 병실 밖으로 나가는 시늉을 하며 말했다. 나는 바짝 마른 입을 축이고는 고개를 저었다.

'화장실 좀 다녀오려고요.'

간호사를 향해 손짓을 했다. 그러고는 병실 밖으로 나와 복도에 놓여 있는 의자에 털썩 주저앉았다. 벽에 뒤통수를 댄 채 숨을 크게 들이쉬었다. 하지만 얼마 지나지 않아 복도 저편에서 다가오는 이를 보고 깜짝 놀라 몸을 바로 세웠다.

'동화가 왜 여기에 있는 거야?'

눈조차 깜빡이지 못하고 내 앞에 다가와 선 동화를 올려다보았다. 그의 부드러운 시선과 마주한 순간, 가슴속이 먹먹해졌다. 지난밤의 일이 다시금 떠오르면서 그의 앞에 앉아 있는 내가 초라하게 느껴졌다.

그에게 더 이상 초라한 모습을 보이고 싶지 않았다. 장애가 있다는 걸 들킨 것으로도 모자라 온갖 한심한 모습을 보이고 말았지만, 그 이상 다른 모습을 들키고 싶지 않았다. 더구나 사람들이 나를 두고 이러쿵저러쿵 말한 걸 그가 알게 되기를 바라지 않았다. 동화가 나를 불쌍하다고 여기게 될 것이 싫었다.

나는 아무 일도 없었던 것처럼 태연히 자리에서 일어나며 그에게 물었다.

[여기는 어떻게 알고 왔어?]

그가 어떻게 이곳에 오게 된 것인지 도무지 이해가 되지 않았다. 의아한 눈으로 동화를 쳐다보며 대답을 기다리자 그가 난처한 표정을 짓더니 휴대전화에 뭔가를 작성했다.

[아저씨한테 연락받았어.]

'……아버지한테?'

그럴 리 없다. 아버지는 오늘 내가 이곳에 온 걸 알지 못한다. 미리 얘기를 하고 나온 것도 아니고, 집을 나온 뒤에 충동적으로 발길을 돌렸던 것이니까. 그런데 어떻게 아버지에게서 연락을 받았다는 건가 싶어 의아해졌다. 동화가 그런 내 표정을 보고는 자세한 설명이 필요하다고 여겼는지 덧붙였다.

[아저씨가 아주머니 몸 상태를 확인하려고 전화 걸었다가 간호사한테 들었대.]

가게에 손님이 많아서 시간을 내기 힘들 때는 아버지가 종종 병원에 전화를 걸고는 하는데, 오늘이 바로 그런 날이었나 보다. 나는 동화의 말을 납득하고는 고개를 주억거렸다.

"들어가자."

나는 내 어깨를 자연스럽게 감싼 동화에게 이끌리다시피 하며 다시 병실 안으로 들어갔다. 그가 창밖을 보고 있는 엄마에게 인사를 건네는지 입술을 달싹이는 게 눈에 들어왔다.

'그래 봤자 엄마는 동화를 알아보지도 못할 텐데.'

만류하려고 손을 뻗는 순간, 창밖을 바라보던 엄마가 그를 향해 고개를 돌리더니 느릿하게 눈을 깜빡였다. 그 뒤에 엄마가 한 행동은 내 예상을 벗어난 것이었다.

엄마는 환하게 웃더니 동화의 손을 덥석 잡았다. 그러더니 그를 가만히 쳐다보다가 뭐라고 말을 하는 건지 입술을 달싹였다. 동화가 엄마의 말을 귀 기울여 듣는 것 같더니 이내 입을 크게 벌리고 웃었다.

'뭐야, 뭔데!'

당황하여 그 모습을 멀거니 쳐다보고 있다 보니 동화가 나를 돌아보고는 씩 웃었다.

'엄마랑 무슨 얘기 나눴어? 엄마가 뭐래?'

나는 동화의 소매를 잡아당기며 소리 없이 물었다. 다급한 탓에 휴대전화의 키패드를 두드릴 생각도 못 했다. 그런데 동화가 내 질문을 알아듣기라도 한 사람처럼 눈을 데구루루 굴리더니 곧 장난스러운 미소와 함께 말했다.

"비밀."

하지만 두 사람 사이에 무슨 비밀 이야기를 할 게 있을까.

대부분의 시간을 넋 놓고 있다가 잠깐 정신이 든 엄마와 10년 만에 재회한 동화 사이에 말이다.

솔직히 엄마가 동화를 기억해 낸 건지도 의문이다.

나는 미간을 좁힌 채 눈을 가늘게 뜨고 엄마를 살폈다. 엄마가 계속 동화에게서 시선을 떼지 못하고 있었다.

……동화를 정말 기억하는 건가?

막연한 기대가 가슴 안쪽에서 슬그머니 고개를 들던 찰나였다. 동화가 개구쟁이처럼 웃더니 내게 휴대전화를 내밀었다.

[아주머니가 우리더러 잘 어울린대. 예쁜 부부라고, 잘 살라고 하시던데?]

휴대전화 속 메모를 보자마자 가슴속이 싸해졌다. 그럼 그렇지, 하는 체념이 그 뒤를 이었다. 나는 억지로 입꼬리를 올리며 웃어 준 뒤, 엄마를 쳐다보았다.

멍한 얼굴로 창밖만 바라보던 엄마만큼, 지금 이렇게 기억도 못 하면서 생글생글 웃는 엄마도 보고 싶지 않았다.

기대 따위, 하는 게 아니었다.

발 근처에 앉아 있던 몽실이가 냉큼 일어서더니 내 다리를 긁어 대기 시작했다. 나는 허리를 숙여 몽실이의 머리를 쓰다듬은 뒤, 휴대전화를 꺼냈다.

새로운 이메일이 도착했다는 메시지였다. 원고 작업을 하면서 장 차장과 수시로 메일을 주고받는 터라 알림 설정을 해 놓았다. 나는 동화에게 눈짓으로 양해를 구하고 메일을 확인했다.

곧바로 들고 있던 휴대전화를 바닥에 떨어뜨렸다. 아마 바닥에 부딪치면서 둔탁한 소리가 났을 것이다. 내가 기억하는 소리들 중에서 가장 비슷한 소리가 무엇일까 생각하다가 그대로 몸을 웅크리고는 가쁜 숨을 몰아쉬었다.

'방금 내가 본 게 뭐지?'

머릿속이 순식간에 백지가 되어 버렸다. 별다른 생각 없이 확인한 메일 내용이 다시금 눈앞에 떠올랐다.

서봄 작가님, 장애만 있었던 게 아니네요? 학력이 중졸이라던데 정말이에요? 우리 애들한테 공부 열심히 하면 나중에 작가님 같은 사람 된다고 했었는데 정말 기가 막혀서……. 사인회 날, 그 난리가 나고 나서 작가님이 장애인인 걸 알게 됐을 때 뭐라고 하는 사람들이 있기는 했지만, 장애가 있어서 불쌍한 사람이니 너그럽게 봐 줘야지 어쩌겠나 했다고요. 그런데 이건 아니잖아요? 장애는 어쩔 수 없는 거라고 쳐도, 중졸이라는 건 너무하는 거 아니냐고요. 어린애들 동심 이용해서 돈만 벌면 된다고 생각한 거예요? 그러고도 당신이 작가 맞아요? 출판사랑 짜고 장애든 학력이든 다 숨긴 채 신비주의 작가라고 그럴듯하게 포장해서 책 많이 팔아 좋으시겠네요.

낯선 사람에게서 온 메일은 나를 비난하고 조롱하는 내용으로 가득했다. 가끔 어린 독자나 그 부모에게서 메일을 받았다. 다음 권은 언제 나오는 거냐고 독촉하거나 혹은 정말 재미있게 봤다며 감상문 같은 글을 길게 적어 보내던 것이 대부분이었다. 이렇게 나를 돈밖에 모르는 사기꾼으로 취급하는 메일을 받은 건 처음이었다.

그래서인가 보다. 처음이라서, 이런 것에 익숙하지 않아서 이토록 숨이 꽉 막히고 가슴속이 싸늘하게 얼어붙었나 보다.

작가가 맞느냐는 물음이 가슴 깊숙한 곳에 길게 상처를 냈다. 다시 세상에 발을 내딛게 해 주었던 내 글 자체를 부정당한 느낌이었다. 또한 내 존재 자체를 거부당한 기분이기도 했다.

게다가 나로 말미암아 함께 오해를 받게 된 출판사에도 면목이 없었다. 앞으로 출판사 사람들을 어떻게 봐야 하나 겁이 덜컥 났다.

눈을 질끈 감았다. 차라리 눈을 떴을 때, 내가 다른 곳으로 옮겨 간 상태라면 얼마나 좋을까.

문득 1층 로비에서 보았던 어항 속의 혈앵무가 떠올랐다. 그 작은 물고기를 보면서 내가 했던 상상도.

점도증진제를 넣어 걸쭉해진 물속에 들어가 있는 거라면 좋겠다. 모두가 그런 푸딩 같은 물에 들어가 있다면 그 누구도 나더러 듣지 못한다고 비난하지는 않을 텐데. 어느 누군가가 내게 사기꾼이라 비난하고, 속이고 감췄다며 분노를 터뜨려도 내게 직접 전해지지 않을지도 모르는데.

자퇴서를 들고 학교에 간 건 고등학교 1학년 때였다. 동미의 사고에 같은 학교 애들이 연루되어 있다는 걸 알게 된 뒤, 단 하루도 그들과 같은 공간에 있을 수 없었다. 또한 이미 퍼질 대로 퍼진 소문이 악의적으로, 그리고 잔혹하게 변질되는 걸 더 이상 듣고 싶지도 않았다.

얼마 지나지 않아 열병을 앓고 청력을 잃게 될 줄 알았더라면 당시의 내 결정에 뭔가 변화가 있었을까. 고작 고등학교 1학년 한 학기를 다니고 자퇴를 해서 중졸이라는 최종 학력이 두고두고 내 약점이 되리란 걸 알았더라면, 그때의 나는 다른 결정을 내렸을까.

아니.

나는 그러지 않았으리란 걸 알고 있다. 그때 내게는 다른 선택의 여지가 없었다. 감당할 수도, 견뎌 낼 수도 없는 고통 앞에서 내가 할 수 있는 것이라고는 그렇게 도망치는 것뿐이었으니까.

'그래, 이번에도. ……이번에도 도망치자. 그러면 돼.'

이번에는 아예 밖으로 나갈 생각조차 하지 말고 꽁꽁 틀어박혀야지. 걸쭉한 푸딩 안에 갇혀 버린 물고기처럼, 그렇게 틀어박힌 채 세상의 시간이 외따로 흘러가라고 내버려 둬야지.

두 눈을 질끈 감고 양손으로 머리를 감쌌다. 이를 악문 탓에 턱 주변이 뻐근해졌지만 개의치 않았다. 듣지 못하는 귀를 통해 내뱉지 못한 신음이 끅끅거리며 새어 나가는 게 들리는 것만 같았다.

"괜찮아, 동은아."

그때, 귓가에 울음을 닮은 환청이 들렸다. 비통에 젖은 목소리가 마치 현실처럼 생생히 전해졌다. 그제야 정신이 들었다. 눈을 뜨자마자 나를 안고 있는 동화가 보였다. 맞은편에 앉아 있던 그가 어느새 내 쪽으로 다가와 나를 감싸 안아 주었던 모양이다. 내가 어느 정도 진정됐다고 생각했는지, 팔을 풀더니 몸을 숙였다. 나는 멍하니 그를 쳐다보다가 눈을 휘둥그렇게 떴다.

'아, 안 되는데!'

조금 전 내가 떨어뜨린 휴대전화가 동화의 손에 들어간 걸 보자마자 황급히 손을 뻗었다. 그러나 그는 가볍게 내 손을 피하더니 휴대전화 화면을 켰다.

'돌려줘! 보지 마, 동화야!'

나는 간절히 입을 벙긋거렸다. 하지만 동화는 내 무언의 외침을 듣지 못했다는 듯 가만히 휴대전화 화면을 보더니 이내 입술을 사리물었다. 그의 시선이 얼어붙은 것처럼 서늘하게 가라앉는 게 느껴졌다.

그것을 본 순간, 온몸의 힘이 빠졌다. 나는 그를 향해 뻗었던 팔을 아래로 내리고 두 손으로 얼굴을 감쌌다. 들키고 싶지 않았던 치부를 그에게 보였다는 사실이 이렇게까지 절망스러울 줄은 몰랐다.

울음이 터져 나오려는 걸 눌러 참으며 어떻게든 마음을 추스르고자 호흡을 가다듬었다. 하지만 내 의지와는 상관없이 눈물이 나오는 바람에 얼굴을 감싸고 있던 손바닥이 축축하게 젖어들었다. 우는 모습까지 보이고 싶지 않아서 계속 얼굴을 가리고 있는데, 동화가 내 손목을 움켜잡더니 천천히 손을 내리게 했다. 나는 고개를 흔들며 버티려 했지만 그의 힘을 이길 수는 없었다.

얼굴을 감싸고 있던 손이 아래로 내려가면서 동화가 내 눈에 들어왔다. 나는 그의 시선을 미처 피하지 못해 마주하고 말았다. 동화는 양손으로 내 손목을 각각 쥔 채 완전히 아래로 끌어 내리고는 물끄러미 나를 쳐다보았다. 그 시선을 계속 마주하기가 힘들어 눈을 내리깔았다.

동화는 나를 재촉하지도, 다그치지도 않았다. 그저 내 손목을 부드럽게, 그러면서도 강하게 잡고 있을 뿐. 그런데 그 침묵과 기다림이 외려 내게는 더 큰 안정감을 주었다. 나는 한결 편안해진 마음으로 심호흡을 했다. 그러고 나서야 묵묵히 나를 기다려 주었던 동화를 볼 용기가 났다.

[미안. 나 때문에 놀랐지?]

나는 입꼬리를 당겨 올려 웃었다. 펜을 쥔 손이 뻣뻣하게 굳은 걸 내색하고 싶지 않았다. 그러나 내 바람과는 달리 동화의 시선이 내 손에 잠시 머무르는 듯싶더니 그가 노트를 끌어갔다.

[네가 사과할 일 아니잖아. 너야말로 많이 놀랐겠다.]

동화가 써 내려간 문장은 덤덤했다. 나는 쥐고 있던 펜을 놓은 뒤, 손을 꽉 말아 쥐었다. 손에 땀이 찬 것인지 손바닥에 축축한 느낌이 들었다.

[이런 일, 종종 있었어?]

나는 그가 이어서 적은 물음을 읽고는 파르르 떨리는 입술을 깨물었다. 그냥 모른 척 넘어가 주면 안 되나, 괜히 원망스러운 마음이 들었다. 그를 탓할 이유가 하나도 없다는 걸 뻔히 알면서도 말이다.

지난밤에도, 그리고 조금 전에도 나로서는 처음 겪는 일들이었다. 인터넷상에 올라온 글들을 보면서 느꼈던 충격과 조금 전 메일을 받고 느낀 충격 사이에는 차이가 있었다. 게시판 여기저기에 올라온 글들은 내가 굳이 볼 필요 없이 외면할 수 있었다. 하지만 이메일로 직접 들어온 비난은 외면조차 할 수 없게끔 했다. 나는 연이어 겪은 일들을 되돌아보다가 다시 한 번 몸을 움츠렸다. 그러다가 문득 떠오른 생각에 고개를 들어 동화를 쳐다보았다.

그러고 보니 동화는 내게 구체적으로 어떻게 된 일이냐고 묻지 않았다. 그저 이런 일을 종종 겪었던 거냐고 물었을 뿐. 마치 이미 알고 있었던 것처럼……. 나는 눈을 크게 뜨고 입술을 달싹이다가 황급히 펜을 쥐었다. 손이 떨리는 바람에 글씨를 제대로 적을 수가 없었다.

동화가 노트를 가져갔다. 그는 내가 쓰다 만 것을 보더니 시선을 들어 나를 빤히 응시하다가 고개를 끄덕였다. 내가 적지 못한 물음에 대한 대답이었다.

가슴이 철렁 내려앉았다. 그와 동시에 눈앞이 희뿌예져 그의 얼굴이 흐릿해졌다. 차가운 물을 뒤집어쓴 것만 같았다. 비참한 기분에 더 이상 무슨 말을 어떻게 해야 할지도 판단이 서지 않았다. 나는 펜을 더욱 힘주어 잡은 뒤, 눈을 감았다가 떴다. 가득 고였던 눈물이 곧바로 뺨을 타고 흘러내렸다.

동화가 손을 뻗어 내 뺨을 닦아 주었다. 뺨을 적셨던 눈물의 흔적조차 남기지 않겠다는 듯 꼼꼼하고 다정한 손길이었다. 뒤이어 그는 내가 꽉 쥐고 있던 펜을 빼내어 테이블 위에 내려놓고는 뻣뻣하게 힘이 들어간 내 손을 마사지하기 시작했다.

그의 손길은 서툴기 그지없었다. 하기야 전문적으로 마사지 같은 걸 배웠을 리 없으니 당연한 거였다. 그럼에도 불구하고 손등과 손바닥을 꾹꾹 누르고 손가락을 하나하나 주무르는 그 손길에 막혔던 속이 조금 풀리고 피가 도는 것만 같았다.

그것이 내 얼굴로도 드러난 걸까. 얼굴이 뜨끈해지는 느낌이 들었다. 그제야 동화가 안심한 듯 내 손을 놓더니 다시 펜을 쥐었다.

[아침에 우연히 네 사인회 후기 글을 봤어.]

그게 우연히 발견할 수 있는 글일까. 나는 쓴웃음이 나오려는 걸 목구멍 아래로 밀어 삼킨 뒤, 방금 전까지 동화가 만져주었던 손을 다른 손으로 지그시 눌렀다. 아마도 그는 내 책이나 사인회와 관련된 단어를 검색창에 입력했을 것이다. 아무런 악의 없이, 아니, 오히려 좋은 의도로 그렇게 행동했을 터였다. 10년 만에 만난 친구가 동화 작가가 된 걸 알았으니 다른 사람들은 제 친구의 글을 어떻게 평가할지 궁금했을 수 있다. 본인도 상상 못 했을 것이다. 그런 글을 보게 될 거라고는 말이다.

이미 그가 다 알고 있었는데 그것도 모른 채 그에게 들킬까 봐 전전긍긍했던 내 모습이 한심했다. 나는 마른세수를 하고는 한숨과 함께 무심코 시선을 옮겼다. 테이블 위에 놓인 휴대전화가 보였다. 조금 전에 떨어뜨렸던 걸 동화가 주워서 테이블 위에 올려놓은 것이다. 그것을 본 순간 저절로 표정이 굳어 버렸다.

그러고 보니 내 학력에 대한 건 어떻게 얘기가 퍼진 걸까, 의문이 생겼다. 내게 장애가 있다는 사실은 그렇다 치고 학력에 대한 것까지 누군가가 알게 되리라고는 예상하지 못했다.

본명 대신 '서봄'이란 필명으로 책을 냈다. 그리고 메일 주소를 제외하고 그 어떤 개인적인 부분도 공개하지 않았다. 하다못해 책날개에 사진조차 집어넣은 적이 없었다. 그런데 사인회에서 문제가 생긴 뒤에 어떤 식으로든 나에 대한 말들이 더욱 퍼져 나갔나 보다. 밝고 씩씩한 크로코의 이야기를 쓰는 '서봄'이 아닌, 10년 전의 시간 속에 갇혀 있는 '서동은'에 대해서.

'세상이 참 무섭구나. 사람들의 입이 참 무서워.'

허탈한 마음에 머리를 감싼 채 한숨을 내쉬었다. 정말, 이제 다 포기해야 하는 게 아닐까 싶었다. '서봄'이 아닌 내가 과연 씩씩하고 용감한 크로코와 친구들의 이야기를 쓸 수 있을지에 대한 확신이 서지 않았다. 아니, 그보다도 어느 누가 내 책을 읽어 줄까, 서글픈 마음이 일었다.

[내가 사인 받아다 준 애 말이야. 그 꼬맹이가 크로코 이야기를 참 많이 좋아한대.]

갑자기 그가 회사 동료의 아이에 대한 얘기를 꺼냈다. 그러고 보니 그 아이가 크로코의 친구인 지라프를 특히 좋아한다고 한 게 기억났다. 지라프를 닮겠다며 매일 목을 늘이는 운동을 한다고 했던 것도 떠올랐다.

[그 이야기를 만들어 준, 크로코 엄마도 참 많이 좋아하고. 그런데 걔는 크로코 엄마가 장애가 없는 사람이라서, 대학까지 졸업한 사람이라서, 그래서 좋아하는 게 아니거든. 그저 자기가 좋아하는 이야기를 써 주었으니까, 그 이야기를 읽으며 꿈을 꿀 수 있게 해 주었으니까, 그래서 좋아하는 거야. 네가 만들어 낸 세상과 캐릭터들, 그 안에서 펼쳐지는 이야기들, 그 모든 게 꼬맹이의 가슴을 설레게 만드니까.]

노트 위에 적힌 말들이 번져 보였다. 동화가 적은 문장들 위로 눈물이 방울방울 떨어졌다. 코끝이 빨개졌을 거란 생각이 뜬금없이 들었다. 나는 두 손을 꽉 쥔 채 거듭 눈물을 떨어뜨리다가 바들거리며 턱 아래로 흘러내리던 눈물을 닦아 내고는 간신히 펜을 쥐었다.

[미안한데, 그런 말이 위로가 될 나이는 이미 지났어.]

"동은아."

그가 나를 불렀다는 걸 입 모양으로 짐작할 수 있었다. 목소리가 아닌, 사람의 입술이 움직이는 걸 보면서 짐작해야 하는 내 처지에 새삼 화가 났다. 이런 식으로 필담이 아니고서는 대화를 나누지 못하는 상황에 가슴속에서 울컥, 뭔가가 치밀었다. 그 울컥대는 감정을 억누르지 못하고 충동적으로 펜을 움직였다.

[나, 이제 글을 쓰기가 무서워.]

결국, 내가 선택한 건 도피였다. 지금 이 상황에서 도망치는 게 내가 할 수 있는 전부였다.

충동적으로 꺼낸 말이었으나 막상 노트 위에 토해 내고 나니 속이 후련했다. 아니, 후련하다기보다는 가슴속이 텅 빈 것처럼 공허해졌다. 나는 바람이 휭휭 불어 들어올 것만 같은 속을 추스르지도 못한 채 노트를 덮었다. 더 이상 그와 대화하고 싶지 않았다. 노트 위를 꾹 누르고 있던 손이 제멋대로 경련을 일으키듯 부들거렸다. 동화가 다급히 내게 뭔가를 말하려고 입을 달싹이다가 재차 노트를 펼치려 했다. 그 모습에 실소가 새어 나왔다.

'싫어.'

나는 고개를 느릿느릿 저으며 그가 펼치려던 노트의 표지를 손바닥으로 더욱 힘주어 꾹 눌렀다. 동화의 얼굴이 일그러졌다. 그 모습에 순간적으로 멈칫했지만, 곧바로 동화에게서 시선을 거두고 자리에서 일어서려 했다.

동화가 그런 내 손목을 붙들었다. 싫어. 놔. 나는 고개를 흔들며 그에게 잡힌 손목을 흔들어 빼내려 했다. 하지만 순순히 놓아줄 수 없다는 듯 동화는 더욱 힘을 주어 나를 끌어당겼다.

"앉아. 나랑 다시 얘기해."

'싫어. 너랑 얘기하고 싶지 않아.'

나는 강하게 거부하며 눈을 질끈 감아 버렸다. 들리지 않는 상황에 시야마저 닫아 버린 이상, 나는 안전할 터였다. 그 누구의 시선이나 말에 상처 받을 일도 없을 테고, 동정이나 위로에 초라함을 느끼지도 않을 테니까.

"동은아. 동은아, 제발!"

그 순간, 동화가 외치는 소리가 귓속을 파고들었다. 그게 환청이라는 걸 아는데도 몸이 제멋대로 반응하며 움찔거렸다. 다시 눈을 뜨자마자 본 동화의 모습은 절박했다. 제 일도 아닌데 왜 이러는 건지 이해할 수 없었다.

내가 한숨을 내쉬자 동화가 흠칫하며 내 손목을 잡고 있던 손에서 힘을 풀었다. 그가 다소 강하게 잡았던 것인지 손목 위에 흐릿하게 손자국이 남았다. 그것을 동화가 알아차리기 전, 옷소매를 내려 감췄다.

[이러지 마. 네가 이런다고 내 생각이 바뀌지는 않아.]

[하지만 이렇게 극단적으로 포기할 건 아니잖아.]

그는 내가 다시 자신과 대화를 하려 한다고 생각했는지 더욱 적극적으로 몸을 기울이며 노트에 빠르게 적어 나갔다. 하지만 그가 써 내려간 문장 몇 줄만으로는 내 마음에 그 어떤 변화도 일지 않았다.

[너는, 몰라.]

헛헛한 웃음이 입가를 비집고 새어 나왔다. 우리가 같은 시간을 공유했던 건 10년 전이었다. 아니, 같은 시간을 온전히 공유했던 것도 아니다. 그 누구도 그럴 수는 없을 것이다. 다른 사람과 공유할 수 있는 시간이란 건 극히 부분적일 뿐이다.

하다못해 엄마의 배 속에서 열 달을 함께 있었던 쌍둥이와도 모든 걸 공유하지는 못했다. 동화가 동미를 바라보며 웃고 장난칠 때, 나는 그를 향해 움직이던 내 감정을 숨기기에 급급했다. 동미를 부러워했고, 가끔은 시샘했다. 그래서였나 보다. 동미가 골목 안쪽에서 참혹한 일을 당할 때, 내가 그 어떤 것도 느끼지 못했던 건. 쌍둥이라면서 아무것도 알아차리지 못했던 건.

그런데 타인에 불과한 동화가 어떻게 나를 이해할 수 있을까.

가뭇없이 사라진 사춘기 시절을 무심코 떠올렸다. 겨우 열일곱 살의 여름에 끝나 버린 우리의 시절이 애달팠다.

그때, 동화가 손을 뻗어 내 손을 잡았다. 그러고는 다른 손으로 펜을 쥔 채 또박또박 뭔가를 적었다.

[그래. 몰라. 모르니까 나는 끊임없이 네게 매달릴 거야. 계속 글을 써 달라고. 크로코의 이야기뿐만 아니라 더 많은 이야기, 더 다채로운 이야기를 써 달라고. 그게 귀찮아서라도 차라리 글을 쓰는 게 낫겠단 생각이 들 때까지 조르고 또 졸라 댈 거야.]

[억지 부리지 마. 나는]

문장을 쉽게 잇지 못하고 펜을 내려놓았다. 가슴이 욱신거려 아무것도 할 수가 없었다. 동화가 그런 내 손을 자신의 두 손으로 감싸 잡더니 그 위에 제 고개를 묻었다.

마치 기도라도 하는 사람처럼.

고개 숙인 그의 목덜미에서 시선을 떼기가 힘들었다.

'너는 대체 왜 그렇게 간절한 건데. 네 일도 아닌데, 너랑 아무 상관도 없는데. 왜.'

그에게 묻고 싶은 말들이 입안에서 형체를 갖추지 못한 채 사라졌다. 그렇게 얼마나 시간이 지났을까. 동화가 고개를 들더니 내 손을 놓은 뒤, 펜을 들었다.

[베토벤의 귀가 어두워지기 시작했던 게 우리 또래였지?]

누구나 다 아는 얘기.

청력을 잃고도 위대한 곡을 탄생시켰던 음악가.

[베토벤에게 청각 장애는 치명적이었을 거야. 소리로 감정을 표현하고 의도를 드러내야 하는데, 소리가 있어야 존재하는 게 음악인데, 바로 그 소리를 잃어버렸으니까.]

베토벤이 소리를 잃는 데 소요된 시간은 대충 10여 년이었다. 베토벤과 나는 공통점이 있는지도 모르겠다. 그러니까 동화가 이런 얘기를 꺼낸 것일 테고.

하지만, 그렇다 해서 뭐가 달라질까.

10여 년의 시간.

베토벤에게는 서서히 소리가 사라져 간 시간이고, 내게는 소리를 잃고 살아온 시간이다. 어느 쪽이 더 고통스러웠을지 아무도 판단할 수 없을 것이다. 아니, 애당초 누구의 고통이 더 무거운지 비교한다는 게 어불성설이다. 고통의 무게란 결코 객관적이지도, 절대적이지도 않으니까.

고통은, 그리고 상실은 개인의 영역에 속해 있다. 그렇기에 나와 내 가족이 겪었던 고통은 사람들의 입에서 입을 거쳐 잠시 머물렀다가 이내 흩어져 사라졌다. 어느 순간, 모든 현실에서 등 돌려 사라져야 했던 우리 가족에 대한 호기심이 그러했듯이.

동화 역시 마찬가지였을 것이다. 지난번 사인회 때 우연히 재회하지 않았더라면, 나는 그의 오래된 기억 속 한 부분으로 계속 남아 있었을 터다. 만약 그가 나를 어느 순간 떠올린다 해도 그건 아주 가끔 일어나는 무심한 되새김이었을 터.

나도 모르게 헛웃음이 나왔다. 동화가 빠르게 펜을 움직였다.

[이런 말이 얼마나 진부한지 잘 알아. 당사자가 아닌 제삼자가 이런 말을 해 봤자 아무 쓸모없다는 것도. 하지만 동은아, 베토벤은 청력을 모두 상실한 뒤에도 걸작을 쏟아 냈잖아. 오히려 청력을 잃은 뒤, 그의 음악이 더욱 깊어졌다는 얘기도 읽은 적 있어. 고통을 잊기 위해서 내면으로 침잠하고, 문학에 빠져 들고 철학에도 관심을 보이고.]

[난 베토벤이 아니야.]

더는 그의 말을 마주하고 싶지 않았다. 내 말과 그의 말은 서로에게 결코 온전히 닿을 수 없을 터였다. 아무리 애를 쓴다 할지라도.

저릿한 가슴속을 달래며 시선을 돌리려는데, 또다시 눈앞에 노트가 들이밀어졌다.

[알아. 넌 베토벤이 아니야. 너는 그냥 서동은이지. 다른 한편으로는 서봄이고. 다만 베토벤에게 장애가 있다고 해서 그의 작품에 문제가 있었던 게 아닌 것처럼, 그가 장애로 인해 부당한 비난을 받을 이유가 없었던 것처럼, 너에게도 아무 문제가 없고 비난받을 이유가 없다는 거야. 비난하는 사람들이 잘못된 거지, 네게 잘못이 있는 게 아니니까.]

'나에게 잘못이 있는 게 아니다.'

나는 그 말을 가만히 속으로 중얼거려 보았다. 그러나 아무리 중얼거려 봐도 그 말에 선뜻 동의할 수 없었다.

고개를 돌려 휴게실 밖을 보았다. 마침 어느 환자가 보행기에 의지하여 복도를 지나가는 게 보였다. 느리고 불편해 보이는 걸음으로도 한 발, 한 발, 걸어가는 모습을 멀거니 보고 있다 보니 내 자신이 더욱 초라하단 생각이 들었다.

'나는 잘못하지 않았는데.'

공허한 말이 소리로 나가지도 못한 채 가슴속 깊숙이 묻혀 버렸다.

5.
나를 구해 줘

'모서리. 하늘. 나뭇잎. 고양이. 창틀. 냉온수기. 컵. 믹스 커피. 슬리퍼. 고무나무. 안경. 책.'

노트 위에 두서없이 목록을 작성해 나가다가 펜을 떨어뜨렸다. 바닥으로 떨어진 펜이 데구루루 굴렀다. 펜을 줍기 위해 몸을 숙이려는데, 큼직한 손 하나가 불쑥 시야 안에 들어오더니 펜을 주워 들었다. 바로 장한이 차장의 손이었다. 그는 방금 내가 떨어뜨린 펜을 테이블 위에 올려놓은 뒤, 맞은편 자리로 가서 앉았다. 장 차장의 시선이 내 앞에 있는 노트로 향하는 것 같아서 서둘러 페이지를 넘겼다.

그저 무의미한 낙서였지만 장 차장에게 보이고 싶지 않았다. 우스운 일이었다. 그는 지금껏 나를 담당하던 편집자였고, 내가 원고를 쓰면 가장 먼저 읽어 주던 독자이기도 했다. 그런 사람에게 하찮은 낙서조차도 보이고 싶지 않다니. 겨우 며칠이 지났을 뿐인데 내 감정이 이렇게 달라졌구나 싶어 씁쓸한 마음이 들었다.

'마음 단단히 먹자.'

먹먹해지려는 속을 달랜 뒤에 오늘 내가 출판사를 방문한 목적이 따로 있다는 걸 다시 한 번 상기했다.

[인터넷에]

고작 네 글자를 썼을 뿐인데 어깨가 뻐근해졌다. 펜을 쥔 손에 쓸데없는 힘이 들어가면서 어깨에까지 영향을 미친 듯싶었다. 그와 동시에 뜬금없이 동화가 떠올랐다.

'그래. 몰라. 모르니까 나는 끊임없이 네게 매달릴 거야. 계속 글을 써 달라고. 크로코의 이야기뿐만 아니라 더 많은 이야기, 더 다채로운 이야기를 써 달라고. 그게 귀찮아서라도 차라리 글을 쓰는 게 낫겠단 생각이 들 때까지 조르고 또 졸라 댈 거야.'

어제 요양 병원까지 나를 찾아왔던 그를 생각했다. 그와 나누었던 대화도 생생히 기억했다. 병원의 좁은 휴게실에서 나눈 대화를 끝으로 동화와 그에 관련된 얘기를 더 이상 나누지는 않았다. 그는 집 앞에 나를 내려 준 뒤에도 그저 평범한 인사만을 건네고 돌아갔다. 매달리고 조르겠다던 말과는 사뭇 다른 태도였다.

어째서인지 지금 이 순간 동화가 떠오르면서 마음이 불편해졌다. 베토벤 운운하는 말까지 해 가면서 나를 위로하고 설득하려던 그의 노력이 안쓰럽기 그지없었다. 그는 내가 이곳, 출판사에 어떤 마음으로 왔는지 알지 못할 터였다. 아니, 지금 내가 출판사를 방문한 사실 자체도 모르고 있을 것이다. 그래서인지 동화를 속이고 배신한 기분이 들었고, 그에게 잘못을 하고 있는 것 같단 생각도 들었다. 쓸데없는 죄의식이었다.

'이건 내 일이잖아. 동화가 상관할 일이 아니라고. 더구나 걔가 무슨 말을 했든, 내가 그 말을 따를 이유는 없잖아?'

나는 커다란 돌이라도 묶어 놓은 듯 가슴속이 무거워지려는 걸 애써 외면하며 고개를 흔든 뒤, 다시 마음을 다잡았다.

[인터넷에 올라온 글들을 봤어요. 저 때문에 벌어진 일인데 왜 말씀안 해 주셨어요.]

사인회에서 있었던 일 때문에 곤란을 겪은 출판사와 장 차장에게 사과부터 해야 했다. 머리로는 그렇게 생각을 했는데, 막상 내게서 나온 말은 원망 섞인 항의였다. 펜을 내려놓자마자 후회가 들어 방금 쓴 내용을 지우려는 순간, 장 차장이 먼저 손을 뻗어 노트를 가져갔다.

한심하고 비겁한 속내를 그에게 고스란히 들킨 것만 같아서 고개를 들 수가 없었다. 그러던 중 고개를 숙이고 있던 내 앞에 다시 노트가 놓였다.

[죄송해요. 작가님 마음 다칠 게 뻔해서 그랬어요.]

그가 면목 없다는 듯 쓴웃음을 지었다. 나는 입을 꾹 다물고 있다가 다시 물었다.

[항의 전화 같은 거 많이 오지 않았어요?]

[걱정하실 만큼은 아니었어요. 정말이에요.]

장 차장은 내 얼굴을 보고는 다시금 정말이라며 덧붙여 썼다. 아마도 내가 그의 말을 전적으로 믿지 못하는 게 얼굴에 고스란히 드러난 듯싶었다. 나는 손끝을 말아 쥔 채 노트 위에 주고받은 대화를 가만히 보다가 재차 펜을 쥐었다.

[제 학력에 대해서도 말이 나오는 것 같던데요.]

펜이 흔들리면서 종이 위에 얼룩이 생겼다. 한번 생긴 얼룩은 결코 지울 수 없을 터였다. 그리고 그건 나에게도 마찬가지로 적용될 것이다. 장애가 있고, 학력이 중졸밖에 되지 않는다는 건 결코 지워지지 않는 얼룩이 되어 나를 따라다닐 게 분명했다.

베토벤이 죽은 이후 오랜 세월이 흘렀어도 여전히 그를 언급할 때 청각 장애가 따라붙는 것처럼.

문득 동화가 내게 전하고자 했던 말들이 떠올랐다. 꾹꾹 눌러 쓴 그 문장들에 담긴 마음을 모르는 건 아니었다. 하지만 나는 그 마음을 똑바로 받아들일 여유가 없었다.

[걱정하지 않으셔도 돼요. 저희가 충분히 감당할 수 있는 문제예요.]

장 차장이 쓴 문장을 본 순간, 자제할 새도 없이 속에서 뭔가가 울컥했다. 그 문장 속에서 문제란 단어 자체가 커다랗게 돌출되어 그것만 눈에 들어온 것이다.

그래, 문제였다.

아무리 좋게 포장한다고 하더라도 내 장애나 학력은 문제일 수밖에 없다. 나로 인하여 다른 사람들에게까지 폐를 끼친 것이다.

나로 인해 출판사까지 돈독이 오른 것처럼 비난받았던 게 다시금 생생히 기억났다. 나는 두 눈을 질끈 감았다가 뜬 뒤, 펜을 쥔 손에 힘을 주었다. 펜촉이 망가지거나 혹은 잉크가 닳아 버린 것인지 노트 위에 거칠게 이어지던 문장들이 드문드문 끊어졌다.

[뒷수습을 해도 제가 해야죠.]

[작가님 탓이 아니에요.]

[왜 그게 제 탓이 아닌데요? 제게]

쥐고 있던 펜 끝이 뭉개졌다. 그리고 종이 위에 눈물이 떨어지면서 글씨가 번졌다.

제 탓.

장 차장이 아무리 부정해도 변하지 않는다. 이 모든 일이 내 탓이라는 건. 그걸 다시 한 번 자각하라는 듯 굵게 번진 글자가 눈에 아프게 박혀 들었다.

[제게 장애가 있어서, 제가 고등학교도 졸업 못 해서 생긴 문제잖아요.]

내가 원해서 장애를 갖게 된 건 아니다. 장애는 선천적이든 후천적이든 모두 다 불의의 사고일 뿐이다. 그리고 학력에 대해 말이 나온 것 역시 억울하다고 항변할 수도 있었다. 나라고 왜 학교를 중간에 그만두고 싶었을까. 억울하다면 억울한 상황이었다. 그러나 지금은 내 억울함을 호소할 처지가 아니었다.

[죄송해요. 계약 해지하겠습니다. 위약금과 손해액 계산해서 알려주시면]

바들바들 떨며 써 내려가던 걸 순식간에 장 차장에게 빼앗겼다. 미처 완성되지 못한 문장이 펜 끝에 매달렸다가 그대로 사라져 버렸다. 내가 쓴 것을 읽던 장 차장의 입매에 힘이 들어갔다. 늘 다정하게 웃던 그답지 않은 모습이었다. 그만큼 내게 화가 난 것일 터.

가슴속이 지끈거렸다. 장 차장이 내게 많이 실망했으리란 걸 짐작했기에 더욱 마음이 아팠다. 이런 내 행동이 얼마나 이기적인지 잘 알고 있다. 그러나 나로서는 어쩔 도리가 없었다. 간신히 버티며 살아왔던 삶을, 그나마 이렇게 해야 지킬 수 있을 것만 같았기 때문이다. 사람들의 비난과 경멸 속에서 움츠러들다 못해 납작해질 것 같은 나를 지킬 방도가 이것뿐이었다. 또한 출판사가 나 때문에 욕을 먹는 것도 더 이상 보고 싶지 않았다.

나는 관자놀이를 찌르는 듯한 통증에 미간을 좁힌 채 신경질적으로 손톱 주변의 거스러미를 잡아 뜯었다. 거스러미를 잡아 뜯은 자리에서 핏방울이 배어 나왔다. 손톱 옆으로 빨갛게 피가 올라오는 걸 보고 있는데, 장 차장이 다시 내게 노트를 내밀었다.

[작가님과 저희가 겨우 그런 관계였어요?]

어깨가 움츠러들었다. 고개를 들 수 없었다. 단순히 손해 본 것을 책임지고 계약을 해지한다고 해서 일이 마무리되지 않는다는 걸 안다. 이런 내 행동이 그저 나약함에서 비롯된 일종의 도피일 뿐이라는 것 역시 잘 알고 있다.

장애를 갖고 있다는 이유만으로, 고등학교를 졸업하지 못했다는 이유만으로 비난받아도 변명조차 할 수 없는 죄인이 된다는 게 억울했다. 이런 것 말고는 내가 할 수 있는 게 아무것도 없다는 사실 자체도 억울했다. 무엇보다 나를 믿어 주고 늘 힘이 되어 주었던 이들에게 초라한 꼴을 보이고, 그들에게 피해를 입혔다는 게 너무나 억울하고 속상했다. 종이 위에 눈물이 방울방울 떨어졌다. 나는 손등으로 눈을 비비며 애써 울음을 참다가 다시 펜을 들어 빠르게 적어 나갔다.

[앞으로 글을 쓸 수 없을 것 같아요. 계약 파기해 주세요. 죄송합니다.]

펜을 내려놓은 뒤, 자리에서 벌떡 일어났다. 더 이상 견딜 수 없었다. 어떻게든 붙잡아 달라고 장 차장에게 매달릴 것만 같았다. 그런 나약한 모습까지 내보이고 싶지는 않았다.

도망치려던 내 눈에 회의실 구석에 놓인 고무나무 화분이 들어왔다. 재작년이었던가. 원고에 대한 얘기를 하기 위해 연락 없이 무작정 출판사를 찾았던 날, 출판사 식구들이 마당에 모여 화분 분갈이를 하고 있던 광경과 맞닥뜨렸다. 그들은 실내에 있던 화분을 모조리 마당에 끌어낸 뒤에 새 화분에 난석과 스티로폼을 깔고 분갈이용 흙에 마사토를 섞어서 그 위를 채우던 중이었다. 저 고무나무도 그중 하나였다. 내가 직접 분갈이를 했던 화분이기도 하고. 잘 자라라고 물을 듬뿍 주었던 기억이 떠올랐다.

눈시울이 금세 젖어들었다. 기억이란 건 이렇게 작은 사물

하나에도 담겨 있기 마련인가 보다. 그걸 미처 알지 못해서 기억을 쌓고 말았다. 가급적 누군가와의 인연도 기억도 만들고 싶지 않았는데, 출판사와의 관계는 그저 업무적인 것이라고 여겼는데……. 의식하지 못하는 사이에 소중한 인연을 만들었구나 싶었다. 후회할 일을 해 버렸구나 하는 생각을 했다.

당황한 얼굴로 내게 다가오려던 장 차장을 향해 고개를 저었다.

'그냥 갈게요. 보내 주세요.'

초라한 인사 말고는 할 수 있는 게 없었다.

[출판사에 가서 계약을 해지하고 왔어요.]

아버지는 내게 아무것도 묻지 않았다. 그러나 겉으로 내색만 하지 않았을 뿐, 아버지의 가슴속이 다시 한 번 무너졌으리란 건 자명했다.

'왜 나만 이렇게 모든 게 어렵고 힘든 걸까.'

계속 쏟아질 것 같던 눈물이 어느새 말라 버렸다. 격해졌던 감정이 반작용이라도 겪는 듯 차분하게 가라앉았다. 깊이 침잠해 들어간 감정의 끝이 손끝에 닿을 듯 말 듯 아슬아슬하게 사라지는 게 느껴졌다.

그 순간, 누군가가 다가와 내 앞에 섰다. 한쪽 손에 서류 가방이 들려 있는 게 먼저 보였다. 제법 오래 사용한 듯 낡은 흔적이 보이는 가방이었다. 무심코 그 가방을 쳐다보다가 고개를 들었다.

내 앞에 다가와 선 이는 동화였다. 그는 흐트러진 모습으로 서 있다가 나와 눈이 마주치자 간단히 눈인사를 건넨 뒤, 아버지를 향해 고개를 숙였다. 그러고는 아버지와 뭔가 대화를 나누는 것인지 입을 달싹였다.

그들의 모습을 물끄러미 쳐다보다가 고개를 숙였다. 동화와 나 사이에 투명한 유리 벽이 세워져 있는 것만 같았다. 더 정확하게 말하자면 내 주변으로 투명한 방음벽이 세워져 있는 기분이었다.

새삼스럽게 여길 일은 아니었다. 늘 그랬듯 내 주위는 완벽하게 소음이 차단되어 있다. 하지만 사실, 세상은 온갖 소음으로 가득 차 있을 것이다. 한때는 나도 소음으로 가득 차 있는 세상에 속해 있었다.

"나랑 얘기 좀 해, 동은아."

그 순간, 동화가 내 손목을 잡아끌며 말했다. 그의 얼굴이 굳어 있었다. 아마도 아버지에게서 조금 전 내가 했던 말을 전해 들은 것이리라. 나는 입술을 꾹 깨물며 동화의 시선을 마주 바라보다가 고개를 저었다.

'이야기하고 싶지 않아. 아무도 만나고 싶지 않아. 어떤 글도 쓰고 싶지 않아.'

내가 막 가게 밖으로 나가려던 찰나, 동화가 성큼성큼 다가와 재차 손목을 붙잡고는 나를 돌려세웠다.

그가 내 뺨을 감싸고 눈 아래를 문질렀다. 손가락이 눈 밑을 훑듯이 지나가는 감촉에, 그제야 내가 또다시 울고 있었다는 걸 깨달았다. 그는 말라붙은 눈물 자국조차 모조리 지워 버리겠다는 듯 거듭 내 뺨을 어루만지다가 다시금 내 손목을 붙들었다.

동화의 시선을 피해 고개를 돌렸다. 그가 나를 바라보는 시선에 어떤 감정이 섞여 있을지 두려웠다.

'나는 잘못하지 않았는데.'

그 허망한 말들이 조각조각 부서져 손안에 맴돌다가 흩어졌다. 음절 단위로 부서지고, 자음과 모음으로 분리가 되었다. 그리고 그보다 더 자잘한 가루가 되기도 했다. 더 이상 어떤 말도 될 수 없을 정도로. 그 환각이 나를 더욱 비참하게 만들었다.

동화에게 잡혀 있던 손목을 비틀어 빼냈다. 사실, 그가 마음만 먹었더라면 내가 아무리 손을 비틀어 봤자 소용없었을 것이다. 그러니 그가 나를 놓아주었다고 하는 편이 정확할지도 모른다. 이율배반적인 감정일지도 모르지만, 그가 놓아준 손목이 허전했다.

옆으로 동화가 다가왔다. 차마 그를 똑바로 쳐다보지 못하고 그저 힐끔 돌아보았다가 다시 정면으로 시선을 고정했다. 그런 내 어색하고 불편한 마음을 모르는지, 몽실이가 폴짝거리며 앞장서서 경쾌하게 걸음을 옮겼다.

[저녁 먹었어?]

그때, 동화가 휴대전화를 내밀었다. 나는 그 자리에 멈춰 서서 고개를 저었다.

동화가 저녁을 먹으러 가자고 하기에 근처 음식점에 갈 거라고 생각했다. 하지만 그가 나를 데리고 간 곳은 인사동의 어느 음식점이었다. 보리굴비 전문점이란 이름답게 그 맛이 꽤 좋았다. 더구나 시원한 녹차 물에 밥을 말아서 보리굴비를 한 점씩 얹어 먹다 보니 배가 부른 줄도 모르고 밥을 싹싹 비우고 말았다.

'배가 너무 불러서 숨도 못 쉬겠어.'

수저를 내려놓으며 무심코 생각하다가 그런 내 모습이 우스워서 피식거렸다. 일은 제멋대로 저질러 놓고 세상 다 끝난 사람처럼 굴다가 이렇게 밥 한 그릇을 뚝딱 먹어 치웠으니, 동화가 볼 때 얼마나 어이없고 기가 막혔을까 싶었다. 쓴웃음이 나오려는 걸 삼키고 고개를 들자마자 동화와 눈이 마주쳤다.

그는 인사동까지 오는 내내, 그리고 저녁밥을 먹는 내내, 나에게 그 어떤 말도 건네지 않았다.

어째서 그는 내게 아무 말도 건네지 않았던 걸까.

동화가 의미 모를 눈빛으로 물끄러미 나를 바라보았다. 화가 나는 걸 억누르고 있는 것 같기도 했고, 한편으로는 안타까워 어쩔 줄 몰라 하고 있는 것 같기도 했다. 아파하는 것 같기도 했고, 슬퍼하고 있는 것 같기도 했다. 말 그대로 '같기도 했다'는 것뿐이지, 실제로 그의 마음이 어떤지는 알 길이 없었다.

나는 결코 동화가 될 수 없으니까.

동화 역시 내가 될 수 없는 것처럼.

내가 내린 결정에 대해 동화가 전적으로 이해하는 일은 불가능하다. 아무리 그가 나를 이해하려 노력해도 마찬가지일 것이다. 그건 동화의 탓이 아니다. 그 누구의 탓으로 돌릴 일도 아니다. 어느 누구도 결코 다른 사람이 될 수 없는 것뿐이다. 나는 그 점을 다시금 상기하며 마음을 다잡은 뒤, 가방 안에서 노트와 펜을 꺼냈다. 그러나 무슨 말을 어떻게 꺼내야 할지 종잡을 수 없었다.

그 순간, 두통이 일었다.

창밖을 보니 소나기가 세차게 쏟아지고 있었다. 일기 예보에 언급조차 된 적 없던 갑작스러운 소나기에, 사람들이 길을 가다 말고 허둥대며 뛰는 것이 보였다. 그들 중 일부는 식당 출입문 바깥에 옹기종기 모여서 비를 피했다.

비를 피하던 이들 중 몇 명이 출입문을 열고 안으로 들어왔다. 문이 열리기를 기다렸다는 듯 싸늘한 비바람이 그 사이로 불어 들어왔다. 느닷없이 침범한 한기에 몸이 저절로 떨렸다. 그러자 동화가 출입문 쪽을 돌아보더니 제 옆에 두었던 겉옷을 들고 일어나 내게 다가왔다.

'아, 아니……, 괜찮은데.'

나는 그가 내 어깨 위에 겉옷을 덮어 주는 걸 그저 눈만 깜빡이며 내버려 둘 수밖에 없었다. 미처 그의 행동을 예상하지 못했던 터라 대응할 틈을 찾지 못했기 때문이다. 멋쩍은 마음에 코끝을 손으로 만지다가 목을 쏙 집어넣고 어깨를 움츠렸다.

손으로 문지르던 코끝이 시큰해지는 게 느껴졌다. 나는 입술을 앙다문 채 동화가 덮어 준 겉옷 속으로 더욱 몸을 웅크렸다. 어릴 적 아버지의 큼직한 코트 안에 들어가 꼬물거리며 놀던 기억이 났다. 내 팔보다 배 이상 긴 겉옷 소매를 바닥에 질질 끌고 다니다가 엄마에게 야단을 맞았던 일도 덩달아 떠올랐다. 그리고 방 한쪽 구석에 쪼그려 앉아 훌쩍이고 있으면 나를 달래 주려고 사탕을 하나 가지고 옆에 다가와 앉던 동미도…….

굳어지려는 얼굴을 손바닥으로 쓸어내려 감췄다. 비가 내린 탓에 머리가 지끈거리다 보니 잡념이 늘어난 모양이다. 나는 눌어붙듯 온몸에 휘감겨 오는 기억을 흩어 버리고 두 손을 꽉 오므려 쥐었다.

[괜찮아? 얼굴이 많이 창백해.]

두툼한 다이어리가 내 앞에 놓였다. 그의 물음이 적혀 있는 페이지를 보다가 멍하니 옆 페이지로 시선을 옮겼다.

'2차 미팅 때 가져갈 샘플, 가이드북 최종 확인할 것.

경일통상 마케팅 팀장과 미팅 약속.'

회사에서 사용하는 다이어리인지 업무와 관련된 메모가 적혀 있는 게 보였다. 그와 더불어 동화의 고민 섞인 속내도 메모 중간에 끼어 있었다. 내가 알지 못하는 동화의 일면을 조금이나마 본 것 같다는 생각을 하며 펜을 잡았다.

[머리가 좀 아파서.]

동화에게 다이어리를 되돌려 주려다가 순간적으로 멈칫했다. 굳이 뭔가를 더 자세히 말할 필요는 없다고 머릿속으로는 생각했지만, 그 생각과는 달리 내 손은 다이어리에 쓸데없는 말을 덧붙였다.

[비가 오면 두통도 오거든. 웃기지? 빗소리를 듣지도 못하는데.]

귓가에 이명처럼 맴도는 빗소리는 그날의 것이 틀림없었다. 아니, 기억이란 건 하루나 이틀만 지나도 충분히 왜곡되기 마련이다. 그러니 10년이나 지나간 그날의 빗소리가 어떻게 온전히 기억 속에 저장되어 있을 수 있을까.

더구나 소리 자체를 잃어버린 세월 역시 10년인데.

환청처럼 듣는 기억 속의 소리란 게 얼마나 헛된 것인지 생각한다. 형체조차 없는 것이니 더욱 그렇다. 기억이란 게 무엇일까. 눈에 보이지도, 손에 잡히지도 않는 그것은 대체 어디에 저장되어 긴 시간 내내 함께 흘러가고 있는 것일까.

어쩐지 쓸쓸한 마음이 들었다. 이렇게 동화와 서로 마주 보고 있음에도 불구하고 나와 그는 결코 같은 공간에 있는 게 아니란 생각을 했다. 테이블 하나를 사이에 둔 채 마주하고 있지만, 내가 인식하는 공간과 그가 인식하는 공간 사이에는 커다란 차이가 존재하니 말이다.

소리.

빗소리.

사람들의 대화 나누는 소리.

그런 소리가 없는 공간과 있는 공간은 결코 같을 수 없다.

고개를 돌려 가게 밖 풍경을 향해 시선을 던졌다. 조금 전보다 빗줄기가 가늘어졌는지 출입문 앞에 서 있던 사람들의 수가 다소 줄어든 상태였다. 허둥대며 거리를 뛰어가던 사람들 대신, 겉옷에 달린 후드나 모자를 쓴 채 느긋하게 걷는 사람들이 그 자리를 채웠다. 가로등 불빛이 비에 젖은 길바닥에 반사되어 비치는 걸 물끄러미 응시하다가 귓바퀴를 문질렀다. 마치 퇴화되어 기능을 상실하기라도 한 것처럼 손 아래의 연골 조직은 그저 가련할 뿐이었다.

어느 누가 이해할 수 있을까. 소리를 잃어 본 적 없는 이들은, 결코 나를 이해할 수 없을 것이다. 그 상실감을 알지 못하는 이들은, 절대 내가 느끼는 두려움을 공감할 수 없을 터였다.

[빗소리가 실로폰 소리처럼 들린 적이 있어.]

동화가 불쑥 제 다이어리를 가져가더니 뜬금없이 빗소리에 대한 이야기를 꺼냈다. 지금 내 생각을 읽기라도 한 듯 '소리'에 대한 얘기를 꺼낸 터라, 나도 모르게 표정이 굳어지려 했다.

[3년 전에 안면 신경 마비가 온 적 있거든. 사업을 시작한 지 얼마 되지 않았을 때였어. 캐릭터 라이센스를 따내려고 에이전시도 찾아다니고, 작가들도 직접 만나러 다니다 감기에 된통 걸렸는데, 갑자기 얼굴 감각이 이상해졌어. 양치를 하는데 물이 입술 사이로 줄줄 새더라고. 눈도 한쪽이 감기지 않고. 병원에 갔는데, 구안와사라고 했어.]

구안와사라면 얼굴 한쪽이 마비되는 거잖아? 나는 예상치 못한 얘기에 눈을 크게 뜨고 그를 쳐다보았다.

[괜찮아. 후유증 없이 나았어.]

'다행이다. 정말 다행이야.'

나는 재차 그의 얼굴을 살폈다. 본인의 입으로 괜찮다는 대답을 들었지만, 그래도 내 눈으로 보고 확신하기 전까지는 신경이 쓰일 것 같았다. 하지만 동화는 아무렇지 않은 듯 태연한 얼굴로 다이어리에 이어서 써 내려갔다.

[그때 감각 이상이 동반되는 바람에 청력이 예민해졌었거든. 작은 소리도 엄청나게 큰 소리로 들리고. 누가 옆에서 가벼운 물건 하나를 떨어뜨려도 커다란 폭탄이라도 떨어뜨린 것처럼 콰광 하고 괴성처럼 들리고. 그게 힘들었어. 누군가가 무심코 내는 소리가 내게는 머릿속까지 바늘로 찌르는 듯한 소음이 된다는 게. 나중에는 거의 모든 소리가 폭력처럼 느껴졌거든.]

얼굴에 신경 마비가 오는 게 청력에도 문제를 줄 수 있다는 건 알지 못했다. 또한 내게는 들리지 않는 소리란 게, 그래서 늘 그립기만 하던 소리란 게 누군가에게는 폭력이 될 수도 있다는 가정은 해 본 적 없었다. 나는 동화가 다이어리를 다시 가져가는 걸 물끄러미 보다가 무심코 손을 들어 귓바퀴를 만지작거렸다. 조금 전 귓바퀴를 문질렀을 때와는 어쩐지 느낌이 사뭇 달랐다. 말로 설명하기는 힘들지만 말이다.

어쨌든 무섭지 않았을까.

나로서는 도저히 상상이 되지 않는다. 그러나 세상의 모든 소리가 되레 폭력이 되어 다가왔다면 아마도 두려워 움츠러들지 않았을까, 막연히 짐작해 볼 따름이다. 내가 세상의 모든 소리를 잃어버린 뒤에 느꼈던 공포가 혹시 그와 닮아 있지는 않았을까 하는 생각이 뜬금없이 들었다.

[그런데 어느 날 보슬비가 내리던 오후였어. 어디선가 퐁, 퐁, 퐁, 소리가 들리는 거야. 내게 고통스럽기만 하던 소리가 아니라, 그냥 가볍게 실로폰을 연주하듯 경쾌한 소리였어. 어디였을 것 같아?]

나는 다이어리에서 시선을 떼고는 고개를 흔들었다. 그가 부드럽게 미소 짓더니 덧붙여 썼다.

[내 발 옆, 작은 물웅덩이.]

'물웅덩이?'

나는 동화를 쳐다보다가 시선을 돌려 비가 내린 거리를 바라보았다. 가로등 불빛을 반사하는 작은 물웅덩이가 곳곳에 반짝이는 게 눈에 들어왔다. 거의 잦아든 빗줄기 대신, 빗방울이 하나, 둘, 떨어지고 있었다. 그러고 보니 조금 전까지 내 머릿속을 갉아먹기라도 할 것처럼 괴롭히던 두통도 어느새 수그러든 상태였다.

[가끔 그 빗소리가 그리워질 때가 있어. 그때 그 순간으로 되돌아가지 않는 이상, 나는 두 번 다시 그 소리를 들을 수 없을 테니까. 구안와사에 또다시 걸리고 싶은 건 아니지만.]

웃음 섞인 문장 위로 퐁, 퐁, 퐁, 빗소리가 들리는 것만 같았다. 가게 밖에서도 실로폰을 연주하는 소리가 들리는 듯싶었다. 그 모든 소리가 환청이라는 걸 알면서도, 나는 잠시 눈을 감고 그 소리에 집중했다.

젖어드는 눈가를 닦을 생각이 나지 않았다. 그저 눈을 감고 있는 사이에 저절로 마르기를 기다릴 뿐이었다. 그렇게 얼마나 시간이 지났을까. 나는 천천히 눈을 떴다. 희뿌예진 시야에 동화의 얼굴이 들어왔다.

[왜 아무것도 안 물어봐?]

충동적으로 그에게 질문했다. 그가 내게 아무것도 묻지 않으니, 되레 내가 그에게 질문을 건네는 수밖에 없었다. 동화는 내 질문을 받은 뒤, 한참 동안 아무 대답도 하지 않고 제 앞의 다이어리를 내려다보기만 했다. 그 모습을 쳐다보다가 조금 전 내가 쓴 문장 아래에 휘갈기듯 이어서 썼다.

[난 잘못하지 않았어.]

'잘못'이라 쓴 글자 위에 눈물이 툭 떨어졌다. 그 단어는 곧바로 눈물에 번져 나갔다. 빗줄기에 모든 잘못이 씻겨 내려갔기를 바라는 건 큰 욕심일까. 나는 눈물을 닦을 생각도 하지 못하고 다시 고개를 돌렸다.

가게 밖은 어느새 비가 그친 상태였다. 사람들은 언제 비를 피해 이리저리 뛰어다니고 건물 아래에 몸을 숨기고 있었던가 싶게 평온을 되찾았다. 일상 속의 평온을 되찾기란 이렇게 쉬운 일이다.

10년 전에도 비가 내렸다.

그런데 왜 나와 내 가족은 비가 그친 뒤에도 평온을 되찾을 수 없었던 걸까. 이렇게 쉬운 일인데. 비가 그치고 나면 되돌아오는 일상일 뿐인데. 그게 왜 우리에게는 그토록 어렵고 힘든 일이었을까.

[내가 잘못한 게 아니야.]

펜을 내려놓고 두 손으로 얼굴을 감쌌다. 오늘 하루가 너무나 고되고 힘들었어, 동화야. 차라리 악몽이었더라면 좋았을 텐데, 이 모든 게 현실이라는 걸 아니까 더욱 버겁기만 하더라. 하루 종일 미몽에서 깨어나지 못한 사람처럼, 그렇게 헤매고 돌아다녀서일까. 다리도 아프고 팔도 아프고 눈도 아프고, 온몸이 다 아파.

'아파, 동화야. 사실은 몸보다 마음이 더 많이 아픈 것도 같아.'

내가 잃어버린 건 청력만이 아니다. 소리 내어 말하는 법도 잃어버렸다. 잊었다기보다는 잃었다고 하는 게 맞을 것 같다. 지금도 입을 열어 소리 자체를 낼 수는 있을 테니까. 다만 그러기 위해서는 까마득하다 싶을 만큼, 많은 용기를 내야 했다.

소리를 듣지 못하기 때문에 내 발음은 뭉개져서 엉망이 되어 나올 것이다. 그 점이 나를 주눅 들게 했고, 입을 다물게 했다. 사람들 앞에서 비웃음을 당하느니 차라리 벙어리가 되는 편을 선택한 것이다. 그렇게 10년을 침묵하며 살아온 덕분에 이제는 입을 여는 것보다 다물고 있는 게 더 익숙해졌지만, 가끔은 불편할 때가 있다.

바로 지금처럼, 속을 털어놓고 싶을 때.

그 순간, 손목을 단단히 감싸 쥐는 손길이 느껴졌다. 그 손은 내 손목을 붙든 채 천천히 아래로 내려갔다. 복잡한 표정으로 나를 바라보고 있는 동화와 눈이 마주쳤다. 그저 내 마음대로 하는 짐작일 테지만, 그는 내게 하고 싶은 말이 많아 보였다. 하지만 동화는 테이블 위의 펜을 집어 드는 대신, 계속 나를 바라보기만 했다. 나는 그 시선을 마주하고 있다가 어색한 마음이 들어 눈을 내리깔았다.

그에게 붙들려 있는 손이 보였다. 내 손목을 쥐고 있는 동화의 손등 위로 푸르스름하게 올라와 있는 핏줄이 눈에 들어왔다. 단단히 힘을 주고 있는 것 같아서 의아한 마음이 들었다. 비록 그에게 붙잡혀 있기는 하지만, 그가 내 손목을 힘껏 쥐고 있다는 느낌은 받지 못한 까닭이다. 나는 그런 내 생각을 증명이라도 해 보는 것처럼 손목을 슬쩍 빼냈다. 그러자 내 생각이 역시 옳았는지, 그는 쉽게 나를 놓아주었다.

그런데 어째서일까. 분명히 동화가 내 손목을 놓아주었는데도 불구하고 손목 위에 화인이라도 찍힌 듯 화끈거리는 열감이 남았다. 그 열감이 손목을 지나 온몸으로 퍼져 나가 이내 가슴속에 온기가 되어 스며들었다.

고된 하루를 보내느라 넝마가 된 가슴속을 달래 주는 듯한 온기에 눈물이 핑 돌았다. 나는 눈을 비볐다. 말라붙은 눈물 자국이 뺨을 당겼다. 그 위로 다시금 눈물이 흘러내렸다.

"맞아. 넌 잘못하지 않았어. 아무것도 잘못한 것 없어."

뒤늦게 동화의 대답이 돌아왔다. 가슴속에 단단히 쌓아 두었던 벽이 와르르 무너졌다. 나는 고개를 느릿느릿 흔들었다. 그러다가 점점 더 빠르게 고개를 저었다.

사실은 내 결정이 잘못된 건지도 모른다는 불안감이 하루 종일 나를 잠식해 들어갔다. 그것을 애써 부정하며 아닌 척 고집을 부렸지만, 누구보다 내가 가장 잘 알고 있었다.

그러면 안 되는 거였다는 걸.

이건 그냥 도망치는 것밖에 되지 않는다는 걸.

땅바닥을 두들기는 빗소리가 환청이 되어 스며들었다. 그와 동시에 정수리를 때리는 두통을 감당하지 못하고 몸을 웅크렸다. 빗소리가 들릴 리 없는 환청인 것처럼 두통 역시 존재하지 않는 환각통에 지나지 않을 텐데, 왜 이렇게 나는 고통스러운 것인지 알 수 없었다.

인사동에서 벗어나 북촌 한옥마을까지 하염없이 걸었다. 비가 그친 길거리에는 드문드문 물웅덩이가 남아 있다가 가로등 불빛을 반사했다.

그게 마치 오래전 오락실에서 인기를 끌었던 'Pump It Up' 게임을 연상시켰다.

여기. 그리고 저기. 이번에는 여기.

불빛에 반짝이는 웅덩이는 저를 밟으라는 것 같았다. 음악에 맞춰 화면의 화살표가 알려 주는 대로 발판을 밟아서 점수를 획득하던 게임처럼 말이다.

[펌프 해 봤어?]

나는 불쑥 질문을 건넸다.

[오락실 게임? 꽤 좋아했었는데. 매일 학교 끝나면 오락실로 달려갔었거든.]

'정말?'

동화와의 추억은 중학교 시절부터 쌓았던 터였다. 그래서 그 이전의 동화에 대해서는 아는 게 없었다. 펌프 게임이 한창 인기를 끌었던 때는 우리가 초등학생이던 시절이었다.

5백 원 하나 쥐고 오락실로 달려갔던 어린 동화는 어떤 모습이었을까. 문득 그 모습이 궁금해졌다.

'나중에 어릴 적 사진이라도 보여 달라고 할까.'

무심코 생각을 이어 가다가 나도 모르게 피식 웃고 말았다. 그러고는 그 웃음이 스스로도 낯설어 입 주변을 문질렀다. 모든 게 엉망진창이었던 하루를 뒤로한 채 이렇게 웃을 수도 있구나 싶어 신기한 마음이 들었다.

동화와 골목길을 걸으면서 펌프 게임 외에도 뜬금없는 얘기들을 불쑥 꺼내어 주고받았다. 그 대화 속에서 동화가 미국에서 고등학교를 마저 다니고 대학도 거기서 졸업했다는 걸 알게 되었다. 지금 동업하고 있는 이들이 미국에서부터 함께한 동료들이란 것도, 그가 귀국한 지 겨우 반년밖에 되지 않았단 것도 새롭게 알게 된 사실이었다. 지난 10년 동안, 그와 나는 전혀 상관없는 삶을 살았구나, 하는 걸 새삼 느꼈다. 그렇게 오늘 있었던 일에 대한 대화는 의식적으로 피한 채 다른 이야기만을 주고받으며 한참 걷다 보니 간혹 보이던 사람들조차 어느새 보이지 않았다. 인적이 사라진 구불구불한 골목을 따라 걷고 있는 건 오로지 나와 동화, 단둘뿐이었다.

지금 이 순간, 소리가 들린다면 어떤 느낌일까.

어둠이 내려앉은 골목에는 오로지 우리 두 사람의 발걸음 소리만이 들릴 것이다. 그리고 그 소리를 통해 우리는 서로의 존재를 느끼며 공감할지도 모른다. 지금의 나로서는 결코 느낄 수 없는, 그런 공감.

동화와 내가 만나기 이전, 그러니까 'Pump It Up' 게임이 한창 인기를 끌던 시절의 추억을 함께하지 않았기 때문에 지금 내가 당시 그의 모습을 막연히 상상으로 그려 볼 수밖에 없는 것처럼 말이다.

[난 해 본 적 없는데.]

요란한 음악 소리에 맞춰 제자리에서 힘차게 뛰던 이들의 모습을 그저 구경만 했다. 동미가 같이 하자고 조를 때도 있었지만, 많은 사람이 지켜보는 와중에 그 한가운데에 서서 뛸 용기가 도저히 나지 않았다.

[동미는 좋아했었어.]

같이 하자던 말을 거절할 때마다 샐쭉한 표정을 지으며 토라졌던 동미의 어린 얼굴이 기억났다. 그립고, 슬픈 기억이다.

[너는 뭘 좋아했어?]

[그냥 책 읽고 피아노 치고, 그런 거.]

어릴 때도 나는 동미와 달리 활동적이지 않았다. 동화는 휴대전화 속 내 대답을 보고는 희미하게 웃었다. 그런데 왜 그런지 그 웃음이 울음 같아서 기분이 이상했다.

예전에는 그렇지 않았는데.

10년 전의 네 웃음은 울음을 닮지 않았는데.

하지만 나는 굳이 그런 말을 동화에게 전하지 않았다. 그 역시 내게 아무 말도 하지 않고 다시 걸음을 옮겼다.

마치 우리가 할 수 있는 건 그저 걷는 일뿐이라는 듯.

#
그 남자

나는 동은을 집에 데려다준 뒤, 아저씨의 가게에 들렀다. 자정이 지났음에도 불구하고 가게 앞 파라솔 아래에는 맥주 한잔과 함께 치킨을 먹는 이들이 제법 있었다. 그나마 운 좋게도 테이블 하나가 비어 있어 그곳을 차지하고 앉을 수 있었다. 아저씨는 콜라 한 병과 닭강정 한 접시를 테이블 위에 내려놓고 맞은편에 있던 플라스틱의자에 앉았다.

"그래도 네 덕분에 기분 전환이라도 하고 들어왔으니 다행이다. 그러지 않았으면 저 애 혼자 속을 끓이며 오죽 아파했을까. 나한테는 내색도 못 한 채."

아저씨의 말을 들으며 그저 침묵했다. 아저씨는 그런 나를 쳐다보더니 내 앞의 유리컵에 콜라를 따랐다.

"차 가지고 와서 술은 안 주마."

"예."

나는 두 손으로 컵을 잡았다. 보글보글 올라오는 탄산 거품을 쳐다보던 내 귀에 아저씨의 한숨 섞인 목소리가 들렸다.

"나는 무섭다, 동화야. 저 녀석이 이대로 또다시 방에 틀어박힐까 봐 무서워. 제 상처를 끄집어내 보듬을 생각도 못 하고 숨어 버릴까 봐, 그게 아주 무서워 죽겠어."

아저씨의 목소리에서 물기가 묻어났다. 그래서 나는 아저씨가 울고 있는 게 아닌가 생각했다. 하지만 의외로 아저씨의 표정은 무덤덤했다. 그렇다고 해서 그 속까지 무덤덤한 건 아니라는 걸 잘 알고 있었다. 지난 10년의 시간에 깎이고 깎여 나간 감정의 굴곡이 겉으로 드러나지 않을 뿐이라는 것도.

"……인공 와우 수술 같은 것도 있다고 들었어요."

다른 이야기를 조심스럽게 꺼냈다. 그러자 아저씨가 지친 얼굴로 어딘가를 멍하니 응시하다가 나를 돌아보더니 쓴웃음을 지으며 고개를 저었다.

"동은이는 그 대상이 아니거든."

"대상이 아니라니요?"

"인공 와우 이식술은, 그 뭐라더라? 아! 청각중추에는 이상 없이 달팽이관에 문제가 있는 경우에 할 수 있다더구나. 그런데 동은이 같은 경우는 그와 반대로 달팽이관은 정상인데 청각중추에 문제가 있어서."

"아……."

"10년 전 열병을 앓았을 때, 고열 때문에 뇌의 어딘가가 망가졌던 모양이야. 그런데 그걸 해결할 방법이 없어."

아저씨는 회한이 깃든 얼굴을 두 손으로 마른세수를 하듯 쓸어내리고는 말을 이었다.

"가게도 다 내팽개치고 동은이 녀석 데리고 전국을 떠돌아다녔어. 명의라고 소문난 곳들은 다 찾아가 봤고. 동은이는 그러지 말라고 체념한 얼굴로 나를 만류했지만, 그것마저 못 하면 내가 과연 아비 자격이 있나 싶어 고집을 부리면서까지 그 애를 데리고 전국 방방곡곡을 돌아다녔어. 불과 몇 년 전까지."

"……."

"그 애, 손목에 자해했던 흔적이 있는 걸 봤니?"

"……!"

갑작스러운 아저씨의 말에 머릿속이 새하얘졌다. 그게 무슨 말인가 싶어 귓속이 윙윙거렸다. 아저씨는 경악한 내 표정을 보고는 씁쓸하게 웃은 뒤, 자신의 손목을 가리키며 말을 이었다.

"희미해져서 아마 못 봤을 거다. 여기, 이쯤부터…… 이 정도까지, 그 흔적이 남아 있어."

"그게 무슨……."

"그 일이 있은 이후, 커터 칼을 가지고 제 몸을 그어 댔어."

아저씨의 말을 듣는 순간, 숨이 막히고 가슴에 뻐근한 통증이 느껴졌다. 나는 주먹을 꽉 쥐며 어금니를 악물었다. 그녀가 느꼈던 고통을 온전히 이해할 수 없다는 건 알고 있었지만, 그래도 어느 정도는 이해할 수 있을 거라 여겼던 내 생각이 순전히 자만이고 착각이라는 걸 깨달았다. 나 역시 그때 그 일로 고통스러웠으니, 그래도 남들보다는 내가 동은의 마음을 조금이나마 짐작할 수 있지 않을까 했던 게 얼마나 바보 같은 생각이었는지도 알게 되었다.

'어떻게 해야 할까. 동은아, 내가 너를 어떻게 해야 할지 모르겠다.'

그저 첫사랑이라 여겼다. 우연히 재회한 날에는 그냥, 그렇게 생각했다. 내 사춘기의 종지부를 찍었던 애달픈 짝사랑을 다시 만나서 이렇게 마음이 아픈가 보다 하고, 그렇게 여겼다. 10년 전 그날, 그 골목길에 함께 있었으니 지금껏 아물지 못한 상처 때문에 동지 의식이라도 느끼는 건가 했다. 그래서 계속 네가 그립고, 너를 만나면 가슴이 뛰는 거라고 생각했다.

'그런데 그게 아니었어.'

조금 전 집에 들여보낸 동은을 다시금 떠올렸다. 내 첫사랑은 여전히 진행 중이었다. 고백하기도 전에 끝나 버린 줄 알았던 그 풋내기 사랑이 지금까지도 쭉 이어져 왔다는 걸 새삼 깨달았다.

"동은이를 멀쩡하게 돌려놓을 수만 있다면, 그래서 저렇게 아파하는 걸 보지 않을 수만 있다면 내 모든 걸 팔아서라도 해 줄 텐데……. 하다못해 이 늙은 몸뚱어리라도 다 팔 수 있을 텐데 말이야."

"아저씨, 그런 말씀 마세요. 동은이는 그런 걸 원하지 않을 거예요. 더구나 그 애가 의지할 사람이라고는 아저씨뿐이잖아요."

요양 병원에 가서 보았던 동은의 어머니는 결코 딸이 기댈 수 있는 의지처가 아니었다. 바로 눈앞에 있는 저를 알아보지 못하는 어머니를 마주할 때마다 동은은 얼마나 절망하고 외로웠을까. 동은의 어머니가 나를 기억하지 못한 건 이해할 수 있었다. 하지만 당신의 딸마저도 알아보지 못한 건, 나로서는 꽤 큰 충격이었다.

'예쁜 부부네. 잘 어울려요. 우리 애들도 나중에 이렇게 좋은 남자 만나서 잘 살아야 할 텐데. 애들 아빠가 워낙 딸들이라면 끔뻑 죽는 시늉까지 마다하지 않는 사람이라 시집이나 보낼 수 있을라나 몰라.'

병실에 들어가 인사를 건넨 내 손을 덥석 잡고 동은의 어머니가 건넨 말에 말문이 막혔다. 그와 동시에 숨도 꽉 막히는 것 같았지만, 억지로라도 웃어야 했다. 당신의 딸이 바로 눈앞에 있음에도 불구하고 알아보지 못한 채 딸 걱정에 여념이 없는 모정을 대체 어떤 수로 이해할 수 있을까.

서로 소통하지 못하고 흘러간 시간이 10년이다. 그 시간 동안 동은의 가슴은 수십, 수백 번은 무너지고 미어졌을 터.

그나마 그녀가 견디고 버틸 수 있었던 건 '아버지'의 존재 덕분일 것이다. 그러니 아버지가 저를 위해 뭔가를 희생한다고 하면, 동은은 결코 그것을 받아들일 수 없을 터였다. 나는 손을 내밀어 아저씨의 손을 맞잡았다.

"……이제, 제가 할게요. 아니, 제가 하도록 허락해 주세요."

"뭐?"

"동은이가 의지할 수 있는 사람이 될게요, 아저씨. 그 애가 기댈 수 있는 어깨를 내어 주겠습니다."

그녀에게 건네지 못한 속내를 그녀의 아버지에게 먼저 꺼내 보였다. 내 말을 들은 아저씨의 눈이 휘둥그렇게 커졌다.

바로 옆 테이블에서 정치 얘기를 하던 중년 사내들의 목소리가 커져 갔다. 그리고 승운이라는 이름의 아르바이트생이 손님들을 배웅하며 큰 소리로 인사하는 게 들렸다.

소음이라 표현해도 될 듯싶었다.

그녀가 잃어버린 세상의 소음.

"제가, 소리가 될게요."

"동화야……. 너, 그러니까, 지금 네가 한 말은……."

"그 애에게 잃어버린 소리가 될 수 있게 허락해 주세요."

"……."

"동은이를 많이 좋아합니다."

나는 아저씨를 똑바로 쳐다보며 말했다. 어리둥절한 표정으로 나를 쳐다보던 아저씨의 눈이 붉어지기 시작했다.

"가뜩이나 10년이나 늦어 버린 고백인데, 본인이 아닌 아저씨 앞에서 먼저 해 버렸네요."

아저씨의 충혈된 눈을 쳐다보며 나는 웃었다. 가슴이 먹먹해지도록 그냥 웃기만 했다.

"이게 과연 상품성이 있을까요? 굿즈를 내놓아 봤자 그다지 팔릴 것 같지는 않은데. 괜히 굿즈 생산한답시고 그쪽 돈만 날리는 거 아닌가 모르겠네."

경일통상 마케팅 팀장이 시큰둥한 표정으로 입을 열었다. 나는 서류 가방에 들어 있던 두툼한 보고서를 꺼내 그에게 건네며 대답했다.

"아직 국내에 알려지지 않은 캐릭터이기는 하지만, 충분히 경쟁력이 있다고 생각합니다. 이미 미국과 캐나다, 유럽 등지에서는 애니메이션을 좋아하는 사람들 사이에서 팬덤도 형성되기 시작했고요. 여기, 산업 전망 보고서를 보시면 아시겠지만 최근 들어 캐릭터나 콘텐츠를 중심으로 하는 시장 규모가 급격히 커져 가고 있습니다. 지금은 일부 유명 캐릭터를 중심으로 굿즈 시장이 형성되어 있지만 앞으로는……."

"아, 그걸 누가 모릅니까. 그래서 우리나라도 뽀로로 펭귄 녀석이 판을 치고 그랬잖아요. 그런데 그거랑 이건 다르지. 아직 사람들한테 알려지지도 않은 걸 굿즈로 제작해 판매하겠다니. 차라리 그걸 들여놓을 공간에 펭귄 한 마리 더 가져다 놓는 게 낫겠네."

팀장이 내 말을 다 듣지도 않고 손을 내저었다. 그러고는 의자 등받이에 삐딱하게 기대어 앉은 채 내가 가지고 온 보고서를 책상 위에 휙 던져 버렸다. 그 보고서를 준비하느라 들인 시간이 헛되이 책상 위로 날아갔다. 나는 순간적으로 울컥하여 주먹을 꽉 움켜쥐었다. 그러나 곧 한숨을 삼키고는 마음을 가라앉힐 수밖에 없었다.

새삼스러운 일도 아니다. 어디를 가나 이렇게 무시를 당하는 건 다반사이니 말이다. 이미 미국에서도 통과의례처럼 겪었던 일이니 낯선 것도 아니다. 더구나 이번 캐릭터 상품화와 관련해서는 해당 캐릭터가 아직 널리 알려진 것이 아닌 만큼 상대방의 시큰둥한 반응 정도는 이미 예상한 상태였다. 하지만 그래도 기운이 빠지는 걸 막을 수는 없었다. 나는 팀장에게 한 번 더 검토해 달라고 부탁한 뒤, 자리에서 일어났다.

사무실을 벗어나자마자 목을 꽉 조이고 있던 넥타이를 느슨하게 풀었다. 그와 동시에 마치 기다리고 있었다는 듯 휴대전화가 요란하게 울렸다.

"예, 선배."

— 미팅은 끝났냐?

"지금 막 나오는 길입니다."

함께 창업한 동료 중 하나인 선배에게 대답하며 휴대전화를 고쳐 잡았다. 그러곤 엘리베이터 버튼을 누르고 그 위쪽에 떠 있는 전광판을 확인했다. 행운의 숫자 7에 멈춰 있던 숫자가 하나씩 줄어드는 게 눈에 들어왔다.

행운의 숫자 7이라…….

어설픈 미신 따위를 믿는 건 아니지만, 어쩐지 지금만큼은 그런 것에라도 기대어 보고 싶단 생각이 들었다. 그런 내 모습이 한심하기 짝이 없어 한 손으로 휴대전화를 쥔 채 다른 손으로 얼굴을 쓸어내렸다.

— 목소리가 기운 없는 걸 들으니, 결과가 시원찮은가 보다?

안 된대?

"딱 잘라 거절한 건 아니고요. 조금 더 지켜본 뒤에 결정을 내리는 쪽으로 일단 오늘은 마무리를 짓고 나왔습니다."

— 그럼 아직 실패한 건 아니잖아. 그런데 뭐 그렇게 기운을 쭉 빼고 있냐? 류동화답지 않게.

선배가 내 말을 듣자마자 금세 희희낙락하여 목소리를 높였다. 매사 긍정적인 사람답게 내 말에 곧바로 희망을 가진 모양이었다. 나는 좀 전까지 마주하고 있었던 팀장의 시큰둥한 반응을 얘기할까 하다가 고개를 젓고는 마침 도착한 엘리베이터에 몸을 실었다. 그러고는 선배와 조금 더 통화를 하다가 사무실에 가서 자세한 얘기를 하겠단 말을 끝으로 전화를 끊었다.

"휴우……."

저절로 한숨이 새어 나왔다. 하지만 나는 곧바로 이마를 가볍게 치며 혼잣말을 중얼거렸다.

"무슨 엄살이야. 한국으로 돌아오자고 앞장서서 주장했던 건 나잖아."

미국에서 대학 졸업을 앞두고 몇몇 글로벌 기업에서 스카우트 제의를 받았지만, 내 선택은 창업이었다. 같은 유학파 출신들 중에서 뜻이 맞는 선배, 동기 몇 명과 함께 사업을 시작했던 것이다. 가능성이 엿보이는 캐릭터 라이센스를 선점하여 그와 관련된 굿즈를 독점으로 제작, 판매, 유통하고자 하는 게 주된 사업 목표였다. 문화와 관련된 파생 시장의 규모가 앞으로 더욱 커질 거라는 게 우리가 예상하는 바였다.

물론 현실은 녹록하지 않았다. 당시 큰 규모의 기업들이 에이전시나 스튜디오와 연계하여 이미 시장을 꽉 잡고 있던 터라 우리처럼 작은 신생 업체가 그 틈새를 비집고 들어가기는 어려운 상황이었다.

스탠포드나 시카고, UCLA와 같은 학벌 따위는 결코 통하지 않았다. 오로지 실전에서의 능력만이 중요할 뿐이었다. 왜 사서 고생을 하느냐며 염려하고 타박하는 가족의 말을 안 들어본 사람은 우리들 중 아무도 없을 것이다. 어머니도 내가 사업을 접고 스카우트 제안이 왔던 회사들 중 한 곳을 골라 입사하기를 은근히 바랐으니 말이다.

하지만 아무것도 성취하지 못한 채 포기하고 싶지는 않았다. 그래서 더 악착같이 발로 뛰었다. 그러다가 최초로 성공한 것이 바로 전 세계적으로 성공을 거둔 모 판타지 영화의 원작자와 체결한 계약이었다.

그 뒤에도 몇 건의 유명 캐릭터 라이센스 계약을 체결하는 데 성공하면서 미국 내에서의 사업 기반은 탄탄해졌다. 처음에 우리를 냉대하며 무시했던 마케팅 업체나 에이전시 등에서도 먼저 연락을 해서 함께 일하자고 할 정도였다.

그때, 한국으로 돌아가자고 제안한 건 나였다. 모두가 성공에 심취하여 들떠 있을 때, 나는 또 다른 도전을 하고자 했다. 지금까지는 미국의 유명 캐릭터를 널리 알리는 데에 주력했지만, 이제는 알려지지 않은 한국 내의 캐릭터를 찾아내서 전 세계 시장에 알리고 싶었던 것이다.

나는 피식 웃으며 고개를 저었다. 길게 내다보고 시작한 일이다. 그냥 안주할 마음이었다면 애당초 미국에서 돌아오지도 않았을 것이다. 그러니 지금 당장 성과를 내지 못한다고 해서 주저앉을 필요는 없다.

다시 한 번 마음을 다잡으며 막 열린 엘리베이터 문 밖으로 발을 내디뎠다. 주차해 놓은 곳으로 향하려다가 발걸음을 멈췄다. 바로 내 눈앞에 펼쳐진 광경 때문이었다. 운전석에서 나온 중년 여자가 트렁크에서 휠체어를 꺼내더니 뒤이어 뒷좌석 문을 열고는 몸이 불편해 보이는 노인을 부축하고 있는 게 눈에 들어온 것이다. 나는 서둘러 그들을 향해 다가가 조심스럽게 입을 열었다.

"실례가 되지 않는다면 제가 도와드려도 될까요?"

"어머! 도와주면 고맙죠."

중년 여자는 힘겹게 노인을 부축하다가 고개를 돌려 나를 보고는 반색을 했다. 나는 노인의 팔을 어깨에 두르고 그의 몸을 부축했다. 노인의 묵직한 체중이 몸 한쪽으로 실렸다. 하반신이 아예 마비된 것인지 노인은 좀처럼 버티고 서지 못했다. 조심스럽게 노인을 부축하여 휠체어에 앉히자마자 중년 여자가 나를 향해 인사했다.

"정말 고마워요. 총각이 도와주지 않았으면 한참 끙끙대며 고생했을 텐데."

"아닙니다."

여자의 감사 인사를 받는 게 민망했다. 별것 아닌 행동인데

과한 인사를 받는 것 같아서였다. 더구나 노인마저도 손짓을 하며 내게 고맙다는 뜻을 전하는 바람에 민망함은 더욱 가중되고 말았다. 나는 중년 여자와 휠체어에 탄 노인을 향해 고개를 숙여 인사한 뒤, 서둘러 자리를 떠났다. 그러고는 몇 걸음을 걷다가 멈춰 서서 뒤를 돌아보았다. 여자가 노인이 탄 휠체어를 밀며 엘리베이터 쪽으로 가는 게 보였다.

부녀지간이었을까.

노인과 중년 여자의 얼굴이 꽤 닮았던 것을 새삼 떠올리다가 피식 웃었다. 부녀지간이든 아니든, 타인에 불과한 내가 상관할 바는 아니었다. 그런데 어째서인지 그들의 모습을 보고 있으려니 아저씨와 동은의 모습이 그 위에 겹쳐 보였다.

서로를 의지하며 살아가는 부녀.

어쩌면 그들 중 장애를 갖고 있는 사람이 있기에 더욱 그렇게 겹쳐 보인 것인지도 모르겠다.

'내가 잘못한 게 아니야.'

어제 저녁 동은이 적어 내려갔던 종이 위의 비명이 불쑥 환청이 되어 귓속을 울렸다. 소리 내어 항의하지 못하던 그녀의 설움이 새삼 애달팠다. 나는 다시 주차된 구역으로 발길을 돌렸다. 그리고 차에 타자마자 시동을 걸고 출발하려다가 휴대전화를 꺼냈다.

너는 지금 뭘 하고 있을까.

휴대전화 화면 위에서 손가락이 덧없이 움직이다가 이내 아래로 내려갔다. 동은에 대한 마음을 자각했다고는 하지만, 그렇다고 해서 내가 그녀를 위해 당장 뭔가를 할 수 있는 건 아니었다. 익명에 기대어 부당하게 비난하고 조롱하는 악플러들에게 상처 입은 동은을 감싸 줄 수 있을 만큼 내가 든든한 바람막이가 되어 줄 수 있는 입장도 아니고…….

"그래도 보러 가고 싶은데……. 안 되겠지?"

외근을 많이 하는 덕분에 동은을 만날 시간을 종종 낼 수 있다고는 하지만, 그렇다고 해서 아무 때나 시간을 비울 수는 없는 법이다. 밖에 나와 있다고는 해도 엄연히 지금은 근무 시간이니까. 나는 그녀를 향해 뻗어 가려는 마음 줄기를 붙들어 가슴속에 단단히 묶어 두고는 사무실로 돌아가기 위해 차를 출발시켰다.

6.
Pump It Up!

설거지를 하고 집 안 청소를 대충 끝낸 뒤에 소파에 몸을 묻었다. 몽실이가 가까이 다가오더니 바닥에 배를 깔고 옆에 엎드렸다. 자그마한 몸이 전해 주는 온기에 발이 따뜻해졌다. 그렇게 얼마나 시간을 보내고 있었을까. 엎드린 채 미동도 하지 않아 잠을 자는 줄 알았던 몽실이가 냉큼 일어나 현관 쪽으로 달음박질쳤다. 그러고는 다시 내 쪽으로 달려와 치마 끝자락을 잡아당겼다. 누군가가 온 듯싶었다. 나는 허리를 구부려 몽실이를 안아 들고 모니터를 확인했다.

'……동화?'

눈이 휘둥그렇게 커졌다. 예상치 못한 이의 방문에 놀란 가슴이 두근두근 뛰었다. 동화가 현관 밖에 서서 가만히 미소 짓고 있더니 마치 내가 저를 쳐다보는 걸 알아차리기라도 한 듯 손을 흔들었다. 손에 뭔가를 들고 있는 것인지 큼직한 상자가 덩달아 모니터에 나타났다가 사라지기를 반복했다. 나는 황망한 마음을 추스르지 못한 채 현관문을 열었다.

'이 시간에 어떻게 온 거야?'

휴대전화나 노트를 챙기지 못한 터라 그에게 묻고 싶은 질문이 그저 소리 없는 달싹임으로 새어 나갔다. 동화는 현관 안에 들어서자마자 들고 있던 상자를 옆에 내려놓았다.

"오늘 토요일이잖아. 놀러 왔어."

내가 하고 싶었던 물음을 알아들은 사람처럼, 그는 내가 묻기도 전에 대답을 했다. 그게 너무 자연스러워서 나는 그저 고개를 끄덕일 수밖에 없었다. 물론 그러고 나자마자 흠칫 놀라기는 했지만.

"짜잔!"

동화가 입을 크게 벌리며 뿌듯한 표정으로 방금 자신이 내려놓았던 상자를 다시 들어 보였다. 나는 그의 손에 들려 있는 상자를 보고는 눈을 동그랗게 떴다.

'이게……, 뭐야?'

뿌듯해하는 동화와 달리 나는 황당하기 그지없었다. 그러자 그가 개구쟁이처럼 웃더니 상자를 옆구리에 낀 채 성큼성큼 거실 안으로 들어왔다. 나는 그의 뒤를 따라서 거실로 돌아온 뒤에 몽실이를 바닥에 내려놓았다.

PUMP IT UP!

상자에 번쩍거리는 금박 글자로 인쇄된 것을 보고 있는데,

동화가 그 상자를 열더니 안에 들어 있던 걸 꺼내기 시작했다. 화살표가 그려져 있는 매트, 번쩍거리는 금박 글자가 새겨진 CD, USB 케이블. 대체 이게 다 뭔가 싶어 멍한 얼굴로 동화를 쳐다보았다.

"같이 펌프 하고 싶어서."

'……펌프?'

뜬금없이 웬 펌프 게임? 나는 황당해져서 눈만 깜빡였다. 그러다가 문득 며칠 전 나눴던 대화가 생각났다.

그날.

출판사에 다녀왔던 날.

북촌 한옥마을의 꼬불꼬불한 골목길이 떠올랐다. 그리고 그날 내가 했던 말도. 그건 별다른 뜻 없이 꺼낸 말에 지나지 않았다. 그날 하루의 일을 굳이 더 언급하기 싫어 입에서 나오는 대로 했던 얘기였을 뿐이다. 그러니 딱히 어떤 의미를 부여할 만한 것도 아니었는데, 동화는 그 시시한 얘기를 귀담아 들었던가 보다.

"같이 하자."

'나 못 해. 내가 어떻게 해.'

나는 그의 메모를 읽자마자 기겁하여 고개를 흔들었다. 하지만 동화는 그런 내 반응 정도는 이미 예상한 사람처럼 태연히 나를 설득했다.

[음악을 듣지 못해도 할 수 있어. 화면에 뜬 화살표대로 발판을 밟으면 돼.]

'하지만…….'

[귀로 듣는 음악은 부차적인 거야. 펌프는 네가 직접 리듬을 타면 되는 게임이야. 같이 하자, 동은아. 너랑 이거 같이 하고 싶어서 평일에 외근 핑계 대고 용산까지 다녀왔거든? 제발.ㅠ_ㅠ 내가 오늘을 얼마나 기다렸는데!]

이모티콘까지 써 가며 졸라 대는 그의 태도에 난감해져서 한숨을 내쉬었다.

[아래층에서 시끄럽다고 할 거야.]

[침대 매트리스 위에 놓고 하면 괜찮지 않을까?]

[우리가 어린애야? 침대 위에서 뛰게?]

[한 번만. 응? 다음번에는 내가 소음 방지 매트 사 가지고 올게.]

철없는 아이처럼 우스꽝스러운 표정까지 지어 보이며 부탁하는 동화를 보니 더 이상 매몰차게 거절할 수도 없었다. 그런 내 반응을 보고는 승낙한 것과 다를 바 없다는 걸 알아차린 듯 그가 씩 웃었다. 꺼내 놓았던 것들을 상자 안에 주섬주섬 담은 뒤, 동화는 방으로 가자며 고갯짓을 했다. 나는 한숨을 내쉬고는 방 쪽으로 걸음을 옮겼다.

동화가 내 방에 들어오자마자 상자를 내려놓더니 방 안을 거듭 둘러보았다. 그나마 그가 오기 전에 청소를 해 놓았으니 다행이란 생각을 했다.

[그나저나 겁 없다, 서동은.]

이게 무슨 소리인가 싶어 휴대전화로 향했던 시선을 들어 그를 쳐다보았다. 그러자 동화가 가만히 나를 쳐다보다가 씩 웃더니 몸을 슬쩍 숙였다. 그 바람에 그의 얼굴이 내 얼굴에 더욱 가까이 다가왔다. 주먹 하나 들어갈 정도로 가까워진 거리에 당황하여 한 걸음 물러서려고 하자 동화가 다시 허리를 펴고 거리를 벌렸다.

[겁도 없이 남자를 방 안에 들이다니.]

'……뭐라고?'

장난기 어린 그의 문자를 보다가 얼굴이 확 달아올랐다. 나는 손으로 부채질을 하며 그를 흘겨보고는 휴대전화를 빼앗다시피 했다.

[네가 무슨 남자라고.]

[와, 이거 자존심 상하네. 나 남자 맞거든?]

동화가 싱글거리다가 괜히 토라진 척 입을 삐죽 내밀었다. 그 모습에 나도 모르게 마음이 풀어져 웃고 말았다.

남자.

그러고 보니 동화와 단둘이 있는 상황이 어색했다. 나는 괜히 옷매무새를 한 번 더 가다듬은 뒤, 쪼그려 앉아 상자를 구경하는 시늉을 했다. 동화 역시 언제 싱거운 농담을 했었냐는 듯 무릎을 구부려 앉더니 진지한 얼굴로 펌프 게임기를 설치하기 시작했다.

쪼그려 앉아 무릎 사이에 턱을 괴고 물끄러미 그를 쳐다보았다. 퇴근길에 들르던 그의 모습과는 사뭇 다른 모습이었다. 바다색 니트와 면바지 차림은 그를 더욱 어려 보이게 했다. 물론 스물일곱이란 나이가 그렇게 많은 것은 아닐지도 모른다.

아직 서른이 되지 않았으니까.

하기야 서른이 넘어도 마흔이 되지 않았다는 이유로 똑같은 생각을 하게 될지도 모르겠다. 마흔이 넘어도 마찬가지일 테고.

……아무리 시간이 흐르고 나이를 먹어도, 그래서 우리는 늙지 않을지도 모른다.

문득 열일곱 살의 나이에 갇혀 버린 동미를 떠올렸다. 열일곱 살에서 멈춰 버린 동미. 그 이후의 시간은 어디로 갔을까. 아버지의 지친 얼굴, 주름진 눈가, 10년 사이에 훌쩍 늘어난 흰머리. 동미가 갖지 못한 시간이 고스란히 아버지에게 켜켜이 쌓여 갔나 보다.

시간이 한 켜 쌓이고 그 위에 아버지의 고통이 한 켜 쌓이고, 또 시간이 한 켜 쌓이고 그 위에 아버지의 자책이 한 켜 쌓이고.

'나, 이러면 안 되는데.'

아버지에게 켜켜이 쌓여 간 고통과 자책 사이에 나까지 끼어들 수는 없다. 이미 내가 아버지에게 준 고통만으로도 충분하다 못해 넘쳐날 텐데.

나는 두 눈을 질끈 감았다가 뜨고는 고개를 들었다. 어느새 동화가 펌프 게임기의 설치를 끝낸 뒤, 나를 가만히 쳐다보고 있었다. 강요하지 않겠다는 듯 그저 바라보기만 하는 그의 태도에 괜한 원망이 일었다.

'나더러 어떡하라고.'

싫다고, 하지 않겠다고 하면 된다는 걸 모르지 않는다. 그러나 그럴 수가 없었다. 출판사와의 계약을 파기하고 돌아온 나를 그저 묵묵히 바라봐 주던 아버지의 늙은 얼굴이 떠올랐다.

사실, 이런 게임을 하지 않는다고 해서 뭔가 큰일이 벌어지는 건 아닐 터였다. 이미 유행도 훌쩍 지나가 버린 오래된 게임 따위를 하든 하지 않든, 그런 게 중요한 건 아니니까.

다만 머릿속에 떠오른 아버지의 지친 얼굴이 자꾸만 맴돌아서 동화에게 하지 않겠단 말을 쉽게 꺼낼 수가 없었다. 홀로 아침밥을 드시고 가게로 나갔을 아버지의 구부정한 등이 눈앞에 아른거려서, 그래서 차마…….

[불가능할 거야.]

내가 할 수 있는 대답이라고는 고작 이게 전부였다. 나는 휴대전화를 아슬아슬하게 쥔 채 고개를 숙였다. 동화가 내 손에 있던 휴대전화를 가져가더니 답장을 적어 되돌려 주었다.

[그냥 게임일 뿐이야. 불가능한 게임을 파는 업체가 어디 있겠어?]

장난스럽게 웃는 동화의 시선이 따스했다. 내가 말한 '불가능'의 의미를 알아차렸을 거면서, 그는 너스레를 떨었다. 그냥 게임일 뿐이라고.

나는 휴대전화 속 동화의 말을 가만히 응시하다가 다시 그를 쳐다보았다. 그가 내게 바라는 게 무엇인지 어렴풋이 짐작할 수 있었다. 하지만 굳이 그것을 다시 꺼내고 싶지 않았다. 그냥 아무것도 알아차리지 못한 사람처럼, 나도 너스레를 한번쯤은 떨어 보고 싶었다. 그래서 충동적으로 고개를 끄덕였다. 그러자 그가 그럴 줄 알았다는 듯 미소 지으며 역시 고개를 끄덕였다.

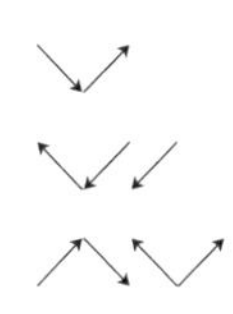

모니터 위에서 화살표가 알려 주는 대로 발판을 밟았다. 처음에는 바짝 긴장하여 몸이 굳은 탓에 노래 한 곡이 끝날 때까지 서너 번 밟지도 못했지만, 계속 반복하다 보니 어느새 조금은 익숙해져서 노래 한 곡이 이어지는 내내 대충 화살표대로 밟는 시늉 정도는 할 수 있게 되었다.

STAGE CLEARED.

모니터에 뜬 문구를 보고 그대로 다리의 힘이 풀려서 털썩 주저앉았다. 그제야 온몸이 땀으로 흠뻑 젖어 있다는 걸 깨달았다. 나는 목덜미를 타고 흘러내리는 땀을 옷소매로 닦아 내며 고개를 돌렸다. 동화가 의자 등받이에 팔을 걸친 채 거꾸로 앉아서 나를 보고 있다가 씩 웃더니 제 주머니에서 손수건을 꺼냈다. 잠시 머뭇거리다가 그에게서 손수건을 건네받았다. 그러곤 손수건을 꽉 쥔 채 이마의 땀을 눌러 닦았다.

컴퓨터 모니터를 멍하니 응시하고 있다 보니 새삼 신기한 기분이 들었다. 이 게임이 한창 유행하던 시절에도 해 본 적 없었는데, 이걸 이제야 하다니 말이다. 게다가 불가능할 거라고 생각했던 것과 달리 막상 해 보니 그럭저럭 할 만한 것도 같았고.

PUMP IT UP!

상자와 마찬가지로 발판에도 인쇄되어 있는 금박 문구에 시선이 갔다.

힘내!

영어로 적혀 있는 문구 위에 그 말을 덧대어 놓고 싶었다. 그리고 문득, 동화가 이 오래된 게임을 굳이 구해 온 게 바로 저 말뜻 때문이 아니었을까 하는 생각이 들었다. 힘내라고, 그 말을 대신 전하고 싶어서.

[나, 바보 같지.]

마음이 조금 풀어진 것인지 그의 앞에서 속내를 조금이나마 털어놓고 싶었다. 동화는 휴대전화를 건네받은 뒤, 자리에서 일어나 침대로 다가왔다. 그러고는 침대 옆에 책상다리를 하고 앉더니 휴대전화를 만지작거리다가 내게 되돌려 주었다.

[서동은 바보 아닌데.]

[바보 맞잖아. 이러고 있는 것 자체가.]

나도 모르게 시무룩한 표정을 짓다가 그런 내 모습을 깨닫고는 머쓱해져서 손으로 뺨을 문질렀다. 마치 동화에게 투정이라도 부리는 것 같은 행동을 한 게 아닌가 싶어 쑥스러운 마음마저 들었다. 하지만 그는 나를 비웃지 않았다. 오히려 진지한 눈으로 가만히 나를 올려다보았다. 그 눈높이의 차이가 어쩐지 어색했다.

뒤늦게 그와 내가 앉아 있는 자리가 다르다는 걸 깨달았다. 침대 위에 앉아 있는 나와 달리 동화는 침대 옆 방바닥에 앉아 있었으니 눈높이가 다른 게 당연했다. 그런데 그걸 의식하고 나니 어색한 마음이 더욱 커졌다. 나는 동화의 시선을 똑바로 마주하지 못한 채 눈을 피했다.

땀이 나면서 체온이 떨어진 탓인지 순간적으로 오한이 들었다. 몸을 부르르 떨자 동화가 벌떡 일어나 침대 한쪽에 얌전히 개어 놓았던 이불을 펴더니 미처 막을 새도 없이 내 몸을 꽁꽁 싸맸다.

순식간에 누에고치가 된 것만 같았다. 나는 이불에 단단히 싸여 옴짝달싹할 수 없는 상태로 내 앞에 서서 장난스럽게 웃고 있는 동화를 빤히 올려다보다가 슬그머니 눈을 내리깔았다. 그리고 어색함을 털어 내기 위해서 다시금 휴대전화를 집어 들었다.

[왜 아무 말도 안 해?]

매달릴 거라고 했잖아. 계속 글을 쓰라고 졸라 댈 거라고도 했잖아. 그러나 나는 그 모든 말을 깊숙이 묻어 두고 휴대전화 화면에 닿을 듯 말 듯 움직이려던 손가락을 구부렸다. 그 순간, 침대 매트리스가 흔들리는 느낌이 났다. 동화가 침대 가장자리에 앉으면서 생긴 흔들림인 듯했다. 그는 내게서 휴대전화를 가져가더니 뭔가를 입력해 내게 돌려주었다.

[내가 강요해서 될 일이 아니라고 생각했거든.]

나는 휴대전화를 보고 있다가 시선을 들어 동화를 쳐다보았다.

[그새 포기한 거야?]

[포기한다기보다는 기다리겠다는 거야. 서동은이 스스로 출판사에 찾아가 계약을 파기했던 걸 없던 일로 돌리고 다시 글을 쓰는 걸.]

동화는 농담처럼 덧붙이고는 자리에서 일어났다. 침대가 또

다시 흔들리며 그 위에 앉아 있던 몸도 덩달아 흔들렸다.

그리고 마음도.

종잡을 수 없이 마음이 흔들렸다. 마치 파도라도 치듯 일렁이는 가슴속 한쪽 구석으로 포말이 밀려들었다. 그냥 내버려 두면 사라질 물거품 같은 감정의 흔적이겠지. 10년 전의 앳된 마음이 남기고 간 흔적일 터. 나는 저릿해지는 속을 가다듬으며 고개를 돌렸다.

'기다리겠다고?'

조소하고 싶었다. 그의 기다림이 얼마나 헛된 것일지 이야기하고 싶었다. 하지만 나는 그 무엇도 하지 못했다. 되레 아무 대답도 하지 않았다. 지금 이 상황에서 아무 대답도 하지 않는 게 긍정의 답을 대신할 수도 있다는 생각을 하면서도 말이다.

화살표가 사방에 그려진 펌프 게임기의 발판을 다시 쳐다보았다. 살아가는 과정 속에서도 누군가가 이렇게 화살표로 알려 주었으면 좋겠단 생각이 들었다. 그렇다면 처음에는 서툴러도 조금씩 알려 주는 대로 한 발 한 발 그렇게 밟아 갈 수 있을 테니까. 그러다 보면 지금처럼 무기력한 상황에서 벗어날 수도 있지 않을까……. 생각을 이어 가던 와중에 피식 웃음이 새어 나왔다.

'지금 무슨 생각을 하고 있는 거야.'

한심한 생각이 들었다. 누군가가 알려 주는 대로 살아가기를 원하다니 말이다. 동화가 그런 뜻으로 이걸 사 가지고 온 게 아닐 텐데. 나는 한심한 마음을 곱씹으며 두 손으로 머리를 쓸어 넘겼다.

"동은아."

그가 내 팔을 살짝 건드려 나를 불렀다. 나는 두 손을 내린 뒤, 동화를 쳐다보았다. 그가 의미를 알 수 없는 시선으로 나를 빤히 쳐다보았다. 그러다가 희미하게 미소를 짓더니 아무것도 아니라는 듯 고개를 저었다.

그런데 어째서일까.

고개를 젓는 그의 얼굴은, 내게 뭔가 할 말이 있는 것만 같았다.

저녁을 먹고 가겠다는 동화 때문에 어쩔 수 없이 지갑만 달랑 들고 마트에 왔다. 다른 때 같으면 몽실이를 데리고 나왔을 테지만, 오늘은 동화가 따라온 터라 몽실이는 집에 두고 나온 길이다.

카트 위에 몸을 반쯤 기대다시피 하고 느릿느릿 걸음을 옮기는 동화의 입꼬리가 한껏 올라가 있는 게 보였다. 뭐가 그렇게 신이 날까 싶어 물끄러미 쳐다보고 있자 그가 고개를 내 쪽으로 돌렸다. 나는 황급히 그의 시선을 피해 고개를 반대편으로 돌렸다.

시식 코너에서 노란 호박고구마를 찌고 있었다. 작은 찜통 안에 들어 있는 호박고구마를 무심코 쳐다본 순간, 옆에 있던 동화가 시식 코너 직원을 향해 다가가 잠시 대화를 나누는 듯 싶더니 이내 직원에게서 작은 고구마 하나를 받아 들고는 의기양양한 표정으로 돌아섰다. 그러고는 입술을 오므려 고구마를 식히는 듯 입김을 불더니 부지런히 고구마 껍질을 벗겼다.

"먹어."

동화가 호박고구마를 먹기 좋게 껍질을 벗겨서 내게 내밀었다. 따끈따끈한 김이 올라오는 노란색 고구마가 먹음직스러웠다. 하지만 시식용이라기에는 너무 커다래서 선불리 손을 댈 수가 없었다. 내가 시식 코너의 직원 쪽을 다시 쳐다보며 난처한 표정을 짓자 동화가 금세 내 속을 들여다본 사람처럼 씩 웃더니 괜찮다는 듯 거듭 고구마를 든 손을 흔들었다.

'고구마 하나를 통째로 시식하는 사람이 어디 있어.'

그가 고개를 슬쩍 기울이더니 이내 장난스러운 표정으로 내 손을 덥석 끌어당겨 고구마를 쥐여 주었다. 찜통에서 꺼낸 지 얼마 되지 않은 터라 고구마는 아직도 따뜻했다.

'이걸 어떻게 먹어.'

내가 항변하듯 눈을 찡그리자 동화가 피식 웃더니 그때까지 나와 그를 쳐다보던 직원을 향해 뭐라고 말했다. 동화의 말을 듣던 직원이 입을 크게 벌리며 웃더니 호박고구마 한 상자를 낑낑대며 카트 안에 실어 주었다.

'……응?'

[이제 마음 놓고 먹어.]

동화가 뿌듯한 얼굴로 내 눈앞에 제 휴대전화를 들어 보였다.

'지금 내가 시식용 고구마를 부담스러워하며 못 먹는 것 같으니 아예 한 상자를 구입할 생각인 거야? 10킬로그램이나 되는 걸?'

맙소사. 그렇다고 이렇게 많이 살 것까지는 없잖아. 나는 서둘러 그를 만류하려고 주머니를 뒤적여 휴대전화를 꺼냈다. 하지만 동화는 그런 내 행동을 예상했다는 듯 이미 자리를 떠서 저만치 멀어져 있었다. 나는 고구마를 한 손에 쥔 채 종종걸음으로 그에게 다가갔다. 몇 걸음 멀어져 있던 동화가 어느새 뒤를 돌아보고는 나를 쳐다보며 웃고 있었다. 그 웃는 얼굴에 대고 뭐라고 하고 싶지 않아서 체념하듯 어깨를 늘어뜨리고는 고구마를 한입 베어 먹었다.

"맛있지?"

끄덕끄덕. 나는 고개를 주억거렸다. 동화가 카트를 밀며 한 손으로 휴대전화를 만지작거리다가 다시 내 쪽으로 내밀었다.

[원래 시식용으로 그렇게 고구마 하나 덥석 주지 않아.]

'나도 알아.'

동화를 쳐다보고는 새쭉한 표정을 지었다. 그런 나를 가만히 돌아보던 동화의 입꼬리가 느릿하게 올라갔다.

[여자 친구가 호박고구마를 엄청 좋아한다고 했어.]

'뭐?'

그의 말에 눈이 휘둥그렇게 커졌다. 그러거나 말거나 동화는 아랑곳하지 않고 휴대전화에 계속 뭔가를 입력했다.

[아직 고백도 제대로 못 해서 그러는데, 점수 좀 따게 도와달라고

했지.]

발걸음이 저절로 멈췄다. 마트 한복판에 갑자기 멈춰 서는 바람에 뒤쪽에서 오던 다른 사람의 카트에 부딪쳤다. 그 바람에 균형을 잃은 몸이 앞으로 쏠리자마자 동화가 냉큼 내 팔을 붙들었다. 팔을 붙잡은 손이 뜨겁게 느껴졌다.

그에 당황한 탓인지 얼굴에 열기가 모여들었다. 그런 나를 데리고 한쪽 가장자리로 비켜선 동화가 미간을 좁힌 채 입을 열었다.

"괜찮아?"

'응? 뭐가?'

나는 당황한 얼굴로 그를 쳐다보았다. 순간적으로 그의 입술 움직임을 제대로 보지 못한 탓이다. 그러자 동화가 대답 대신 갑자기 내 등을 손으로 쓸어내리며 고개를 기울였다. 느닷없이 다가온 손길에 더욱 당황하여 그를 밀어내려는 순간, 동화의 옆에 있던 카트에 다시금 손을 부딪쳤다. 그와 동시에 동화가 미간을 찡그리며 방금 부딪친 내 손을 움켜쥐고 이리저리 살피기 시작했다.

'아아…….'

그제야 그가 했던 질문이 무슨 뜻이었는지 이해가 됐다. 조금 전 다른 사람이 밀던 카트에 부딪친 데가 괜찮은지 물었던 것이다. 그것을 깨닫자마자 얼굴이 홧홧해졌다.

사소한 일에 지나지 않았다. 부딪쳤다는 말이 민망할 정도로 가벼운 일에 불과했다. 그런데 동화는 마치 내게 큰일이라도 벌어졌던 것처럼 과하게 굴었다. 호들갑이라 하기에는 그의 태도가 진중하기는 했지만 말이다. 아니, 어쩌면 그래서 더욱 민망한 건지도 모르겠다. 나는 그에게 붙들려 있던 손을 슬그머니 빼내고는 뒤로 슬쩍 숨겼다. 그러자 동화가 제 빈손을 그대로 나를 향해 내민 채 가만히 고개를 들었다. 마주친 눈빛에 서린 감정이 무엇인지 알 수 없었지만, 어쩐지 가슴이 두근거렸다. 그리고 좀 전에 그가 내게 농담처럼 건넸던 말이 눈앞에 다시금 스쳤다.

'아직 고백도 제대로 못 해서 그러는데, 점수 좀 따게 도와달라고 했지.'

아마도 농담이었을 것이다. 그저 흔하게 할 수 있는 장난일 터였다. 하지만 내게는 결코 농담도, 장난도 될 수 없었다. 두근대는 가슴이 우스웠다. 이 와중에 동화의 말 한마디에 제멋대로 뛰는 가슴이 우스꽝스러웠다.

'……류동화, 목적 달성했구나.'

무기력해 있던 나를 일으켜 펌프 게임을 하게 했고, 그다음에는 마트에 가자며 끌고 나왔다. 그 목적이 무엇이었는지는 굳이 그가 알려 주지 않아도 충분히 짐작할 수 있었다.

어떻게 해서든 지금의 무기력한 상태에서 끄집어내려던 것이었겠지. 동화의 그 노력이 아예 헛되지는 않았던 듯싶다. 이렇게 내 가슴이 의지와 상관없이 제 마음대로 뛰고 있는 걸 보면.

손에 쥐고 있던 고구마를 보았다. 한입 베어 먹은 고구마가 어느새 식어 있었다. 그걸 물끄러미 쳐다보다가 다시 한입, 먹었다. 달콤한 맛에 가슴속이 일렁이는 걸 막을 수가 없었다.

대충 장을 본 뒤에 계산한 물건을 카트에 담아 가지고 나오던 길이었다. 나는 걷다 말고 멈춰 섰다. 그러자 동화 역시 내 옆에서 따라 걷다가 그대로 걸음을 멈췄다. 같은 층에는 어린이 전문 서점이 입점해 있었다. 그 서점 출입문 옆쪽으로 입간판 하나가 놓여 있었다. 익숙한 캐릭터가 그려진 간판이었다.

크로코.

씩씩한 새끼 악어.

방 안에 틀어박혀 있던 나를 세상 속으로 끌어내 주었던, 바로 그 캐릭터가 입간판 속에서 나를 향해 손을 흔들며 웃고 있었다.

'바보. 내가 무슨 결정을 한 줄도 모르고.'

더 이상 크로코는 미래를 꿈꿀 수 없을 것이다. 동물원에서 탈출해 친구들과 모험을 거듭하던 새끼 악어의 이야기는 그대로 끝이 났으니까. 내 손에 의해서 말이다.

책상 서랍 깊숙이 넣어 둔 계약서가 떠올랐다. 계약을 파기하겠다며 통보하다시피 하고 돌아온 뒤 여러 날이 흘렀는데, 나는 아직 출판사와의 계약서를 찢어 버리지 못했다. 하지만 그렇다 해서 내 마음이 달라진 건 아니다.

아무것도 달라지지 않았다. 그리고 달라지지 않을 것이다. 비겁하게 뒤로 숨고 도망치는 것이라고 탓해도 어쩔 수 없다.

이건 내가 할 수 있는 마지막 발악이니까.

나는 입간판 속 크로코를 쳐다보던 시선을 돌렸다. 외면하는 일은 쉬웠다. 또한, 쉽지 않았다.

그 순간, 내 손을 감싼 다른 이의 온기가 느껴졌다. 굳이 누구의 것인지 궁금해하지 않아도 되는 이의 것이었다. 동화가 내 손을 감싸 쥐고는 그저 가만히 나를 바라보았다. 어느새 나도 모르게 주먹을 꽉 쥐고 있었던가 보다. 나는 꽉 오므려 쥐고 있던 손에서 뒤늦게 힘을 뺐다. 핏기를 잃고 새하얘진 손이 보였다. 그 손을 동화가 재차 감싸더니 조심스럽게 주물렀다.

손톱 밑, 손가락 마디마디, 그리고 손바닥 위의 손금이 이어진 부분. 내 손을 계속 꾹꾹 누르는 그의 손을 쳐다보고 있으려니 가슴이 먹먹해졌다. 이제 그만해도 된다는 뜻을 담아 다른 손으로 그의 손목을 잡았다.

서점 옆으로 이어진 복도에 기다란 의자가 놓여 있는 게 눈에 들어왔다. 동화 역시 내 시선이 향한 곳을 보고는 금세 내 생각을 알아차린 듯 다시 카트를 밀었다. 카트를 한쪽 옆에 세워 놓은 뒤, 나란히 의자에 앉았다. 어린이 전문 서점이 옆에 있어서인지 유난히 어린아이들이 많았다.

[딱 저만하던 때는 열댓 살만 먹어도 어른이 되는 줄 알았어.]

동화가 휴대전화를 꺼내 말을 건넸다.

'나도 그랬는데.'

동미와 나란히 이불 덮고 침대에 누운 채 그런 얘기를 한 적이 있다. 중학교에 들어가면 예쁘게 화장도 할 거고, 남자 친구도 사귈 거라고. 물론 얘기를 한 쪽은 동미였고, 나는 그저 그 얘기를 듣던 쪽이기는 했지만. 그렇다 해서 내게 그런 꿈이 없었던 건 아니었다.

나 역시 그랬으니까. 동미가 꿈꾼 것처럼 나도 그렇게 되고 싶었다. 수줍은 어린 날의 기대는 설렘으로 바뀌었고, 그 감정은 뒤이어 풋풋한 첫사랑으로 자랐다.

그 감정으로 채워졌던 가슴속은 이제 허탈한 웃음만이 남았다. 내 앞에 뛰어가는 아이들을 쳐다보았다. 저 아이들이 생각하는 어른의 기준은 몇 살일까. 동화와 내가 그랬듯, 동미가 그랬듯, 아이들의 기준 역시 열댓 살 정도일까.

[동화야.]

충동적으로 휴대전화를 꺼내 동화에게 메시지를 보냈다. 바로 옆에 앉아 있는 그에게 메시지를 보내는 게 우스워 보일지 모르지만, 지금 이 순간만큼은 그의 얼굴을 마주한 채 묻고 싶지 않았다. 동화가 메시지를 확인한 뒤에 나를 돌아보는 게 느껴졌다. 그러나 나는 고집스럽게 휴대전화만 보다가 연이어 메시지를 입력했다.

[그놈들……. 그 나쁜 놈들은 멀쩡히 잘 살고 있겠지?]

그에게서는 답장이 오지 않았다. 그저 나를 응시하는 시선만이 뺨에 느껴졌을 뿐. 나는 그를 돌아볼 엄두도 내지 못한 채 불쑥 꺼낸 말을 후회했다. 뜬금없이 10년 전의 일을 끄집어냈으니 황당했을 것이다. 그러니 대꾸할 말조차 찾지 못해 아무 대답도 하지 못하고 있는 것이겠지.

[아니야. 내가 괜한 말을 했어.]

잊어버려, 라고 뒤이어 입력하려던 내 손을 동화가 붙잡았다. 눈물이 고였다가 뺨을 타고 흘러내렸다. 어른이 되지 못한 동미가 가여웠다. 결코 어른이 될 수 없는 내 쌍둥이 언니가 불쌍했다. 눈물이 턱을 타고 뚝뚝 떨어지는 걸 닦으려는데, 동화가 먼저 제 손으로 닦아 주었다.

휴대전화를 쥐고 있던 손이 달달 떨렸다. 아무리 시간이 흘렀어도 고통은 결코 무뎌지지 않았다. 나뿐만 아니라 아버지도, 엄마도 마찬가지였다.

하지만 우리의 고통을 재판부는 인정하지 않았다. 10년이나 흘렀어도 사라지지 않는 고통을 재판부는 받아들이지 않았다.

되레 가해자들의 미래를 생각해야 한다고 했다. 아직 어리니까, 라는 말이 그들의 면죄부가 되었다. 반성하고 있다는 말 몇 마디와 재판부에 제출한 반성문 몇 장이 감형의 이유였다. 그들이 진짜 사과해야 할 사람은 그 자리에 없었는데, 대체 누가 그들에게서 사과를 받고 그들의 죄를 감형해 준 걸까. 그 누구도 그들을 용서한 적 없는데. 우리는 그들을 용서하려 하지도 않았는데. 세상은 우리에게 그들을 용서하라고 강요했다.

그것이 엄마를 지금껏 요양 병원에 갇혀 살게 한 원인의 일부분이 되었는지도 모른다. 그들은 내게서, 그리고 아버지에게서 동미만을 빼앗아 간 게 아니었다. 내게는 엄마마저, 아버지에게는 아내마저 빼앗아간 것이었다.

언제쯤 이 악몽 같은 기억에서 벗어날 수 있을까.

시간이 지나면 다 잊는다고 하지만, 그 말이 전부 거짓이라는 걸 배웠다. 이미 10년이나 지났음에도 불구하고 나는 결코 그 기억에서 벗어나지 못했다. 단지 숨을 쉬며 살아가고 있다고 해서 그게 전부가 될 수는 없듯이. 그날 이후, 부서진 우리 가족은 본래대로 회복될 수 없었으니 말이다.

[엄마는 받아들이지 못했어.]

동미에게 벌어진 일을 도저히 받아들일 수 없었을 것이다. 배 속에서부터 애지중지 열일곱 해를 키운 딸아이가 홀로 겪어야 했을 그 참혹한 고통을 어떻게 받아들일 수 있었을까.

[그러던 중에 내가 열병을 앓고, 그 후유증으로 청력을 잃었어. 엄마는 그 충격 때문에 쓰러지셨고. 당신이 나를 방치해서 내게 장애가 온 거라고 여기셨던가 봐.]

오히려 엄마를 그렇게 만든 사람이 나였다. 내가 조금만 더 강했더라면, 그래서 열병 따위 앓지 않고 버텼더라면 엄마가 쓰러질 일도 없었고, 뇌출혈로 인해 저렇듯 불편한 몸이 되지도 않았을 것이다.

그랬더라면 아버지 역시 덜 힘들었을 텐데. 덜 외로웠을 텐데.

딸이랍시고 하나 남아 있는 게 속을 썩여도 그 속상한 마음을 터놓고 대화할 이가 곁에 있다면 아버지는 지금보다 한결 나았을 것이다. 그런데 그러지 못한 채 10년을 버텨야 했으니 가슴속 깊숙한 곳에 남은 상처가 아물지도 못했을 터. 시커멓게 피멍이 들었을 그 속내를 어떻게 내가 함부로 짐작이나 할 수 있을까.

오래된 앨범 속에서 아버지와 엄마가 결혼하기 전, 연인이었을 당시의 사진을 본 적이 있다. 딱 지금 내 나이였을 때의 부모님은 세상 그 누구보다 행복한 얼굴을 하고 있었다. 나는 동화를 마주 바라보았다.

'지금, 너와 사진을 찍는다면 나는 어떤 얼굴을 하게 될까.'

부모님의 젊었을 적 사진을 보며 나도 나중에 사랑하는 사람이 생기면 꼭 이렇게 사진을 찍어야지, 하고 다짐했었다. 그런데 과연 나는 그때의 다짐대로 그런 사진을 찍을 수 있을지 이제는 확신할 수 없다. 아니, 그럴 수 없으리란 걸 이미 알고 있다.

[그래서 더 버텨야 한다고 생각했어. 엄마랑 아버지, 두 분 때문에라도 힘을 내야 한다고 생각했어. 안간힘을 써서 다시 방 밖으로 나가고, 나름대로 내 몫으로 주어진 삶을 살아야 한다고 생각했는데…….]

메시지를 보내고 난 뒤에 한참 동안 두 손으로 휴대전화만 만지작거렸다. 동화 역시 내가 보낸 메시지를 보고 있는 듯 시선이 느껴지지 않았다. 나는 다시 고개를 돌려 서점 앞의 새끼 악어 크로코를 보았다.

눈물이 핑 돌았다.

끝까지 책임지지 못한 나를 탓하지 않고 저렇듯 환하게 웃고 있는 크로코에게 미안했다. 그리고 처음 크로코라는 캐릭터를 만들어 냈던 날의 기억이 떠올랐다.

방 안에 갇혀 있던 나를 대신해, 새끼 악어 크로코가 동물원 우리 밖으로 나가서 씩씩하게 살아가기를 바랐다. 내가 동미와 더 이상 함께할 수 없는 시간을 대신해, 크로코가 지라프를 비롯한 친구들과 함께 신나는 모험을 하기를 바랐다.

그렇게 써 내려갔던 글이었는데…….

[참! 토요일인데 밖에서 저녁 먹고 들어가도 돼? 어머니가 서운해하시지 않을까?]

나는 억지로 입꼬리를 당겨 웃으며 자리에서 일어났다. 그러자 동화가 답장을 적었다.

[오히려 좋아하실걸? 주말에 집에서 뒹굴거리면 되레 구박하셔. 너는 연애도 안 하냐. 언제까지 엄마가 차려 주는 밥이나 먹고 있을 거냐. 어머니 말을 듣고 있다 보면 내가 마흔 훌쩍 넘은 노총각이 된 것 같다니까.]

너스레를 떠는 동화의 대답을 보고는 희미하게 웃었다. 동화가 일어서서 내 옆으로 다가왔다. 카트 손잡이를 잡은 그의 손을 잠시 쳐다보다가 시선을 돌렸다. 새끼 악어가 여전히 웃으며 내게 손을 흔들고 있었다.

#
그 남자

"여기가 맞나……."

메모지에 적혀 있는 주소를 확인하고는 다시 고개를 들었다. 상상했던 것과 사뭇 다른 풍경에 슬그머니 의심이 들려는 찰나, 외벽 한쪽에 '닻별 기획'이라는 나무 간판이 걸려 있는 게 보였다. 사람의 손길을 많이 받아서 반질반질 윤기가 나는 간판이 주는 정감 덕분에 나도 모르게 바짝 긴장했던 어깨에서 힘이 빠졌다.

'너는 이곳을 좋아했겠구나.'

동은에게 굳이 확인하지 않아도 이곳에 대한 그녀의 감정이 어떠했을지 짐작할 수 있을 것 같았다. 푸근한 느낌마저 드는 출판사 건물을 한참 바라보다가 한 걸음 발을 내디뎠다.

바로 그때, 겉옷 주머니 안에 있던 휴대전화가 요란하게 울리기 시작했다. 혹시 회사 동료들 중 누가 전화를 한 건가 싶어 난감해졌다. 외부 미팅이 끝나자마자 회사로 돌아가야 했는데 그 대신 엉뚱한 곳으로 빠졌으니 이런 내 모습을 동료들이 보고 뭐라 해도 할 말이 없는 상황이었다. 뭐라고 핑계를 대야 하나, 생전 해 본 적 없던 고민까지 하며 무작정 전화를 받았다.

"어, 나 이제 미팅 끝나기는 했는데……."

— 외근 나왔니?

"어머니? 웬일이세요?"

예상치 못한 어머니의 전화였다. 나는 갑작스러운 전화에 당황한 속내를 숨기지 않고 물었다. 그러자 어머니가 웃음기 섞인 투로 말을 이었다.

— 아들한테 전화하는 것도 무슨 일이 있어야 하는 거야? 서운하다, 얘.

말로는 서운하다 하지만 그렇지 않다는 걸 잘 알고 있다.

"점심은 드셨고요?"

— 당연하지. 지금 시간이 몇 시인데. 동화, 너는?

"저도 당연히 먹었죠. 외부 미팅이 있어서 나왔다가 간단히 해결했어요."

— 햄버거 같은 걸로 대충 때운 거지? 밥은 제대로 챙겨 먹으라니까, 하여간 말도 안 들어.

어머니의 애정 어린 타박을 들으며 다시금 입꼬리를 올렸다. 그러나 이렇게 길거리에서 통화를 하며 시간을 낭비하고 있을 틈이 없었다. 회사로 돌아가야 하는 길에 슬쩍 빠져나온 것이니 말이다. 나는 손목시계를 힐끔 확인한 뒤, 다시 입을 열었다.

"어머니, 죄송한데요. 제가 지금 회사에 들어가 봐야 해서요. 특별히 하실 말씀이 있는 게 아니면 전화를 끊……."

— 어머! 내 정신 좀 봐. 당연히 너한테 할 말이 있어서 전화 걸었지. 한창 근무 중인 거 뻔히 알면서 괜히 잡담이나 하자고 전화를 했겠니?

어머니는 더 이상 나를 방해할 수 없다고 생각한 듯 빠르게 말을 이어 나갔다.

— 저번에 그, 병원 다닌다던 여자는 소개받았니?

"예? 누구요?"

병원에 다니는 여자라니. 대체 누구를 얘기하시는 건가 싶어 의아해하려는 찰나, 어머니가 내 기억을 환기시켰다.

— 저번에 내가 너희 회사로 야식 갖고 갔던 날 말이야. 그때 인호가 그랬잖니. 제 사촌동생, 너랑 연결해 본다고. 한영대학병원 인턴이라던 아가씨. 기억 안 나?

"아아……. 그거요."

어머니의 말씀을 듣고 나서야 기억이 났다. 지난주에 있었던 일이다. 다들 나눠 먹으라고 이것저것 야식을 잔뜩 싸 가지고 사무실로 찾아온 어머니가 일찌감치 결혼한 친구 녀석을 보고 부러워서 푸념을 했었다.

'우리 동화도 좋은 여자 만나서 안정된 가정 좀 꾸려야 할 텐데.'

'저 나이 많은 거 아니에요. 이 자식이 결혼을 빨리 한 거죠.'

어머니의 잔소리가 이어질 것 같아서 미리 막을 마음에 대꾸하자마자 오지랖 넓은 성격의 인호가 불쑥 끼어들었다.

'어? 그럼 제가 주선 좀 해 볼까요? 사촌동생이 지금 한영대학병원 인턴으로 있는데. 걔 오빠도 그 병원 전임의로 있고요. 이런 말이 좀 자랑 같아서 민망하기는 하지만, 저희 집안이 머리 하나는 진짜 좋거든요. 뭐, 동화 이 녀석 보고 소개하려는 건 아니고요. 순전히 어머니 보고 소개하고 싶은 겁니다.'

장난스럽게 너스레를 떨던 인호의 말에 반색하던 어머니를 떠올렸다. 그냥 지나가는 농담 정도로 여기고 곧바로 웃어넘겼는데, 어머니는 그 말을 지금껏 기억하고 계셨던가 보다. 나는 거듭 고개를 흔들다가 웃으며 말했다.

"인호가 괜히 싱거운 소리 한 거예요."

— 싱거운 소리라니! 걔가 그런 말 함부로 할 애니? 우성유통 차남이라면서, 아무한테나 제 집안 동생 소개해 준다고 그러겠냐고.

갑자기 머리가 지끈거렸다. 나는 휴대전화를 귀에 댄 채 다른 손으로 관자놀이를 지그시 눌렀다. 사업을 막 시작했을 무렵에 걱정 많던 어머니를 안심시키기 위해 인호를 비롯해 창업자금을 댄 몇몇 동료들에 대해 얘기를 한 적이 있었는데, 어머니가 여태 그것을 기억하고 있는 게 틀림없었다. 그 사실이 어머니로 하여금 말도 안 되는 욕심을 갖게 한 것일 테고.

"설령 인호 녀석이 진심으로 꺼낸 말이었다고 해도 제가 아직 생각 없어요. 저, 이 일 시작한 지 얼마 되지도 않았고요."

— 여자 만나면 일 못 하니? 그런 이유 때문에라도 더 적극적으로 소개해 달라고 해서 만나 봐야지. 일찌감치 마음 맞는 여자 만나서 가정 꾸리고 안정 찾으면 네 일도 더 수월하게 풀릴지 누가 알아? 게다가 우성유통 쪽 도움도 더 많이 받을 수 있을지도 모르고. 그뿐인 줄 알아? 집안에 의사 하나 있으면 얼마나 좋은…….

"어머니."

나는 어머니의 말을 더 듣지 않고 막았다.

"저, 좋아하는 여자 있어요."

우스웠다. 정작 동은에게는 하지 못한 고백을, 그녀의 아버지에게 먼저 한 것으로 모자라 이번에는 내 어머니에게까지 했으니 말이다. 나는 뺨과 목덜미를 손바닥으로 문지르며 거듭 되뇌었다.

"좋아하는 여자 있습니다, 어머니. 그러니까 괜히 인호 붙잡고 엉뚱한 말씀 하지 마세요."

— 뭐? 그게 무슨 말이니? 좋아하는 여자가 있다니? 정말이야? 생전 누구를 만나는 내색 한번 없던 애가……. 어떤 여자니? 응? 엄마한테는 언제 소개해 줄 거야?

어머니는 언제 소개 운운하는 말을 꺼냈나 싶게 기쁜 마음과 호기심을 숨기지 않으며 말을 이었다. 그 말을 듣고 있으려니까 목 안쪽에서부터 홧홧한 열기가 치밀고 올라왔다. 어머니의 말을 듣는 순간, 동은과 내 관계를 정식으로 인정받은 기분이 들어서였다.

'뭘 인정받아?'

내 생각에 기가 막혀서 손으로 이마를 짚었다. 정작 당사자에게는 고백조차 하지 못했으면서 이러고 있으니, 이게 바로 '혼자서 북 치고 장구 치는' 게 아니면 뭘까. 혹은 '김칫국부터 마시는' 꼴이라고도 할 수 있을 테고.

그럼에도 불구하고 자신감이 붙었다. 어깨가 조금 더 펴졌고, 출판사를 앞에 두고 긴장하는 바람에 쓸데없이 힘이 들어갔던 몸에도 여유가 생겼다. 나는 결코 끝나지 않을 것 같은 어머니와의 통화를 간신히 마무리하고는 전화를 끊었다. 그러곤 숨을 깊이 들이쉰 뒤, 출판사 건물을 바라보다가 성큼성큼 발을 옮겼다.

"서봄 작가님 담당인 장한이입니다."

"아, 예. 류동화라고 합니다."

40대 초반 정도로 보이는 남자는 마치 동화책 캐릭터 같았다. 푸근해 보이는 얼굴과 호인처럼 보이는 그의 미소 덕분에 나는 긴장하고 있던 어깨에서 힘을 조금 뺐다.

"일단 앉으시죠. 아무래도 서봄 작가님 일 때문에 오신 것 같은데."

"감사합니다."

그의 안내를 받으며 자리에 가서 앉았다. 그러고는 그에게서 받은 명함을 지갑 안쪽에 넣기 전에 확인했다.

'닻별 기획 장한이 차장'.

"실례가 안 된다면, 서 작가님과 어떤 관계이신지 여쭈어 봐도 될까요?"

명함을 보고 있는데 장한이 차장의 목소리가 맞은편에서 들렸다. 나는 명함에 고정했던 시선을 들어 그를 보고는 호흡을 가다듬은 뒤, 차분히 대답했다.

"곧 고백할 사이입니다."

"예?"

내 대답에 당황한 것인지 그의 표정이 순간적으로 흐트러졌다. 어쩐지 멋쩍은 기분이 들어 얼굴이 달아올랐지만, 겉으로는 태연한 척 행세하며 거듭 말했다.

"동은이, 아니, 서봄 작가한테 곧 고백할 생각입니다. 좋아한다고."

이제 세 명으로 늘어났다. 본인에게 고백하기도 전에 내 마음을 알린 사람 말이다. 동은의 아버지, 내 어머니, 그리고 지금 내 앞에 앉아서 황당한 얼굴로 눈만 깜빡이고 있는 장한이 차장.

'이러다가 너한테 고백하기 전에 전 세계 사람들한테 모조리 말하게 되는 건 아닌지 모르겠다.'

장 차장이 언제 당황했던가 싶게 표정을 가다듬더니 느릿하게 고개를 주억거렸다.

"그렇군요."

"……예."

나도 모르게 허리를 세우고 자세를 바르게 고쳤다. 그저 동은이 함께 일하던 출판사 담당을 마주하고 있는 것뿐인데, 왜 그런지 그녀의 삼촌뻘 되는 집안 어른 앞에 인사를 하러 온 기분이 들었다.

"기분이 묘하네요."

"예? 무슨 말씀이십니까?"

"마치 어리고 예쁜 조카딸을 훔쳐 간 도둑놈을 마주하고 있는 기분이라. 아! 물론 류동화 씨더러 '도둑놈'이라고 한 건 아닙니다."

"하하……. 물론이죠."

아마도 나는 지금 떨떠름한 표정을 지었을 게 분명하다. 하지만 곧바로 웃음을 터뜨리고 말았다. 장 차장 역시 피식거리기 시작하더니 이내 소리 내어 웃었다. 함께 웃다 보니 저절로 내 눈앞에 있는 이 사람이 동은을 진심으로 아끼고 있단 확신이 섰다. 그저 업무상으로 그녀를 대하는 게 아니라 진심으로 염려하고 신경 쓰고 있다는 것 역시. 나는 이곳을 방문한 목적을 되새기며 웃음을 그친 뒤, 진지한 얼굴로 입을 열었다.

"동은이가 계약 해지 의사를 표했다는 걸 압니다."

"……그랬죠."

장 차장 또한 웃음기를 싹 거두고는 씁쓸한 표정으로 고개를 끄덕이며 대답했다. 그 모습을 바라보다가 말을 이었다.

"없던 일로 해 주십시오, 차장님."

"……예?"

"계약 해지 말입니다. 애당초 없었던 일로 해 주십시오. 그 부탁을 드리려고 찾아뵈었습니다."

"계약에 관한 건 저희와 작가님 간에 해결해야 할 문제입니다만……."

"예, 압니다. 제가 관여할 부분이 아니라는 걸 당연히 잘 알고 있습니다."

동은의 공허한 눈빛이 생각났다. 더 이상 글을 쓰지 않겠다며 고집을 부리고 있지만, 그녀에게 글이 얼마나 절실한 의미인지 모를 수 없었다. 자꾸만 집 안에 틀어박히고 제 속으로 침잠해 들어가려는 그녀에게 억지로 게임기를 쥐여 주고, 그녀의 등을 떠밀어 밖으로 데리고 나간다고 해서 그 공허한 눈빛을 바꿀 수는 없으리란 것도 잘 알았다.

"하지만 차장님, 동은이는……, 서봄 작가는 글을 쓰지 않고는 살 수 없습니다. 누구보다 그 애를 담당하셨으니 잘 아실 거라고 생각합니다."

장한이 차장은 아무런 대답도 하지 않았다. 그러나 그의 시선은 이미 내 말에 대답한 것이나 마찬가지였다.

"분명히 스스로 돌아올 겁니다. 지금은 상처를 많이 입어서 움츠러들었지만, 반드시 제 힘으로 다시 일어설 겁니다. 그러니까 그때까지 그 애를 포기하지 말아 주십시오."

10년 전 그토록 참혹한 고통을 겪었지만, 그녀는 그 고통을 새끼 악어 크로코를 통하여 극복했다. 동은이 쓴 글을 읽은 독자 중 어느 누가 상상할 수 있을까. 그녀가 열일곱 살의 어린 나이에 겪었던 슬픔에 대해서. 그렇기 때문에 나는 동은을 믿는다. 믿기로 마음먹었고, 기다리겠다고 결심했다. 다만, 그때까지 그 애가 돌아갈 자리를 지키고 있으려는 것뿐이다.

"부탁합니다, 차장님."

나는 정중한 자세로 고개를 숙여 거듭 부탁했다. 장 차장은 말없이 나를 쳐다보다가 뒤늦게 씩 웃었다. 그러고는 탁자 위에 팔을 괸 채 온화한 목소리로 입을 열었다.

"작가님이 멋진 애인을 두었네요. 참! 아직은 '예비' 애인인가요?"

장 차장의 말에 얼굴이 뜨끈해진 순간, 그가 재차 웃더니 조금 더 편안해진 투로 말을 이었다.

"계약은 아직 파기되지 않았습니다. 사실, 작가님이 그러고 간 뒤에 저희도 회의를 여러 번 했는데……. 결론은, 그냥 기다리자는 거였거든요."

장 차장이 미소를 짓고는 고개를 모로 돌렸다. 나 역시 그가 고개를 돌린 방향으로 덩달아 시선을 움직였다. 폭이 좁고 긴 창문 너머로 바깥 풍경이 보였다. 나뭇잎이 창문에 달라붙어 흔들리는 걸 가만히 쳐다보고 있는데 장 차장의 목소리가 다시 들렸다.

"산딸나무예요. 저기, 밖에 있는 나무 말입니다."

그는 어깨를 으쓱이며 거듭 대꾸하고는 한층 가라앉은 목소리로 말을 이었다.

"작가님은 이곳에 오면 참 편안해했어요."

"……."

"처음에 작가님을 만났을 때는 많이 움츠러들어 있는 상태였어요. 모든 걸 경계하고 두려워했다고 해야 하나……. 상처투성이인 본인의 상태를 돌볼 생각도 하지 못하고 바짝 가시를 세우고 있는 모습이었습니다. 상상도 못 한 모습이었죠. 그렇게 예쁘고 사랑스러운 글을 쓰는 사람이 어떻게 저런 모습인가 싶었고, 혹시 다른 누가 대필이라도 해 준 게 아닌가 하는 의심마저 들 정도였으니까요."

장 차장은 과거의 기억을 더듬어보듯 깊이 가라앉은 시선으로 창밖 어딘가를 쳐다보다가 다시 시선을 돌리더니 미소를 지으며 구석에 놓인 화분을 가리켰다.

"저 고무나무는 작가님과 제가 직접 분갈이를 한 거예요."

나는 그가 가리키는 대로 고개를 돌렸다. 넓적한 잎이 싱그러움을 뽐내고 있었다.

"고슴도치처럼 가시를 세우고 경계하던 작가님이 조금씩 마음을 열고 희미하게 미소를 짓기 시작했죠. 그 모습이 너무나 예쁘고 사랑스러워서, 더 이상 의심 같은 건 할 수도 없었어요. 그러다가 작가님이 처음 환하게 웃은 게 저 화분을 분갈이하던 날이었어요."

그가 살짝 미소를 머금은 채 나를 돌아보았다. 그러고는 짓궂은 표정으로 고갯짓을 하더니 말을 이었다.

"저 화분, 가지고 가시겠습니까?"

"이게 웬 화분이니? 게다가 지금 회사에 있어야 할 녀석이 집에는 왜 온 거야?"

현관에 들어서자마자 어머니가 놀란 얼굴로 말을 걸었다. 나는 그저 씩 웃어 보인 뒤, 현관 안쪽에 화분을 내려놓고 숨을 돌렸다. 그러곤 다시 화분을 끌어안다시피 해서 집 안으로 들어갔다.

"어머, 얘! 동화야? 방에 그 커다란 화분을 들여놓으려고?"

황당해하는 기색이 역력한 어머니의 말을 뒤로한 채 화분을 들고 방으로 향했다. 책상 옆에 화분을 놓을 만큼 적당한 공간이 있었다. 나는 화분을 내려놓고 숨을 내쉬었다. 그러자 뒤따라 들어온 어머니가 물었다.

"갑자기 이게 뭐니? 사 가지고 온 것 같지는 않은데. 어디서 누가 준 거야?"

"예, 뭐……. 그렇다고 할 수 있겠네요."

나는 고개를 끄덕이며 대답한 뒤, 고무나무에 상한 부분이라도 있나 하고 조심스레 살펴보았다. 다행히 어디 하나 상하지 않은 듯했다. 흡족한 마음에 입꼬리를 올리다가 뒤늦게 어머니의 시선을 느끼고는 옆을 돌아보았다. 어머니가 어이없다는 표정으로 나를 쳐다보고 있었다.

"너, 수상하다?"

"뭐가요?"

나는 아무렇지 않은 척 표정을 숨기며 어머니에게 되물었다. 어머니가 눈을 가늘게 뜨고 나를 살피다가 다시 고개를 돌려 방금 내가 가져다 놓은 고무나무 화분을 보았다.

"저 화분, 혹시 네가 아까 나랑 통화할 때 얘기했던 여자랑 관련된 거니?"

"아…… 아니, 그게."

순간적으로 당황하는 바람에 말을 더듬었다. 그러자 어머니가 내 모습을 보고는 기꺼운 표정으로 말을 이었다.

"맞구나? 그 여자가 선물로 준 거야? 아니, 무슨 화분을 저렇게 커다란 걸 준 거라니? 그러지 않아도 아까 너랑 통화한 뒤에 얼마나 궁금했는지 알아? 대체 어떤 여자니? 어디서 만났어? 소개라도 받았던 거야? 응?"

"어머니, 진정하세요."

빠르게 이어지는 말 속에 파묻히기 직전, 간신히 어머니의 말을 끊었다가 어렵게 말을 꺼냈다.

"일단 그 여자랑 관련된 화분인 건 맞는데요. 선물로 받은 건 아니에요. 그냥……."

"그냥, 뭐?"

"그냥……, 가지고 온 거예요."

"뭐라고?"

"그 여자는 제가 이 화분 갖고 온 거 알지도 못하는걸요."

동은이 지금 이 사실을 알면 얼마나 황당한 표정을 지을까. 출판사 회의실에 있던 고무나무 화분이 내 방에 있는 걸 보면 말이다. 나는 뜬금없었던 내 행동을 돌아보고 피식 웃었다. 그러자 어머니가 내 등을 찰싹 때리며 타박했다.

"그럼 도둑질을 했다는 거니? 다 큰 녀석이 도대체 무슨 짓을 하고 다니는 거야. 게다가 이 화분을 몰래 어떻게 가지고 온 건데? 설마 여자 집에 드나들고 있는 거니?"

"어머니, 오해하지 마세요. 그런 거 아니에요."

이러다가 괜히 동은에 대해 나쁜 선입견이라도 생기겠다 싶어 서둘러 손을 내저었다.

"저 이만 회사로 들어가 볼게요."

"……그래. 좋아, 일단 더 이상 묻지 않으마. 그런데 오래 기다리지는 못한다는 건 알아 둬. 알았지?"

"예."

"그런데 그 소개해 준다던 자리가 참 아깝기는 한데. 보통 집안 딸도 아니고."

"어머니."

어머니가 미련이 남은 듯 혼잣말을 중얼거렸다. 나는 고개를 저으며 다시 한 번 거절의 뜻을 담아 어머니를 불렀다. 그러자 어머니가 알았다며 손짓을 하고는 몸을 돌려 방 밖으로 나갔다. 그 뒷모습을 바라보다가 고무나무 화분 쪽으로 돌아섰다. 그러고서 화분 앞에 무릎을 접고 앉아 턱을 괴었다.

"동은아."

고무나무를 보며 동은의 이름을 불렀다. 손을 뻗어 가만히 고무나무의 잎을 어루만졌다. 그녀에게 아무것도 해 줄 수 없다는 사실에 가슴속이 답답해졌다. 그래서 밤에도 쉽게 잠을 자지 못하고 뒤척일 때가 많았다.

고작 내가 한 일이라고는 오래된 게임이나 사다 준 것 말고는 없으니.

한숨을 내쉬며 거듭 고무나무의 잎을 만지작거렸다. 저번에 사다 주었던 펌프 게임은 그날 한번 해 본 이후, 상자에 담겨 깊숙한 곳 어딘가에 들어갔을 것이다. 동은의 성격대로라면, 가볍게 발판만 밟는 거라 해도 혹시 다른 집에 피해를 줄까 봐 염려하여 두 번 다시 하지 않았을 테니 말이다. 그걸 알면서도 가져다주었다.

그녀가 단 한순간이라도 활기찬 모습을 보였으면 해서. PUMP IT UP이란 게임 이름처럼, 동은이 힘을 냈으면 해서. 내가 할 수 있는 것이라고는 겨우 그런 게 전부였지만, 그만큼 간절했다. 나는 고무나무를 물끄러미 쳐다보다가 휴대전화를 꺼내 사진을 찍었다. 고무나무의 일부분만이 찍힌 사진을 곧바로 동은에게 전송했다. 전체 모습을 찍어 보낸 게 아니니 알아보지 못하려나, 생각하는 사이에 알림 소리와 함께 답장이 도착했다.

[고무나무야?]

[응.]

하루에 몇 번씩 문자 메시지를 보냈다. 처음에는 메시지 몇 번을 보내야 뒤늦게 답장 한 번을 보내던 동은이 이제는 꼬박꼬박 답장을 보내 주고 있다. 아저씨의 말에 따르면 집 안에 틀어박혀 있다가 그저께부터는 아파트 단지 안의 놀이터에도 나와 있고, 가끔은 가게에 나오기도 한다고 했다.

상처받아 움츠러들기는 했지만, 그래도 저 스스로 다시 이겨 내려고 하는 게 고스란히 보였다. 그 손을 잡아 주고 싶었다. 나는 회사로 돌아가는 대신 그녀에게 가고 싶은 마음을 억누르며 재차 메시지를 보냈다.

[내 방에 새로 입주한 녀석.]

[고무나무를 방에 들여놨어?]

[응. 열심히 키워 볼 생각이야.]

나는 휴대전화를 손에 쥔 채 무릎을 펴고 일어섰다. 방에서 나오자마자 근처에서 서성대던 어머니를 향해 인사를 하고는 현관으로 향했다. 신발을 신고 막 현관을 나서는 순간, 휴대전화에 새로운 메시지가 도착했다.

[그런데 지금 회사에 있어야 하는 거 아니야? 설마 집에 있는 건 아니지?]

[그 설마가 맞는데.]

입꼬리가 저절로 올라갔다. 어머니가 내 뒤를 따라 나왔다가 혀를 차며 중얼대는 소리가 들렸다.

"저 녀석, 팔불출이 다 됐네. 저렇게 티가 나는 걸 내가 왜 진작 눈치를 못 챘지?"

대문 앞에 서서 뒤를 돌아 다시 어머니에게 인사한 뒤, 밖으로 나갔다. 그러곤 담 아래에 주차해 놓은 차로 향했다.

[쉬는 날인가 봐?]

차 문을 열려다가 그대로 손을 들어 미간을 긁적였다. 동은의 말대로 쉬는 날이라 하고 이대로 그녀를 보러 가고 싶었다. 지난번에 얘기했던 양평 두물머리에 바람을 쐬러 가도 좋을 듯 싶었다. 하지만 그럴 수 없는 게 현실이었다.

[아니. 외근 나왔다가 잠깐 집에 들렀어. 다시 회사 들어가야지.]

날씨는 왜 이렇게 좋은 거야. 하늘은 왜 저렇게 새파란 거고. 아쉬운 마음을 달래며 동은에게 메시지를 보낸 뒤, 차에 타서 안전벨트를 맸다. 그와 동시에 새로운 메시지가 도착했다는 걸 알리는 소리가 들렸다.

[조심히 들어가.]

동은의 메시지를 가만히 쳐다보다가 손을 뻗어 휴대전화 화면을 조심스럽게 문질렀다. 화면의 매끈한 감촉이 차갑게 느껴질 법도 한데, 어쩐지 온기가 느껴지는 것만 같았다.

문득 어머니가 꺼냈던 얘기가 떠올랐다. 아직 서른도 되기 전인데 일찌감치 가정을 꾸렸으면 하는 어머니의 말은 성급한 감이 없지 않았다.

하지만.

만약 누군가와 가정을 꾸려야 한다면.

"……그게 너라면, 할 수 있을 것 같은데."

무심코 중얼거리다가 흠칫 놀라 입을 다물었다. 차 안에서 혼자 있는 와중에 중얼댄 것이라 다른 누가 들은 것도 아닌데 괜히 가슴이 쿵쾅쿵쾅 뛰었다.

'정말 별짓을 다한다, 류동화.'

속으로 중얼거린 뒤, 나는 한숨을 내쉬고 시동 버튼을 눌렀다.

7.
내 대답이 죄가 될지라도

고무나무 사진을 물끄러미 보고 있는데 디저트를 주문하러 갔던 동화가 쟁반 가득 케이크를 담아 가지고 돌아왔다. 그러더니 내가 휴대전화를 뒤집어 놓을 새도 없이 고개를 쑥 내밀어 방금 전까지 내가 보던 고무나무 사진을 보고는 고개를 갸웃거렸다.

[이 사진, 저번에 내가 보낸 거 아니야?]

나는 우물쭈물 망설이다가 펜을 들었다.

[내가 알던 고무나무랑 비슷하게 생긴 것 같아서.]

괜히 덧붙였나 보다. 마침표를 찍자마자 번진 후회에 미간을 좁히며 혀를 찼다. 내가 알던 고무나무라니. 고무나무가 사람인 것도 아닌데. 민망한 마음에 방금 적었던 문장 위에 줄을 그으려는데, 그가 먼저 그 밑에 이어서 썼다.

[그럼 고무나무 구경하러 우리 집 갈래? 실물 보면 더 비슷할지도 모르잖아.]

동화가 꺼낸 싱거운 농담에 피식 웃고 말았다. 나는 손사래를 친 뒤에 그가 가져온 케이크 쪽으로 시선을 돌렸다. 곧바로 그 어마어마한 양에 놀라 눈을 휘둥그렇게 떴다.

'맙소사. 저걸 누가 다 먹는다고!'

쟁반에 가득 담긴 케이크는 두 사람이 먹기에는 지나치게 많았다.

[너무 많이 가져온 거 아니야?]

저녁을 먹기도 전에 배가 부르겠다. 아니, 그냥 이렇게 눈으로 보는 것만으로도 배가 가득 찬 기분이다. 나는 타박하듯 동화를 보며 펜으로 방금 쓴 문장의 물음표 뒤에 물음표를 몇 개 덧붙였다. 그러자 내 앞에 포크를 놓던 동화가 노트를 보더니 고개를 절레절레 저었다.

"그냥 맛만 보면 되지."

뭐라고? 동화의 대답에 기가 막혀서 그를 쳐다보았다. 하지만 그는 자신이 뭘 잘못했는지 전혀 눈치채지 못한 듯 천연덕스러운 표정을 짓고 있다가 나와 눈이 마주치자 싱글거리며 웃었다.

'웃기는 뭘 잘했다고 웃니?'

아마 내가 말을 할 수 있었더라면 곧바로 이렇게 쏘아붙였을 것이다. 그러나 말을 할 수 없기에 충동적으로 쏘아붙이는 건 하지 않았다. 그 대신, 심호흡을 한 뒤 천천히 문장을 써 내려갔다.

[맛만 보면 남은 건 어떡해? 다 버려?]

"포장해 달라고 하면 되지."

아, 그래도 가지고 갈 마음은 있었구나. 그나마 다행이란 생각을 하며 다시 그의 대답 아래에 또박또박 썼다.

[굳이 포장할 것 없이 먹을 만큼만 주문하면 좋잖아. 돈 낭비도 안 하고.]

노트를 보던 동화가 불만스러운 표정을 짓더니 그 아래에 뭐라고 적어 내 쪽으로 노트를 쓰윽 밀었다.

[너한테 이것저것 다 먹이고 싶어서 그랬다. 원래 이렇게 낭비하지 않거든?]

낭비했다고 오해를 받은 게 서운했나 보다. 나는 마치 토라진 어린애처럼 뚱한 표정을 고수하고 있는 동화를 보다가 가만히 웃었다.

[내가 원래 많이 못 먹어.]

[그게 참 자랑일세, 서동은 양.]

동화가 냉큼 내가 쓴 문장 아래에 대꾸했다. 그 대답에도 불퉁한 기색이 역력히 보여서 저절로 웃음이 나왔다.

동화는 아무 일도 없었던 것처럼 나를 대하고 있었다. 출판사나 책, 크로코에 대한 얘기는 일절 하지 않았다. 그저 오래된 친구를 만나 농담을 주고받고 장난을 치는 게 전부라는 듯. 나는 휴대전화를 힐끔 보았다. 화면이 꺼진 탓에 보이지는 않지만, 고무나무 사진이 바로 그 화면 속에 들어 있었다.

고무나무.

출판사 회의실에 있던 고무나무 화분이 덩달아 기억 속에서 떠올랐다.

'휴우…….'

가만히 내쉰 한숨에 그리움과 미련을 털어 내려 했다. 그 순간, 동화가 앞에 놓인 포크를 내 손에 직접 쥐여 주고는 케이크 접시 하나를 내 쪽으로 쓱 밀었다.

[앞으로는 낭비 안 할게.]

눈까지 찡긋거리며 두 손을 모아 싹싹 비는 시늉을 하는 동화를 보고 있으려니 더 이상 뭐라고 타박할 수 없었다. 나는 그가 쥐여 준 포크를 들고 치즈케이크를 입에 넣었다. 입에 넣자마자 스르륵 녹아내리며 입안 가득 진한 치즈 향이 퍼졌다. 나도 모르게 그 맛에 감탄하여 눈을 크게 떴다. 그러자 맞은편에 앉은 채 내가 먹는 걸 흡족한 얼굴로 바라보던 동화가 제 포크를 들더니 그 옆에 놓여 있던 딸기무스케이크를 잘라서 내 쪽으로 내밀었다.

'먹으라고? 나더러?'

내 손짓을 본 동화가 냉큼 고개를 끄덕이고는 재촉하듯 포크를 내 눈앞에서 살짝 움직였다.

'그냥 너 먹어.'

내가 케이크 접시를 동화 쪽으로 밀어내며 고개를 끄덕였다.

동화는 단호한 표정으로 고개를 저었다. 그러고는 재차 내게 먹으라고 권유했다. 한 번 더 거절할까 했지만, 싱글벙글 웃으며 눈을 반짝이는 그를 보고 있으려니 차마 그럴 수가 없었다.

달콤한 딸기 맛이 입안을 가득 채웠다. 그리고 가슴속에도 예기치 못한 달콤한 딸기 맛이 가득 차올랐다. 나는 입안과 가슴속이 전부 딸기 맛으로 가득 찬 상태로 동화를 마주하기가 멋쩍어서 고개를 모로 돌렸다. 그 순간 나도 모르게 표정이 굳었다.

건너편의 테이블에 앉은 사람들이 나를 힐끔거리며 쳐다보고 있었다. 제 귀를 톡톡 건드리며 피식대는 모양새가 그들의 대화 내용을 대충이나마 짐작할 수 있게 했다. 몽실이를 데리고 외출할 때마다 종종 이와 비슷한 상황을 겪고는 했다. 비록 그들이 하는 대화를 직접 들을 수 있는 건 아니지만, 어떤 대화를 나누고 있는지 충분히 짐작할 수 있었다. 듣지 못하고 말하지 못하는 내 장애에 대해 말하는 것이겠지. 동물원 우리 안에 갇혀 있는 원숭이라도 보듯, 한낱 흥밋거리를 대하는 눈으로. 지금도 딱 그런 상황이었다. 몽실이 대신 동화와 함께 있다는 점만 다를 뿐.

입술이 파르르 떨렸다. 나로 인하여 동화까지 구경거리가 되었단 생각이 스쳤다. 저절로 펜을 쥐고 있던 손에 힘이 들어가면서 손가락이 구부러졌다. 그 순간, 손등 위로 따뜻한 온기가 덮였다. 나는 고개를 돌려 그 온기의 주인을 쳐다보았다. 동화가 내 손등 위에 제 손을 덮은 채 나를 바라보고 있었다.

괜찮아.

당당해져.

그의 시선은 내게 많은 말을 건넸다. 하지만 그 말들은 어느 것 하나 내게 닿지 못하고 허공으로 사라져 버렸다. 동화가 눈빛으로 전한 그 어떤 말도 지금의 내게는 버겁기만 했다. 나는 그의 손에 붙들린 손을 빼내기 위해 움직였다. 하지만 그보다 먼저 동화가 재차 내 손을 꽉 움켜쥐었다.

'내가 부끄럽지 않아?'

나는 그에게 질문하고 싶었다. 사람들이 수군대는 소리가 동화에게는 고스란히 들릴 텐데 그 모든 게 아무렇지 않은지 묻고 싶었다. 나는 그들의 수군대는 소리를 듣지 못하는데도 이렇게 비참한데, 동화는 그렇지 않은 건지 덜컥 겁이 났다. 그와 동시에 눈앞에 사람들이 남겼던 댓글과 게시물이 한꺼번에 어른거렸다. 내게 손가락질을 하던 이들이 동화에게도 손가락질을 할 것만 같았다. 내가 썼던 글마저 나와 같은 취급을 받으며 더럽혀지고 추락한 것처럼. 나 때문에 출판사가 부당한 비난을 받아야 했던 것처럼.

어쩌면.

지금 이 순간에도 실수를 한 게 아닐까, 가슴속이 얼어붙었다. 걷잡을 수 없는 두려움과 죄의식에 속이 울렁거리고 욕지기가 치밀었다.

동화와의 인연을 이어 가는 게 아니었다. 우연이라는 이름으로 다시 만나게 되었다고 해도 그냥 그대로 스쳐 지나갔어야 했다. 그러지 못하고 과거의 감정에 취해서, 그리고……. 다시 이어진 현재의 마음에 흔들려서, 동화를 나와 같은 자리로 끌어내린 것인지도 모르겠단 생각이 들었다.

'우스꽝스러웠을 거야. 소리 내어 대화하지 못하는 너와 내 모습이. 둘 중 누가 벙어리인가, 둘 중 누가 귀머거리인가, 사람들은 궁금해했을 거야. 나 때문에 너까지, 너마저도 장애를 갖고 있다는 오해를 받았을지도 몰라.'

"동은아."

그 순간, 그가 내 손에 제 손을 깍지 끼워 잡았다.

"괜찮아?"

나는 고개를 살짝 끄덕여 대답했다. 달콤했던 케이크의 맛이 하나도 느껴지지 않았다. 그러나 맛있는 척 연거푸 케이크를 잘라 입에 넣었다. 사람들의 시선을 개의치 않는 그의 태도에 한편으로는 섣부른 짐작과 더불어 들뜬 기대가 밀려들었다.

어쩌면. 혹시. 그런 말들로 시작되는 착각.

동미가 아닌 내가 이래도 되는 건가 싶었다. 동미에게 좋아한다 말했던 그의 고백이 여전히 기억 속에 생생히 남아 있는데, 내 마음은 10년 만에 만난 그를 향해 제멋대로 흔들리고 있었다.

동화가 이런 내 속내를 알아차린다면 얼마나 당혹스러워할까. 그에게 나라는 존재는 예전에 좋아했던 여자애의 쌍둥이 동생일 뿐일 텐데. 그것도, 고통스러운 기억밖에 남지 않은.

그런데 그 모든 걸 짐작하면서도 나는 그의 다정함에 기대어 아주 잠깐이나마 착각에 빠져 있고 싶었다.

하지만 현실은 결코 그런 걸 허락하지 않는다는 걸 안다. 나와 동화를 힐끔대는 주변의 시선만으로도 충분히 알 수 있는 노릇이다.

동화는 나와 함께 있지 않았더라면 결코 이런 취급을 당하지 않았을 것이다. 그래서 나는 동화에게 죄인일 수밖에 없었다. 그에게 한없이 미안한 마음이 들어 차마 그를 똑바로 마주할 수 없었다.

"저 남자, 어디가 모자라나 보다. 생긴 건 멀쩡한데 왜 저런 여자랑 함께 있는 걸까."

"저 여자 돈 많나 봐. 저렇게 잘생긴 남자가 왜 장애인 옆에 붙어 있겠냐?"

사람들의 입술을 통해 읽게 된 단어와 이야기들이 귓가에 맴돌았다. 그런 말들에 일일이 상처받을 나이는 이미 지났다. 적어도 그렇게 생각했다. 속상하고 아프기는 해도 무덤덤한 척 행세할 수 있을 거라 여겼다. 그러나 그게 아니었다. 나를 비난하고 조롱하는 글들로 인해 입은 상처는 아물 생각을 하지 않았으니 말이다. 아니, 아물기는커녕 되레 쩍 벌어져 지금 이 순간에도 피와 고름을 뱉어 내고 있으니까.

그 순간, 동화가 깍지 끼워 잡고 있던 내 손을 다시 한 번 힘주어 잡았다. 그의 손에서 따뜻한 체온이 전해졌다. 그는 내 속내를 모두 읽고 있었다는 듯 희미하게 미소 짓더니 다른 손으로 내 머리를 장난스럽게 헝클어뜨렸다.

그 다정한 손길에 마치 과거로 돌아간 것만 같은 느낌이 들었다. 아무런 아픔도 알지 못했던 시절, 그저 동화를 향해 수줍은 감정을 품고 있었던 내 어린 시절 말이다. 그래서인가 보다. 이렇게 제멋대로 가슴이 뛰는 건.

눈 딱 감고 한 번쯤은 욕심을 부려 보고 싶은 건.

어느새 하늘이 붉게 물들어 가고 있었다. 동화가 퇴근 후에 집 앞으로 온다고 메시지를 보낸 게 두 시간 전이었다. 그 메시지를 받은 뒤, 괜히 마음이 심란해져서 몽실이를 데리고 산책을 나와 동네를 여러 바퀴 돌았다. 또렷하게 형체를 갖추지 않은 감정일 뿐인데 그가 도착할 시간을 가늠하며 가슴이 뛰는 건 왜 그럴까. 나는 멍하니 생각을 잇다 말고 시간을 다시금 확인했다. 그가 퇴근했을 시간이다. 아마 지금쯤 여기로 오고 있는 중일 것이다. 나도 모르게 미소를 짓다가 속이 답답해져 가슴을 가볍게 주먹으로 때렸다.

계속 이러고 있어도 되는 걸까.

누군가가 내게 정답을 알려 줬으면 좋겠다. 그러면 이렇게 갈팡질팡하지 않아도 될 텐데. 그렇게 생각을 하던 내 모습에 쓴웃음이 비어져 나왔다. 한심하다. 다른 누군가의 도움을 빌릴 게 아니라 스스로 생각하고 선택해야 할 문제인데 자꾸만 회피하려는 내 모습이 바보 같아서 한숨이 저절로 나왔다.

그때, 손에 쥐고 있던 목줄이 팽팽하게 당겨지는 게 느껴졌다. 나도 모르게 걸음을 멈췄던 모양이다. 몽실이가 앞서 걷다 말고 왜 안 가냐고 묻는 듯 나를 돌아보고는 고개를 갸웃거렸다. 그 사랑스러운 모습에 살짝 미소를 짓고 다시 걸음을 옮기려 했다. 하지만 곧바로 발에 차인 뭔가를 보고 멈춰 설 수밖에 없었다.

헝겊 인형 하나가 땅바닥에 나뒹굴었다. 방금 내 발에 차여 엎어진 듯 모로 누운 인형은 작은 쥐를 닮았다. 먼지투성이인 인형을 물끄러미 내려다보다가 그것을 주웠다.

'쥐가 아니라 토끼였나 봐.'

엉덩이에 동그랗게 매달린 꼬리를 보고 내 생각을 정정했다. 지저분한 인형을 들고 인형의 머리 부분을 가만히 쓸어 보았다. 기다란 귀가 달려 있어야 할 부분에는 양쪽 모두 실밥이 풀린 흔적만 남아 있었다.

'어쩌다가 귀를 잃어버렸니?'

귀가 뜯겨져 나간 토끼 인형의 머리를 쓰다듬고 있으려니 다리를 건드리는 감촉이 전해졌다. 몽실이가 샘을 부리는 건지 앞발로 내 다리를 긁었다. 나는 쪼그려 앉아 토끼 인형에게 해주었던 것처럼 몽실이의 머리를 쓰다듬다가 다시 무릎을 펴고 일어섰다. 손에 들린 토끼 인형이 힘없이 흔들렸다.

그 모습이 마치 나를 보는 것 같아서 씁쓸한 마음이 들었다. 귀까지 뜯겨져 나간 모습이 청력을 잃어버린 나와 흡사해 보였으니 말이다. 그래서 지저분한 헝겊 인형을 도저히 다시 버릴 수 없었다.

인형을 가방 안에 넣고 계속 걷다가 집 근처 골목으로 접어

들 무렵, 골목 중간쯤에 20대로 보이는 남자 몇 명이 모여 있는 게 보였다. 순간적으로 차가운 손이 가슴속을 헤집고 지나가기라도 한 듯 선득한 느낌이 들었다. 본능적으로 그 자리에 멈춰 서서 몽실이의 목줄을 잡고 있던 손에 힘을 꽉 주었다. 손바닥 안쪽에 금방 식은땀이 찼다.

'괜찮아. 쓸데없는 불안이야.'

스스로 다독이며 심호흡을 했다. 가끔 이럴 때가 있다. 남자들이 여러 명 모여 있는 걸 볼 때, 특히 그 장소가 골목일 경우에는 증세가 더욱 심해지고는 한다. 10년 전의 일이 내게 남긴 또 다른 상흔이다. 나는 숨을 들이쉬었다가 내뱉기를 반복한 뒤, 마음을 진정시켰다. 그러곤 다시 골목 안쪽에 있는 남자들을 쳐다보았다. 좁은 골목으로 이어진 길인데 그들이 골목 한가운데를 버젓이 차지하고 있어서 지나가기가 곤란할 듯싶었다.

'그래도 가까이 가면 비켜 주겠지.'

그렇게 생각하며 몽실이를 안아 들었다. 길이 복잡할 때는 차라리 몽실이를 안고 가는 편이 나아서였다. 몇 걸음을 옮기는데, 그들 중 누군가가 담배를 문 채 나를 돌아보았다.

그 순간, 걸음이 재차 멈춰졌다. 누군가가 발목을 붙들고 더 이상 앞으로 나아가지 못하게 하는 듯 발걸음이 떨어지지 않았다. 그와 동시에 다른 남자들도 힐끔 나를 쳐다보더니 이내 입꼬리를 늘여 웃으며 다가오기 시작했다.

그저 지나가는 무리일 터였다. 나는 저들을 모르고, 저들 역시 나를 모르니 말이다. 그런데 어떤 연유에서인지 몸이 바짝 긴장하며 굳었다. 품에 안겨 있던 몽실이가 마구 짖어 댔다. 뒤이어 내 쪽으로 다가오던 남자들 중 한 명의 입이 열렸다.

'뭐라고 말을 하는 거지?'

나를 향해 실실 웃으며 입을 벙긋거리는 남자의 입 모양을 주의하여 보고자 했다. 하지만 또박또박 천천히 말하지 않는 이상 입 모양만 보고 상대방이 하는 말을 알아듣는다는 건 힘든 일이었다. 어쨌든 남자가 내게 말을 건 것은 분명했기에 서둘러 가방 안에서 노트를 꺼냈다. 낯선 이들이 내게 말을 걸 경우를 대비해서 노트에 언제나 적어 가지고 다니는 문구를 보여 주기 위해서였다.

[저는 청각 장애인입니다. 그래서 듣지 못해요.]

말을 걸었다가 무시당했다고 여긴 이들에게서 봉변을 당한 적이 있었다. 하다못해 몽실이를 데리고 나가도 몽실이가 입고 있는 조끼와 장애인 보조견 표지를 미처 보지 못한 이들이 화를 내고는 했다. 그래서 이렇게 노트에 내 상태를 적어 가지고 다닐 수밖에 없었다.

남자가 내 쪽으로 다가오다 말고 노트를 거칠게 낚아채더니 입꼬리를 비틀었다. 그들은 나를 둘러싸더니 뭔가 말을 걸기 시작했다. 내가 듣지 못한다는 걸 알게 됐으면서도 의도적으로 나를 조롱하기 위해 그러는 게 틀림없었다.

일부러 내 얼굴 가까이 자신의 얼굴을 들이대고 뭐라 입을 벙긋거리고, '와악!' 하며 큰 소리를 내기라도 한 것처럼 두 팔까지 쳐들고 나를 놀라게 만드는 등의 행동이 연신 이어졌다.

자신보다 약한 이를 괴롭히고 조롱하는 데에서 우월감을 찾고자 하는 그들의 비열함에 구역질이 날 것만 같았다.

어떻게든 그들에게서 벗어나고 싶었다. 하지만 나를 에워싸고 있는 그들에게서는 좀처럼 틈을 찾을 수가 없었다. 그렇게 무력한 시간이 조금 더 흐른 뒤, 갑자기 남자들 중 하나가 손을 뻗어 내 머리를 만지작거렸다. 느닷없는 남자의 행동에 놀란 나머지 그냥, 그 자리에 굳어 버리고 말았다.

품 안에 있던 몽실이가 더욱 바르작거리며 짖어 대는 듯 그 작은 몸이 진동하는 게 느껴졌다. 숨조차 쉬지 못하고 있다가 그 덕분에 간신히 뒷걸음질을 칠 수 있었다. 하지만 내가 뒤로 물러선 만큼, 아니, 그보다 더 가까이 남자가 다가왔다. 남자의 일행 역시 조롱하듯 입꼬리를 올리며 성큼 다가왔다.

입술이 달싹였다. 누구에게든 도와달라고, 그렇게 외치고 싶었다. 그러나 무의미한 움직임에 지나지 않았다. 내 입에서는 그 어떤 소리도 나오지 않았다.

비릿하게 웃던 남자가 다시 손을 뻗었다. 그와 동시에 나는 기겁하여 펄쩍 뛰었다. 남자의 손끝이 닿은 어깨 위로 불로 지진 것만 같은 통증이 일었다. 실제로 존재하지 않을 통증일 테지만, 그런 걸 생각할 틈도 없었다.

'달아나야 해!'

오로지 그 생각만이 머릿속을 가득 채웠다. 그때 남자들 사이에 벌어진 틈새가 보였다. 머릿속에서 명령이 내려지기도 전에 몸이 먼저 움직였다. 나는 허둥대며 그들 사이로 빠져나갔다. 그러고는 골목 밖으로 달아나기 위해 달음박질쳤다. 숨이 턱까지 차오르도록 뛰었다. 그러나 어느새 나를 따라잡은 누군가의 손이 내 머리채를 잡았다.

소리 없는 비명이 터져 나왔다.

머리칼이 한 줌은 뽑혀 나갔을 것만 같았다. 남자에게 머리채가 잡힌 채 골목 안쪽으로 다시 끌려 들어갔다. 품에 안고 있던 몽실이를 놓쳐 버린 탓에 두 팔을 휘저으며 허공을 허우적거리는 것 말고는 내가 할 수 있는 게 없었다.

'도와줘요! 도와주세요!'

간절한 외침은 그 누구의 귀에도 닿을 리 없었다. 이대로 끌려가면 안 된다는 위기감에 바로 옆의 시멘트 벽을 손톱으로 긁다시피 하며 버텼다. 그러나 남자의 힘을 감당할 수 없었다. 눈물이 후드득 떨어지며 눈앞이 캄캄해졌다.

제발 누군가가 와 주기를!

어슴푸레 어둠이 내리깔리기 시작한 골목의 어느 집에선가 생선을 굽는 냄새가 풍겼다. 이 와중에 생선 굽는 냄새라니. 참을 새도 없이 울음이 터져 나왔다. 내가 이들에게 끌려간다 하더라도 그 누구 하나 알지 못할 거란 절망감에 숨이 막혔다.

그리고 동화.

지금쯤 근처에 도착했을지도 모르는 그가 생각났다.

'보고 싶어.'

나는 소리 없이 외쳤다.

'보고 싶어.'

소리 내지 못한 절규가 목구멍을 틀어막았다.

동화. 류동화. 내게 너무나 간절한 너.

눈물이 턱을 타고 떨어졌다. 나는 눈물을 훔쳐 내지도 못한 채 한 번 더 버티고 서려 했다. 하지만 그 순간, 남자의 일행 중 누군가가 내 무릎 뒤를 발로 걷어찼다. 그 바람에 균형을 잃고 앞으로 고꾸라지고 말았다. 넘어지면서 바닥에 부딪친 팔과 이마에서 뜨끈한 피가 흘렀다. 그렇다고 이대로 이 남자들에게 끌려갈 수는 없었다. 나는 재차 바르작거리며 달아나려 했다.

바로 그때, 느껴졌다.

그래. 느껴졌다. 그 말로 충분했다. 그것은 그 이상의 어떤 말로 표현하기 힘든 감각이었다. 등 뒤에서 달려온 이가 고꾸라져 엎드리고 있던 나를 안아서 일으키고, 남자들을 향해 달려든 것은 그 직후의 일이었다.

동화가 홀로 그들과 싸우는 게 보였다. 나는 동화가 일으켜 앉혀 놓은 대로 벽에 기대어 앉은 채 바들바들 떨면서 그 모습을 보았다. 갑자기 달려든 동화의 주먹에 남자가 나가떨어졌다. 뒤이어 다른 남자가 동화의 발길질에 역시 엉덩방아를 찧었다. 그러나 거기까지였다. 남자들은 느닷없이 나타난 동화의 존재에 잠시 당황해했으나 이내 정신을 차리고 그를 향해 주먹과 발길질을 쏟아 내기 시작했다.

'안 돼! 안 돼!'

나는 부들부들 떨려 제대로 설 수조차 없었지만 간신히 일어섰다. 그러곤 가쁜 숨을 몰아쉬며 입을 달싹였다.

'제발!'

지금 이 순간처럼 목소리가 터져 나오기를 간절히 바란 적이 있었나 싶었다. 그러나 간절한 바람이라고 해도 그게 현실이 되는 건 불가능했다. 지금 내가 서 있는 이곳은 드라마나 소설 속의 환상이 아니기에. 초라하고 비참한 현실이기에. 손으로 목을 마구 긁으며 어떻게든 소리를 내고 싶어 몇 번이고 입을 달싹였다. 하지만 그 어떤 소리도 내게서 나오지 않았다. 쌕쌕대며 숨소리만이 목구멍을 통해 빠져나올 뿐이었다.

그 순간, 땅을 울리며 누군가가 달려오는 진동이 느껴졌다. 여러 명이 동시에 달려오는 것 같았다. 그들이 바로 옆을 스쳐 지나가더니 동화와 남자들에게로 달려갔다. 방금 내 옆을 지나간 이들이 입고 있는 제복이 보였다.

경찰이었다.

그것을 깨닫자마자 다리의 힘이 풀려 그대로 털썩 주저앉았다. 경찰들 중 누군가가 내게 다가와 말을 거는 것 같았지만, 나는 내가 듣지 못한다고, 청각 장애인이라고, 그렇게 손짓이든 뭐든 설명할 생각조차 하지 못한 채 비틀거리며 다가오는 동화를 바라볼 수밖에 없었다. 그런데 어째서인지, 피투성이가 된 동화의 모습이 자꾸만 뿌예졌다.

골목 너머의 어느 다세대 주택에 사는 사람이 신고를 한 것이라 했다. 창밖을 내다보았다가 내가 남자들에게 둘러싸여 봉변을 당하는 걸 보고 부랴부랴 신고를 했단다. 그 누구의 도움도 기대할 수 없다고 여겼던 절망적인 순간, 누군가가 나도 모르는 사이에 도움의 손길을 내밀었다는 게 기적처럼 느껴졌다.

기적이라…….

드라마나 영화, 소설 같은 데서 보면 그럴 땐 주인공에게 기적이 일어나던데. 실어증에 걸려 말 한마디 하지 못하던 주인공의 입이 열리기도 하던데. 왜 내게는 그런 기적이 오지 않았을까. 그 기적이란 게 나를 찾아왔더라면, 적어도 동화가 나 때문에 저렇게 다치지 않았을지도 모르는데. 내가 소리를 지를 수 있었더라면 신고도 더 빨리 접수되었을 테고, 경찰이 그만큼 더 빨리 도착했을지도 모르는데.

거즈를 붙여 놓은 손가락이 덜덜 떨리는 게 보였다. 왼손의 검지와 중지, 그리고 오른손의 검지와 중지, 약지까지 총 다섯 개의 손톱이 빠졌다. 당시에는 아픈 줄도 모르고 끌려가지 않으려고 벽을 긁으며 버텼는데, 이제야 서서히 통증이 느껴졌다. 바닥에 부딪치면서 상처가 난 팔꿈치와 이마에서도 아릿한 통증이 슬슬 느껴졌다. 하지만 그런 통증 따위는 아무것도 아니었다.

나는 병원 복도의 의자에 멍하니 앉아 있다가 바로 옆의 치료실 문이 열리자마자 벌떡 일어나려 했다. 그러나 마음만 그럴 뿐, 몸은 경련을 일으키며 쉽게 진정하지 못했다. 그 바람에 덜덜 떨리는 몸을 가누지 못하고 곧바로 다시 주저앉을 수밖에 없었다. 내가 일어나려다가 비틀거리며 앉자 치료실에서 나오던 동화가 황급히 다가왔다.

그러더니 한쪽 팔로 나를 꽉 끌어안았다. 그에게서 땀 냄새가 났다. 그의 체취가 묻어나는 땀 냄새 덕분에 경련을 일으키던 몸이 한결 진정되는 것만 같았다.

'좋아해.'

눈물이 나왔다. 소리조차 내지 못한 고백이 그의 품에 안긴 채 새어 나왔다가 이내 사라져 버렸다. 10년 전에도 하지 못한 고백을 이제 와서 할 수 있을 리 없었다. 더구나 이렇게 엉망이 된 모습으로는.

악몽을 되새기게 만들었던 그 순간, 내가 떠올린 사람은 동화였다. 동미도 아니었고, 아버지나 엄마도 아니었다. 그때 노란색 폴리스 라인 바깥에서 내 귀를 막아 주었던 그가 이번에는 나를 구하기 위해 다른 이들과 싸웠다.

나는 손에 잡힌 것이 그의 와이셔츠 자락인 줄도 모르고 꽉 구겨 잡았다. 다시 만난 동화에게 내가 느낀 감정은 그저 그 시절의 잔흔이라 여겼다. 열일곱 살 이후 멈춰 버린 시간 속에 미련스럽게 들러붙어 있던 감정의 찌꺼기일 거라고 생각했다. 미처 고백도 하지 못한 채 버려야 했던 내 마음이 가련해서, 그걸 보상이라도 받고 싶은가 보다 했다. 그렇게 어렴풋이 내 멋대로 짐작했던 감정을 바로 오늘에서야 또렷하게 확인했다.

'네가 좋아. 너를 좋아해.'

그의 가슴팍에 스며드는 눈물이 서러웠다. 이번에도 나는 동화에게 내 마음을 전할 수 없을 것이다. 10년 전에는 몰래 엿들었던 그의 고백이 나를 가로막았고, 이번에는 내 처지가 나를 가로막을 터였다.

장애가 있다는 사실만으로 나는 죄인이 되고는 했다. 또한 사랑하는 이들에게도 장애로 말미암아 종종 피해를 주기 일쑤였다.

그런 주제에 누구를 좋아한다고.

나를 안고 있던 그의 가슴팍을 떠밀었다. 내 모든 걸 품어 줄 듯하던 따스한 체온이 순순히 멀어졌다. 순간적으로 아쉽단 생각을 했다. 내 손으로 밀어내고 곧바로 아쉬움을 느끼다니. 변덕스럽게 움직이는 마음이 볼썽사나웠다. 그 바람에 고개도 들지 못하고 손바닥으로 뺨을 문질렀다.

그 순간 동화의 손이 다가왔다. 그의 손은 느릿하게 내 뺨 위를 움직이다가 젖은 눈가로 향했다. 눈물이 그 손가락 끝에 묻어나는 걸 당황하여 쳐다보다가 무심코 고개를 들었다.

걱정스러운 시선으로 나를 바라보는 동화가 보였다. 그의 눈에 담긴 염려가 고스란히 전해졌다. 그리고 그 너머에 내가 미처 파악하지 못한 다른 감정이 언뜻 보인 것도 같았다.

'다른 감정이라니?'

멍하니 생각을 잇다 말고 당황하여 눈을 깜빡였다. 그러나 방금 내가 품었던 생각은 곧바로 흩어져 버릴 수밖에 없었다. 바로 내 눈앞에 보인 그의 모습 때문이었다.

그의 모습은 지금 당장 입원실로 올라가야 하는 게 아닐까 싶을 정도였다. 머리에 붕대를 감고 오른쪽 팔에는 깁스를 했다. 다리는 깁스를 하지는 않았지만 다친 것인지 조금 불편해 보였다. 무엇보다도 얼굴이 엉망진창이었다. 눈 주변이 찢어지고 그 아래쪽으로 광대뼈 근처에 시커먼 멍이 들었다. 입술도 전부 터져서 피딱지가 앉고 턱 근처에도 푸르스름한 멍이 들어 있었다. 그냥 지나가다 마주치면 동화인 줄 모르고 스쳐 갈 수도 있을 것 같았다.

순식간에 주변 풍경이 병원이 아닌, 골목길로 바뀌었다. 그리고 한 번 더 그 광경이 바뀌었다. 바로 동화와 남자들이 싸움을 벌이던 광경으로.

듣지 못한 소리들이 귓가에 이명처럼 울렸다. 뼈가 부러지고 살이 찢기는 소리. 신음 소리. 욕설.

그에 겹쳐서 빗소리가 맴돌았다. 오래된 기억 속에 존재하는 소리였다. 나는 덜덜 떨리는 손을 주체하지 못하고 옷자락을 꽉 움켜잡았다. 금방이라도 발작이 일어날 듯 숨이 가빴다. 그때, 동화가 깁스하지 않은 손으로 내 손을 꽉 움켜잡았다. 그 악력이 간신히 나를 붙들어 주었다. 나는 숨을 깊이 몰아쉬고는 다시 그를 쳐다보았다.

[나 괜찮아.]

동화가 잡고 있던 손을 놓은 뒤, 더듬더듬 제 주머니에서 휴대전화를 꺼내 문자를 찍어 건넸다. 왼손으로 문자를 입력한 터라 그의 움직임이 다소 서툴러 보였다. 그 모습에 속이 상했지만 그걸 표현하는 대신, 그가 내려놓은 휴대전화를 집어 들어 키패드를 눌렀다. 손톱이 빠지지 않은 엄지로 문자를 입력하려니까 나 역시 서툴기는 마찬가지였다.

[하나도 안 괜찮아. 너 지금 진짜 못생겼어.]

고작 그에게 한다는 말이 못생겼단 말뿐이라는 게 한심했다. 미안하다는 말을 해야 했는데. 나 때문에 다쳐서 정말 미안하다고 해야 했는데. 많이 아프냐고 물어야 했는데. 그 모든 말들 대신, 못생겼다는 말이 먼저 튀어나왔다.

[그럼 곤란한데.]

[못생겼다고 친구 안 할 거 아니니까 안심해.]

문자를 입력하던 손끝이 파르르 떨렸다. 나는 손을 꽉 오므리고는 애써 마음을 추스르며 웃으려 했다. 하지만 그런 내 노력과 별개로 눈물이 또다시 뺨을 타고 방울방울 떨어졌다.

'미쳤나 봐.'

당혹스러운 마음에 서둘러 눈물을 닦으려 했다. 그 순간 동화가 손을 뻗어 내 뺨을 감쌌다. 그러고는 뺨을 타고 흘러내린 눈물을 대신 닦아 주었다. 아주 부드럽지는 않은, 아니, 다소 거친 느낌이 드는 손가락이 뺨을 훑고 지나가는 감촉에 나도 모르게 몸이 떨렸다.

[남자로서 잘 보이고 싶은데, 못생기면 곤란하잖아.]

'……뭐?'

나는 멍하니 동화를 응시했다. 나를 마주 바라보고 있던 동화의 시선에서는 약간의 장난기조차 보이지 않았다.

입이 말랐다. 긴장감이 넝쿨처럼 온몸을 휘감는 바람에 옴

짝달싹할 수가 없었다. 그의 진지한 눈빛이 부담스러워 외면하고 싶었지만, 반대로 그 시선을 피하고 싶지 않기도 했다. 마치, 그가 나를 정말 간절히 바라는 것만 같아서…….

지금 이 순간만큼은 그를 온전히 갖고 싶었다. 터무니없는 욕심이라고 누군가가 나를 비웃을지도 모르겠지만 말이다.

요란하게 뛰는 심장 박동을 느끼며 가슴 위쪽의 옷자락을 꽉 움켜잡았다. 손톱이 빠진 터라 아릿한 통증이 일었지만 개의치 않았다. 아니, 신경을 쓸 여력이 없었다고 해야겠다. 오롯이 동화에게 집중한 터라 다른 건 아무것도 생각조차 할 수 없었으니까.

입술이 달싹였다. 소리가 나오지 않았을 테지만, 어쩌면 가느다란 숨소리는 새어 나왔을지도 모르겠다. 믿을 수 없는 말이었다. 가만히 내 얼굴을 살피는 동화의 눈을 똑바로 마주하고 있다가 뒤늦게 고개를 돌렸다. 회백색 벽이 달아올랐던 머릿속을 차갑게 식혔다.

문득 이마를 다친 게 생각났다. 거즈를 붙이고 있기는 하지만 그 주변으로도 시퍼런 멍이 들고 살짝 부어 있어서 나야말로 분명히 못생겨 보일 거란 생각이 들었다.

'그러면서 누가 누구더러 못생겼대.'

동화의 손이 다시금 내게 다가왔다. 그는 내 이마를 살살 어루만지더니 뒤이어 손을 조심스럽게 붙잡았다. 손톱이 빠진 부분에 소독을 하고 거즈를 붙여 놓은 걸 보았는지, 동화가 내뱉은 한숨의 미지근한 온기가 손등에 닿았다.

"좋아해, 동은아."

내 귀가 정말 미쳤나 보다. 들을 수 없는 그의 목소리를 듣는 것으로 모자라, 헛된 망상에서 비롯된 고백까지 들리다니 말이다. 차라리 개구리가 개굴개굴개굴거리며 우는 소리가 이명처럼 들린다고 하는 편이 낫겠단 생각이 불쑥 들었다.

이런 건 너무 비참하니까.

눈물이 콧등을 타고 흘러내려 코끝에서 툭, 떨어졌다. 훌쩍이며 우는 게 얼마나 못나 보이는지 잘 아는데, 왜 나는 동화의 앞에서 이렇게 못난 모습만 보이게 되는 건지 모르겠다. 게다가 그럼에도 불구하고 왜 이렇게 가슴은 제멋대로 뛰고 두근거리는 건지.

내 손을 덮고 있던 온기가 멀어졌다. 사라진 온기에 아쉬워할 새도 없이 그가 내 턱을 감싸듯 쥐어 고개를 들게 했다. 그러고는 나를 똑바로 쳐다보며 입을 열었다.

"좋아해, 동은아."

조금 전 이명처럼 들었던, 아니, 들었다고 착각했던 환청이 다시금 내 귀를 두드렸다. 들릴 리 없는 그의 목소리가 선명하게 귓속을 파고들었다.

"좋아해."

두 눈을 질끈 감았다가 떴다. 사람의 입 모양을 통해 그가 하는 말을 읽어 내는 독순술에는 한계가 있다. 자칫 상대방의 말을 곡해할 수 있는 위험이 있기 때문이다. 어쩌면 지금이 바로 그런 경우가 아닐까, 하는 생각이 들었다.

'너…… 방금, 뭐라고 한 거야?'

용기를 내어 그에게 묻고 싶었다. 아주 조금의 용기를 낼 수만 있었더라면 분명 물었을 터였다. 그러나 내게는 그 약간의 용기가 없었다. 그 순간, 동화가 불편한 손놀림으로 다시 휴대전화를 만지작거리더니 내게 건넸다.

[서동은이란 여자를 좋아해. 친구 서동은이 아니라.]

용기가 없어 물을 수 없었던 질문의 대답이 돌아왔다. 상상도 못 한 대답이었다. 내가 제대로 보기는 한 건가 저절로 의심이 들어 눈을 비비고 다시 휴대전화를 보았다. 그런데 눈이 건조했던 탓인지 시야가 선명해지기는커녕 외려 뿌옇게 흐려졌다.

[서동은이란 여자를 좋아해. 친구 서동은이 아니라.]

뿌옇게 흐려진 눈으로도 알아보지 못할 정도는 아니었다. 믿기지 않아 한 번 더 눈을 비볐다. 눈 주변이 쓰라렸다. 그러나 그 쓰라림이 오히려 반가웠다. 지금 이 믿기지 않는 상황이 적어도 꿈은 아니란 걸 확인받는 거나 마찬가지이니까. 지금 내가 잘못 본 것도 아니고, 착각하고 있는 것도 아니라는 거니까.

그러니까 동화가, 나를…….

갑작스러운 고백을 되새기다가 그대로 숨을 멈췄다.

'동화야.'

흔들리는 시선을 애써 붙잡아 동화를 쳐다보았다. 그가 나를 물끄러미 바라보고 있었다. 그도 나도 둘 다 엉망인 건 똑같았다. 엉망인 얼굴로 고백이라니. 문득 나도 모르게 웃음이 새어 나왔다.

그와 더불어 울음도.

나는 동화를 바라보던 시선을 거두어 바닥을 내려다보다가 느릿느릿 고개를 저었다. 마치 바보가 된 것만 같았다.

어차피 안 될 일이니까.

입술 끝이 파르르 떨리며 경련하는 걸 억지로 끌어 내렸다. 내가 휴대전화를 쥔 손에 힘을 주는 순간, 동화가 갑자기 몸을 일으키더니 누군가를 향해 엉거주춤 인사를 했다.

동화가 인사를 한 방향으로 고개를 돌렸다. 새파랗게 질린 아버지가 복도 저편에서 뛰다시피 하며 다가오는 게 보였다. 아버지는 내가 엉거주춤 일어서기가 무섭게 성큼성큼 다가오더니 나를 꽉 끌어안았다.

급히 온 것인지 아버지에게서 땀 냄새가 났다. 동화가 나를 품에 끌어당겨 안았을 때와 흡사한, 그러나 조금은 다른 냄새였다. 하지만 둘 다 내게 안도감을 주었다는 점에서는 똑같았다.

나는 무사하구나.

그 사실을 아버지의 체온과 땀 냄새로부터 재확인하는 기분이 들었다. 그제야 놀랐던 마음이 온전히 진정되었나 보다. 나름대로 괜찮아졌다고 느꼈는데, 아버지의 품에 안기자마자 눈물이 왈칵 쏟아진 걸 보면 말이다.

걷잡을 수 없이 눈물이 쏟아졌다. 아버지의 셔츠가 전부 젖어들 정도로 거듭 눈물을 쏟아 냈다. 한참 그렇게 울다 보니 문득 나를 안고 있는 아버지의 몸이 덜덜 떨리고 있는 게 느껴졌다. 언제나 굳건하고 강인하리라 여겼던 아버지가 한없이 나약한 모습으로 그렇게 떨고 있었다. 나는 아버지의 품에 안겨 있다가 고개를 들었다. 새하얗게 질린 아버지의 안색은 여전히 정상으로 돌아오지 않은 상태였다. 그리고 비록 내 귀에는 들리지 않지만 가쁘게 몰아쉬고 있을 아버지의 숨결이 느껴졌다.

'나로 인해 10년 전의 악몽을 되새기셨어.'

누가 알려 주지 않았어도 순간적으로 깨달았다. 아버지에게 안겨서야 울음이 터져 나왔던 나처럼, 아버지 역시 나를 품에 안고 나서야 그 악몽에서 벗어났다는 것을. 얼마나 고통스러우셨을까. 얼마나 두려우셨을까. 자식 하나를 그렇게 앞세워야 했던 아버지가 그때와 비슷한 상황 설명을 듣고 병원까지 오는 내내 얼마나 속을 태우고 걱정하셨을까.

아버지의 팔을 꽉 붙들고는 입꼬리를 올렸다. 괜찮다는 말을 직접 소리 내어 할 수 없으니 일단 그렇게라도 아버지의 놀란 가슴을 진정시켜야 했다. 그러자 아버지가 내 얼굴을 양손으로 감싸고는 다친 곳 여기저기를 보다가 얼굴을 찡그렸다. 나는 서둘러 휴대전화의 키패드를 눌렀다.

[저 괜찮아요.]

[네 꼴을 보고 그런 말을 해!]

속상함이 가득 묻어나는 대답에 그저 웃었다. 내가 할 수 있는 거라고는 고작 그게 전부이기 때문에.

[정말이에요. 게다가 동화가 더 많이 다쳤어요.]

그제야 아버지의 눈이 동화에게로 향했다. 미처 동화를 보지 못했던 것인지 아버지가 뒤늦게 그를 보더니 눈을 크게 떴다. 그러고는 곧바로 동화에게 다가가 그를 부둥켜안았다. 아버지에게 얼떨결에 안긴 채 쑥스럽게 웃던 동화와 눈이 마주쳤다. 그 순간 가슴속에서 쿵, 하는 소리와 함께 뭔가가 내려앉는 것 같았다. 그와 동시에 조금 전 그가 했던 고백이 환청처럼 귓가에 맴돌고, 환영처럼 눈앞에 아른거렸다.

나를 보며 부드럽게 눈을 휘는 동화를 마주하고도 함께 웃지 못했다. 되레 뺨이 달아오르고 목덜미 아래에서부터 홧홧한 열기가 올라오는 바람에 그의 시선을 피할 수밖에 없었다. 엉망이 된 얼굴로 웃는 게 뭐 그렇게 멋있어 보인다고. 왜 이렇게 내 가슴이 마구 뛰는 것인지 모를 일이었다.

새삼스러울 건 없는 감정이었다. 10년 전에도, 10년이 지난 지금도 나는 동화를 볼 때마다 가슴이 두근거렸고 들뜬 설렘을 주체할 수 없었다. 그건 오래된 친구에 대한 반가움이 아니었다. 여전히 진행 중인 짝사랑일 뿐이었다.

그런데 우습게도 지금 이 순간, 마치 그를 보고 첫눈에 반하기라도 한 것 같았다. 사람이 이렇게 반짝거릴 수도 있구나 하는 생각이 스쳤다. 나는 가슴이 벅차올라 간신히 눈을 내리깔고 숨을 몰아쉬었다.

심호흡을 몇 번 하고 나서야 벅차올랐던 가슴이 진정되었다. 멋쩍은 마음을 숨길 겸 고개를 가볍게 흔들다가 뒤늦게 몽실이를 떠올렸다.

'아, 맞다! 몽실이!'

품에 안고 있다가 놓쳐 버렸던 몽실이는 어떻게 되었을까.

나는 황급히 고개를 들고 동화를 쳐다보았다. 동화가 갑작스러운 내 변화에 의아한 표정을 지었다. 동화 역시 나처럼 몽실이의 행방에 대해 알지 못할 터였다. 그 상황 직후에 함께 병원에 왔으니 말이다. 가까스로 정신을 추스르고 생각을 정리한 뒤, 동화에게서 시선을 돌려 아버지를 쳐다보았다. 손끝이 파들파들 떨렸다.

[몽실이는요?]

바보! 멍청이! 나는 내 자신을 탓하며 눈물이 나오려는 걸 참았다. 이제야 겨우 몽실이를 떠올린 내 이기적인 모습에 실망스러웠다. 몽실이는 그 작은 몸으로 나를 지키려 했는데, 나는 뒤늦게 몽실이를 찾고 있으니 말이다. 너무 놀랐던 탓에 미처 생각하지 못했다고, 그렇게 변명조차 하고 싶지 않았다. 아니, 할 수 없었다. 아버지가 나를 달래듯 어깨를 토닥이고는 조금 머뭇거리다가 대답해 주었다.

[승운이가 데리고 병원에 갔어.]

[어디 다친 거예요?]

힘이 빠져서 고개를 숙이고 있다가 아버지의 대답을 보고 놀라서 다시 고개를 들었다. 그러자 아버지가 미간을 살짝 찡그리며 난감한 표정을 짓다가 덧붙여 대답했다.

[걷어차여서 좀 다쳤더라고.]

'어, 어떻게 해.'

그 작은 아이가 커다란 발에 걷어차였단다. 몽실이가 제 몸집만 한 발에 차였다고 상상하니 누군가가 목을 조르는 것처럼 숨이 꽉 막혔다. 얼마나 무서웠을까. 나보다 훨씬 자그마한 아이가 그 폭력 앞에서 얼마나 두렵고 겁이 났을까. 그럼에도 불구하고 나를 지키겠다고 버둥댔던 그 작고 따끈따끈한 몸을 생각했다.

나는 덜덜 떨리는 손으로 승운의 연락처를 찾았다. 그러자 아버지가 내 손목을 잡더니 진정하라는 듯 손짓을 했다.

"괜찮을 거야."

'정말 괜찮은 거겠죠?'

아버지를 쳐다보다가 한 손으로 이마를 짚고 다시 의자에 털썩 주저앉았다. 몽실이 때문에 놀란 탓인지 다리의 힘이 한꺼번에 풀려 더 이상 서 있는 게 불가능했다. 나는 숨을 깊이 들이쉬었다가 내쉬며 호흡을 가다듬었다. 그렇게 숨을 고르다 보니 조금은 놀랐던 마음이 차분해졌다. 그것을 눈치챈 듯 아버지가 다시 내 어깨를 건드리며 말을 건넸다.

[목은 치료 안 했어?]

'예?'

아버지의 말을 이해하지 못하고 순간적으로 멍한 표정을 지었다. 옆에 있던 동화가 치료실 안의 누군가를 부르려 했다. 나는 부랴부랴 동화의 옷깃을 잡아 그를 만류한 뒤, 아버지를 향해 고개를 저었다.

[그냥 피 묻은 거예요.]

[피가 왜 목에 묻었어?]

내 대답에 아버지가 얼굴을 찡그렸다. 동화도 내 목을 뚫어져라 살피다가 미간을 살짝 찌푸렸다. 나는 그들의 걱정을 덜어 주기 위해 재차 휴대전화에 메시지를 적어 보여 주었다.

[손가락에 났던 피가 묻었나 봐요.]

동화가 그 남자들에게 구타당하고 있을 때 도와 달란 소리조차 지르지 못했던 게 기억났다. 그 순간, 목을 마구 긁어 댔던 것 같다. 어떻게든 소리를 지르고 싶어서. 내가 아무것도 하지 못하고 있는 사이에 동화를 잃어버릴 것 같아서. 그때 느꼈던 아득함에 새삼 가슴속이 저릿해져 손으로 목 주변을 더듬었다. 손톱이 빠진 상태로 긁었던 터라 상처는 딱히 생기지 않았다. 그러나 손가락에 붙여 놓은 거즈의 거친 느낌이 살갗에 고스란히 전해져 따끔거렸다.

[닦고 올게요.]

나는 아버지에게 다시 메시지를 전하고 자리에서 일어났다. 화장실 표시가 오른쪽 코너에 보였다.

화장실 안에 들어가자마자 세면대 위의 거울을 보았다. 핏기를 잃어 창백한 얼굴이 나를 빤히 응시하고 있었다. 순간적으로 그 얼굴을 마주하자마자 화들짝 놀라 뒷걸음질을 쳤다.

'……동미야?'

무심코 입술을 달싹였다. 그러자 거울 속 창백한 얼굴의 여자가 동시에 입술을 달싹이는 게 보였다. 그제야 거울에 비친 내 모습이라는 걸 깨달았다.

'나 미쳤나 봐.'

헛웃음조차 나오지 않았다. 오히려 일말의 웃음기조차 모두 빠져나간 듯 내 얼굴은 무표정하기 그지없었다.

동미의 얼굴이 이랬을까.

아니, 이보다 더 일그러져 있었을 것이다. 공포와 슬픔으로 일그러져 참혹했을 것이다. 나는 손을 들어 내 얼굴을 더듬더듬 만져 보았다. 뺨은 차갑게 식어 있었다. 미친 듯이 퍼붓던 비를 고스란히 다 맞고 저체온증으로 죽은 동미는 이보다 훨씬 차가웠을 터였다.

얼마나 추웠을까.

얼마나 무서웠을까.

오늘 나는 남자들이 시비를 걸고 희롱을 한 것만으로도 너무나 겁이 났는데, 그날 동미는 얼마나 두렵고 무서웠을지 상상조차 할 수 없었다.

거울에 비친 내가 뿌옇게 흐려졌다. 물기가 남아 있었던 것인지 세면대를 짚자마자 옆으로 미끄러졌다. 그 바람에 균형을 잃은 몸이 앞으로 고꾸라지듯 기울고 말았다. 눈앞에 다가온 세면대 모서리를 보고 본능적으로 두 눈을 질끈 감았다.

바로 그 순간, 허리를 단단히 감싼 누군가의 손길 덕분에 고꾸라질 뻔했던 몸이 똑바로 세워졌다. 갑작스러운 도움에 당황하여 눈을 떴다. 거울에 비친 내 뒤쪽으로 나를 도와준 이의 얼굴이 보였다.

'동화? ……미쳤어! 동화라고?'

나는 거울 속에 비친 동화를 보다가 지금 있는 장소가 여자 화장실이란 걸 깨닫고 몸을 비틀었다. 황망한 마음을 추스를 새도 없었다. 다행히 화장실 안에 다른 사람은 없는 것 같지만, 그렇다고 해서 안심할 건 아니었다. 동화가 졸지에 변태 취급을 받는 일만큼은 벌어지게 할 수 없단 생각에 서둘러 그를 떠밀었다. 그러자 그가 처음에는 슬쩍 버티는 듯싶더니 이내 순순히 화장실 밖으로 나갔다. 나 역시 화장실 밖으로 나오고 나서야 가슴을 쓸어내릴 수 있었다.

[왜 따라 들어온 거야?]

놀랐던 마음을 간신히 진정한 뒤에 그에게 물었다. 동화가 어색한 표정을 짓다가 제 휴대전화를 꺼내고는 서툰 손놀림으로 메모를 입력했다.

[혼자 힘들 것 같아서.]

[그렇다고 여자 화장실에 들어오면 어떡해?]

[생명의 은인한테 고맙단 말은커녕 구박이나 하고.]

'뭐?'

그의 뜬금없는 말에 휴대전화 화면을 보다 말고 고개를 들었다. 그러자 동화가 재차 휴대전화 키패드에 문자를 찍었다.

[방금 세면대 위로 엎어질 뻔했잖아. 다친 데는 없어? 손목 같은 데 삐끗한 건 아니야?]

동화의 얼굴이 진지해졌다. 혹시 어디 다친 건 아닌가 싶어 세심하게 살피는 시선에 얼굴이 달아올랐다.

[목 닦으러 간다더니 뭘 하고 있었던 거야? 하나도 안 닦았네.]

이어진 동화의 말을 본 순간, 조금 전 화장실에서의 일이 생각났다. 그와 동시에 가슴속이 차갑게 얼어붙었다.

거울 속에 비친 내 모습을 동미로 착각했다.

동미와 내가 쌍둥이였다고는 하지만 이란성이었기에 생김새는 같지 않았다. 그럼에도 불구하고 내 모습을 동미로 착각한 건 상황 탓이었을 것이다. 동미가 겪었던 상황과 내가 겪은 상황이 조금은 비슷했으니까. 그러나 동미가 겪었던 공포와 참혹함을 내가 겪은 것과 비교할 수는 없을 것이다. 그걸 되새기니 가슴속이 갈기갈기 찢겨 나가는 것처럼 아팠다. 내 자신이 한심하고, 한편으로는 미웠다.

동미가 빼앗긴 삶. 그 삶을 살아가고 있는 것만으로도 죄인이 된 기분이다. 그런데 나는 뭘 더 욕심내려 하는 걸까. 동화를 쳐다보던 눈을 바닥으로 내리깔았다. 깁스한 팔을 보는데 서글픔이 밀려들었다.

사랑이 사치라는 말.

그 말이 내게 너무나 잘 들어맞았다. 동미를 생각한다면 내가 이럴 수는 없는 것이다. 동화가 동미에게 했던 고백이 지금도 내 기억 속에 생생히 남아 있는데, 내가 어떻게…….

'좋아해.'

풋풋함이 가시지 않은 소년의 목소리. 그 고백을 몰래 엿들었던 날의 기억. 나는 두 손으로 얼굴을 감싸고 그대로 쪼그려 앉았다. 동화가 갑작스러운 내 행동에 당황했는지 바로 앞에 앉는 기척이 느껴졌다.

"동은아, 왜 그래?"

당황한 듯한 손길이 어깨를 조심스럽게 건드렸다. 그와 동시에 동화의 목소리가 귓가에 맴도는 것 같은 느낌도 들었다. 내가 상상하는 그의 목소리는 10년 전의 것이다. 어른이 된 동화의 목소리는 들어 본 적도 없으니 상상하는 것 자체가 불가능하다. 그게 새삼 서러웠다.

무릎 사이에 얼굴을 묻고 있다가 천천히 고개를 들었다. 동화가 걱정스러운 눈으로 나를 쳐다보다가 휴대전화를 꺼내 빠르게 뭔가를 입력해서 내밀었다.

[어디 아파? 검사 다시 받아 볼래?]

금방이라도 검사실로 나를 데리고 갈 듯한 그의 모습에, 고개를 저으며 그의 팔을 잡았다. 그러나 불에 덴 듯한 느낌이 들어 곧바로 놓을 수밖에 없었다.

손이, 시렸다.

화상이라도 입을 듯 뜨겁게 전해진 그의 온기와 반대로 내 손은 얼음을 쥐고 있는 것처럼 지독하게 시렸다. 그 두 가지 느낌이 모두 환각이라는 걸 안다. 텅 비어 있는 손을 살짝 오므려 쥐었다. 손톱이 빠진 자리를 대신 덮고 있는 거즈의 거친 감촉이 손바닥으로 옮겨 갔다. 그만큼 내 가슴속에도 거슬거슬한 생채기가 생긴 것만 같았다.

[동은아, 너를 많이 좋아해.]

또다시 내가 환각을 보고 있는 걸까. 왜 동화는 내게 이렇게 잔인한 장난을 자꾸만 치는 걸까. 나는 고개를 느릿느릿 저었다. 한 글자, 한 글자, 입력하는 게 서툴렀다. 고작 손톱 몇 개가 빠졌을 뿐인데, 생전 처음 문명의 이기를 접한 원시인이 된 기분이었다.

[나도 너 좋아해.]

친구로서. 나는 거짓을 담아 대답했다. 하지만 그 거짓의 이면에 숨은 진심도 몰래 담아서 대답했다. 가슴속 낡은 문 틈새로 새어 나오려는 감정을 억지로 밀어 넣어야 했다.

다시 한 번 동미를 떠올렸다.

[조금 전 화장실에서, 나, 동미 봤다?]

동화가 휴대전화에 쓴 메모를 보고 당황한 얼굴로 나를 쳐다보았다.

[거울에 비친 나를 보고, 동미인 줄 알았어.]

10년 전 여름, 동미는 집 근처의 골목길에서 싸늘하게 식은 채 발견되었다. 교복 하나를 입어도 맵시 나게 입던 이가 동미였는데, 그날 발견된 그녀의 옷차림은 엉망이었다고 했다. 치마가 허벅지까지 올라갔고, 속옷은 종아리 중간쯤에 걸려 있었다고 했던 것 같다. 엄마가 주름 하나 생기지 않게 다림질해 주던 블라우스는 찢긴 채 넝마가 되어 있었다고 했다. 내가 청력을 잃기 전, 사람들의 수군거림 속에서 들었던 이야기는 그랬다. 동미의 이야기는 그렇게 결말을 맺었다.

[동미는 지금 나보다 더 끔찍했을 텐데. 내가 감히 상상도 못 할 만큼. 그렇지?]

내가 써 내려갔던 크로코의 이야기는 행복하게 끝을 맺었다. 참혹한 현실이 아닌 거짓 해피 엔딩을 만들어냈다. 그것으로 모든 상처를 감추고 덮을 수 있다고 생각했다. 그렇게 세상 밖으로 다시 조금씩 나갈 수 있을지도 모른다고, 나는 착각했다.

[나도, 네가 좋아.]

이번에도 나는 거짓을 뜬금없이 꺼냈다. 동미에 대한 이야기를 하다 말고 이게 뭘 하는 건가 싶어 헛웃음이 나오려 했다. 그러나 정작 내게서 나온 건 헛웃음이 아닌 울음이었다. 일그러진 입을 꽉 다물었다.

[너를 좋아해.]

내가, 혹은 동화가 입력한 휴대전화 메모가 눈앞에서 꺼멓게 죽어 버렸다. 하지만 나는 그 화면을 다시 켜지 않았다.

내 고백은 허망했고, 그의 고백 또한 다르지 않았다.

수건을 적셔 목에 남아 있던 핏자국을 닦아 내고, 가방을 열다가 흠칫했다. 내 앞에 서 있던 동화가 수건을 건네받으려다가 허리를 구부렸다. 옆에 앉아 있던 아버지 역시 고개를 들이밀더니 의아한 표정을 지었다. 나는 두 사람의 시선을 한꺼번에 받고 있는 주인공을 가방 안에서 조심스럽게 꺼냈다.

토끼 인형이 새까만 눈으로 나를 바라보았다.

그러고 보니 얘가 있었구나. 뒤늦은 깨달음에 눈을 깜빡였다. 가방 안에 넣어 둔 뒤에 지금껏 잊고 있었다. 그래도 가방에 넣어 두었던 게 다행인지도 모르겠단 생각이 들었다. 만약 손에 쥐고 있었더라면 그 골목길 어딘가에 떨어뜨렸을 테니 말이다. 아마도 몽실이와는 달리, 토끼 인형은 그 누구의 관심도 받지 못한 채 발에 이리저리 차이다가 쓰레기 더미에 휩쓸려 버려졌을 것이다.

[그게 뭐야?]

토끼 인형을 만지작거리고 있는데, 불쑥 눈앞에 휴대전화가 들이밀어졌다. 동화가 궁금하다는 듯 나를 보고 있었다.

[토끼 인형. 아까 길에서 주웠어.]

귀가 달려 있었을 자리를 가만히 쓸어 보았다. 아버지와 동화는 아무런 말도 하지 않았다. 아버지가 커피 마시는 시늉을 하곤 복도 저편으로 멀어졌다.

동화가 내 옆으로 다가와 나란히 앉았다. 저절로 몸이 움찔거리는 걸 억지로 참고 애써 덤덤한 표정을 지으려 했다. 그렇지만 생각처럼 쉬운 일은 아니었다. 무엇보다 내게 좋아한단 고백을 한 남자가 바로 옆에 있는 상황에서는 더욱 그랬다. 나는 허물어질 것만 같은 표정을 숨기기 위해 인형을 끌어안은 채 고개를 푹 숙였다.

사실, 달라진 건 없었다. 우리가 서로에게 했던 좋아한단 말은 애매하기 짝이 없기에 그냥 그렇게 어물어물 넘어가면 될 거라고 생각했다. 그 순간, 동화가 휴대전화에 뭔가를 입력하더니 내게 건넸다.

[달이 품고 있는 시간이 얼마나 될 것 같아?]

뜬금없이 무슨……. 갑자기 달에 대한 얘기를 하는 동화를 황당하게 쳐다보자 그가 희미하게 미소를 짓더니 말을 이어 나갔다.

[40억 년이라더라.]

40억 년. 너무나 까마득한 시간이라 쉽게 가늠조차 되지 않았다. 그저 40억 년이라 표현할 뿐, 막상 실감은 나지 않는다고 해야 할까.

[그리고 달 표면의 토양은 5천만 년에 1밀리미터 정도 깎여 나간대. 그러니까 그 계산대로 한다면 40억 년이라 하면 80밀리미터, 겨우 8센티미터가 깎여 나갔다는 거야.]

그러고 보니 어느새 어둠이 내려앉은 시간이었다. 나는 복도 끝의 작은 창문을 향해 고개를 돌렸다. 기역 자 형태로 꺾여 있는 건물의 모서리 부분이 창문 아래쪽으로 슬쩍 보였다. 그리고 그 위로 시선을 올리다 보니 구름 사이에 흐릿하게 제 모습을 감추고 있는 달이 눈에 들어왔다.

40억 년이 된 달. 그 아득한 시간만큼, 문득 외롭단 생각이 들었다. 외로웠던 달이 그 외로움만큼 제 살을 깎아 냈던 건 아닐까. 8센티미터나 되는 외로움…….

그가 왜 뜬금없이 달 얘기를 꺼낸 것인지는 알 수 없었다.

동화는 '겨우 8센티미터'라 말했지만, 내게는 '무려 8센티미터나'라고 여겨졌다. 속에서 뭔가가 울컥거렸다. 하늘에 저 홀로 떠 있는 달을 보고 있으려니 괜히 서러운 마음이 일었다. 짙어진 구름 탓에 모습을 거의 감춰 버린 달의 윤곽을 더듬어 보다가 다시 고개를 돌려 동화를 쳐다보았다. 교복 차림의 앳된 동화가 그 위에 겹쳐졌다.

'좋아해.'

동미에게 했던 그의 고백.

나는 그 어린 목소리를 기억하며 주머니 속의 휴대전화를 만지작거렸다. 그러다가 충동적으로 휴대전화를 꺼냈다.

[10년 만이야. 우리 다시 만난 게.]

[알아.]

[너무 갑작스럽단 생각이 들어. 지난 10년 동안 서로에 대해 알지 못하고 살아왔잖아. 우리에게는 그만큼 시간이 필요할 것 같아.]

화면 위에 닿았던 손끝이 경련을 일으켰다. 진통제를 먹어서 가라앉았던 통증이 다시 일어나는 건지도 모르겠다. 하지만 나는 내색하지 않고 계속 메시지를 적어 나갔다.

[나를, 좋아해?]

사실은 더 구체적으로 묻고 싶었다. 동미가 아닌 나를 좋아한다고 말한 것인지.

10년 전 너는 내가 아닌 동미에게 고백하지 않았느냐고. 이미 죽어 버린 동미를 대신해서 나를 보고 있는 건 아니냐고. 결국 나에게서 동미를 찾고 있는 건 아니냐고 묻고 싶었으나 그 많은 질문은 손가락 끝에 걸려 있다가 사라져 버렸다.

그 대신, 나는 거즈에 감싸여 있는 손끝을 가만히 내려다보았다.

[네 생각을 하고는 했어. 그저 가끔씩. 너는 어떻게 지내고 있을까 궁금했어.]

나도 그랬어. 가끔 네 생각을 했거든. 하지만 나 역시 너에 대한 생각을 자주 할 수는 없었어. 너를 기억하다 보면 저절로 따라오는 동미에 대한 기억 때문에, 억지로라도 기억하지 않으려고 했으니까. 나는 하고 싶은 말들을 전부 손 안에 쥐었다가 놓아 버렸다. 느릿하던 심장 박동이 왜 그런지 점차 빨라지는 것만 같았다.

[너는 이제 괜찮은지 한 번쯤은 만나서 묻고 싶기도 했고. 생각나? 네가 그랬잖아. 수백, 수천 년 전의 별을 우리가 보고 있다는 거. 수백만 년 전의 은하를 보고 있다는 거. 그 과거의 시간이 지금 함께하고 있다는 걸 생각하면 오싹할 정도로 신기하고 멋지다고.]

'어떻게 그걸 기억해?'

가만히 휴대전화를 보다 말고 눈을 휘둥그렇게 떴다. 나와 눈이 마주친 동화가 씩 웃어 보이더니 농담처럼 덧붙였다.

[내가 기억력이 좋잖아.]

나는 그냥 웃었다.

[너에 대한 건 거의 다 기억하고 있어.]

웃음이 사라졌다. 그 와중에 새로운 메시지가 다시 화면 위에 떴다.

[그냥, 너한테 꼭 하고 싶은 말이 있었어.]

동화의 손톱 사이에 말라붙어 있는 핏자국과 손등 위에 희미하게 남은 생채기가 문득 눈에 들어왔다. 나를 구하려다가 생긴 상처였다. 손가락을 움찔거리다가 그대로 오므려 쥐었다. 진통제 효과가 사라진 탓에 손톱이 빠진 자리가 욱신거렸다. 덩달아 내 가슴도.

[나는 있잖아. 네가 좋다.]

눈앞이 흐려졌다. 휴대전화 화면 위로 동그란 눈물 자국이 하나, 둘, 늘어 가는 것조차 신경 쓰지 못한 채 하염없이 그가 건넨 메시지만을 보았다. 머릿속이 새하얘지면서 아무것도 떠오르지 않았다.

동미가 아닌 나를 향한 고백이라는 거지? 그렇게 믿어도 되는 거지? 나는 입술을 깨물다가 손등으로 눈가를 닦았다. 안도감이 밀려들었다. 그가 지금 '나에게' 좋아한다고 말한 건 분명하니까. 희미한 설렘이 가슴속에 번지면서 멀미가 날 듯 울렁거렸다. 동시에 흐릿한 슬픔이 가슴속에 스며들어 얼얼한 통증이 느껴졌다.

'좋아해.'

내 귀가 들렸더라면, 내게 장애가 없었더라면, 아마도 그는 동미에게 고백했던 날과 닮은 목소리로 내게 좋아한단 말을 했을지도 모른다. 그 목소리를 들을 수 없다는 게 내게는 안타까운 일일까. 아니면 다행스러운 일일까.

네가 좋다. 그 말에서 쉽게 떨어지려 하지 않는 시선을 들어 그를 쳐다보았다. 엉망이 된 얼굴로 미소를 머금고 있으니 보기 흉할 법도 한데, 내게는 세상에서 가장 멋있고 잘생겨 보였다. 쿵쾅대며 제멋대로 뛰는 가슴속을 달랠 새도 없이 그의 손을 보았다. 허벅지 위에 놓인 손이, 그리고 깁스를 한 채 손가락만 살짝 비어져 나온 손이, 둘 다 하얗게 탈색되다시피 한 것을.

얼마나 꽉 움켜쥐고 있었는지 손가락의 구부러진 마디가 하얗게 변해 있는 게 보였다. 입가에 매달려 있는 부드러운 미소와 달리 동화의 손은 지금 그가 얼마나 긴장해 있는지를 여실히 보여 주고 있었다.

그 긴장한 손을 붙들고 싶었다.

'거절하고 싶지 않아.'

나는 아픈 줄도 모르고 손을 꽉 오므려 쥐었다. 아마도 내 손 역시 그의 손과 별반 다르지 않을 것이다. 새하얗게 질린 채 바들바들 떨고 있겠지. 거칠거칠한 거즈가 손바닥을 쓸어내리는 것에 아랑곳하지 않고 숨을 몰아쉬며 천천히 오므리고 있던 손을 폈다.

동화는 모른다. 과거에 그가 동미에게 고백했던 걸, 내가 알고 있다는 것을 말이다. 그건 오로지 나만 알고 있는 과거의 기억이다.

그러니 괜찮지 않을까.

나만 모른 척하면 상관없지 않을까. 동미와 사귀었던 남자를 빼앗는 것도 아니잖아. 그냥 고백뿐이었어. 더구나 10년이나 지난 일인데. 동화와 동미의 인연도 이미 그때 끝난 것인데.

그러니까 나만, 침묵한다면 말이야.

죽은 동미를 향한 죄책감이 무겁게 가슴속을 짓눌렀다. 동화는 지금 나와 같은 감정을 느끼고 있을까. 아니면 어릴 적 마음이었다고 여기며 아무렇지 않아 할까. 나는 동화에게 묻고 싶었다. 동미의 동생인 나와 이런 식으로 관계를 이어 가도 괜찮겠냐고.

나는 눈을 감았다. 그러곤 잠시 호흡을 고르다가 그의 손등 위에 손가락으로 느릿느릿 대답을 적었다.

내 대답은,

[나도 네가 좋아.]

……죄를 짓는 쪽이었다.

품에 안고 있던 토끼 인형의 머리 위, 귀가 붙어 있었을 자리에 남은 실밥이 손바닥에 생긴 상처를 건드린 것인지 쓰라렸다.

자리를 피해 주었던 아버지가 얼마 지나지 않아 종이컵을 양손에 들고 돌아왔다. 커피인 줄 알고 받아 들었는데, 아버지가 건넨 것은 따뜻한 우유였다. 어릴 적 무서운 꿈을 꾸거나 놀랐을 때, 아버지와 엄마는 따뜻하게 데운 우유를 건네주고는 했었다. 그런 나를 보며 동미는 어린애라고 놀리기도 했었고.

동미를 떠올리자 가슴속에 묵직한 돌을 얹어 놓은 듯 답답해졌다. 따뜻한 우유가 배 속에 들어가 속을 데운 것과 별개로 동미에 대한 죄책감이 차가운 응어리가 되어 똬리를 틀었다.

하지만 어쩔 수 없었다. 나는 우유를 거듭 목구멍 아래로 넘기며 눈을 질끈 감았다가 떴다.

서로의 마음을 확인했다고 해서 당장 세상이 뒤집힌다거나 하는 일은 벌어지지 않았다. 하기야 그런 것을 이유로 세상이 뒤집힌다고 한다면, 이 세상은 하루에도 셀 수 없을 정도로 뒤집히고 또 뒤집혔을 것이다. 그러나 나에게는 그만큼 커다란 일이었다. 혹시 내가 지금 꿈을 꾸고 있는 게 아닐까 싶었다. 그 순간, 동화가 아버지에게 싱글벙글하며 뭔가 이야기를 하는 게 보였다. 무슨 얘기를 하는 걸까 싶어 유심히 입 모양을 살피는데, 아버지가 환하게 웃더니 동화를 끌어안고 등을 가볍게 두드렸다. 그러고는 나를 보며 짓궂은 미소를 지었다.

아!

비록 두 사람 사이에 오간 대화를 들을 수 있었던 건 아니지만, 그 내용을 대략 짐작할 수 있었다. 아버지의 웃는 얼굴을 마주하는 것이 괜히 어색했다. 엉망이 된 얼굴로 싱글벙글 웃고 있는 동화를 보는 것도 민망하기 짝이 없었다. 우리에게 각자 최악이 될 뻔했던 날을 이런 식으로 마무리할 수도 있는 건가 싶어 기묘한 기분마저 들었다.

그때, 아버지와 동화가 동시에 몸을 돌렸다. 맞은편에서 나이 든 여자가 급한 걸음으로 다가왔다. 낯선 여자이지만 어쩐지 눈에 익었다. 그래서 나도 모르게 계속 여자를 쳐다보고 있는데, 그 여자가 뭐라고 외치며 한달음에 내 앞까지 달려왔다.

아니, 정확히 말하자면 내 옆에 서 있던 동화에게.

그걸 깨달은 순간, 곧바로 이 여자가 누구인지 알아차렸다. 바로 동화네 아줌마였다. 세월이 지난 탓에 기억보다 훨씬 늙은 모습이기는 했으나, 그래도 예전의 얼굴이 남아 있었다.

동화의 어머니는 가까이 다가오자마자 눈물을 글썽이며 엉망진창이 된 그의 얼굴과 몸 여기저기를 어루만지더니 뭐라고 말을 건넸다. 그러자 동화가 제 어머니를 안심시키려는 듯 터진 입가에 웃음을 매단 채 대꾸했다.

괜찮니? 괜찮아요. 걱정 마세요. 이렇게 다쳐 놓고 뭐가 괜찮대! 정말이에요. 별로 다친 것도 아닌걸요. 그들 사이에 오갔을 대화가 눈앞에서 가느다란 띠의 형태로 너풀너풀 흘러갔다. 내가 감히 끼어들 수 없는 장면을 물끄러미 쳐다보고만 있는데, 동화의 어머니가 나를 돌아보았다. 나는 반사적으로 고개를 꾸벅 숙여 인사했다. 그녀 역시 얼떨결에 내 인사를 받으며 살짝 고개를 숙였지만, 나를 알아본 것 같지는 않았다.

아들이 다쳤단 소식을 받고 허겁지겁 병원에 왔는데, 처음 보는 여자와 함께 있는 걸 봤으니 이상하다는 생각이 드는 게 먼저일 터였다. 동화가 나를 소개하려는지 내 옆으로 조금 더 가까이 다가왔다. 그런데 그 순간, 몇 걸음 비켜 서 있던 아버지가 동화의 어머니에게 다가갔다.

아버지는 반가운 얼굴로 동화의 어머니를 향해 뭐라고 말했다. 그러자 동화의 어머니가 아버지를 금세 알아본 것인지 반색하며 두 손을 내밀어 아버지의 손을 덥석 붙잡았다.

두 사람의 대화를 들을 수는 없었으나 그들의 얼굴로나마 대강 그 내용을 짐작할 수는 있었다. 처음에는 반가워하는 얼굴이었다가 뒤이어 그리움 가득한 얼굴이 되었다. 그러더니 고통스러운 얼굴로 변했다가 이제는 훌쩍 늙어 버린 얼굴로 다시 나와 동화를 쳐다보았다.

그녀가 나를 알아보았다는 걸 깨닫고 재차 인사했다. 몸이 삐걱삐걱 소리를 낼 것만 같았다. 과거의 무게 탓인지 혹은 다른 무엇 때문인지 구분이 되지 않았다. 동화의 어머니는 인사를 받자마자 성큼 다가와 내 손을 붙잡았다. 눈물이 그렁그렁 고인 눈으로 나를 바라보더니 내 어깨를 두드렸다. 내가 듣지 못한다는 걸 아버지에게서 전해 들은 듯했다. 그리고 왜 그렇게 되었는지도 짐작한 것 같았다. 그녀 역시 당시의 일을 알고 있는 사람이니까.

동화와 우연히 재회했던 날과는 또 다른 느낌이었다. 어디가 어떻게 다르다고 구체적으로 표현할 수는 없지만, 가슴속 어딘가가 서걱거리는 느낌이 달랐다. 그녀의 얼굴 위로 엄마의 얼굴이 보이는 것만 같았다. 동미에게 그런 일만 벌어지지 않았더라면, 동미가 지금 나와 똑같은 스물일곱 살이 되어 있었더라면, 그래서 엄마도 요양 병원 같은 곳에 있는 게 아니라 아버지와 내 곁에 있었더라면, 그랬더라면 엄마는 동화의 어머니와 비슷한 모습이 아니었을까. 예전에도 두 사람은 서로 닮아 자매 같단 소리를 듣고는 했으니 말이다. 그냥 남들처럼 그렇게, 평범하게 늙어 갈 수도 있지 않았을까.

그런 생각을 하다 보니 요양 병원에 홀로 남겨진 엄마가 가련했다. 그리고 화가 치밀었다. 누군가는 10년이나 지난 일이라 말할지도 모르지만, 내게는 고작 10년밖에 지나지 않은 일이었다. 그저 가슴속 깊숙한 곳에 꾹꾹 눌러 묻어 두었을 뿐. 아마 아버지도 마찬가지일 것이다. 그러나 세상은 우리에게 그들을 용서하라 말한다. 그들이 이미 죗값을 치렀으니 더 이상 분노해서는 안 된다고 말한다. 소년범이라는 이유로, 깊이 뉘우치고 있다는 식의 근거 없는 이유로, 그들의 미래를 위해야 한다는 이유로, 그들의 처벌은 한없이 가벼웠는데도 말이다.

동미의 죽음이 그토록 가벼웠던 것일까.

그런데 왜 남은 이들에게는 이토록 무거울까. 그것이 깊은 상처가 되었기에 아버지는 오늘 내 소식을 듣자마자 허옇게 질린 얼굴로 병원까지 허겁지겁 달려와야 했다. 그러나 다른 이들이 판단하는 무게는 우리 가족이 재는 무게와 터무니없이 차이가 난다. 타인의 삶을 재는 저울은 자신의 것을 잴 때와는 다른 기준점을 갖고 있는가 보다. 나는 아버지와 동화의 어머니가 다시 대화를 나누기 시작한 것을 보고 슬며시 고개를 숙였다.

[왜 그런 표정이야.]

그 순간, 동화가 바로 옆에 다가와 서더니 휴대전화를 쓱 들이밀었다. 나는 토끼 인형을 옆구리에 끼운 채 고개를 저었다. 그러자 동화가 더 이상 아무 말도 하지 않고 깁스하지 않은 팔로 내 어깨를 단단히 끌어안았다.

그것을 온전히 기뻐하지 못하는 내가 바보 같고 한심했다. 그러면서도 두근대는 가슴을 주체하지 못하고 얼굴을 붉히는 나는 그보다 더 바보 같고 한심했다.

#
그 남자

"세상 참 좁구나. 그 집 사람들을 이렇게 다시 만나게 되다니. 너는 진작 나한테 얘기를 해 줬어야지! 동미 아빠, 아니, 동은이 아빠가 나더러 참 인정 없다고 했겠어. 아들 통해서 소식 다 들었을 텐데 연락 한번 없었다고."

"아! 어머니, 저 환자거든요."

나는 등을 때린 어머니의 손길에 엄살을 부리며 대꾸했다. 그러면서도 내심 씁쓸한 마음을 지울 수 없었다. 어머니가 아저씨와 아주머니를 부르던 호칭은 언제나 '동미 아빠', '동미 엄마'였다. 동미가 쌍둥이 언니였던 점도 있고 늘 활기찬 성격이기도 했기 때문에, 사람들은 '그 집 쌍둥이'라 하면 흔히 동미부터 먼저 떠올리고는 했다. 그러니 그녀의 부모님을 부를 때도 동미의 이름을 붙이는 일이 자연스러웠다.

그런데 그 호칭부터 이제는 변했구나 싶었다. 10년 전에는 거의 부른 적 없던 동은의 이름이 호칭 앞에 붙는 걸 보면 말이다.

"아까 아저씨한테 말씀드렸잖아요. 제가 깜빡 잊고 어머니한테 말씀 못 드렸다고."

"너한테서 해명을 듣기 전까지는 서운했을 테니까, 그게 문제라는 거지!"

어머니는 못마땅한 눈으로 나를 쳐다보며 나무랐다. 그러나 곧바로 걱정 가득한 얼굴로 내 몸 여기저기를 살피며 말을 이었다.

"그나저나 몸이 대체 이게 뭐니? 아까 연락 받고 얼마나 놀랐는지 알아? 네가 철없는 어린애야? 주먹다짐하고 싸울 게 아니라 경찰에 신고를 했어야지. 불량한 놈들이랑 맞붙어서 같이 주먹질하면 어쩌겠다는 거야!"

"죄송해요, 어머니. 그런데 워낙 다급한 상황이었어요."

"동은이, 걔 도와주려다 그런 거니?"

어머니가 한숨을 내쉬며 물었다. 나는 소리 내어 대답하는 대신 고개를 끄덕였다. 굳이 거짓말이나 변명을 할 생각은 없었다. 어머니는 나를 가볍게 때리고는 거듭 한숨을 내쉬었다.

"알아보니까 이번 일은 그냥 원만하게 넘어갈 것 같기는 하더라만. 그래도 앞으로는 성질 좀 죽여, 이 녀석아. 아들 하나 있는 게 욱하는 마음에 주먹 잘못 휘둘러서 감옥 들어가는 걸 봐야 하겠니? 응?"

"다시는 이런 일 없을 거예요, 어머니. 걱정 끼쳐서 정말 죄송해요.”

내게 각별한 애정을 품고 있는 어머니가 얼마나 놀랐을지 새삼 깨달았다. 물론 자식에 대해 애정을 갖고 있지 않은 부모가 세상 어디에 있을까 싶지만, 나에 대한 어머니의 애정은 유독 깊었다. 아버지가 일찍이 돌아가신 뒤, 온갖 세파에 시달리면서도 꿋꿋하게 나를 키워 낸 분이 바로 어머니였으니 말이다.

“됐어. 들어가서 쉬어라. 자고 일어나면 여기저기 쑤시고 아플 텐데.”

어머니가 혀를 차며 한숨을 내쉬고 안방으로 들어가려 했다. 그 뒷모습을 잠시 쳐다보다가 몸을 돌려 방으로 향하려는 순간, 어머니의 목소리가 등 뒤에서 들렸다.

“참! 요새 주말마다 동은이, 그 애를 만났던 거니?”

“예?”

“아니, 주말뿐만 아니라 평일에도 자주 늦게 들어왔잖니. 오늘만 하더라도…….”

안방 문 앞에 서서 등을 보이고 있던 어머니가 돌아서서 나를 바라보았다. 어째서인지 어머니의 시선이 불편했다. 마치 내 속내를 엿보기라도 하려는 것처럼 어머니는 눈조차 깜빡이지 않고 집요하게 나를 보았다. 내가 불편한 마음을 참지 못하고 입을 열려는 순간, 어머니가 언제 그랬냐 싶게 입꼬리를 올리더니 입을 열었다.

“하긴, 오랜만에 만났으니 반가워서 자주 만났겠지. 어서 씻고 쉬렴.”

"……예."

어머니에게 그녀와의 관계에 대해 털어놓을까 하다가 입을 다물었다. 급하게 이야기를 꺼낼 필요는 없었다.

그래. 어머니가 동은이를 모르는 것도 아니고.

예전에 어머니는 그녀를 많이 예뻐했다. 아마 내가 그녀와 사귀기로 했다는 걸 알게 되면 깜짝 놀라시겠지만, 그만큼 기뻐하고 동은을 예뻐하실 게 틀림없다.

"적당히 기회를 봐서 얘기해야지. 아저씨랑 동은이, 그리고 어머니 모두 모시고 근사한 데 가서 식사도 대접하고."

아주머니도 같이 모실 수 있으면 좋을 텐데. 나는 어머니가 들어간 안방 쪽을 쳐다보며 혼잣말로 중얼거렸다.

한쪽 팔에 깁스를 한 탓에 머리를 감는 것부터 샤워를 하는 것까지 불편하지 않은 게 없었다. 그렇다고 다 큰 아들 녀석이 어머니에게 도와달라고 청할 수도 없는 노릇이라 간신히 끙끙대며 씻은 뒤, 젖은 머리를 털며 욕실 밖으로 나왔다.

"방에 불을 켜 놨었나?"

물부터 한 컵 마시기 위해 주방으로 향하던 발걸음이 멈췄다. 내 방 안쪽에서 불빛이 새어 나오고 있었다. 나는 수건으로 머리를 쓱쓱 문지르며 방으로 발길을 돌렸다.

"……어머니?"

방문을 열고 들어간 순간, 예상치 못한 광경과 맞닥뜨렸다. 어머니가 내 책상 앞에 서서 휴대전화를 보고 있었던 것이다.

"지금 제 방에서 뭘 하시는 거예요? 제 휴대전화는 왜……."

어릴 적에도 어머니는 내 사생활을 존중해 주는 편이었다. 하다못해 청소를 할 때도 말 그대로 청소만 할 뿐이지, 내가 정리해 놓은 물건들은 가급적 건드리려 하지 않았다. 그런데 지금 어머니는 마치 내가 없는 사이에 휴대전화를 몰래 뒤지기라도 하다가 들킨 것 같은 모습을 하고 있었다.

"너, 솔직히 대답해."

어머니는 창백해진 얼굴로 나를 향해 입을 열었다. 나는 어머니의 안색이 좋지 않다는 걸 깨닫고 한 걸음 다가가려 했다. 그 순간, 어머니가 내 휴대전화를 눈앞에 들어 보이고는 말을 이었다.

"동은이, 이 애랑 무슨 사이야?"

화면에 떠 있는 건, 내가 동은에게 했던 고백이었다.

"어머니! 아무리 어머니라고 하셔도 이렇게 제 휴대전화까지 마음대로 뒤져 볼 권리가 있는 건 아닙니다. 어떻게 이러실 수 있어요?"

"내 질문에 대답부터 해!"

어머니의 목소리가 날카롭게 갈라졌다.

"저번에 좋아하는 여자 있다고 했지?"

"……예."

"설마, 그 좋아한다던 여자가 동은이였니?"

어머니는 도저히 믿을 수 없다는 듯 떨리는 목소리로 내게 물었다. 나는 당혹감을 감출 수 없었다. 어머니의 이런 반응은 예상하지 못한 것이었다. 배신이라도 당한 듯한 기분에 나도 모르게 얼굴이 일그러졌다. 그런 내 표정을 긍정의 대답으로 이해한 듯 어머니가 더욱 창백해진 얼굴로 나를 쳐다보다가 단호한 어조로 말했다.

"나는 싫다."

"어머니!"

"나는 그 애가 싫어. 아니, 물론 그 애 자체가 싫다는 건 아니야. 동은이, 그래, 걔 말이야. 불쌍하지. 가련하고 딱하고. 그런데 바로 그런 이유 때문에 싫어. 네 옆에 그런 애가 있다는 게 싫어."

"어머니! 동은이예요. 동은이라고요! 어머니가 예뻐하셨던 동은이란 말입니다. 어떻게 그런 모진 말씀을 하실 수 있으세요? 사람을 볼 때 그런 식으로 차별하는 분이셨어요? 불쌍한 게 무슨 죄라도 되나요? 가련하고 딱한 게, 그렇게 무조건 싫다고 내칠 정도의 이유가 되냐고요."

"적어도 네 짝으로는 그래!"

어머니가 두 주먹을 꽉 쥐고 소리를 질렀다. 부들부들 떨리는 몸을 가누며 어머니는 계속 말을 이어 나갔다.

"모진 일 한번 겪은 적 없이 그저 평범한 집에서 무탈하게 자라 밝고 쾌활한 애가 좋아. 상처 같은 건 아예 모르고 큰 애가 좋아. 그래서 네게 따스한 곁을 내주고 사랑을 나눌 줄 아는 애였으면 좋겠어."

"어머니……."

"아버지 없이 자라서 어린 시절 내내 외로웠던 네게, 모난 구석 하나 없이 온전한 애정을 퍼부을 수 있는 여자였으면 좋겠다. 이런 내 바람이 그렇게 큰 욕심이니?"

어머니의 목소리에 묻어나는 눈물을 외면하기 힘들었다. 나는 어금니를 악문 채 호흡을 가다듬다가 다시 입을 열어 반박했다.

"동은이, 그런 여자예요. 어머니께서 원하시는 그런 여자예요. 제게 따스한 곁을 내주고 사랑을 나눌 줄 아는 애입니다. 비록 어머니의 바람과는 달리 모진 일 겪고 상처투성이가 되었지만요. 그게 그 애를 망가뜨리지는 못했어요."

"망가졌더구나! 제 귀로 듣지도 못하고 입 한번 벙긋거려 소리도 못 내던 애가 망가지지 않았다고?"

어머니가 고개를 저었다.

"그래. 다른 건 넘겨 버린다고 하자. 하지만 걔가 갖고 있는 장애는 어떻게 할 거니? 이렇게 고백조차 직접 소리 내서 하지도 못하고 휴대전화나 만지작거리며 하면서, 뭘 더 어떻게 할 수 있는데?"

"물론 대화를 나눈다거나 할 때 불편하기는 해요. 하지만 제가 괜찮아요. 동은이에게 제 마음을 전하는 데 아무 문제없고요. 그 애의 마음도 아무 문제없이 느낄 수 있어요. 그러면 된 거잖아요. 소리 내어 말하지 못하고 듣지 못한다고 마음을 나눌 수 없는 게 아니…….”

“여하튼 나는 절대 용납 못 한다. 그런 줄 알아.”

어머니는 두 손을 들어 보이며 내 말을 끊었다. 그러곤 더 이상 나와 대화하지 않겠다는 듯 몸을 돌렸다. 방문이 닫히는 소리에 가슴속이 무너져 내리는 기분이 들었다.

어머니의 마음을 모르는 건 아니다. 그러나 어머니가 원하는 대로 따를 수는 없다.

이제 겨우, 내 마음을 전했는데.

간신히 울컥거리는 마음을 가라앉힌 뒤에 그녀에게 메시지를 보냈다. 동은의 이름 위에서 손끝이 바르르 떨렸다.

[자?]

복잡해진 마음을 감추려다 보니 그녀에게 할 수 있는 말이 없었다. 하지만 어떤 식으로든 대화를 나누고 싶었다. 비록 지금 내 기분을 솔직히 털어놓을 수는 없겠지만.

[아니.]

동은에게서 답장이 왔다. 덤덤한 대답이었다. 그녀답단 생각이 들어서 나도 모르게 웃음이 나왔다. 그와 동시에 답답했던 가슴속이 한결 나아지는 것도 같았다.

‘우와, 서동은 효과 최고. 플라시보가 아닌, 동라시보라고 해야겠네.’

속으로 중얼거리며 휴대전화를 든 채 침대 위에 걸터앉았다.

[뭘 하고 있었어?]

[그냥 몽실이도 없고, 잠도 안 와서 책 읽던 중.]

[몽실이는 병원에 있는 거야?]

[응. 며칠 입원해야 한대.]

늘 곁에 있던 몽실이 없이 홀로 방 안에 있을 동은을 떠올렸다. 가뜩이나 오늘 일로 많이 놀랐을 텐데 무섭지 않을까, 걱정이 되었다. 물론 아저씨가 계시니 크게 염려할 필요는 없겠지만…….

그래도 이럴 때 내가 옆에 있어 줄 수 있으면 좋을 텐데.

동은을 걱정하는 마음과는 별개로 그것을 핑계 삼아 단둘이 있고 싶은 욕심 역시 고개를 들이밀었다. 그녀에게 내 감정을 고백한 지 며칠이나, 아니, 몇 시간이나 지났다고 벌써부터 이런 욕심을 품나 싶어 헛웃음마저 나왔다.

너는 알까. 내가 지금 무슨 상상을 하고, 어떤 욕심을 품고 있는지. 품 안 가득 너를 끌어안고 네 볼과 입술에 입을 맞추고 싶은 이 마음을.

[무슨 책 보고 있는데?]

그런 내 모습이 민망해서 일부러 다른 질문을 꺼냈다. 물론 동은에 대해서는 사소한 것 하나조차 다 알고 싶으니 중요하지 않은 물음은 아니었지만, 집요하게 캐묻고자 던진 질문은 아니었다. 그런데 어째서인지 그녀에게서 답장이 오지 않았다. 휴대전화를 손에 든 채 답장이 오기를 기다리다가 더 이상 기다릴 수 없어 다른 메시지를 보내려고 하는 순간, 뒤늦게 알림 소리와 함께 답장이 왔다.

[출판사에서 선물로 줬던 다른 작가님 책.]

숨이 막혔다. 방금 전, 내가 품었던 욕심마저 수그러들 정도로 가슴속이 저릿해졌다. 어쩌면 그녀 역시 지금 내가 받은 느낌을, 아니, 그보다 더한 느낌을 받았을지 모르겠다는 생각이 들었다. 절필을 선언한 뒤에 펼쳐 보는 다른 작가의 책은 동은에게 어떤 느낌일지 상상도 되지 않았다.

휴대전화 화면을 가만히 쓸어 보았다. 덤덤하게 느껴지는 그녀의 메시지 안에 얼마나 많은 상처가 있을지, 내가 과연 그걸 완벽하게 어루만져 줄 수 있을지 그 무엇도 자신할 수 없었다.

다만 내가 자신할 수 있는 건,

[사랑해. 사랑해, 동은아.]

그저 내 마음 하나뿐이었다.

8.
짭조름한 입맞춤

몽실이의 애교 섞인 위로가 그리웠다. 하다못해 몽실이의 분홍색 혀, 새까만 코, 보들보들한 귀, 그런 모든 것들이 너무나 그리워서 몸살이 날 것만 같았다.

'그래도 어쩌겠어. 사흘만 더 참아야지…….'

저 혼자 낯선 곳에 있는 게 무서운지 병원의 입원실 케이지 안에서 잔뜩 풀 죽어 있던 몽실이가 떠올랐다. 다쳐서 아프고 서러운데 주인마저 저를 외면한다고 생각하니 더욱 서러울 터다. 치료를 해야 해서 입원해 있는 거라고 설명한들, 몽실이가 이해할 리 없었다. 더구나 직접 목소리를 내어 설명조차 못 하고 글을 써서 보여 줘야 하는데, 몽실이가 그걸 어떻게 이해할 수 있을까. 그나마 내가 진심이 담긴 목소리로 설명을 해 주었더라면 그 말뜻을 알아듣지는 못하더라도 영리한 아이인 만큼 나름대로 납득할 수 있었을지도 모르는데.

여러모로 내가 죄인이구나, 하는 생각에 쓴웃음이 나왔다. 동시에 몽실이가 낑낑대는 소리가 환청처럼 귓가에 맴돌았다. 몽실이를 입원시켜 놓은 뒤, 하루에도 몇 번씩 찾아오는 환청이었다. 나는 귓바퀴를 손바닥으로 문지르다가 손끝에서 느껴진 통증에 얼굴을 살짝 찡그렸다. 손톱이 빠진 자리가 얼얼했다.

그때, 아버지가 안방에서 나오다가 나를 보고 다가왔다. 나는 소파 아래로 내려서며 휴대전화를 집어 들었다.

[가게 나가세요?]

[그래. 넌 집에 있을 거지?]

현관으로 나가는 아버지의 뒤를 따라 걸음을 옮기며 고개를 끄덕였다. 몽실이가 없으니 웬만하면 외출하는 일을 삼가야 한다는 걸 누구보다 내가 잘 알고 있었다. 다른 날 같으면 햇빛이 들어와 밝았을 현관이 오늘은 어둑어둑했다. 비가 온다고 했었나? 일기 예보를 본 기억이 나지 않아 고개를 살짝 기울였다.

현관문이 닫힌 뒤, 잠시 그 앞에 멍하니 서 있었다. 딱히 할 일이 없으니 그냥 이렇게 멀거니 있어도 상관없었다. 모두가 바쁘게 하루를 시작할 시간인데, 오로지 나만 갈 곳 없이 헤매는 기분이었다.

나는 이제 뭘 해야 할까. 무슨 일을 해야 할까. 글을 쓰는 것 외에 내게 어떤 재능이 있을까.

소위 말하는 '취준생'의 삶을 단 한 번도 경험해 보지 못했다. 토익 점수, 봉사 활동, 어학연수, 자격증, 학점. 흔히 취업

5종 세트라 불리는 이것들이 내게는 너무나 먼 얘기였다.

'……동화는 나와 달랐겠지?'

내가 알지 못하는 시간 속의 동화를 상상해 보았다. 낯선 나라에서도 치열하게 공부하고 노력했을 동화의 모습을 그려 보니 내 모습이 더욱 초라해졌다.

아마 지금도, 그는 어디선가 열심히 뛰고 있을 것이다.

나는 다시 소파 앞의 테이블에 놓아두었던 휴대전화를 집어 들었다. 그러고 보니 동화가 어떤 일을 하고 있는지, 전혀 알지 못한다는 걸 깨달았다. 미국에서 하던 사업을 확장하기 위해 귀국했다는 것만 알고 있을 뿐, 그가 하는 일이 무엇인지에 대해서는 아무것도 아는 바가 없었다.

'나도 참, 무심했구나.'

미안한 마음에 얼굴 위로 열이 올랐다.

[네가 하는 일이 뭔지 궁금한데,]

휴대전화 키패드를 누르다 말고 방금 썼던 문장을 모조리 지워 버렸다. 그에게 뜬금없이 이런 걸 묻는 것 자체가 민망했기 때문이다. 가만히 휴대전화 화면 속 커서를 쳐다보다가 다시 키패드를 눌렀다.

[일하는 중이야? 열심히 일해.]

휴……. 차라리 안 보내는 게 나았을지도 모르겠다. 창피한 마음에 우울했던 기분마저 잊고 소파에 쿵쿵 머리를 박았다. 그와 동시에 휴대전화가 부르르 몸을 떨었다.

[열심히 일해야지. 예쁜 애인한테 맛있는 거 사 주려면.^^]

뭐, 뭐라고? 낯간지러운 말에 얼굴이 화끈거렸다. 그렇지만 그게 싫다거나 한 건 아니었다. 아니, 외려 가슴이 두근거리며 설렜다.

예쁜, 애인.

예쁘다는 말에 설렌 것인지, 애인이란 말에 가슴이 두근거린 것인지 구분할 수는 없지만, 여하튼 동화가 전한 짧은 메시지 하나에 가슴이 제멋대로 쿵쾅대며 뛴 것만은 분명했다.

'어떡하지? 네가 정말 좋아.'

누군가를 좋아한다는 건 틀림없이 기쁜 일일 텐데, 어째서 이렇게 서글픈 마음이 드는 건지 모르겠다. 아니, 사실은 그 답을 알고 있다. 내가 왜 순수하게 기뻐하지 못하고 서글픔을 느끼는 건지 말이다.

고개를 돌려 내 방을 응시했다. 한쪽 벽면을 차지하고 있는 책장의 모습이 눈앞에 선명히 그려졌다. 출판사에서 보내 준 증정본으로 채워진 책장을 떠올린 순간, 그 이유를 알 수 있었다.

책을 쓰면서 세상 속에 섞여 들어가기를 꿈꿨다. 하지만 그건 실패로 귀결되었다. 나로서는 도저히 해결할 방법이 없는 장애가 가장 큰 원인이었다. 그러나 그게 전부였을까.

방에 들어가 내가 쓴 책들이 꽂혀 있는 칸을 물끄러미 보다가 책등을 조심스럽게 만져 보았다. 크로코 시리즈의 첫 번째 이야기였다. 이 책을 받았던 날의 기억이 새삼 떠올랐다. 출판사에서 보낸 증정본 상자를 열던 순간의 두근거림과 책을 펼쳐 보았을 때의 뿌듯함. 그 감격이 생생하게 되살아났다.

그 바람에 속에서 뭔가가 울컥거리며 올라왔다. 가만히 상상해 보았다. 동화의 회사 근처에 가서 그를 만나 같이 밥을 먹고, 산책을 하고, 남들처럼 평범하게 데이트를 하는 모습을. 집 근처에서 만나는 것과 별반 다르지 않을 텐데도 어쩐지 느낌이 다를 것 같았다. 집 안에만 틀어박힌 채 움츠러들어 있는 내가 아니라, 세상으로 나가서 당당히 살아가는 내 모습으로 그를 만난다면.

……당당한 모습으로.

남들과 다르지 않은 모습으로.

나는 고개를 들고 책장에 뒷머리를 댄 채 한숨을 내쉬었다. 그 순간, 맞은편 침대 위에 놓여 있는 토끼 인형이 눈에 들어왔다.

'참! 몽실이한테 인형 갖다주기로 했는데.'

우울해하는 몽실이를 달래기 위해 토끼 인형을 가져다줘야겠다고 마음을 먹었던 게 이제야 생각났다. 계속 이렇게 처져 있을 바에야 몽실이를 보러 동물 병원에 잠깐 다녀오는 게 낫겠단 생각이 들어 몸을 일으키려던 순간, 아버지가 현관을 나서기 직전에 했던 말이 떠올라 그대로 멈칫하고 말았다.

'집에 있을 거지?'

아버지가 집에 있으라고 강요한 건 아니지만, 염려 가득한 마음을 무시할 수는 없었다. 나는 어깨를 축 늘어뜨리며 바닥에 주저앉았다. 그런데 어디선가 매캐한 냄새가 났다.

'……무슨 냄새지?'

탄내 비슷한 냄새가 바깥 어디선가 새어 들어오는 듯싶었다. 의아한 마음에 창밖을 확인하기 위해 엉거주춤 몸을 일으켰다. 그러나 내가 창가로 향하기 전, 방 안으로 누군가가 먼저 들어왔다. 갑작스러운 타인의 침입에 놀라서 나도 모르게 입이 벌어지려는 순간, 그가 내 손목을 낚아채듯 움켜쥐고는 재빨리 방 밖으로 뛰어나갔다.

'아, 아버지!'

나를 끌고 나가는 이의 뒷모습을 보고서야 뒤늦게 그 사람이 아버지라는 걸 알아차렸다.

'아버지가 왜?'

가게 문을 열기 위해 아버지가 집을 나선 게 조금 전의 일이었다. 지금쯤이면 가게 근처에 다다랐거나 문을 막 열었을 시간이었다. 그런 아버지가 왜 다시 집으로 돌아온 건지, 의문이 생겼다. 게다가 왜 나를 끌고 집 밖으로 나가려 하는 건지도 이해하기 힘들었다.

'아버지, 대체 무슨 일…….'

아버지가 다급히 나를 잡아끌고 주방으로 향했다. 그러고는 겉옷 주머니에서 손수건을 꺼내 물에 흠뻑 적시더니 내게 건넸다. 손수건으로 입과 코를 막으라는 듯한 손짓을 보며 그저 따를 수밖에 없었다. 내가 젖은 손수건으로 입과 코를 가리자마자 아버지가 나를 데리고 현관으로 급히 움직였다. 영문도 모른 채 슬리퍼를 신고 복도로 나오자마자 더욱 짙어진 탄내가 손수건 안쪽까지 파고들었다. 방금 전, 방 안에서 맡았던 바로 그 냄새였다.

'……설마.'

그제야 머릿속에 뭔가가 스쳤다. 다급히 들어온 아버지. 젖은 손수건. 매캐한 탄내. 그 모든 게 가리키는 건 하나였다. 나는 바르르 떨며 입을 벌렸다가 다물었다. 무서운 단어가 머릿속에서 흩어졌다가 조합되기를 반복했다.

불. 화재. 사고.

상상도 하기 싫은 단어들이었다. 나는 아버지와 함께 비상계단을 내려가기 시작했다. 그런데 어찌된 일인지 계단을 통해 급히 내려가는 건 아버지와 나, 단둘뿐이었다. 다른 사람들은 어떻게 된 건가 싶어 걸음을 멈췄다. 그러자 층계참에 멈춰 선 아버지가 나를 돌아보았다.

'다른 사람들은요? 다른 사람들도 대피해야 하잖아요!'

급하게 나온 터라 휴대전화조차 없어서 내 의사를 분명히 전달할 수가 없었다. 하지만 내 표정으로 대충 내가 하고 싶었던 말을 알아차린 듯 아버지의 표정이 흐려졌다. 그리고 서서히 일그러지기 시작했다.

'……아버지?'

아버지의 급격한 표정 변화에 당황하여 입이 달싹였다. 그 순간, 계단 아래쪽에서 누군가가 올라오다가 아버지와 나를 보고는 멈춰 섰다. 안면이 있는 아래층 아주머니였다. 아주머니는 아버지에게 뭔가 말을 하는지 입을 움직였다. 그러자 내 손목을 움켜쥐고 있던 손에서 힘이 빠져나가더니 아버지의 일그러졌던 얼굴 역시 풀어졌다.

무슨 일인가 싶어 아버지와 아주머니를 번갈아 쳐다보고 있는데, 계단 아래쪽에서 다른 사람들이 올라오는 모습이 보이기 시작했다. 아버지는 나를 벽 쪽으로 비켜서게 한 뒤, 한 손으로 마른세수를 하듯 얼굴을 문지르다가 휴대전화를 꺼냈다.

[8층에서 불이 났었는데 다행히 스프링클러가 작동돼서 꺼졌다는구나. 소방관들이 잔불 잡고 있대.]

역시 예상대로 불이 난 것이었다. 그래도 스프링클러가 바로 작동된 거라면 피해가 크지 않았으리란 생각에 안도감이 들었다. 하지만 아버지는 다시금 몸을 떨더니 내 어깨를 꽉 잡았다. 비통에 찬 아버지의 눈빛에 어리둥절했다. 그 눈빛의 의미를 이해할 수 없어 의아해하던 찰나, 아버지가 크게 소리를 질렀다.

"불이 났는데 왜 몰라! 불이 났으면 얼른 나왔어야지! 남들 다 대피했는데, 너만! 너만 아무것도 모르고!"

지금 이 순간에는 어째서인지 아버지의 말이 또렷이 들렸다. 그만큼 아버지의 슬픔과 분노가 내게 고스란히 전해진 까닭인지도 몰랐다.

대피했다가 각자 자기 집으로 돌아가는지 계단을 올라가던 사람들이 나와 아버지를 힐끔 쳐다보았다. 그들의 시선에 섞인 호기심이 불편해서 고개를 돌렸다. 아버지가 그런 나를 보고는 숨을 내쉬더니 한결 진정된 모습으로 내 어깨를 다독였다.

"우리도 이만 올라가자."

나는 아버지의 말에 고개를 끄덕인 뒤, 그때까지도 꽉 쥐고 있던 손수건을 내려다보았다. 아버지가 느꼈던 절박한 심정이 그 손수건에 고스란히 담겨 있었다. 당신의 입과 코를 막을 생각은 하지 않고, 오로지 나를 보호하고자 했던 그 마음이 너무나 절실히 느껴졌다. 만약 상황이 더욱 악화되었더라면 호흡기를 보호하지 못한 아버지에게 어떤 일이 발생했을지 상상도 하고 싶지 않았다.

아버지보다 한 계단 밑에서 따라 올라가다가 가만히 그 뒷모습을 보았다. 급히 온 것인지 아버지의 목덜미가 땀으로 범벅이 되어 있는 게 보였다. 아파트에 불이 났다는 소식을 듣자마자 허겁지겁 달려왔을 아버지가 연상됐다. 불이 난 줄도 모르고 태연하게 집 안에 있는 딸 때문에 얼마나 속을 태우셨을까.

정말이지, 아버지에게 도움이라고는 되지 않는 짐 덩어리가 바로 나였다.

[깁스도 했으면서 무슨 양평까지 가겠다고.]

일요일 아침 일찍 찾아온 동화가 다짜고짜 지난번에 얘기했던 두물머리에 가자며 나를 데리고 나온 게 30분 전의 일이다. 얼떨결에 그에게 이끌려 나와 잠실역에서 양평으로 가는 첫차를 탔다. 그러자 나란히 앉아 있던 동화가 고개를 기울여 내 휴대전화 화면을 들여다보더니 어깨를 떨며 웃었다. 비록 그 웃음소리를 들을 수 있는 건 아니지만 개구쟁이처럼 키득거렸을 거란 추측은 쉽게 할 수 있었다.

[너랑 버스 타고 여행도 가고 좋다.]

거즈를 붙인 손끝이 저릿했다. 처음보다는 통증이 수그러든 것 같기는 하지만, 여전히 간헐적으로 욱신거릴 때가 있었다. 그래서인지 가슴속이 덩달아 쑤시듯 아파 왔다.

동화가 소풍을 가는 아이처럼 잔뜩 들뜬 표정을 짓고 있는 게 보였다. 동화는 저렇게 좋아하고 있지만, 사실 우리가 같은 차 안에서 함께 나눌 수 있는 건 그다지 많지 않다. 예를 들면 버스 기사가 켜 놓은 라디오에서 누군가의 독특한 사연이 소개되어도 그에 대해 귀를 기울여 듣다가 함께 웃을 수 없고, 소개되는 음악에 대한 감상을 나눌 수도 없다.

……동화는 나 때문에, 그런 것들을 누리지 못할 것이다.

며칠 전에 있었던 화재를 떠올렸다. 8층에서 화재가 났는데도 불구하고, 나는 불이 난 줄도 모르고 취직을 걱정하고 동화를 생각했다. 아버지의 말에 따르면 화재 경보가 울렸을 뿐만 아니라 거실 천장의 스피커에서도 대피하라는 관리사무소의 방송이 있었다고 했다. 게다가 앞집에 사는 사람이 뛰쳐나오면서 우리 집 현관문을 여러 번 두드렸다고도 했다. 그런데 안에서 아무런 대답이 없어 사람이 없는 줄 알았다고…….

아마도 끔찍했을 것이다. 불이 났다는 소식을 동네 주민에게서 접한 뒤, 허겁지겁 달려오던 내내 아버지의 머릿속은 새하얗게 변했을 터였다. 몽실이도 없으니 내가 어떤 모습으로 있을지 예상하셨을 것이다. 그러니까 그렇게 온몸이 땀으로 범벅이 될 정도로 달려오셨겠지.

그 뒤로 몽실이가 퇴원할 때까지 아버지는 가게 문을 닫고 나와 함께 있었다. 그러지 않아도 된다고 만류했지만, 아버지의 고집을 꺾을 수는 없었다.

'몽실이는 놔두고 다녀와. 모처럼 둘이 데이트하는데. 나도 오늘은 몽실이랑 내 짝꿍 보러 가 봐야지. 며칠 못 본 사이에 네 엄마가 나 찾았으면 어쩌냐.'

그래서 오늘, 동화가 찾아와 양평에 가자며 졸랐을 때 어쩔 수 없다는 듯 따라 나온 건지도 모른다. 나 때문에 집 안에 갇혀 있었던 아버지에게 조금이라도 자유를 주기 위해서.

바로 그때, 손끝을 톡 건드리는 손길이 느껴졌다. 나는 창밖을 보다 말고 동화를 돌아보았다. 그가 깁스를 하지 않은 손으로 내 손끝을 다시 한 번 조심스럽게 건드렸다. 괜히 얼굴이 화끈거리면서 주변이 의식되었다. 나는 황급히 주위를 둘러보았다. 버스에 탄 승객들 중 어느 누구도 나와 동화에게 관심을 두지 않았다. 누군가는 꾸벅꾸벅 졸고 있었고, 또 다른 누군가는 우리처럼 여행객인지 얼굴 가득 설렘을 담고 있었다.

한 번 더, 톡.

동화의 손이 내 손끝을 재차 건드리더니 뒤이어 가만히 손을 붙잡았다. 거즈를 붙인 손끝에 자극을 주지 않겠다는 듯 가볍게 잡았지만, 그의 체온은 고스란히 내 손으로 전달되었다.

두근두근.

다른 사람들 모르게 그와 내가 은밀한 뭔가를 하고 있는 듯 입안이 바짝 마르고 가슴이 미친 듯이 뛰었다. 그저 손을 잡고 체온을 나누고 있는 것뿐인데 말이다. 동화가 잡고 있던 내 손이 가늘게 떨렸다. 그 떨림을 동화가 눈치채지 못할 리 없었다.

세월의 흐름이 느껴지는 간판이 눈앞을 휙휙, 스쳐 지나갔다. 그래서인지 아찔한 느낌과 함께 현기증마저 일었다.

손끝이 한 번 더 파르르 떨렸다.

4백 년이 넘었다던 느티나무 아래에는 곳곳에 테이블이 마련되어 있었다. 나는 그 테이블 중 하나를 차지하고 앉은 채 동화의 뒷모습에 시선을 고정했다. 두물머리의 명물이라는 핫도그 가게 앞에 길게 늘어서 있는 사람들 속에서 동화의 머리가 우뚝 솟아 있었다. 문득 그의 뒤에 서 있는 여자들의 모습이 눈에 들어왔다. 20대 초반으로 보이는 두 여자가 동화를 힐끔거리다가 그의 어깨를 건드렸다. 나도 모르게 자리에서 벌떡 일어나고 말았다.

동화가 여자들과 뭔가 대화를 나누었다. 짧은 대화였지만, 어쩐지 신경이 곤두서서 그냥 내버려 둘 수가 없었다. 여자들이 다시 한 번 동화에게 말을 걸려는 듯 그를 향해 손을 뻗는 순간, 냉큼 동화의 팔에 팔짱을 꼈다.

동화가 놀라서 팔을 뿌리치려다가 나를 보더니 눈을 크게 떴다. 아마도 내가 아닌, 다른 사람이 팔짱을 꼈다고 생각한 모양이다. 그는 잠시 눈을 껌뻑이며 나를 쳐다보다가 이내 환하게 웃었다.

그 웃음에 가슴이 쿵쿵 뛰었다. 소리를 들을 수 있다면 귓속까지 먹먹해졌을 만큼 컸을 것이란 생각이 들었다. 나는 민망한 마음에 그의 팔짱을 끼고 있던 팔을 슬그머니 풀려고 했다. 동화가 그런 내 팔을 단단히 붙잡겠다는 듯 자신의 팔에 힘을 잔뜩 주었다.

'봤지? 함부로 동화한테 말 걸지 마.'

만약 내게 용기가 아주 조금이라도 있었더라면, 그리고 소리 내어 말할 수 있었더라면, 분명 뒤를 돌아보고는 여자들에게 그렇게 경고했을지도 모르겠다. 하지만 나는 이미 동화의 팔짱을 낀 것만으로도 남아 있는 용기를 전부 긁어 사용한 터였다. 줄이 점차 줄어들다가 핫도그 가게의 직원 앞에 섰을 때는 다리가 후들거렸을 정도이니 무슨 말이 더 필요할까.

동화와 함께 커다란 핫도그를 각각 하나씩 들고 돌아섰다. 내가 앉아 있던 테이블은 그새 다른 사람의 차지가 되어 있었다.

"우리 그냥 걸을까?"

동화가 내게 물었다. 나는 고개를 끄덕였다.

바람이 불면서 호수 위에 잔잔한 물결을 드리웠다. 액자 모양의 조형물을 사이에 두고 사진을 찍는 사람들 때문에 동화와 나는 걷다 말고 멈춰 서야 했다. 사람들이 활짝 웃으며 사진을 찍는 걸 물끄러미 보고 있는데, 동화가 물었다.

"사진 찍어 줄까?"

'됐어.'

동화의 물음에 피식 웃으며 고개를 저었다. 그러자 동화가 내 손을 잡고는 다시 걸음을 옮겼다. 햇볕이 내리쬐고 있었지만 바람이 시원해서 그런지 더운 느낌은 들지 않았다. 호수를 따라 계속 걷다 보니 어느 순간, 동화와 나만이 남았다.

서너 걸음 거리에 호수 쪽을 바라보며 나무 벤치가 하나 있었다. 둘이 나란히 앉으면 딱 적당할 법한 긴 의자. 그가 제 겉옷을 벗어 벤치 위에 깔더니 앉으라는 듯 내게 눈짓을 했다.

'말도 안 돼. 어떻게 네 옷을 깔고 앉아!'

고개를 절레절레 젓자 동화가 그럴 줄 알았다는 듯 웃고는 지그시 내 어깨를 눌렀다. 깁스를 하지 않은 한쪽 팔로 누르는 것이니 마음만 먹으면 피할 수 있다고 생각했다. 그러나 그의 팔 힘이 예상보다 훨씬 강했던 탓에 피하는 건 불가능했다. 나는 어쩔 수 없이 그가 바라는 대로 동화의 겉옷 위에 앉고 말았다. 동화가 방금 전까지 걸치고 있었던 옷을 깔고 앉아서인지 따끈한 온기가 느껴지는 것도 같았다.

동화가 바로 옆에 앉는 기척이 느껴졌다. 동시에 그의 단단한 어깨와 팔, 허벅지가 고스란히 내 몸에 맞닿았다. 둘이 앉으면 딱 적당하겠다고 생각한 것보다 의자의 가로 길이가 조금 짧은 모양이었다.

맨살이 서로 맞닿은 것도 아닌데 순간적으로 온몸의 감각이 예민하게 곤두섰다. 급히 숨을 들이쉬고는 정면만을 똑바로 바라보았다. 눈앞에 펼쳐진 호수의 정경조차 제대로 인식되지 않을 정도로 바짝 긴장이 되었다.

그 순간, 동화가 나를 쳐다보는 시선이 느껴졌다. 그가 어떤 눈빛으로 나를 보고 있는 것인지 상상이 되지 않았다. 나는 고집스럽게 호수 건너편에 보이는 먼 산에 시선을 고정했다. 물안개가 피어오른 것인지 산의 윤곽이 다소 뭉개져 있는 것처럼 보였다. 마치 붓을 막 내려놓은 그림 위에 대고 손으로 문지르기라도 한 것처럼.

쿵.

숨결이 느껴진 건 바로 그때였다. 동시에 가슴속이 철렁 내려앉았다. 그가 깊이 가라앉은 시선으로 나를 바라보고 있었다.

방금 그 숨결은 동화의 것이었을 터.

그저 단순히 호흡을 할 때 느껴지는 숨결이 아니었다. 불규칙적으로 이어진 숨결의 흔적은 그가 나에게 무언가 '소리'로 말하였다는 걸 짐작하게 했다.

'……무슨 말을 한 거야?'

그에게 굳이 질문하지 않아도 알 것만 같았다. 나를 바라보는 동화의 눈빛이 그 대답을 대신하고 있었으니까. 수없이 많은 말이 입안에서 이리저리 굴러다녔다. 입을 닫은 지 10년이나 흐른 탓에 단어들의 움직임은 어색하기 그지없었다.

동화가 손을 뻗어 내 뺨을 어루만졌다. 아직 아물지 않은 상처 자국 위를 조심스럽게 쓰다듬는 손길. 그의 눈에서 시선을 뗄 수가 없었다. 내 얼굴 곳곳을 살피는 그의 눈빛에 가슴이 제멋대로 술렁거렸다.

그가 한참 내 뺨을 어루만지다가 느릿느릿 입술 언저리로 손을 움직였다. 다정한 손길과 별개로 동화의 시선은 더욱 짙게 가라앉았다. 눈꺼풀이 가늘게 떨리다가 그대로 내려갔다. 귀가 들리지 않는 상황에서 시야까지 차단되고 나니 남은 것이라고는 그가 전하는 손의 열기와 감촉이 전부였다.

동화의 손가락이 아랫입술을 지그시 내리눌렀다. 살짝 벌어진 입술 사이로 나도 모르게 뜨거운 숨을 토해 내고 말았다. 그가 멈칫하는 것 같더니 손을 떼었다. 닿아 있던 열기가 사라지자 아쉬운 마음이 밀려들었다. 그래서 반사적으로 눈꺼풀을 들어 올리려는데, 다시금 그의 열기가 내 입술을 덮쳤다.

방금 전의 손길이 아닌, 그보다 더 뜨거운 입술이.

'……!'

본능적으로 몸을 떨며 팔을 뻗었다. 깁스를 한 팔을 건드린 것인지 단단한 석고의 느낌이 손끝에 닿았다. 겉옷을 벗어 내게 내어준 터라 그가 입고 있는 건 얇은 셔츠가 전부였다.

'추울 텐데.'

순간적으로 걱정이 머릿속을 스쳤다. 하지만 그런 걱정이 기우에 불과하다는 듯 동화의 몸은 뜨거운 열기를 발산하고 있었다. 그가 한쪽 팔로 나를 끌어안고 아랫입술을 깨물었다. 조금 전 손가락으로 지그시 내리눌렀던 바로 그 자리였다. 동시에 맞물려 있던 입술이 벌어지면서 말캉한 혀가 밀려 들어왔다.

걷잡을 수 없을 정도로 몸 구석구석에서 열기가 치솟았다. 늘 고요하고 잔잔하기만 했던 내 일상이 거꾸로 뒤집히는 것만 같았다. 나는 허겁지겁 그의 단단한 등에 매달렸다.

지금 이 순간만큼은 그 어떤 것도 생각할 수 없다. 내가 처한 상황도, 이미 죽었으나 여전히 내 곁에 머무르고 있는 동미의 잔상도, 그 어느 것 하나 떠올릴 수 없다. 아니, 떠올리고 싶지 않다.

처음이니까.

연애도, 누군가를 좋아해 본 것도 모두 처음이었다. 동화는 알지 못하겠지만.

지금 이 순간, 모든 시간이 박제된다면 얼마나 좋을까.

애당초 가능하지도 않은 바람이었다.

과거의 소리에 갇힌 나와는 달리, 그에게는 미래가 있으니까.

속에서 뜨끈한 무언가가 울컥거리며 치밀고 올라왔다. 나는 동화를 끌어안았던 손을 내리고 그를 밀어냈다. 정신없이 내게 입을 맞추던 동화가 당황한 얼굴로 몸을 뒤로 물렸다. 나는 덜덜 떨며 휴대전화를 꺼냈다. 거듭 이어지던 문장들, 그 중간 어딘가를 싹둑 잘라 낸 뒤에 서로 앞뒤가 이어지지 않는 문장들을 간신히 뱉어 냈다.

[네게는 미래가 있지만 나는 당장 앞으로 나아가는 것조차 버거워. 이런 내가 실망스럽지 않아?]

방금 전까지 정신없이 키스를 나누었던 남자에게 할 법한 얘기가 아니었다. 그만큼 갈팡질팡하는 마음을 다잡지 못하고 있다는 의미였다.

눈시울이 젖어드는 걸 꾹 참으며 고개를 돌렸다. 다시금 호수의 정경이 눈에 들어왔다. 무슨 일이 있었냐는 듯 물안개 속의 뿌연 호수는 잔잔하기 그지없었다.

뺨을 타고 눈물이 흘러내렸다.

동화가 다시금 내 턱을 잡아 고개를 돌려 자신을 보게끔 했다. 그의 불규칙하던 숨결이 생각났다.

너는 무슨 말을 했던 걸까. 듣지 못하는 내 귀에 어떤 말을 건넸던 걸까.

단언할 수 없는 추측들이 머릿속을 스쳤지만 그중 어느 것 하나 붙잡으려 하지 않았다. 그때, 동화가 나를 똑바로 쳐다보며 말했다.

"나는 너한테 실망 안 해."

독순술에 한계가 있다는 걸 늘 염두에 두고 있지만, 지금 이 순간만큼은 그가 한 말이 내가 이해한 것 그대로이기를 바랐다.

너를 믿고 싶은데, 왜 나는 이렇게 자꾸만 불안한 걸까.

나는 그에게 할 수 없는 말을 손끝에서 지워 버린 뒤, 억지로 입꼬리를 끌어 올렸다.

'그러고 보니 첫 키스였구나.'

하늘 어딘가에서 번쩍거리며 섬광이 비친 순간, 나는 며칠 전 두물머리에서의 기억을 되새기다가 그 점을 깨달았다.

'첫 키스였어.'

손끝으로 입술을 만져 보았다. 그러다가 헛웃음을 지으며 고개를 흔들었다. 비가 올 거라는 예보를 보지 못했는데, 먹구름이 몰려와 하늘이 까맣게 변해 있는 게 눈에 들어왔다. 또다시 하늘을 대각선 방향으로 가로지르며 빛이 지나갔다.

우르릉.

오래된 기억 속에서 천둥소리를 되새겨 보았다. 번개가 치고 나면 천둥이 친다. 사실은 그 두 가지가 동시에 일어나는 것이지만 말이다. 빛의 속도가 소리의 속도보다 훨씬 빠르기 때문에 사람의 감각으로 전해지는 데에는 어느 정도의 시간 차이가 존재하기 마련이다.

눈으로 보는 것과 귀로 듣는 것의 시차라…….

들리지 않으니, 나는 그 시간 차이를 느낄 일이 없다. 길을 걷던 사람들이 한 손으로, 혹은 들고 있던 가방으로 머리를 가린 채 허둥지둥 뛰기 시작했다. 빗줄기가 수직으로 내리꽂히는 게 뒤이어 눈에 들어왔다.

요란한 소나기였다. 정류장 앞의 보도블록 틈새에 웅덩이가 금세 생길 정도였다. 순식간에 나는 쏟아지는 비에 갇혀 버린 꼴이 되어 멍하니 주위를 둘러보았다.

쏴아아.

빗소리가 환청처럼 맴돌았다. 내가 기억하는 가장 최근의 빗소리는 10년 전의 것이다. 천둥소리와는 달리 빗소리의 경우에는 그 날짜까지도 정확히 기억하고 있다. 나는 몽실이가 전해 주는 온기에도 불구하고 오한을 느끼며 몸을 떨었다. 그 순간, 몽실이가 앞발로 내 팔을 두드렸다.

[어디쯤 왔어?]

동화가 보낸 메시지가 도착해 있었다. 나는 몽실이를 바닥에 내려놓은 뒤, 그에게 답장을 보냈다.

[삼성역 앞. 버스에서 내렸는데 갑자기 소나기가 쏟아져서 정류장에 있는 중.]

[거기 비 와? 우산은?]

동화의 반응을 보니 아무래도 그의 회사 근처에는 비가 내리지 않는 듯싶었다. 확실히 소나기는 소나기로구나, 하고 생각했다.

[없어.]

동화에게 답장을 보내자마자 머리가 지끈거리기 시작했다. 비만 내리면 어김없이 찾아드는 두통이 오늘도 여지없이 시작되는가 보다. 관자놀이를 손으로 꾹꾹 누르며 입술을 깨물었다. 양쪽 머리를 조여 오는 듯한 통증과 함께 숨이 막히고 토기가 올라왔다.

[머리 아픈 거 아니야?]

마치 지금 내 상태를 눈앞에서 보고 있기라도 한 듯 그가 질문했다. 그저 휴대전화 문자 메시지일 뿐인데도 동화의 다급한 마음이 고스란히 전해졌다. 그 바람에 나도 모르게 눈물이 툭, 떨어졌다. 나는 뺨을 타고 흘러내린 눈물을 닦은 뒤, 그에게 답장을 보냈다.

[괜찮아.]

문자 메시지를 주고받는 게 좋은 점이 있다면 바로 이런 것이다. 거짓말을 해도 상대방에게 들키지 않는다는 것. 화면에 뜬 메시지만으로는 내가 거짓말을 했는지, 그가 전혀 눈치채지 못할 테니 말이다.

[거짓말.]

그 순간, 그런 내 생각이 틀렸다는 듯 동화에게서 단호한 투로 문자가 왔다. 예상치 못한 메시지 내용에 흠칫하다가 답장을 보낼 타이밍을 놓쳤다. 그러자 그가 그런 내 모습까지 예상한 것인지 연달아 문자 메시지를 보내왔다.

[아프면 아프다고 하고, 짜증 나면 짜증도 내. 애인 뒀다가 어디에 써먹으려고?]

뒷말은 농담처럼 덧붙인 것일 터였다. 머리가 지끈거리는 와중에도 동화의 메시지를 보다가 픽 웃고 말았다.

[사실은 머리가 좀 아파.]

아프다고 인정하고 나니까 되레 두통이 조금 가라앉는 것 같았다. 나는 관자놀이를 누르고 있던 손을 아래로 내렸다. 그래도 참을 정도는 되었다. 그래, 참을 정도는…….

관자놀이를 찌르는 듯한 두통에 본능적으로 다시금 손을 올리려다가 꾹 참으며 이를 악물었다.

참아 보자.

어차피 이 두통은 내가 평생 끌어안고 살아야 할 천형天刑

같은 것이다. 한 배에서 태어난 쌍둥이의 삶까지 대신 살아가고 있는 죄. 그 죄의 대가로 감수해야 하는 것이라면 받아들여야 하는 게 아닐까.

[근처 카페에 들어가 있어. 데리러 갈게.]

한심하고 못난 나를 아껴 주는 동화가 바보 같단 생각을 했다. 머리 아픈 게 뭐 대단한 일이라고 오히려 나보다 더 안절부절못하나 싶어 우스꽝스럽기까지 했다.

'네가 이러니까 내가 굉장한 사람 같잖아.'

정작 나는 내세울 것 하나 없는 사람일 뿐인데. 나를 증명할 만한 것조차 딱히 갖고 있지 않은, 초라한 모습일 뿐인데. 그럼에도 불구하고 동화는 나를 세상에서 제일 대단한 사람처럼 대한다.

이런 대접을 내가 받아도 되는 걸까. 이런 나에게 과연 그럴 만한 자격이 있기는 한 걸까.

나를 향한 비난을 견디지 못해 글을 포기한 결과가 고작 이렇게 초라한 모습이었다. 할 줄 아는 거라고는 겨우 글을 쓰는 게 전부였던 사람이 그 전부를 버린 셈이니 당연했다.

[아니야, 내가 회사 앞으로 갈게. 지하철만 타면 되는걸.]

나는 그에게 간신히 답장을 보낸 뒤, 몽실이를 안아 들었다. 그새 정류장 안쪽으로 들이친 비를 맞은 것인지 몽실이의 털이 축축하게 젖어 있었다.

'미안해.'

몽실이의 젖은 털을 옷자락으로 닦아 냈다. 몽실이가 그런 내 마음을 이해한다는 듯 꼬리를 흔들었다.

정말 '소나기'란 말이 실감났다. 지하철역에서 나와 지상으로 올라오자마자 머리 위로 햇빛이 내리쬐었다. 비가 퍼붓던 삼성역 쪽과는 아예 다른 세상인 것만 같았다. 나는 엉망인 머리를 손가락으로 빗어 넘겼다. 비에 흠뻑 젖은 머리는 지하철 안에서 조금 마르기는 했어도 아직 물기가 덜 마른 터라 저들끼리 볼품없이 엉켜 있었다.

조금 걷다 보니 건물이 하나 보였다. 여기구나. 휴대전화를 꺼내 동화의 설명과 건물을 번갈아 확인했다. 건물 안으로 들어서려다가 흠칫, 그 자리에 멈춰 섰다. 몽실이가 앞장서서 들어가려다 말고 목줄이 당겨지자 나를 돌아보았다. 왜 들어가지 않는 거냐고 묻는 듯한 몽실이의 새까만 눈을 마주하다가 어색하게 웃었다.

'우리 그냥 여기서 기다리자.'

나는 몽실이를 데리고 출입문을 비켜서서 그 옆쪽에 쪼그려 앉았다. 다른 곳이라면 들어가 보려고 시도했겠지만, 동화의 직장이라는 게 마음에 걸린 탓이다. 물론 몽실이는 엄연히 장애인 보조견이기에 출입할 수 있는 게 맞다. 하지만 동화가 난처해지는 일이 벌어지지 않을까 싶어 주저할 수밖에 없었다. 회사 앞으로 오라던 동화의 말에 쉽게 대답하지 못하고 주저했던 까닭 역시 그 점 때문이었다.

옆에 나란히 앉은 몽실이의 머리를 쓰다듬었다. 그 순간, 바로 앞에 새까만 구두가 다가왔다. 도착했단 연락을 아직 하지 않았는데 동화가 왔나 싶어 퍼뜩 고개를 들었다. 그러나 내 앞에 서 있는 사람은 동화가 아니라 정복 차림의 머리가 희끗한 남자였다. 아마도 건물의 경비원인 듯싶었다. 황급히 무릎을 펴고 일어섰다. 혹시 출입문 근처에서 몽실이를 데리고 있는 것도 안 되는 일인가 싶어 우물쭈물하는데, 경비원이 몽실이의 주황색 조끼를 보더니 나를 보며 손을 이리저리 움직였다.

'……아아, 혹시 수화를 하는 건가?'

수화를 배우지 않은 탓에 경비원이 하고자 하는 말뜻을 알아들을 수 없었다. 나는 난처한 표정으로 허둥지둥 겉옷 주머니에서 노트와 펜을 꺼냈다.

[죄송해요, 제가 수화를 안 배워서요.]

경비원이 노트를 받아 들더니 고개를 끄덕이고는 내게서 펜을 건네받았다.

[괜찮아요. 필담이 편하면 수화를 안 배우는 거지. 누구 기다려요?]

[아는 사람, 이 여기서 근무하거든요.]

아는 사람이라고 쓰자마자 펜 끝을 노트에 누르는 바람에 점 같은 얼룩이 생겼다. 내 마음속에도 그와 닮은 얼룩이 번졌다. 친구라고, 혹은 애인이라고 말할 수 없는 내 처지를 새삼 자각한 탓이다.

만약 동화가 이런 나를 본다면 왜 말을 못 하냐고 뭐라 나무

랄지도 모르겠다. 아니, 분명히 그럴 것이다. 그는 나와 함께 있으면서 단 한 번도 타인의 시선을 신경 쓴 적 없으니까. 이건 그저, 내 열등감 내지는 자격지심이다.

어쩌면 쓴소리하기를 좋아하는 사람들은 나에게 왜 스스로 당당해지지 못하냐고 할지도 모른다. 그렇지만 그들은 무언가를 잃어 본 적 없으니 그런 말을 할 수 있는 것이다. 소리를 듣는 게 너무나 당연한 그들은 그 소리를 빼앗긴 적 없으니 그렇게 말할 수 있는 것이다. 잃어 본 적 없고, 빼앗긴 적 없는 이들은 무서운 게 없을 테니까.

경비원이 몸을 구부리더니 몽실이의 머리를 쓰다듬었다. 몽실이는 낯선 손길에 경계하기는커녕 신나서 폴짝폴짝 뛰며 앞발을 들었다. 다시 구부렸던 허리를 편 경비원의 입가에 부드러운 미소가 맴돌았다. 그러더니 정복 안주머니에서 지갑을 꺼내 들더니 내 쪽으로 펼쳐 보였다.

지금보다 조금 더 젊어 보이는 경비원과 푸근한 인상의 아주머니가 나란히 꽃밭을 배경으로 찍은 사진이 지갑 안쪽에 들어 있었다.

[우리 집사람이에요. 예쁘죠?]

나는 미처 노트를 돌려받지 못하고 고개를 끄덕였다. 그러자 경비원이 재차 입꼬리를 당겨 올렸다. 입가에 주름이 잡힌 것이 눈에 들어왔다. 하나, 둘, 셋. 주름 세 줄에 담긴 삶이 무심코 스쳐 지나간 것 같은 느낌이 들었다.

[집사람이 선천적으로 청각 장애인이었어요.]

아……. 나는 입술을 달싹이며 노트를 쳐다보다가 눈에 거슬린 부분이 있어서 고개를 들었다. 청각 장애인'이었'다던 말은 과거형이었다. 그 표현이 무슨 의미인지 알 것만 같았다. 내가 동미에 대해 말할 때 언제나 과거형으로 하는 것처럼……. 경비원의 주름진 눈가에 그리움이 짙게 묻어났다.

문득 그가 내게 했던 수화가 생각났다. 아마도 그와 그의 아내는 손짓과 표정으로 서로에게 말을 건네고 또한 상대방의 말을 이해했을 것이다. 필담이 더 정확하게 내 의사를 표현할 수 있다고 여겼기에 딱히 수화를 배울 생각은 없었지만, 지금 이 순간만큼은 손으로 이루어지는 대화가 참 따뜻하게 느껴졌다. 나는 순간적으로 떠오른 궁금증에 잠시 머뭇거리다가 그에게 한 가지를 질문했다.

[사랑한다는 말은, 수화로 어떻게 하는 건가요?]

모로 세운 왼쪽 주먹 위에 오른손바닥을 대고 시계 방향으로 돌린다. 나는 1층 로비 한쪽에 몽실이와 나란히 선 채 경비원이 알려 준 수화를 몇 번이고 연습했다. 그러다가 고개를 들었다. 마침 경비원이 맞은편 쪽에서 누군가를 안내하다 말고 나를 쳐다보더니 가만히 웃었다. 그 웃음에 쑥스러워져 다시 고개를 푹 숙였다.

사랑.

한 번 더 왼손으로 주먹을 쥔 뒤에, 오른손을 쫙 펴서 그 위에 원을 그리며 돌렸다. 머리를 쓰다듬는 동작에서 비롯되었다고 했다. 사랑한다는 건, 어떻게 보면 그저 그렇게 간단히 설명될 수도 있는 감정인가 보다.

'정말 그런 걸까, 몽실아?'

몽실이를 힐끔 내려다보았다. 몽실이가 뒷발로 목덜미를 긁다 말고 내 시선을 알아차렸는지 고개를 들었다. 그러다 네 발로 벌떡 일어나 어딘가를 향해 꼬리를 열심히 흔들기 시작했다.

엘리베이터에서 막 내린 동화가 보였다. 나는 반가운 마음에 그를 향해 걸음을 옮기려 했다. 하지만 채 한 걸음을 떼지 못하고 멈춰 설 수밖에 없었다.

그의 뒤에서 다가온 한 여자 때문이었다. 커리어 우먼이란 말이 어울릴 법한 세련된 외모의 여자가 동화를 향해 말을 걸었다. 그러자 동화 역시 그녀를 돌아보더니 뭔가 대화를 나누기 시작했다.

거리가 좀 떨어져 있는 터라 입 모양을 볼 수 없어서 그들이 어떤 대화를 나누는 건지 전혀 짐작조차 할 수 없었다. 하지만 마주 보고 서서 웃으며 대화하는 그들의 모습은 너무나 잘 어울렸다.

나는 몽실이의 목줄을 잡아당기며 한 걸음 뒤로 물러섰다. 동화가 여자에게서 무슨 말을 들었는지 웃음을 터뜨렸다. 훤칠한 외모의 남자가 유쾌하게 웃으니 그 모습이 더욱 반짝거렸다. 다른 사람들도 그걸 느꼈는지 동화의 곁을 지나가던 이들 몇몇이 그를 힐끔거렸다. 나와 함께 있을 때 동화를 보던 시선과는 사뭇 달랐다.

내가 한없이 초라해졌다. 여자가 친근한 얼굴로 동화의 어깨를 건드리는 모습이 눈에 들어왔다. 그는 그녀의 손길을 거부하지 않았다. 오히려 동화와 여자가 서로를 대하는 태도는 스스럼없어 보이기까지 했다. 그 모습에 울컥 화가 치밀었다.

'너는 왜 다른 여자랑 이렇게…….'

그 순간, 동화가 주위를 둘러보더니 이내 나를 발견했다. 그는 나와 눈이 마주치자마자 환하게 웃더니 여자를 향해 인사를 건네고는 내 쪽으로 성큼성큼 다가왔다.

[도착했으면서 왜 연락 안 했어? 너 여기 와 있는 거 알았으면 진작 내려왔을 텐데. 머리 아픈 건 어때?]

동화가 미안한 기색으로 내 모습을 살피다가 미간을 좁혔다. 그러나 나는 동화에게 아무 대답도 하지 않았다. 그러자 그가 더욱 걱정스러운 얼굴로 내 어깨를 잡았다.

좀 전에 동화의 어깨를 건드렸던 여자의 모습이 순간적으로 떠올랐다. 나는 울컥 치밀어 올라오는 감정을 다스리지 못하고 동화의 손을 쳐 냈다.

"동은아?"

그가 당황한 표정으로 나를 쳐다보았다. 내가 잘못했다는 걸 느꼈지만, 인정하고 싶지 않았다. 나는 그의 시선을 마주할 수 없어 고개를 돌렸다.

건물 출입구 근처에 정장 차림의 남녀 몇 명이 모여 있는 게 보였다. 대화를 나누고 있는 그들의 모습에서 여유로움이 묻어났다. 그중 누군가의 목에 걸린 출입증이 보였다. 동화의 목에도 그와 비슷한 출입 카드가 걸려 있었다. 그리고 조금 전, 동화와 친하게 대화를 나누던 여자도 그런 출입 카드를 걸고 있었던 게 기억났다.

나는 가질 수 없는, 동화가 나와 다른 세상에 있다는 것을 다시 느끼게 해 주는 표식 같았다.

그 순간, 어디서 전화가 걸려 온 것인지 동화가 휴대전화를 확인하더니 내게 양해를 구하고 몸을 살짝 돌린 채 전화를 받았다.

전화 통화를 하는 동화의 표정은 심각했다. 그는 골치가 아프다는 듯 미간을 찌푸리다가 슬쩍 내 눈치를 살핀 뒤, 조금 더 몸을 틀었다. 어차피 내가 듣지 못한다는 걸 알면서도 말이다. 그 모습에 다시 깨달았다.

내가 그에게는 아무런 의지도 될 수 없다는 걸.

예전에도 그랬다. 동화는 동미의 앞에서는 제 솔직한 모습을 편하게 보여 주었지만, 내 앞에서는 결코 그러지 않았다. 그런데 지금도 그때와 별반 다르지 않은 모습을 보게 될 줄이야.

순식간에 그 깨달음은 나와 동화 사이의 거리를 수백 배는 벌려 놓았다. 나는 다시금 주위를 둘러보았다. 내 옆을 스쳐 지나가는 이들을 보았다. 저마다 바쁘게 하루를 보냈을 직장인의 모습이었다.

오로지 나만, 홀로 동떨어져 있었다.

나는 손에 쥐고 있던 목줄을 더욱 힘주어 잡았다. 몽실이가 팽팽하게 당겨진 줄을 느꼈는지 나를 쳐다보았다. 몽실이의 주황색 조끼가 어쩐지 창피하단 생각이 들었다. 내 옆을 스쳐 지나가며 힐끔대는 사람들의 시선이 어디로 향한 것인지 알아차렸기에 더욱 그랬다.

장애인 보조견 표지.

그게 뭐 그리 시선을 끌 만한 거라고, 다들 쳐다보는 걸까. 세상에 장애를 갖고 있는 사람이 나 하나뿐인 것도 아니고, 아니, 설령 그렇다 하더라도 나는 단지 듣지 못하는 것뿐이지 흉측한 괴물이 아닌데.

장애인 보조견 표지는 나를 그들과 다른, 열등한 존재로 구분 짓는다. 만인은 평등하다는 말이 한낱 식상한 문구에 불과하다는 건 이미 알고 있는 바였다. 나는 저절로 어깨가 움츠러드는 걸 느끼며 다시 동화를 쳐다보았다. 그가 등을 보인 채 서 있다가 몸을 살짝 비틀었다. 아마 무의식적인 행동이었을 것이다. 그의 성격상 저렇듯 이마에 핏대가 선 모습을 내게 보일 리 없으니까.

나를 의식하지 못할 만큼, 뭔가 골치 아픈 일이 있는 게 분명했다. 그럼에도 불구하고 그는 결코 내게 그 어떤 얘기도 해주지 않으리란 생각을 했다. 내가 아직까지 동화가 하는 일에 대해 아는 게 아무것도 없는 건, 물어보지 않은 내 탓도 있었으나 다른 한편으로는 얘기해 준 적 없는 그의 탓도 있었다.

내 자신이 너무나 초라해 서글픈 마음마저 들었다. '서동은'은 너무나 비참하고, 한심했다. 아니, 이제는 '서봄' 역시 마찬가지일 테지만.

[미안. 많이 기다렸지?]

동화가 통화를 끝냈는지 내게 다가왔다.

무슨 일이냐고 물으면 너는 뭐라고 대답할까. 아까 그 여자와 무슨 대화를 나누었냐고 물으면 너는 어떤 대답을 할까. 너는 아무 일도 아니라며 고개를 흔들겠지. 별로 알 필요 없는 대화였다며 웃으면서 넘겨 버리겠지. 내가 너에게 아무런 위로도, 힘도 되어 주지 못하니까. 하다못해 나는 너한테 잠시 기댈 어깨조차 빌려줄 만한 처지가 되지 못하니, 이런 내가 어떻게 너에게 서운하다 말하고 원망을 토로할 수 있겠어? 내 주제에, 어떻게. 무슨 자격으로.

[무슨 일 있어? 통화할 때 표정 안 좋아 보이던데.]

그럼에도 불구하고 나는 동화에게 질문했다. 그러자 그가 난처한 표정을 짓더니 어깨를 으쓱였다.

[아무것도 아니야. 그냥 회사 일 때문에.]

예상했던 대답이 되돌아왔다. 나는 고개를 숙였다. 글을 쓰지 않는 나는 무슨 가치가 있는 것인지 생각해 본 적이 있다. 결론은, 난 그 어디에서도 쓸모를 찾아볼 수 없는, 그런 존재에 불과했다.

어쩌면 동화에게도 나는 그런 존재가 아닐까.

순간, 숨이 막혔다. 이런 내 생각이 얼마나 어이없는 것인지 알면서도 한편으로는 그 생각이 맞을지 모른단 공포가 밀려들었다. 나는 불안감과 두려움을 꾹꾹 눌러 참다가 내 팔을 붙잡는 동화의 손을 뿌리쳤다. 깁스한 그의 팔이 뒤이어 눈에 들어왔다.

내가 그에게 줄 수 있는 건, 고작 이런 게 전부였다.

깁스한 팔. 나 때문에 다친 팔.

울음을 닮은 헛웃음이 나오려 했다.

[혹시 내가 불쌍하니?]

[갑자기 그게 무슨 말이야?]

동화가 휴대전화를 보고 눈살을 찌푸렸다.

[왜 나한테 네 얘기는 전혀 안 해?]

[내가 뭘 얘기 안 했다고 그래?]

그는 내 말을 이해하지 못한 사람처럼 장난스럽게 웃었다. 그 모습에 더욱 기분이 상했다. 나는 한 번 더 뭐라고 따지려다가 그대로 몽실이를 안아 들고 몸을 돌렸다. 몇 걸음 옮기기도 전에 동화가 나를 붙잡아 세웠다.

[왜 그래? 뭔지 몰라도 내가 잘못했으니까 화 풀어. 미안.]

무조건 사과하는 그를 본 순간, 꾹꾹 눌러 참았던 화가 한꺼번에 치솟았다. 나는 다시 몽실이를 내려놓은 뒤, 휴대전화 키패드를 마구 눌렀다. 다른 때 같으면 문자를 입력하는 동안 격해진 감정이 수그러들었을 텐데 지금 이 순간만큼은 예외였다.

[뭘 잘못했는지도 모르면서 왜 사과를 해? 내가 불쌍해서? 적선하듯 그냥 미안하단 말 한마디 하면 다 되는 거니?]

[내가 너한테 뭔가 서운하게 한 건가 싶어서 사과하려던 것뿐이야. 뭘 오해한 것 같은데 일단 화부터 가라앉혀.]

동화는 내 문자를 확인하고는 굳은 표정을 지었다. 그러나 곧바로 표정을 풀며 나를 달래려 했다. 그 태도에 더욱 화가 났다. 내가 그와 동등한 입장이 아니라는 걸, 그보다 내가 열등한 위치에 있다는 걸 다시 한 번 깨닫게 되었기 때문이다.

[네가 나를 불쌍하게 여기는 게 아니라면 무작정 사과할 게 아니라 나한테 화를 냈어야 해!]

그와 내가 동등한 위치에서 서로를 마주하고 있는 거라면, 동화는 당연히 나에게 화를 내야 했다. 왜 갑자기 화를 내느냐고 나를 탓해야 했다. 그러나 동화는 그러지 않았다. 되레 내게 먼저 사과하고 본인이 잘못했다고 했다. 자신이 뭘 잘못했는지도 모르면서 사과한 것이다.

내가 동화와 대화가 통하지 않는 존재이기에.

불쌍하고 가련한 내게 화를 내느니, 차라리 사과를 해서 빨리 기분을 풀어 주는 편이 낫겠다고 생각한 것이겠지.

이런 내 생각은 성급한 억측일지도 모른다. 지금 그에게 화를 내는 게 부당한 일일 수도 있다. 그러나 나는 계속 그를 향해 화를 쏟아 냈다.

[나는 너에 대해서 아는 게 없어. 10년 만에 만난 네가 무슨 일을 하고 있는지, 혹시 지금 고민하고 있는 일이 있다면 그게 뭔지, 그런 걸 전혀 모른단 말이야. 조금 전에도 너 통화하면서 고민 가득한 얼굴이었어. 그런데 나한테는 전혀 얘기 안 해. 내가 고민을 나눌 만한 상대가 될 수 없어서 그런 거 아니야? 내가 너보다 못났으니까, 나는 불쌍하니까.]

[불쌍하긴, 누가 불쌍하다는 거야.]

동화가 내 휴대전화를 보다가 어금니를 악물었다. 간신히 화를 눌러 참은 듯한 그의 문장.

동화는 울컥한 표정으로 다시 휴대전화에 뭔가를 입력해서 내밀었다. 그러나 더 이상 그와 대화하고 싶지 않았기에 동화의 손을 충동적으로 뿌리쳤다.

손등이 부딪쳤다. 그와 동시에 그의 손에 들려 있던 휴대전화가 미처 붙잡을 새도 없이 곤두박질쳤다.

아마도 소리가 요란하게 났을 것이다. 부서진 휴대전화를 내려다보다가 고개를 들어 그를 쳐다보았다. 동화의 얼굴이 핏기를 잃은 채 창백했다. 마치 부서진 휴대전화가 본인의 마음이라도 되는 것처럼, 상처받은 모습이었다.

뒤늦게 정신이 번쩍 들었다. 동화에게 서운한 점이 없었던 건 아니지만, 이렇게까지 화를 낼 일은 아니었단 생각이 그 뒤를 이었다.

동화가 창백한 얼굴로 나를 쳐다보다가 허리를 구부리더니 부서진 휴대전화를 주웠다.

[그래. 어쩌면 너를 동정하고 있는 건지도 몰라.]

거미줄처럼 금이 간 휴대전화 화면 속 메시지를 본 순간, 내 가슴속에도 거미줄을 닮은 실금이 생겼다. '동정'이었구나. 그렇게 생각하고 있었음에도 불구하고, 막상 그에게서 확인을 받으니 어쩐지 실망스러웠다. 동화가 아니라고 말해 주기를 바랐던 건가.

동정하는 게 아니라고.

그 말을 들으면 지금 나를 갉아먹고 있는 열등감에서 벗어날 수 있을 거라 기대했던 걸까. 나약하고 한심한 내 모습에 기가 막혔다. 결국 내가 동화를 앞에 두고 화를 낸 건 전적으로 '투정'에 불과하다는 의미였다. 내가 듣고 싶은 답을 해 달라고 어린애처럼 징징댄 것이다. 동화와 친근하게 웃으며 대화하던 여자를 보면서 느낀 질투심과 열등감에 더욱 이성을 잃었던 거였다.

[네가 갖고 있는 상처, 그걸 아무렇지 않게 대하는 게 이상한 거잖아. 넌 아파. 아픈 게 맞아. 그런 일을 겪는다면 누구라도 아픈 게 당연해. 아픈 사람을 안타까워하는 것 역시 당연한 거고.]

입술 끝이 비틀렸다. 좋아한다던 말이 다 거짓이었냐고 다그쳐 묻고 싶었다. 그저 내가 불쌍하고 가련해서 동정했던 것이냐고 소리치고도 싶었다. 목소리가 나오지 않는 게 다행이었다. 그런 볼썽사나운 꼴을 보이느니, 차라리 지금처럼 아무 말도 하지 못하는 편이 나았다.

괜히 왔다는 생각을 했다. 그냥 집 근처에서 만나 간단히 밥을 먹을 걸 그랬단 후회가 들었다. 나는 거듭 한숨을 삼키고는 주위를 둘러보았다. 어느새 퇴근 시간이 지나간 터라 주변에는 사람들이 거의 보이지 않았다. 출입문 근처에 서 있는 경비원만이 눈에 들어왔을 뿐.

경비원에게서 배운 수화를 떠올렸다. 쓸데없는 짓이었다. 수화로 사랑한단 말을 해 봤자 더욱 초라해질 터였다. 나는 그에게서 등을 돌렸다. 그 순간, 동화가 뒤에서 나를 와락 끌어안았다.

깁스한 팔이 가로막고 있는 탓에 그와 온전히 맞닿아 있는 건 아니었다. 하지만 그의 심장이 쿵쾅대며 뛰는 게 느껴졌다. 그것이 내 환상일지라도 너무나 선명해서 현실 같았다.

"사랑해."

뒷목에 닿은 숨결이 며칠 전 두물머리에서와 비슷한 형태로 위태롭게 흔들렸다. 나는 숨결 너머에 숨어 있는, 정답을 확인하지 못한 말을 내 멋대로 떠올리다가 두 눈을 질끈 감았다. 그러자 그가 나를 안고 있던 팔을 풀더니 다시 저를 보게끔 돌려세웠다.

"사랑하니까, 너를 사랑하니까……. 그래서 네가 불쌍해. 마음 아파."

제멋대로 그의 말을 상상한다. 사랑. 사랑이라고. 나는 두 눈을 꽉 감은 채 헛웃음을 흘렸다.

사랑.

모로 세운 왼쪽 주먹 위에 오른손을 대고 둥글게 원을 그리는 동작.

그것이 조금 전 내가 배운 사랑의 정의였다. 친애의 감정을 담은 손길. 머리를 쓰다듬는 동작에서 비롯된 표현법. 나는 울컥하여 입술 안쪽 살을 꽉 깨물었다.

[사실, 어려운 상황이야. 새로 유통망을 뚫는 것도 쉽지 않은데, 문

제가 하나 생겼거든.]

동화는 내 오해부터 풀어야겠다는 듯 카페 안에 들어와 자리를 잡고 앉자마자 노트와 펜부터 꺼내 들었다. 그가 나 때문에 속을 태우는구나 싶어 미안한 마음이 들었다. 그런 내 기색을 오해한 것인지 그가 부지런히 말을 이어 나갔다. 깁스를 하지 않은 왼쪽 손으로 펜을 쥔 까닭에 그의 글씨는 엉망이었다.

[라이센스 계약을 따냈던 캐릭터가 있는데, 우리 쪽에서 굿즈가 출시되기도 전에 '짝퉁'이 먼저 시장에 나와 버렸어.]

'그럼 어떡해?'

노트를 보다가 놀라서 고개를 퍼뜩 들었다. 동화가 내 쪽에 밀어 두었던 노트를 가져가 뭔가를 끄적거렸다. 왼손으로 글을 쓰다 보니 그의 자세가 불편한 건 당연했다. 그럼에도 불구하고 동화는 꽤 오랜 시간을 들여 충실하게 본인이 하고 있는 일과 요즘 고민하고 있는 문제들에 대해 설명해 주었다. 내가 화를 내고 서운해했던 걸 신경 쓰는 듯했다.

[너한테는 부족한 모습을 보이고 싶지 않았어. 너에게만큼은 잘나가는 모습만 보이고 싶었어. 너와 고민을 나누기 싫다든가 대화하고 싶지 않아서가 아니었어. 솔직히 나라고 왜 너한테 이런저런 얘기를 하고 싶지 않았겠어. 뭐든지 털어놓고 엄살도 부리고, 위로도 받고 싶었어.]

펼쳐 놓은 노트의 이전 페이지 위쪽에 쓰여 있는 그의 말을 가만히 다시 내려다보았다. 삐뚤삐뚤한 글씨체로 쓰인 문장은 그의 솔직한 속내를 드러내고 있었다. 그리고 그 속내는 나와 별반 다르지 않았다.

부족한 모습을 보이고 싶지 않았다는 것. 잘나가는 모습만 보이고 싶었다는 것.

……나도 그랬다. 동화에 비하면 내가 부족한 점이 너무나 많다는 걸 알기에 더욱 간절했는지도 모른다. 그와 동등해지고 싶단 마음의 절박함은 되레 그와 반대되는 열등감을 부추겼다.

[아까 그 여자, 미인이더라. 스타일도 세련됐고.]

나도 모르게 불쑥, 건물 로비에서 보았던 여자에 대한 얘기를 꺼냈다. 동화가 고개를 쑥 내밀어 노트를 보더니 의아한 눈으로 나를 쳐다보았다.

[누구 말하는 거야?]

[아까 너랑 얘기 나눴던 여자. 건물 1층에서.]

그제야 동화가 내 말을 이해한 듯 입을 벌렸다가 다물더니 이내 웃음을 터뜨렸다. 그러더니 노트를 제 앞으로 끌어당겨 빠르게 뭔가를 적었다.

[설마 질투한 거야?]

그의 물음에 아무 대답도 하지 않았다. 하지만 그는 내가 하지 않은 대답을 이미 알고 있는 사람처럼 웃더니 다시금 펜을 움직였다.

[회사 동료야.]

[무슨 얘기를 했기에 그렇게 좋아서 웃었어?]

이왕 이렇게 된 거, 궁금했던 걸 모조리 물어보자 싶어 그가 쓴 문장 아랫줄에 이어서 썼다. 동화가 내 질문을 보더니 장난스러운 표정을 지었다.

[무슨 얘기를 했을 거 같아?]

[내가 어떻게 알아.]

나는 볼을 살짝 부풀린 채 눈을 찡그렸다.

[나더러 요즘 수상하다고 하더라고. 외근도 잦아지고, 딴 생각에 종종 빠져 있고. 애인 생겼냐고 묻는데, 좋아서 웃음이 저절로 막 나오더라.]

'……뭐?'

예상치 못한 말에 당황하여 머릿속이 하얘졌다. 그런 내 반응을 재미있다는 듯 쳐다보는 동화의 시선에 가까스로 정신을 차렸다.

[그럼 그 손은 뭐였는데? 그 여자가 네 어깨 막 만지고 그런 거.]

[어깨를 만졌다고?]

동화가 고개를 갸웃거리며 되묻더니 뒤늦게 기억을 한 것인지 고개를 끄덕였다.

[옷에 먼지 붙여서 돌아다닌다고 구박당한 거 말하는 거야? 애인이 퍽도 좋아하겠다며 잔소리 들었는데. 그 여자, 결벽증 있거든.]

'…….'

더 이상 물을 것도 없고, 궁금한 것도 없었다. 모든 건 전적으로 내 오해였을 뿐이니 질투할 일도 아니었다. 어쩐지 허탈한 마음이 들어 한숨을 내쉬었다. 그는 하나의 가벼운 해프닝 정도로 받아들인 듯하지만, 정작 나는 그럴 수 없었다.

동화의 말대로라면 정말 아무것도 아닌, 사소한 일이었다. 동료와의 사이에서 흔히 나눌 법한 농담에 불과했다. 그 광경을 보면서 지나치게 예민하게 반응한 것은 나였다. 그들의 대화를 듣지 못하니 내 멋대로 해석했고, 내 열등감으로 그들의 관계를 삐딱하게 보았다. 나를 좋아한다던 동화를 믿지 못하고…….

이런 내가 과연 온전히 그와 계속 함께할 수 있을까.

불안감이 엄습했다. 나는 동화의 얼굴을 마주하지 못한 채 슬그머니 시선을 피해 그의 깁스한 팔을 보았다. 두물머리에 갔을 때 운전을 직접 하지 못해 불편했을 텐데도 외려 버스를 타니 더 좋다며 너스레를 떨었던 그의 모습이 새삼 떠올랐다.

첫 키스.

그는 알고 있을까. 그날, 우리가 나누었던 입맞춤이 '첫' 입맞춤이었다는 걸.

나는 다시금 눈을 돌려 카페 밖을 내다보았다. 늦은 시간이라 그런지 지나다니는 사람조차 보이지 않았다.

물끄러미 밖을 바라보다가 오늘 하루를 되돌아보았다. 딱히 뭔가 대단한 일이 있었던 날은 아니다. 노트북을 켜 놓고 의미 없이 웹 서핑을 하고, 책장 앞에 앉아 이 책 저 책 꺼내 읽어 보기도 하다가 동화와의 저녁 약속 때문에 몽실이를 데리고 집에서 나온 게 전부였다. 그러나 어쩐지 굉장히 많은 일이 있었던 것 같은 느낌이 들었다.

물론 다시 생각해 보면 아무 일도 일어난 것은 없지만 말이다. 그저 소나기가 내렸고, 우산이 없어서 잠시 난감했던 것뿐. 그 외에는 특별히 뭔가 벌어진 일도 없었다.

그래. 특별한 일은 아무것도 없었다. 그저 내 삐뚤어진 마음이 문제였을 뿐.

[너 괜찮겠어?]

[뭐가?]

[아까 회사 앞에서 나랑 싸운 거. 혹시 누가 봤으면 어떡해.]

그러고 보니 걱정이 되었다. 퇴근 시간이었던 터라 우리 옆으로 지나간 사람들도 제법 있었는데. 일단 그 여자 동료도 그곳에 있었을지 모르고. 그 점을 자각하고 나니 저절로 표정이 굳었다.

[봤으면 어때? 기껏해야 눈꼴시게 회사 앞에서 사랑싸움 했냐고 구박하겠지.]

그는 장난스러운 농담으로 내 고민을 해결해 주었다. 일부러 나를 안심시키기 위해 더욱 가벼운 태도를 취하는 게 분명했다. 그 배려하는 마음에 고마움과 안도감을 동시에 느꼈다.

카페 안의 훈훈한 공기가 살갗에 닿는 느낌이 생생했다. 동미도 바로 이 안도감을 절실히 바랐을 것이다. 그녀가 맞닥뜨려야 했던 참혹한 현실 속에서 얼마나 간절히 기다리고 원했을까. 그에 비하면 나는 운이 좋은 편이었다. 지난번 골목길 일만 해도 그랬다.

그렇다면 동미는 그저 운이 나빴던 걸까.

그걸 단순히 운이 나빴던 거라고 얘기할 수 있는 걸까. 운이 나빴다고 쉽게 얘기하기에는, 그 결과가 너무나 끔찍하고 참담했는데. 겨우 열일곱, 아니, 온전한 열일곱 해를 살아 보지도 못한 채, 그 한여름의 어느 날 삶을 송두리째 빼앗겨 버려야 했던 동미에게 그렇게 말할 수 있을까.

너는 그저 운이 나빴던 거래. 그래서 그런 일을 겪고 죽었대. 나는 너와 달리 운이 좋아서 그런 일을 겪지 않았던 거고.

같은 날, 같은 시각에 태어난 쌍둥이였으나 동미와 내 운명은 그렇게 갈라졌다. 그걸 단순히 '운'이란 것에 떠넘길 수 있는 걸까.

나도 모르게 입이 일그러졌다. 동화와 함께한 이 자리가 사실, 동미의 것일 수도 있었단 생각이 문득 스쳤다. 호숫가에서 나누었던 첫 키스 역시 내 것이 아닐 수도 있었다. 내 자리가 아닌 곳을 차지하고 있다는 죄의식이 순식간에 나를 휘감아 짓눌렀다. 미안하고, 그러면서도 분하고 억울한 마음이 터져 나왔다.

'운이 나빴다는 건 말도 안 되잖아.'

동미를 죽인 건, 범죄였다. 그녀를 윤간한 건 더 말할 것도 없이 범죄였다. 하지만 그 누구도 그 범죄에 상응하는 벌을 받지 않았다. 아직 뭘 모르는 어린애라서. 앞날이 창창한 미성년자라서. 아랫도리에 시커멓게 거웃이 나고도 충분했을 사내아이들은 그렇게 미꾸라지처럼 법의 그물망 밖으로 빠져나갔다.

기억이나 할까. 죄책감을 느낀 적은 있을까. 자신들로 인해 한 어린 여자아이가 제대로 삶을 누려 보지도 못하고 싸늘히 식어간 것에 대해 부채감을 갖고 있기는 할까.

그저 운에 떠넘기기에는 그 결과가 너무나 가혹했는데.

동화와 주고받은 대화가 고스란히 남아 있는 노트를 내려다보았다. 우리의 '말'들이 노트의 두 페이지를 가득 채운 상태였다. 듣지 못하는 말들이 삐뚤삐뚤한 글자가 되어 기록되었다.

내가 들을 수 없었던 재판부의 판결문을 오랜만에 떠올려 보았다. 당시의 재판부는 동미를 죽음으로 몰고 간 이들에게 면죄부를 주었다.

우리나라 대법원에 있다는 정의의 여신상은 눈을 가리지 않은 채 한 손에는 저울을, 다른 손에는 헌법전을 들고 있다고 한다. 책에서 보았던 눈을 가린 정의의 여신상이 양손에 각각 저울과 칼을 들고 있는 것과 달리 말이다.

과연 그 여신상은, 그리고 당신들은 눈을 뜨고 있었던가.

나는 동미의 재판을 담당했던 판사들에게 묻고 싶었다. 진실로 눈을 뜨고 있었다면 그 애가 느꼈을 고통을 보았을 텐데. 이미 죽은 사람이라 하더라도 그 고통이 없어지는 것은 아니니까.

아니, 하다못해 그 애의 고통을 보지 못했더라도 남은 가족의 고통은 보지 않았을까. 그들이 정말 눈을 뜨고 있었더라면.

그 순간, 동화가 손을 뻗어 내 손을 잡았다. 나는 숨을 크게 들이쉬고 그를 쳐다보았다. 그는 마치 내가 무슨 생각을 하고 있었는지 알고 있다는 듯 그저 가만히 나를 바라볼 뿐이었다. 그러다가 조심스럽게 내 손을 놓은 뒤, 내 눈가와 뺨을 어루만졌다.

손끝에서 전해지는 온기에 다시금 숨을 몰아쉬었다. 이렇게 불쑥, 동미에 대한 생각이 튀어나올 때면 주변의 모든 걸 망각하고는 한다. 이러다가 미쳐 버리는 게 아닐까 싶을 정도로 감정의 기복이 심해졌다. 그러면 한동안 그 기억에서 벗어나지 못해 허우적거리고는 했는데, 오늘은 금세 빠져나올 수 있었다.

아마도 동화 덕분이 아니었을까.

다시금 그의 손을 맞잡았다. 나를 부끄러워하지 않는 그를, 주변의 시선을 개의치 않아 하는 그를 믿고 싶단 생각이 들었다. 그것이 비록 충동적인 생각일지라도 말이다. 그리고 이렇게, 소리 내어 말하고도 싶었다.

그냥, 모든 게 별것 아니었노라고.

시시때때로 동미에 관한 기억에 시달리지도 않고, 나를 짓누르는 죄책감을 피해 달아날 필요도 없고, 초라하지 않은 모습으로 당당하게 그와 마주 보면서.

나는 그런 삶을 살아가고 싶었다. 며칠 전 양평으로 가는 버스 안에서 그 누구도 우리를 신경 쓰지 않았던 것처럼, 그저 평범한 모습으로 사랑하며 살아가고 싶었다.

엄마의 배 속에서부터 동미와 함께 공유했던 시간이 둘로 갈라진 지도 어느새 10년이 되었다. 이 정도면 충분하지 않을까. 이제는 나도 내 삶을 살아 봐도 되지 않을까. 그렇게 해도 괜찮단 말을, 누군가가 해 주었으면 좋겠는데.

나도 모르게 입술이 달싹였다. 진심으로 소리 내어 하고 싶었던 말들은 입 밖으로 나가지 못했다. 그 대신 새어 나온 건 그저 가느다란 흐느낌이었다. 내 귀로 직접 듣지 못했어도 그 정도는 알아차릴 수 있었다. 어느새 흠뻑 젖은 뺨이 그 증거였다.

동화가 맞은편 자리에서 일어서더니 내 옆으로 다가왔다.

주변의 모든 풍경이 사라지고 오로지 동화만이 시야에 들어왔다. 뺨을 어루만지는 그의 손길에 저절로 눈이 감겼다.

"그래, 괜찮아."

내 귀에 대고 속삭이는 목소리가 들렸다. 내가 기억하는 동화의 목소리였다. 아니, 어쩌면 그 이전의 목소리였는지도 모르겠다. 중학교 때 변성기를 겪느라 목소리가 갈라져 나오는 바람에 말수가 적어졌던 무렵, 그의 목소리. 그런 동화를 놀리느라고 일부러 말을 자꾸 걸었던 동미의 웃음소리가 귓가를 스쳤다. 나는 다시 느릿하게 눈을 떴다. 동화의 눈동자 안에 비친 나를 보았다.

나는 어떻게 해야 하는 걸까.

악플과 비난을 견디지 못하고 숨어 버리는 쪽을 선택했다. 동미가 죽었을 때도 귀를 닫아 버리고 입을 다물었다. 그게 나를 보호하는 길이라 여겼다. 혹독한 세상 속에서 나를 보호하려면 그 방법밖에 없다고 생각했다.

그러나 과연 그게 옳았을까.

동화가 겪고 있는 어려움을 일부분이나마 알게 되었다. 그러나 그는 단 한순간도 내 앞에서 자신의 고충을 드러내려 한 적 없었다. 아버지도 그랬다. 당신 홀로 견뎌 낼지언정 내게는 조금도 내색하려 하지 않았다.

아파트에 불이 났던 날, 온몸이 땀으로 범벅이 되어 계단을 뛰어 올라온 아버지를 떠올렸다. 당신의 안위에는 신경조차 쓰지 않고 내게 젖은 손수건을 건네던 그 투박한 손길 역시 기억났다.

나만 힘든 건 아니었다. 아버지도, 동화도 저마다 힘들 때가 있었다. 나만 아픈 게 아니었다. 그들 역시 아플 때가 있었다. 그리고 그들뿐만 아니라 다른 어느 누구나 마찬가지일 터였다.

나는 머뭇거리다가 다시 펜을 쥐고 노트를 끌어당겼다. 동화가 내 쪽으로 고개를 기울이는 게 느껴졌다. 말해도 될까, 순간적으로 주저했다. 하지만 나는 숨을 깊이 들이쉬고는 펜을 쥔 손에 힘을 주었다.

[나, 다시 글 쓸 수 있을까?]

오늘은 어제와 별반 다르지 않은 하루였다. 엄청난 일이 벌어진 날도 아니었다. 하지만 그런 평범한 하루를 마무리하면서 이 정도의 용기를 내 봐도 좋지 않을까 싶었다. 한 시간, 아니, 30분만 지나도 지금 내가 저지른 충동적인 시도를 후회할지도 모르지만. 그래도 그냥 이렇게 용기를 낼 생각을 한 것만으로 충분했다.

스스로 꺼낸 말에 놀라 입술이 파르르 떨린 바로 그 순간, 동화의 입술이 내 입술 위로 살포시 내려앉았다. 갑작스러운 입맞춤에 눈을 크게 떴다가 그대로 감아 버렸다.

나는 동화의 어깨를 두 손으로 꽉 붙들었다. 그와 동시에 그가 멀쩡한 왼쪽 팔로 내 뒷머리를 끌어안았다. 그 바람에 몸이 더욱 그에게로 가까이 당겨졌다. 깁스한 팔 어딘가가 가슴을 꽉 누르는 느낌이 들었다. 하지만 그 느낌에 민망해하거나 당혹해할 새가 없었다.

그 간절한 입맞춤에 응하는 것 말고는, 아무것도 머릿속에 남아 있지 않았으니까.

우리가 있는 이곳이 단둘이 있는 공간이 아니라는 것조차 생각할 새가 없었다. 나는 그의 어깨를 더듬다가 더욱 힘주어 끌어안았다. 흘러내린 눈물이 뺨을 타고 입술이 맞닿아 있는 곳으로 떨어졌다.

두 번째 입맞춤에서는 짭조름한 눈물 맛이 났다.

9.
하다못해 사랑도 어렵다

몽실이를 품에 안은 채 카페 안으로 들어갔다. 장한이 차장이 한쪽 구석의 테이블에 앉아 노트북으로 뭔가 작업을 하다가 몽실이의 짖는 소리를 들었는지 고개를 들어 나를 보았다. 나는 몽실이가 더 이상 짖지 않도록 머리와 등을 쓰다듬으며 테이블로 향했다.

그가 기분 좋은 웃음과 함께 일어서다가 기겁한 얼굴로 나를 쳐다보았다.

[왜 그렇게 다쳤어요?]

[일이 좀 있었어요.]

나는 그의 질문 아래에 머뭇머뭇 대답을 적었다. 장 차장이 내 대답을 보고는 얼굴을 찡그렸다. 못마땅해하는 기색이 역력했다. 그 시선을 마주하고 있으려니 마치 말썽 부리고 선생님 앞에서 혼나는 학생이 된 기분이 들었다.

[불량배를 만났거든요.]

[불량배요?]

장 차장이 더욱 경악하여 노트가 찢어질 듯 휘갈겨 썼다.

[많이 다쳤어요? 언제 그런 건데요? 어떤 놈들이]

나는 그의 손을 붙잡고 고개를 절레절레 흔들었다. 장한이 차장이 속상한 기색이 역력한 표정으로 내 얼굴을 살폈다.

계약을 파기하겠다고 선언했던 터라 다시 장 차장을 만나면 낯설고 불편하지 않을까 내심 걱정했다. 어제 밤늦게 장 차장에게 연락을 한 뒤, 밤잠마저 설치고 말았다. 그런데 막상 그를 마주하고 나니 내가 했던 걱정이 기우였다는 걸 깨달았다.

하기야 사람 사이의 인연이라는 게 그렇게 계약서 한 장으로 이어졌다가 끊기는 건 아닐 테니까.

그 일이 있은 지 제법 여러 날이 지났다. 비록 손톱은 아직 자라지 않아서 손가락마다 거즈를 대고 있기는 하지만, 처음처럼 통증이 심하지는 않았다. 이마와 팔꿈치 등에 생겼던 상처에도 딱지가 생겼다가 떨어지며 아물기 시작해서 처음보다는 많이 나아진 상태였다.

어쨌든 이 정도면 괜찮겠지, 하고 용기를 내서 장 차장에게 연락을 했던 것인데……. 내 상태에 대해 너무 자만했었나 보다. 아니면, 그새 이런 내 모습에 적응을 너무 잘했던 것일 수도 있겠고.

몽실이가 내 품에서 꼬물꼬물 움직이더니 저 편한 자세로 자리를 잡았다. 지난번 골목길에서의 일 이후 몽실이는 종종 이상 행동을 보이고는 했다. 오늘 아침에도 사료를 먹다가 전부 토하는 바람에, 깜짝 놀라 동물 병원에 갔다. 병원 문을 열지도 않은 이른 시간이었던 터라 20분가량을 밖에서 서성거려야 했다. 다행히 심각한 이상이 있는 건 아니라고 했다. 단지 많이 놀라고 스트레스가 쌓여서 그런 것 같다며, 수의사는 내게 몽실이를 많이 안아 주고 쓰다듬어 주라고 했다.

[많이 놀랐겠어요. 작가님도, 작가님 주위 분들도.]

장 차장의 말에 가만히 고개를 끄덕였다. 이 작은 강아지만 하더라도 나 때문에 놀라고 스트레스를 받았다. 아니, 몽실이 뿐만 아니라 장 차장의 말처럼 내 주위 사람들 모두가 그랬다. 아버지도, 동화도.

[시간이 지나면 괜찮아지겠죠.]

결국 필요한 건 시간일지도 모른다. 어떤 식으로든 시간이 지나고 나면 감정은 둔해진다. 상처가 아문다는 건 아니다. 오히려 그 위에 굳은살이 박이는 것이라고 해야 할 수도 있다. 결과만 놓고 본다면 괜찮다. 하나뿐인 쌍둥이 언니를 잃고도 지금껏 괜찮았다. 괜찮은 척하며 살아왔다. 그러니까 고작 이런 정도의 일이야 아무것도 아니다. 그 시간이 조금 빨랐으면 하는 게 내 바람일 뿐이다.

[그 불량배 놈들은 잡았어요?]

[경찰 조사 받았대요.]

처음에는 딱 잡아떼더라는 말을 전해 들었다. 내가 착각해서 과잉 반응을 보인 거라며 되레 큰소리를 쳤다고도 들었다. 아버지가 자세한 이야기는 해 주지 않아서 그 이상 알 수는 없었지만, 그들이 내 '장애'를 핑계 삼아서 본인들이 저지른 죗값을 면하려 한다는 건 짐작할 수 있었다. 고작 듣지 못하는 것뿐인데도 낙인처럼 찍힌 장애가 나를 바보로 만들고 판단 능력조차 없는 무능한 사람으로 만들었다. 그런 자들과 단 한순간도 마주하고 싶지 않았다. 그래서 아버지와 동화가 나를 대신해 경찰서를 몇 번이고 찾아갔다.

[잠깐만요.]

몽실이를 바닥에 내려놓고 벌떡 일어났다. 그가 당황한 얼굴로 나를 쳐다보는 것조차 신경 쓸 새가 없었다. 화장실 안에서 두 손으로 머리를 감싸고 쪼그려 앉았다.

머리가 깨질 듯이 아팠다.

오늘은 비가 오지 않는데도 두통이 나를 급습했다. 구역질까지 치미는 통에 정신을 차릴 수가 없었다. 눈물이 후드득 떨어졌다. 귓가에 빗소리가 들렸다. 남자들의 손이 내 머리채를 잡고 흔드는 것 같았다. 지금 이곳이 동미가 죽었던 골목길인지, 얼마 전 내가 당했던 골목길인지 혼란스러웠다.

'동화야.'

손을 덜덜 떨며 그의 연락처를 찾았다. 아니, 찾을 필요도 없었다. 요즘은 아버지보다도 더 자주 연락을 하는 이가 동화였으니까.

'제발 전화를 받아 줘. 그냥 아무 말이나 해 줘. 비록 들을 수

는 없지만, 그래도 지금 이 순간 네 목소리가 간절히 필요해.'

휴대전화를 꽉 쥔 채 귀에 붙이고 숨을 몰아쉬었다가 내뱉기를 반복했다. 그렇게 얼마나 시간이 지났을까. 점차 호흡이 안정적으로 변하기 시작했다. 천천히 숨을 들이쉬었다가 내뱉었다.

귀에 대고 있던 휴대전화를 떼고 화면을 확인했다. 통화 시간이 계속 흘러가고 있었다.

06:14.

눈 한 번 깜빡이면 지나가는 숫자에 불과했다. 초 단위로 변하는 시간은 그렇게 대단한 건 아닐지도 몰랐다. 그러나 울컥했던 마음이 여전히 흘러가고 있는 통화 시간 속에서 조금씩 평온해질 만큼의 의미는 주었다.

나는 다시 휴대전화를 귀에 댔다. 그러곤 눈을 살며시 감았다. 아무 소리도 들리지 않았지만, 위안을 얻을 수 있었다. 동화가 지금 나와 연결되어 있다는 것만으로도 충분히 그랬다. 휴대전화를 귀에서 뗀 뒤, 가만히 화면을 쳐다보다가 전화를 끊었다. 곧바로 그에게 메시지를 보냈다.

[미안해. 일하는데 방해해서.]

[이런 방해는 언제든 환영.]

피식 웃음이 나왔다. 나는 고였던 눈물을 닦아 낸 뒤, 가볍게 뺨을 두드렸다. 감정의 기복이 심해도 이 정도로 심할 수 있는 걸까 싶었다. 조금 전만 하더라도 참담했던 마음이 이렇게 금세 회복되니 말이다.

'……네가 나한테 그만큼의 의미를 지녀서일까?'

동화에게 직접 물을 수 없는 질문을 헛되이 허공에 날려 보냈다.

[출판사 담당자 만나러 왔어. 나더러 변덕스럽다고 하지 않을까? 이제 와서 다시 글을 쓰겠다고 하는 거.]

[오히려 반가워할걸? 벌써 새 계약서 꺼내 놓고 너 기다리는 중인지도 모르지. 괜히 주눅 들어서 내용도 제대로 안 읽고 서명부터 하지 마. 인세도 팍팍 올려 달라고 하고.]

[뭐야……, 그게.]

나는 동화의 짓궂은 농담에 피식거리다가 무심코 손으로 입술을 더듬었다. 어제 동화의 입술이 지금 이 체온보다 더 뜨거웠던 것도 같은데.

'아, 미쳤나 봐. 내가 지금 무슨 생각을 한 거야?'

[뭐긴 뭐야. 내 애인 예쁘단 거지.]

동화의 엉뚱한 답장이 도착했다. 조금 전에 나눈 대화와 아무런 상관도 없는 내용이었다. 그러나 예쁘다는 말에 괜히 기분이 좋아졌다. 나는 메시지를 보지 못한 척 말을 돌렸다.

[오늘은 오지 마. 퇴근하면 곧바로 집에 가서 쉬어.]

[네 얼굴 보는 게 쉬는 건데?]

동화가 보낸 메시지를 가만히 쳐다보다가 눈가를 손등으로 문질렀다. 말라붙은 눈물 탓인지 눈가가 따끔거렸다.

[윽. 나더러 연애는 집에 가서 하래.ㅠ_ㅠ 낭만이라고는 눈곱만큼도 없는 사람들 같으니라고. 그러니까 다들 솔로 신세에서 못 벗어나지.]

앗. 나 때문에 회사 사람들에게 눈총을 받았나 보다. 난감한 마음에 얼굴을 찡그렸다. 그러는 사이에 그가 다시 메시지를 보냈다.

[회의 들어가 봐야 돼. 이따가 집으로 갈게.]

답장을 보내지 않았다. 오지 말라는 말도, 오라는 말도, 둘 다 내게는 그저 어려울 따름이었다. 그래도 다행인 건 그와 대화를 나누다 보니 두통과 욕지기가 말끔하게 가라앉았다는 점이다. 구부리고 있던 다리를 펴고 일어섰다. 한참 쪼그리고 앉아 있었던 탓에 다리가 조금 저렸다. 허리를 숙인 채 종아리를 주무르는데 화장실 문이 열리더니 카페의 직원이 고개만 쏙 집어넣었다가 나를 보고는 다시 뒤를 돌아보았다. 누군가에게 뭔가를 말하는 듯싶었다. 직원의 뒤쪽에서 장한이 차장의 얼굴이 언뜻 보였다. 그제야 상황이 어떻게 된 것인지 대충 짐작이 갔다.

아마 장 차장이 나 때문에 안절부절못하다가 직원에게 화장실 안을 살펴봐 달라고 부탁한 것 같았다. 내 추측을 증명이라도 하듯 장 차장이 나를 보고는 안도한 표정을 지었다. 나는 겸연쩍은 얼굴로 화장실에서 나와 죄송하단 인사로 꾸벅 고개를 숙였다. 그러자 장 차장이 손사래를 치더니 테이블로 몸을 돌렸다.

[걱정 끼쳐 드렸던 점, 정말 죄송해요.]

나는 펜을 내려놓고 두 손을 모은 채 고개를 숙여 사죄했다. 그러자 장 차장이 당황한 얼굴로 손을 내젓더니 이내 씩 웃었다.

[사과하지 않으셔도 돼요, 작가님.]

[하지만 제가 계약을 해지한다고 제멋대로 우겼고.]

[그 계약 해지 건, 그대로 무산됐던 거 모르시죠?]

장 차장이 장난스럽게 웃으며 나를 쳐다보았다. 나는 그의 말뜻을 이해하지 못해 어리둥절한 얼굴로 눈만 두어 번 깜빡였다. 무산되다니? 계약 해지 건이 없던 일로 됐다는 거야? 내가 의문 가득한 눈으로 쳐다보자 그가 다시 한 번 미소를 짓더니 대답을 덧붙였다.

[남자 친구가 찾아왔었어요.]

'예?'

나는 더 의아해져서 눈을 휘둥그렇게 떴다. 장한이 차장이 도대체 무슨 말을 하는 건지 이해할 수가 없었다. 누가 출판사에 갔었다는 건지, 남자 친구는 또 무슨 얘기인지…….

'설마.'

문득 떠오른 생각에 눈을 더욱 크게 떴다. 장 차장은 마치 내 생각을 읽어 내기라도 한 듯 눈을 휘며 웃더니 고개를 끄덕였다.

[류동화 씨가 다녀갔었어요.]

[동화가 출판사에 갔었다고요?]

너무 놀란 탓에 처음에는 동화의 이름을 온전히 적지도 못했다. 나는 뭐라고 말하기 힘든 감정에 가슴이 먹먹해져 가늘게 떨기만 했다.

동화가 출판사에 다녀갔단다. 가서 무슨 말을 했던 걸까. 어떤 얘기를 했기에 계약을 해지하기로 했던 일을 무산시켰던 것일까. 그러고도 왜 내게 단 한마디도 하지 않았을까. 하다못해 조금 전에 화장실 안에서 그와 메시지를 주고받으며 장 차장을 만나러 왔다고 말했을 때조차 그는 조금도 내색하지 않았다.

[곧 고백할 사람이라고 당당하게 말하더니, 성공했나 보네요.]

그 순간, 또다시 장 차장이 메모를 적어 내게 건넸다. 이해할 수 없는 내용에 머릿속이 거듭 멍해졌다. 그러다가 뒤늦게 그의 말뜻이 조금씩 이해되었다.

'곧 고백할 사람이라고…….'

장 차장이 말한 '성공'이 무엇을 의미하는지 깨달았다. 그리고 그가 조금 전에 적었던 남자 친구란 말이 눈에 들어왔다. 그 말에 반박을 하거나 의문을 제기하지 않고, 그저 동화가 출판사에 다녀갔었던 것에 대해서만 반응을 보였으니 그가 내 '남자 친구'라는 점에 대해서는 긍정한 것이나 마찬가지였을 터였다.

얼굴이 확 달아올랐다. 내가 어색한 표정을 숨기지 못한 채 몽실이를 쓰다듬고 있는데, 장 차장이 다시 질문을 건넸다.

[새 작품은 구상하신 거 있어요?]

[아직 없어요.]

다시 글을 쓰겠다고 마음을 먹었지만, 새로운 원고에 대한 아이디어는 아직 떠오르지 않았다. 컴퓨터 안에 시놉시스 몇 개가 저장되어 있기는 하지만, 쓰고 싶단 생각이 드는 것도 없었고. 그래서 일단 시간을 갖고 여유롭게 생각해 보기로 했다.

장 차장도 그런 내 뜻을 존중해 주겠다는 듯 다음 작품에 대한 독촉은 하지 않았다. 그저 요즘 읽고 있는 책 얘기 같은 것들을 꺼냈을 뿐이다. 그렇게 가벼운 잡담을 몇 차례 주고받다 보니 원고 작업을 위해 출판사를 찾아가 회의를 하던 날들의 기억이 떠올랐다.

장 차장뿐만 아니라 출판사 식구들 모두 내 원고에 대한 열정이 뜨거웠다. 진심으로 본인이 하는 일을 사랑하고 있다는 게 바로 이런 모습이 아닐까 싶었을 만큼.

나는 그 정도까지 진심을 가지고 글을 써 보았을까.

지금껏 그렇다고 믿었다. 유일하게 하고 싶었던 것이기에 당연히 내 모든 진심을 다 바쳤다고 생각했다. 하지만 비난 몇 번에 겁먹고 도망치려 했던 내 자신을 되돌아보니 과연 내가 진심을 다했는지 확신하기 어려웠다.

어쩌면 나는 글을 쓰는 걸 하나의 도피처로 여기고 있었던 게 아닐까. 끔찍했던 기억에서 달아나 방 안에 틀어박혔던 것을 대신하여 글이라는 또 다른 도피처를 택해 세상을 외면하고 살아왔던 건 아니었을까. 동물원 우리 밖의 세상을 꿈꾸다가 직접 그 세상 속으로 뛰어들었던 새끼 악어 크로코와 달리, 아이러니하게도 그 캐릭터를 만들어 낸 나는 여전히 세상을 등지고 웅크려 앉아 있었는지도 모르겠다. 동미의 죽음 이후 세상을 다 알아 버렸다고 생각했던 게 얼마나 큰 착각이었는지를 이제야 알았다.

장 차장이 카페를 나서며 작은 쪽지 한 장을 건넸다.

[사람이 태어나서 죽을 때까지 흘리는 눈물의 양은 누구나 같대요.

봄이 작가님은 살아가며 흘려야 할 눈물의 총량 중에서 지금껏 흘린 눈물만큼 덜어 낸 거니까 앞으로는 그만큼 웃을 일이 많을 겁니다.]

쪽지를 받아 본 순간, 나도 모르게 눈가를 문질렀다. 왜 내가 갑자기 화장실에 들어가 나오지 않았는지, 왜 화장실에서 나오는 내 얼굴에 눈물 자국이 가득했는지, 그 어떤 것에 대해서도 묻지 않은 장 차장의 마음 씀씀이에 고마웠다.

지난 시간을, 그리고 앞으로의 시간을 버틸 수 있는 건 아마도 이런 마음들 덕분일 것이다. 내가 다시 이 자리로 돌아올 수 있었던 것도 그 마음들에 힘입었기 때문일 터였다.

그러고 보면 나는 꽤 부자가 아닐까. 이런 소중한 마음들을 가지고 있으니. 휴대전화와 쪽지를 함께 넣은 뒤, 흡족한 마음에 주머니를 가볍게 두드리고는 발걸음을 옮겼다. 나를 올려다보고 있던 몽실이가 주황색 조끼를 뽐내듯 경쾌하게 걷기 시작했다.

하지만 몇 걸음 내딛기도 전에 몽실이가 귀를 쫑긋거리더니 몸을 돌려 내게 되돌아왔다. 그러곤 뒷발로 일어서더니 가볍게 앞발을 움직여 내 다리를 건드렸다. 주머니에 휴대전화를 넣은 쪽의 다리였다. 나는 몽실이의 머리를 쓰다듬은 뒤, 좀 전에 집어넣었던 휴대전화를 다시 꺼냈다. 새로운 메시지가 도착했다는 걸 알리는 숫자 1이 보였다.

'누구……. 동화가 또 보낸 건가?'

나는 고개를 갸웃거리면서도 입꼬리가 저절로 올라가는 걸 느끼며 서둘러 메시지 함을 열었다. 그러나 메시지를 확인한 순간, 내 표정은 굳고 말았다.

메시지를 보낸 사람은 동화가 아닌 그의 어머니였다.

동화의 어머니와 만나기로 한 장소는 장 차장과 만났던 카페에서 멀지 않은 곳이었다. 이유 모를 초조함에 옷자락을 꽉 쥐었다가 놓은 뒤, 물컵을 들었다. 컵을 들고 있는 손이 바들바들 떨렸다.

그때 맞은편에 누군가가 다가왔다. 바로 동화의 어머니였다. 나는 그녀와 눈이 마주치자마자 자리에서 일어나 허둥대며 인사했다. 그러자 동화의 어머니가 나를 향해 앉으라는 손짓을 했다.

그의 어머니가 나를 빤히 바라보고 있는 시선이 느껴졌다. 차마 고개를 들지 못하고 부들부들 떨었다. 동화의 어머니가 어떻게 내 번호를 안 것일까. 왜 내게 만나자고 메시지를 보낸 것일까. 두려운 마음이 덜컥 앞섰다.

"소리는 못 들어도 입 모양으로 대강 내 말을 이해할 수는 있을 테니 편하게 얘기하마. 동화랑 어떤 사이인지 물어봐도 될까?"

가슴속에서 뭔가가 아슬아슬하게 매달린 채 금방이라도 끊어질 듯 흔들렸다. 하지만 나는 입술을 힘주어 깨물며 자세를 바로 세웠다.

동화의 어머니는 뭔가를 느꼈던 것일까. 동화와 내가 그저 동창생, 이웃사촌과 같은 말로 설명하기 힘든 관계라는 것을. 다시 만난 그와 나의 관계가 10년 전과는 달라졌다는 것을.

"동화와 사귀고 있는 거니?"

그의 어머니는 내 침묵을 탓하는 대신, 거듭 질문을 바꿔 물었다. 그렇지만 나는 계속 침묵할 수밖에 없었다. 소리 낼 수 없는 대답이 입안에서 헛되이 맴돌다가 잘게 부서졌다. 내가 하려던 대답은 온데간데없이 사라졌고, 몇 번이고 의미 모를 말이 되어 입안에 또다시 맴돌았다. 입 밖으로 내지 못한 말들은 그런 식으로 재조립되다가 이내 사라졌다. 나는 뒤늦게 펜을 쥐었다. 어른이 물었는데 대답하지 않는 건 예의가 아니었다.

툭툭.

그러나 나는 노트 위에 아무런 대답도 적을 수 없었다. 그 대신, 눈물방울이 나란히 노트 위에 떨어지면서 우연히 무한대 기호를 만들어 냈다.

∞

할 수 없는 대답이 전부 그 안에 들어가 있었다. 그중에서 가장 적당한 대답을 찾을 수 있으면 얼마나 좋을까.

"아니길 바랐는데. 동화와 만나지 않았으면 좋겠구나."

가슴속 어딘가에서 우지끈, 하는 소리가 들린 것 같다. 뭔가가 부러져 무너지는 소리였다. 잃어버린 지 오래된 소리의 흔적에, 나는 반사적으로 손을 들어 귀를 감쌌다. 동그스름한 귓바퀴 중간쯤에 살짝 튀어나온 부분이 있었다. 그게 괜히 손끝에 거슬렸다.

어쩌면 나도 이런 존재가 아닐까.

귓바퀴의 튀어나온 연골 같은 존재. 그다지 신경 쓰지 않고 살아도 될 만큼 보잘것없는 존재이지만, 어느 순간 자각하면 신경에 거슬리는 그런 존재.

두 눈을 질끈 감았다가 뜨고는 고개를 흔들었다.

'동화를 좋아해요.'

사실, 무한대 기호나 귓바퀴 연골 같은 쓸데없는 얘기를 하고 싶지는 않았다. 자학하며 비참함을 곱씹고 싶지도 않았다. 그저 내가 하고 싶었던 말은 딱 이게 전부였다.

'동화를 많이 좋아해요. 사랑하고 있어요.'

그렇지만 무기력한 내 손은 펜을 쥐고도 결코 그 말을 노트 위에 당당히 쓰지 못했다.

'동화와 만나지 않았으면 좋겠구나.'

우습게도 나는 동화의 어머니에게 '왜요?' 하고 묻지 못했다. 내가 왜 그래야 하는지, 그 이유를 스스로 짐작하고 있는 까닭이었다.

"지금 내가 이러는 거, 참 모진 짓이라는 거 알아. 하지만 동은아, 나는 너를 받아들일 수 없어. 우리 동화랑 너를 도저히 같이 엮어서 볼 수가 없어. 보고 싶지도 않고."

각오해야 했던 일인지도 모른다. 내게 장애가 있는 이상, 어느 누구도 흔쾌히 나를 받아들이지 않으리란 건 이미 잘 알고 있었다. 그러나 막연히 그렇게 생각하고 있었다고 해서 아무렇지 않은 건 아니었다. 상처받지 않는 것도 아니었다. 그것이 막연한 상상과 현실의 차이였다. 나는 가슴속을 헤집는 듯한 통증을 억누르며 펜을 쥔 손에 힘을 꽉 주었다.

[제가 잘할게요. 동화에 비하면 부족한 점이 많지만 열심히 노력할 테니까요.]

"그럴 것 없어. 그러지 마. 너랑 동화, 이웃집 살면서 남매처럼 지내던 사이였으니까 내가 너를 딸처럼 생각할게. 하지만 동화 짝으로는 아니야. 싫다."

그녀는 단호히 거부했다. 일말의 여지조차 남기지 않으려는 듯 냉랭한 태도였다. 문득 10년 전의 그녀를 떠올렸다. 나란히 이웃집에 살면서 나를 친딸처럼 예뻐해 주던 모습이 그리웠다. 돌아갈 수 없는 시절을 그리워하는 게 바보 같다는 걸 알지만, 상처받은 가슴은 그렇게 과거를 되짚어서라도 통증을 달래고 싶어 했다.

[장애 때문인가요?]

당연한 질문이기에 동화의 어머니에게서 달리 대답은 돌아오지 않았다. 억울했다. 머리로는 그녀의 마음을 이해 못 할 게 아니었지만, 설령 그렇다 하더라도 억울한 마음이 가시는 건 아니었다.

청력을 잃고 싶어서 잃은 게 아니었다. 소리 내는 법을 잊고 싶어서 잊은 게 아니었다. 세상 어느 누가 장애를 가진 채 살고 싶을까. 장애를 갖고 있다는 것만으로도 타인의 시선과 값싼 동정을 받아야 했다. 어디를 가든지 내가 장애인이라는 걸 들키기라도 하면 그때부터 나는 자유로울 수 없었다. 그들과 단지 다른 점이라고는 듣지 못하고 말하지 못하는 것뿐인데도, 나는 순식간에 열등한 종이 되었다. 아예 다른 종이 된 것처럼, 사람들은 내 앞에 높은 벽을 쌓고 배척했다. 그것이 더욱 힘들었고 나를 움츠러들게 했다.

'……하다못해 사랑조차도 쉽지 않구나.'

후드득 떨어지는 눈물을 닦지도 못한 채 그대로 동화의 어머니를 바라보았다. 10년 전의 모습보다 늙은 그녀에게서 지난 시간이 엿보였다. 홀로 키운 아들에 대한 모정을 원망하는 건 아니다. 섭섭하다고 탓할 것도 없다. 그의 어머니는 그녀 나름대로 당당히 자신이 원하는 바를 말하는 것뿐이다. 그리고 나 역시 그럴 수밖에 없다. 나는 두 눈을 질끈 감았다가 뜨고는 다시 펜을 움직였다.

[그 대신 저는 세상과 필담을 통해 소통하고 있어요. 제가 쓴 이야기를 좋아해 주는 어린 독자들도 있고요. 동화를 쓰고 있거든요.]

동화, 사랑하는 그와 똑같은 이름을 달고 있는 이야기.

동화는 내게 바로 그런 존재인가 보다. 어느 쪽이든, 나를 버티고 서게끔 해 주는 존재. 나를 살아가게끔 등 뒤에서 받쳐 주는 존재.

[이 강아지가 제 귀 역할을 해 주고 있어요. 이 녀석 덕분에 어머니께서 생각하시는 것보다 그렇게 불편함을 겪고 있지도 않아요. 그러니까]

어머니. 저, 한 번만 봐 주시면 안 될까요? 미처 끝내지 못한 문장의 빈 자리를 보던 동화의 어머니가 노트를 다시 내 쪽으로 밀어 버렸다. 내가 아무리 간절히 바란다 하더라도 결코 용납할 수 없다는 듯 단호한 태도였다.

"개가 아이를 키워 줄 수 있니?"

무슨 의미인지 알 수 없어 멍하니 그녀를 쳐다보았다.

"지금 당장 네 몸 하나 건사하는 것쯤이야 가능할지도 모르지. 하지만 그 이상을 할 수 있겠어? 만약 네가 동화랑 결혼을 한다고 쳐. 아내 노릇 제대로 할 수 있겠니? 아이가 생기면? 네가 아이를 제대로 키울 수 있을 거라고 생각하니?"

속이 꽉 막히기라도 한 것처럼 답답해졌다. 너무 앞서 나가셨다고, 그렇게 말하고 싶었다. 동화와 결혼까지 생각한 건 아니었다고, 그렇게 얘기하고도 싶었다. 하지만 나는 그 어떤 대답도 할 수 없었다. 움직이지 않으려는 손가락을 억지로 구부렸다. 그저 쥐기만 하면 되는 펜이 자꾸만 손에서 빠져나가려고 했다. 나는 안간힘을 써서 펜을 붙들었다.

[할 수 있,]

할 수 있다는 말이 쉽게 나오지 않았다. 화재가 나서 모두가 대피한 줄도 모르고 홀로 남아 있었던 내가 떠올랐다. 할 수 있다는 말은 거짓이다. 그 거짓된 문장을 다 쓰기도 전에 아슬아슬하게 붙들고 있던 펜이 손 밖으로 결국 빠져나가고 말았다.

"누군가의 아내가 되고 엄마가 된다는 건 그렇게 쉬운 일이 아니야."

어느 것이든 쉽다고 생각한 적 없었다. 청력을 잃은 이후,

지금껏 그 무엇도 쉬웠던 적이 없었다. 누군가의 아내가 되고 엄마가 되는 미래에 대해서는 꿈조차 꾼 적 없지만, 설령 꿈을 꾸었다고 하더라도 쉬울 것이라 섣불리 예단하지는 않았을 터였다.

[쉽지 않다고 해서 애당초 할 수 없다는 의미인 건 아니잖아요.]

그녀가 한심하다는 듯한 얼굴로 나를 쳐다보다가 관자놀이를 지그시 눌렀다. 마치 철없는 소리를 들은 사람처럼 행동하는 그녀의 모습에 저절로 주눅이 들었다.

"동화, 좋은 소개 자리도 들어왔었어."

가슴이 쿵, 소리를 내며 내려앉았다.

"동화랑 같이 동업하는 친구 중 한 명이 우성유통 차남이야. 너도 들어 봤지? 그 친구가 동화한테 제 사촌동생을 소개해 주겠다더라. 한영대학병원 인턴으로 있는데, 그 여자 오빠도 같은 병원 전임의래. 솔직히 우리 동화한테 과분하지. 미국에서 번듯한 대학 나오고 여기저기 큰 회사에서 스카우트 제안도 받았을 만큼 동화가 능력 있고 똑똑하기는 하지만, 그래도 그런 집안에서 볼 때 동화가 눈에 차지는 않을 테니까. 어쨌든 그런 상황에 내가 너를 흡족하게 받아들일 수 있겠니?"

소개 자리. 우성유통. 한영대학병원 인턴. 내가 어머니의 입 모양을 통해 제대로 이해한 단어는 고작 그게 전부였다. 아니, 그것만으로도 충분했다. 나는 죄인이 된 듯한 마음에 어깨를 움츠리며 고개를 숙였다.

'우성유통이라…….'

갑자기 현실과 너무 동떨어진 대기업 이름이 언급된 바람에 생경한 느낌마저 들었다. 한영대학병원 인턴이라는 여자의 존재 역시 너무 까마득했다. 나는 또다시 초라해지는 느낌을 받고는 억지로 허리를 펴고 몸을 세우려 했다. 그러나 한번 든 느낌은 쉽게 사라지려 하지 않았다.

"좋아하는 여자가 있다며 거절하더라. 대체 어떤 여자이기에 그 좋은 자리마저 마다하나 싶어 궁금했어. 내심 기대도 했고. 어련히 알아서 잘 골랐을까, 했지. 그 여자가 너일 거라고는 상상도 못 했어."

어머니가 느꼈던 실망감을 이해할 수 있었다. 어쨌든 내가 동화에 비해 많이 부족한 것은 사실이다. 하지만 그렇다고 해서 그를 포기할 수 있는 건 아니었다.

[제가 더 많이 노력할게요.]

"네 장애가 노력으로 해결되니? 왜 이렇게 사람 말을 이해 못 하고 자꾸 같은 말을 반복하게 해?"

동화의 어머니가 옆으로 몸을 틀었다. 그러고는 손끝으로 이마를 감싸 눌렀다.

내 기억 속의 그녀는 늘 다정하고 상냥했다. 그렇기 때문에 지금 그녀의 모습이 더욱 낯설고 생경할 수밖에 없었다. 고작 테이블 하나를 사이에 두고 있는데, 왜 이렇게 멀게만 느껴지는 건지 서글픈 마음이 들었다.

"왜 나를 모진 사람으로 만들어. 왜 너한테 독한 소리를 하게 하는 거니."

동화의 어머니가 탓하는 말들이 다시금 가슴속을 저몄다. 모든 게 내 탓이라고 하는 그녀의 말이 너무나 서운하고 아팠다.

"현실적으로 생각해 보렴. 좋아한다는 마음 하나만 가지고 우길 만큼 어린 나이는 아니잖아. 아까도 말했다시피 아내 노릇, 엄마 노릇, 아무나 하는 거 아니야. 몸 멀쩡한 사람도 쉽지 않은 일이라고. 성하지도 않은 몸으로 네가 어떻게 감당할 수 있겠어. 안 그래?"

동화의 어머니에게 대답할 말을 찾을 수 없었다. 장애가 있다는 것만으로 나는 그 무엇도 온전히 해낼 수 없는 사람이 된 상황이다. 이미 그렇게 전제를 깔아 놓은 상태인데 내가 무슨 말을 한다 해서 소용이 있을까 싶었다.

왜, 다들 그렇게 생각하는 걸까.

동화의 어머니는 장애가 있는 내가 당신의 아들 곁에 있는 것을 용납할 수 없다고 말한다. 이해 못 할 바는 아니다. 사람들은 거리 위에서 내 옆을 무심히 스쳐 지나가다가도 내게 장애가 있다는 걸 알게 되면 그 순간부터 나를 본인들과 달리 취급한다. 그의 어머니는 나로 인하여 당신의 소중한 아들마저 그런 취급을 받을까 염려하는 것일지도 모른다.

결혼이나 육아 문제만이 아니더라도.

어머니는 내게 현실적으로 생각해 보라고 했지만, 솔직히 내게는 그런 문제들이 비현실적이라 그리 와 닿지 않았다. 누군가의 아내가 되고 엄마가 된다는 걸 상상해 본 적 없는 사람에게 그보다 더 비현실적인 것이 있을까. 그러나 이런 나와는 달리 동화의 어머니에게는 그런 문제들이 더없이 현실적이었을 것이다. 그렇기 때문에 더욱 기가 막혔을 터였다. 홀로 외아들을 키우며 꿈꿨을 어머니의 미래에 나처럼 장애 있는 며느릿감은 존재한 적 없을 테니 말이다.

어떻게 말을 해야 할까. 결혼 같은 건 생각해 본 적 없으니 안심하시라고, 그렇게 말하면 동화와 사귀는 걸 허락해 줄까.

[제발 부탁할게. 동화를 정말 사랑한다면, 놓아줘.]

동화의 어머니가 자리에서 일어서서 쪽지 한 장을 내밀었다.

고개를 돌려 주위를 둘러보았다. 다른 테이블에 앉아 있는 이들이 서로의 얼굴을 마주한 채 대화를 나누는 모습이 보였다. 그리고 또 다른 테이블에 홀로 앉아 있는 여자가 이어폰을 낀 채 책을 읽는 모습도 볼 수 있었다. 그 어디에나 소리가 존재했다. 하다못해 이어폰을 낀 여자조차도 소음을 피해서 이어폰에서 흘러나오는 음악 같은 것에 귀를 열어 놓았을 것이다.

오로지 나만이 다른 세상에서 튕겨져 나온 것처럼 이 공간에 있었다. 이 세상은 내가 있어야 할 고요한 세상이 아니었다.

문득 외롭단 생각이 들었다.

손안에서 흔들리는 펜의 움직임이 쓸쓸했다. 그의 어머니에게 뭐라고 말을 해야 하는데, 아무런 말도 더 이어 가지 못하는 펜의 무능함에 서글픔이 앞섰다. 그래도 뭔가 말을 해 봐야지, 하는 마음에 다시 한 번 펜을 잡은 손에 힘을 주었다. 그러나 내가 뭔가를 쓰기도 전에 누군가가 노트를 낚아채듯 가지고 갔다. 갑작스럽게 빼앗긴 노트를 따라서 시선을 들었다. 눈이 휘둥그렇게 커졌다.

동화가 테이블 옆에 서서 한 손에는 쪽지, 그리고 다른 손에는 노트를 든 채 어머니와 내가 주고받은 대화를 훑어보고 있었다. 그의 어머니가 황망한 얼굴로 손을 뻗으며 입을 열려는 순간, 그가 일그러진 얼굴로 고함을 내질렀다.

눈앞에서 새하얀 안개꽃이 후드득 떨어져 내렸다.

#
그 남자

차를 골목 어귀에 주차해 놓고 동은의 집까지 걸어가던 중이었다. 아저씨의 가게 옆에 있는 작은 꽃집에서 안개꽃 한 다발을 샀다. 새빨간 장미를 살까, 샛노란 프리지아를 살까 하다가 결국 선택한 건 새하얀 안개꽃 다발이었다. 나는 들고 있던 안개꽃 다발을 이리저리 살피며 혼잣말을 중얼거렸다.

"마음에 들어 하겠지?"

화려하지 않지만 작고 소박해 보이는 모양새가 너무나 사랑스러운 게 딱 그녀와 닮아 보였다. 그래서 장미와 프리지아 사이에서 계속 고민하다가 엉뚱하게 안개꽃을 고른 것이기도 하다. 나는 저절로 올라가려는 입꼬리를 괜히 끌어 내리며 헛기침을 두어 번 했다.

온 세상이 아름답게 보인다는 말을 이해할 수 있을 것도 같다. 지금 내 눈앞에 보이는 세상이 딱 그렇게 보이니 말이다. 그 모든 게 단 한 사람 때문이라는 걸 잘 알고 있다.

바로 서동은이라는 여자.

10년 전의 풋내 나던 마음이 영글었다. 우연이라는 이름으로 재회한 지 얼마 되지 않았다고 해서 그 마음마저 가벼운 건 결코 아니다. 지난 10년 동안, 나도 모르는 사이에 계속 여물어 갔던 마음이 이제야 제 주인을 찾은 것이니까.

한 걸음 한 걸음 발을 내디딜 때마다 가슴속에 스며든 감정이 풍선처럼 부풀었다. 조금 더 발길을 재촉했다. 그다지 먼 거리가 아님에도 불구하고 동은을 보러 가는 이 길이 한없이 멀게 느껴져 마음이 조급해졌다.

그 순간, 휴대전화가 울렸다. 선배에게서 걸려 온 전화였다.

"예, 선배."

— 좋냐?

밑도 끝도 없이 던진 물음이 무슨 의미인지 금세 눈치챘다. 나는 입꼬리를 올리며 고개까지 끄덕이고는 대답했다.

"당연하죠. 깁스 푸니까 이제야 살 만하네."

— 새끼……. 누가 그거 물어봤냐? 근무 시간에 농땡이 치고 애인 보러 가니까 좋으냐고.

선배의 목소리에서 짓궂은 장난기가 묻어났다. 나는 안개꽃 다발에 코를 가까이 대고 그 향기를 맡다가 다시금 진지한 투로 말했다.

"고맙습니다, 선배. 다른 사람들한테도 고맙다고 전해 주세요."

— 고맙기는……. 지금 농땡이 친 거 죄다 무수당 야근으로 갚아, 인마. 그게 싫으면 회식을 쏘든지.

선배가 괜히 툴툴거리며 내 말을 받아쳤다. 그 마음에 저절로 미소가 번졌다.

"둘 다 하죠, 뭐."

— 어쭈? 배짱 좋게 말한다? 너 지금 이거 다 녹음했거든?

선배의 장난스러운 목소리를 들으며 덩달아 농담으로 몇 마디 대꾸를 했다. 내 마음을 편하게 해 주려는 선배의 배려에 저절로 가슴속이 따뜻해졌다.

어제, 회사 앞에 찾아온 동은을 동료들 몇 명이 보았다고 했다. 더 정확히 말하자면 건물 1층 로비에서 나와 그녀가 휴대전화로 대화를 주고받는 걸 보았다고 해야겠지만 말이다. 여하튼 그중 한 사람이 지금 나와 통화를 하고 있는 선배였다. 그리고 오늘 아침에 출근한 지 얼마 되지 않아 그들에게서 조심스러운 질문을 받았다.

어제 같이 있었던 여자가 애인인지, 그리고 그 애인한테 혹시 무슨 장애가 있는 것인지.

그 질문에 아무렇지 않게 대답을 하자마자 동료들은 순간적으로 당황해했다. 그리고 더 이상 얘기를 하는 걸 불편하게 여겼다. 하물며 어제 내게 애인 생겼냐며 짓궂게 추궁했던 여자 동료마저도 오늘은 말을 아꼈으니 더 무슨 얘기가 필요할까. 그들에게 어떤 악의가 있어서 그렇게 행동한 건 아니란 걸 알면서도 어쩐지 씁쓸한 기분이 들었다. 그녀는 지난 10년 동안 수시로 이런 반응을 접했겠구나 싶어서였다.

'애인, 귀엽게 생겼더라. 나중에 사무실로 한번 데리고 와. 이왕이면 애인 친구들도 데리고 오면 더 좋고. 동화, 넌 말이야. 의리도 없이 너만 솔로 탈출했다 이거냐? 우리는 죄다 이 사무실에서 쉰 냄새 풀풀 풍기고 있는데 말이지.'

그 순간, 선배가 넉살 좋게 끼어들어 어색했던 분위기를 바꿨다. 그러자 불편해하던 동료들이 그에 맞춰 덩달아 너스레를 떨기 시작했다. 덕분에 나와 동은의 일은 그저 흔하디흔한 '주변 사람의 연애사' 정도가 될 수 있었다. 물론 그들이 속으로 어떻게 생각하는지 그것까지 알 수는 없지만.

— 어쨌든 대단하다, 너.

선배는 통화를 끝내기 전, 한마디를 덧붙였다. 나는 편하게 웃으며 통화를 마치려다가 쓴웃음을 지었다.

'대단한 건가? 내가 뭘 했다고 대단하단 소리를 듣는 거지?'

들떴던 마음이 조금은 가라앉았다. 우리는 그저 연애를 하고, 사랑을 하는 것뿐인데. 남들과 똑같이 그렇게 살아갈 뿐인데 나는 그것만으로도 대단한 일을 한 사람이 되었다. 동은이 장애를 갖고 있다는 사실만으로.

"대단한 사람 되기 쉽네."

입 밖으로 나온 혼잣말이 금세 공기 중에 흩어져 버렸다.

남들이 뭐라 생각하든, 그게 중요한 건 아니니까.

그렇게 속으로 되뇌며 급하게 걷는데 동은이 저만치 떨어진 곳에서 걸어가고 있는 게 보였다.

"어? 동은이잖아? 출판사 미팅이 이제야 끝난 건가? 어디를 가는 거지?"

"동은아" 하고 나도 모르게 그녀를 부르며 손을 번쩍 쳐들었다. 반가운 마음에 무심코 나온 행동이었다. 그러나 곧바로 내 실수를 깨닫고 입을 다물었다.

그러지 않아도 동은을 놀라게 해 주려고 찾아온 길인데 잘됐단 생각이 들었다. 오후에 병원에 가서 깁스를 풀었지만, 동은에게는 아직 알리지 않았다. 그녀가 깜짝 놀라는 모습을 보고 싶은 욕심 때문이었다.

나는 그녀가 알아채지 못하도록 조심하며 발길을 재촉했다. 두근두근, 가슴이 뛰었다. 동은의 등 뒤에서 와락 끌어안으면 많이 놀라려나, 하고 짓궂은 웃음을 흘리는 순간, 동은이 갑자기 바로 옆 가게로 들어가 버렸다.

졸지에 닭 쫓던 개 신세가 되어, 거리 한복판에 서서 헛웃음을 지었다. 그녀에게 장난을 칠 생각에 잔뜩 부풀어 올랐던 가슴속에서 바람이 빠지는 소리가 들리는 것만 같았다.

"약속이 있었나 보네."

동은이 들어간 곳은 카페였다. 괜히 서운한 마음이 들었다. 딱히 그럴 이유는 없는데 말이다. 그녀가 내 장난을 예상하고 있었던 것도 아니고, 나 아닌 다른 사람과 약속이 없으리란 법도 없는데. 이게 무슨 유치한 이기심인가 싶어 한숨을 내쉰 뒤, 다시 걸음을 옮겼다. 누구를 만나는 건지 몰라도 어차피 이렇게 된 거, 그냥 카페에 들어가 동은을 놀라게 해 주자는 마음이었다.

하지만 곧 발걸음을 멈출 수밖에 없었다. 나를 그 자리에 멈춰 세운 건 예상치 못한 사람이었다.

"어머니? 어머니가 왜?"

카페 안으로 어머니가 들어갔다. 두 사람이 연락을 주고받으며 이렇게 만나기도 했던 걸까. 그렇게 생각하지 못할 건 없었다. 하지만 내 예감은 그게 아니라고 말했다. 나는 표정을 굳히며 다시금 발걸음을 뗐다.

카페의 전면 유리 너머로 보이는 동은의 모습은 다른 사람에게 가려진 터라 제대로 보이지 않았다. 그러나 어째서인지 상처 입은 그녀가 보였다. 다른 사람들 눈에는 보이지 않을지 몰라도 내 눈에는 상처 입고 우는 동은의 모습이 선명히 들어왔다. 나는 그대로 카페의 문을 열었다. 문이 열리면서 맑은 풍경 소리가 들렸다. 지금의 상황과 어울리지 않는 소리란 생각이 들었다.

그녀는 이 소리를 듣지 못했을 것이다.

청력을 잃은 뒤, 동은은 얼마나 많은 것을 잃어버린 채 살아야 했을까. 사랑하는 가족을 잃은 것만으로도 힘겨웠을 텐데, 거기에 청력까지 잃었으니 그녀가 견뎌야 했을 삶이란 차라리 지옥 같았을지도 모른다. 그러니 말문을 닫아 버렸던 게 아닐까. 그녀에게 세상은 언제나 잔혹하고 끔찍했을 테니. 그럼에도 불구하고 사랑스러운 글을 써 내려간 동은의 마음이 얼마나 예쁘고 강한지 모르겠다.

동은의 눈에서 눈물이 후드득 떨어지는 게 보였다. 그 눈물이 날카로운 비수처럼 내 가슴을 찔렀다. 하지만 정작 본인은 제 눈물을 의식하지 못하고 있는 듯 처연한 얼굴로 그저 어깨를 움츠린 채 앉아 있을 뿐이었다. 마치 큰 죄를 짓기라도 한 사람처럼. 나는 어금니를 악문 채 그녀와 어머니가 앉아 있는 자리로 천천히 다가갔다. 그들은 내가 근처까지 다가갔는데도 알아차리지 못했다. 아니, 나를 그저 카페의 다른 손님 정도로 여겼는지도 모른다.

종이 위에 쓰여 있는, 그들의 대화 내용이 눈에 들어왔다. 전체적인 내용을 모두 본 것은 아니었다. 그럴 틈도 없었다. 그저 동은이 쓴 내용 중 일부분이 눈에 박히듯 파고들었다.

[제가 더 많이 노력할게요.]

숨이 막혔다. 얼마나 더 노력을 해야 한다는 걸까. 지금껏 살아온 것만으로도 그녀는 남들의 수십, 수백 배는 더 노력했을 것이다. 그럼에도 불구하고 그녀는 내 어머니 앞에서 더 많이 노력하겠다는 말을 해야 했다.

어째서 그런 말을 한 것인지 짐작이 됐다. 내 휴대전화를 몰래 뒤져 보던 어머니의 모습이 떠올랐다. 그와 동시에 참담한 마음이 온몸을 짓눌렀다. 나는 가슴속이 꽉 막힌 듯한 느낌에 신음을 삼키며 무작정 테이블 위로 팔을 뻗었다. 그리고 그녀의 앞에 놓여 있던 노트와 어머니가 쓴 쪽지를 집어 들었다. 동은이 황급히 고개를 들었다가 나를 알아보고는 눈을 휘둥그렇게 떴다.

눈에 가득 고여 있던 눈물이 뚝뚝 떨어졌다. 하지만 그녀는 제 뺨을 타고 흐르는 눈물조차 잊은 사람처럼 그저 나를 쳐다보기만 했다.

[제발 부탁할게. 동화를 정말 사랑한다면, 놓아줘.]

갈기갈기 찢기고 난도질당한 기분이었다. 어머니가 다른 누군가에게 이렇게 잔인할 수 있을 거라고는 생각하지 못했다. 스물일곱 해를 살면서도 알지 못한 어머니의 이면을 본 것만 같았다. 배신감에 나도 모르게 치를 떨었다. 또한 화가 치밀었다. 동은이 이 모든 모멸감을 감수하며 구걸하듯 애원하게 만든 게 바로 나라는 사실에 화가 나서 견딜 수 없었다.

"도, 동화야. 네가 여기는 어떻게……."

그 순간, 어머니가 입을 열었다. 그러나 나는 어머니의 말을 끝까지 듣지 못하고 고함을 질렀다. 그와 동시에 다른 손에 들고 있던 안개꽃 다발을 떨어뜨리고 말았다.

"지금 뭘 하시는 거예요? 저 모르게 동은이 만나서 이런 식으로 헤어지라고 강요하신 거예요? 어떻게 어머니가 이러실 수 있어요! 동은이한테 이렇게 모질게 구실 수 있는 분이었어요?"

"동화야."

어머니는 당혹스러운 표정으로 나를 쳐다보았다. 테이블 위에 떨어진 안개꽃 다발이 초라했다. 꽃집에서 사 가지고 나올 때만 하더라도 작고 소박한 모양새가 사랑스럽다고 느꼈는데, 지금 이 순간에는 어울리지 않는 소품처럼 느껴졌다.

"차라리 저한테 말씀하셨어야죠. 반대를 하시더라도 저한테

하셨어야 해요. 저는 이런 줄도 모르고, 어머니가 그 뒤에 별다른 말씀을 하시지 않기에……. 그것만 믿고, 바보처럼."

어리석었던 나를 도저히 용서할 수가 없었다. 어머니가 아무 말도 하지 않는다고, 나도 모르게 방심했다. 그녀와 내 관계를 용납할 수 없다던 어머니의 단호한 태도를 까맣게 잊은 채, 어머니가 다시 한 번 나와 그녀에 대해 생각해 보는가 보다 하고 낙관적으로 생각했다. 아니, 그게 아닐지라도 어머니라면 이렇게 나 모르게 동은을 만나서 모진 말을 하지는 않을 거라고 여겼던 것인지도 모르겠다.

다른 누구도 아닌 어머니에게서 느낀 배신감은 가슴속을 마구 후벼 팠다. 차라리 다른 사람이었더라면 이렇게 마음이 아프지는 않았을 텐데, 지금 내 눈앞에 있는 이가 바로 어머니라는 사실에 기가 막혔다.

참담한 마음을 추스르지도 못한 채 얼굴을 쓸어내리다가 다시 동은을 쳐다보았다. 그녀의 파리한 얼굴이 먼저 눈에 들어왔다. 그 모습을 보니 재차 가슴이 미어졌다. 혼자 얼마나 마음고생을 했을까. 지금 저 속이 얼마나 문드러졌을까. 잔뜩 피멍이 들었을 그 여린 속내를 생각하니 그녀의 앞에 서 있는 내 모습이 한심하기 그지없었다.

나는 주먹을 꽉 쥔 채 동은을 향해 다가가려 했다. 그러나 그보다 먼저 어머니의 다급한 목소리가 다시 들렸다.

"그만둬! 너, 지금 이러는 거 절대 사랑 아니야."

"뭐라고요?"

동은을 바로 앞에 두고 고개를 돌려 어머니를 쳐다보았다. 어머니가 나와 눈이 마주치자 서둘러 말을 이었다.

"차라리 잘됐구나. 동은이한테 얘기하는 것에도 한계가 있으니. 동화야. 엄마 말을 좀 들어. 너, 지금 뭔가 착각하는 거다? 잘 생각해 봐. 오래된 친구. 어릴 적 친구. 그 친구가 모진 일을 겪었던 걸 알고 있는데, 10년 만에 만났더니 장애까지 가지고 있더라. 그러니 네 마음이 어땠겠니? 가련하고 불쌍했겠지. 지나간 시절의 그리움과 우정 때문에라도 챙겨 주고 보듬어 주고 싶었을 거야. 그래, 거기까지는 나도 이해해. 사람이라면 누구나 그럴 수 있어. 불쌍한 사람 보면 돕고 싶은 마음이 드는 거야 당연한 거고. 하지만 그런 마음을 사랑이라고 착각해서는 안……."

"어머니."

나는 어머니의 말을 더 듣지 못하고 끊었다.

"동정이라고 말씀하시고 싶은 거예요? 연민이라고, 그렇게 말씀하고 싶으세요? 아니요! 어머니 아들, 바보 아닙니다. 제 감정이 뭔지 알지도 못하고 멍청하게 구는 놈 아니라고요. 우정이라고요? 그리움이라고요? 물론 그랬을지도 모르죠. 하지만 이제는 아닙니다. 어떤 미친놈이 친구에게 입 맞추고 안고 싶어 하겠어요?"

"그만!"

어머니가 날카롭게 쏘아붙이더니 동은을 향해 손가락질을 하며 외쳤다.

"왜 하필이면 저 애야! 세상 사람들 중 절반이 여자야! 멀쩡하고 건강한 여자가 태반이라고! 그런데 왜 하필이면 귀머거리에 말도 못 하는……."

"그만하세요!"

서둘러 동은의 양쪽 귀를 손바닥으로 꽉 막으며 고함을 질렀다. 지금껏 어머니에게 이런 식으로 소리를 질러 본 적 없었다. 아버지 없이 홀로 나를 키우느라 고생하신 어머니에게 사춘기 시절에 흔히 한다는 반항조차 해 보지 않았다. 그러나 그런 어머니에게 화가 나서 소리를 지를 수밖에 없었다. 그러면 안 된다는 걸 알면서도 화가 나서 견딜 수 없었다.

"동은이가 들어요! 그런 말씀 함부로 하지 마세요!"

"듣기는 누가……. 걔가 어떻게 듣는다고."

"귀로 듣지 못한다고 못 듣는 거 아니잖아요. 다 듣는다고요. 눈으로, 마음으로, 그렇게 다 들어요."

목소리가 제멋대로 갈라져 나왔다. 울음이 터져 나오려는 걸 억지로 눌러 참으며 어금니를 악물었다. 동은이 보는 앞에서 울 수는 없었다. 볼썽사나울 건 둘째치고서라도 나보다 더 아파할 그녀를 알기에 그랬다. 나는 일그러진 눈으로 어머니를 쳐다보았다. 어머니가 나와 비슷한 얼굴로 나를 마주하고 있었다.

"이 카페에 있는 사람들 모두가 들어도 얘는 못 듣는다고, 애 하나 바보 만들 정도로 어머니 모질고 냉혹하신 분 아니잖아요."

"……."

"귀에 직접 들리지 않아도 그런 험한 말들이 전부 가시가 되어서 온몸에 박혀요, 어머니. 동은이, 얘 상처투성이 된 거 안 보이세요? 어머니 아들만 귀한 존재 아니라고요."

어머니는 내게 어떤 대답도 하지 않았다. 그저 물끄러미 나를 쳐다보다가 동은에게 시선을 옮겼을 뿐.

카페에 있던 사람들이 수군대는 소리가 들렸다. 동은의 작은 손이 내 손등을 덮었다. 그러곤 나를 다독이듯 가만히 어루만졌다. 그 다정한 위로에 다시금 얼굴이 일그러졌다.

그녀가 나를 다독이더니 자리에서 일어났다. 테이블 아래에 엎드려 있던 몽실이가 덩달아 일어나 제 주인 곁으로 다가갔다. 다른 때는 나를 반기던 작은 녀석이 오늘은 뭔가를 느꼈는지 잔뜩 경계하는 모습이었다.

나와 어머니 사이에 오갔던 대화가 동은의 귀에 닿지 않았겠지만, 그럼에도 불구하고 그녀는 그 모든 대화를 전부 들어 알고 있는 것만 같았다. 하지만 어머니가 했던 모진 말들을 아예 짐작조차 하지 않았으면 좋겠다. 종이 위에 남겨졌던 혹독한 말만으로도 이미 충분했다.

어머니가 써 내려갔던 모진 말들이 매서운 칼날이 되어 얼마나 그녀를 베었을지 상상조차 하기 힘들었다. 차라리 내게 말을 하지. 나한테 먼저 말을 해 주지. 나는 가슴을 마구 때리고 싶은 충동을 억누르며 한숨을 삼켰다.

'알아, 네 마음.'

동은은 마치 그렇게 말하듯 눈을 느릿하게 감았다가 뜨더니 시선을 돌려 어머니를 쳐다보았다. 그러자 어머니 역시 나와 그녀를 번갈아 쳐다보다가 동은에게로 시선을 고정했다. 서로의 눈빛 속에서 무엇을 보고 어떤 속내를 내비쳤을까. 동은이 어머니를 보다가 제 노트에 뭔가를 적어 테이블 위에 올렸다. 저절로 그 노트 속의 내용에 시선이 갔다.

[헤어질게요.]

"동은아!"

나는 그녀가 듣지 못한다는 사실조차 망각하고 큰 소리를 냈다. 동은은 그런 내 목소리를 들은 것처럼 몸을 흠칫하더니 이내 어머니에게 고개 숙여 인사한 뒤, 몽실이를 데리고 내 옆을 지나가 버렸다. 곧바로 카페 밖으로 나가 버린 동은의 뒤를 황급히 따라가려는 순간, 어머니가 내 팔을 붙들었다.

"얘, 동화야!"

"놔주세요, 어머니."

"동은이한테 모진 말 했던 건 내가 잘못했어. 그 애한테 그러면 안 된다는 거 알아. 하지만 너도 나를 이해해 줘야 돼. 세상 어떤 엄마가 제 아들이 몸 성하지도 않은 여자를 좋아한다는데 그걸 그냥 받아들일 수 있겠니?"

어머니는 울먹이며 되레 나를 원망했다. 어머니가 내게 서운한 마음을 느끼는 걸 머리로는 이해했다. 그러나 나는 입을 꾹 다문 채 아무 대답도 하지 않았다. 그러자 어머니가 재차 한숨을 내쉬더니 동은이 테이블 위에 두고 간 노트를 챙겨서 내게 건넸다.

"가 봐."

"안 헤어집니다. 동은이 말에 괜히 헛된 희망 갖지 마세요."

나는 동은의 노트를 받아 들고는 꽉 움켜쥔 채 단호히 말했다.

어머니를 뒤로한 채 카페를 나섰다. 하지만 동은의 모습은 길 어디에서도 보이지 않았다. 어디로 갔을까. 머리로는 고민을 하면서도 발이 저절로 움직였다. 몽실이와 함께 터벅터벅 걸음을 옮겼을 동은의 뒷모습이 눈앞에 아른거렸다.

그렇게 얼마나 걸었을까. 아파트 단지 내의 놀이터 앞에 다다랐다. 놀이터 벤치에 멍하니 앉아 있는 동은을 볼 수 있었다. 그녀의 허벅지에 엎드려 있던 몽실이가 내 발소리를 듣고 고개를 들었다. 뒤이어 동은이 고개를 돌려 나를 쳐다보았다. 그러나 곧바로 시선을 돌려 나를 피하더니 두 손에 힘을 꽉 주었다.

나는 천천히 동은에게 다가갔다. 그러자 그녀가 망설이는 기색으로 입을 꾹 다물고 있다가 한숨을 내쉬었다. 그러고는 몽실이를 놀이터 바닥에 내려놓은 뒤, 목줄을 손에 감아쥐었다. 그 옆에 앉아 그녀에게 노트를 내밀었다. 동은은 순간적으로 당황해했지만 이내 아무렇지 않은 척 노트를 받아 들었다. 하지만 노트를 받아 든 손끝이 가늘게 떨리는 것까지 숨기지는 못했다.

[출판사랑 얘기 잘됐어?]

동은의 손끝이 한 번 더 부르르 떨렸다. 그러나 그녀는 덤덤한 모습으로 노트를 펼치더니 펜을 꺼냈다.

[응. 새 작품도 준비되는 대로 함께 작업하기로 했고.]

[다행이다. 축하해.]

나는 동은의 말에 대답하면서 다시금 그녀의 노트를 보았다. 정확히 말하자면 방금 동은이 적은 문장 위에 쓰여 있는 다른 문장을 보았다고 해야 할 터였다.

[헤어질게요.]

가슴속에서 뜨거운 뭔가가 울컥 치밀고 올라오려 했다. 나는 숨을 깊이 들이쉬고는 어금니를 악물었다. 그 순간, 동은이 다시 노트 위에 뭔가를 적어서 내 쪽으로 내밀었다.

[미안해.]

고작 세 음절의 말이었다. 그러나 그 말이 담고 있는 의미는 간단하지 않았다. 나는 거듭 호흡을 가다듬다가 이를 악물었다.

[나야말로 미안해. 어머니가 원래 그러시는 분이 아닌데, 너랑 사귀는 거 아신 지 얼마 안 돼서 조금 당혹스러우셨던가 봐.]

[원망 안 해. 걱정 마.]

내가 두서없이 변명을 하려는데 동은이 내 손등 위에 제 손을 덮었다. 나는 휴대전화를 쥔 채 그녀를 쳐다보았다. 동은의 표정은 평온하기 그지없었다. 눈이 약간 충혈된 걸 제외하면 아무 일도 없었다고 착각할 수 있을 정도였다. 그렇지만 나는 착각하지 않았다. 그녀가 지금, 속으로 아파하는 게 고스란히 느껴졌으니까.

[다만 우리는 여기까지인 것 같단 생각이 들었을 뿐이야.]

휴대전화를 쥐고 있던 손에 힘이 들어갔다. 뭔가 말을 해야 하는데 뻣뻣해진 손가락은 움직이려 하지 않았다.

[이쯤에서 그만두자, 우리. 헤어져.]

간신히 손가락에 힘을 주었다. 하지만 손바닥에 차오른 땀 때문에 휴대전화가 미끄러져 떨어졌다. 나는 경련을 일으키는 팔을 다른 손으로 붙잡고 몸을 숙였다. 그러곤 바닥에 떨어진 휴대전화를 주워 들었다.

'깁스를 풀었어, 동은아. 그거 자랑하려고, 너 놀라게 해 주려고 찾아온 건데. 네가 안도하고 좋아하는 모습 보고 싶어서 온 거였는데. 그런데 왜 이렇게 된 걸까. 왜 갑자기 헤어지자는 말이 나오는 걸까.'

나는 숨을 고른 뒤, 다시 휴대전화에 메시지를 입력해서 그녀에게 건넸다.

[어머니께는 내가 잘 말씀드릴게. 다시는 이런 일 없도록 할 거야.]

[아주머니 때문에 그러는 거 아니야. 내가 힘들어서 그래.]

동은이 창백한 얼굴로 나를 쳐다보다가 다시 펜을 움직였다. 손톱이 빠진 터라 펜을 쥔 그녀의 움직임은 다소 불편해 보였다. 그 모습을 보다가 내가 다시금 휴대전화 키패드를 누르려는데, 그녀가 먼저 노트의 다음 페이지를 넘기더니 말을 이었다.

[네가 동미에게 고백했던 걸 알고 있어.]

"……뭐?"

전혀 상상도 못 한 말이 그녀에게서 나왔다. 나는 황당함을 감추지 못한 채 동은을 쳐다보았다.

10.
이제 사랑하고 싶어

[네가 동미에게 고백했던 걸 알고 있어.]

그 문장을 쓰기가 이렇게나 어려울 거라고는 알지 못했다. 그러나 동시에 이렇게 쉬울 수 있는 거구나 하는 생각도 들었다. 평생, 동화에게 말하지 못할 거라고 생각했으니까. 내가 그들의 대화를 몰래 엿들었다는 걸 알리고 싶지 않았으니까.

하지만 나는 동화에게 털어놓고 말았다. 시간이 더 흐른 뒤에, '참, 그거 알아?' 하는 말로 당시의 일을 자연스럽게 얘기한 것도 아니고, 헤어지자는 말을 하면서 이렇게 그날의 기억을 꺼내게 될 줄이야 누가 상상이나 했을까.

동화가 어리둥절한 표정으로 나를 바라보고 있었다. 벤치에 나란히 앉은 우리의 눈과 눈 사이에 한 뼘가량의 거리가 있었다. 그만큼의 거리를 두고 있는 나와 그가 과연 서로를 온전히 이해하고 있기는 한 걸까. 문득 의문스러웠다.

노트의 내용을 확인하던 동화의 미간이 찌푸려졌다. 그는 마치 내가 쓴 몇 개의 문장을 모조리 외우기라도 할 것처럼 뚫어져라 노트를 보았다.

나는 괜히 민망해져서 시선을 돌렸다. 어느새 어둑해진 하늘이 눈에 들어왔다. 언제부터인가 나는 한밤중의 어둠을 좋아하게 되었다. 아마도 소리를 잃어버린 뒤부터였을 것이다. 어렴풋이 기억을 더듬어 짐작하기로는 말이다. 새까만 어둠. 고요한 밤. 나뿐만 아니라 모두가 소리를 듣지 못하는, 아니, 소리 자체가 나지 않는 깊은 밤이면, 그래도 나는 다른 사람들과 이 시간만큼은 똑같이 보내고 있겠구나 싶어 안도감을 느꼈다. 나만 잃어버린 무엇이 있는 게 아니라는, 나약한 이기심에서 비롯된 안도감.

나약한 이기심이라…….

지금도 나는 그런 이기심을 부리고 있었던 건지도 모른다. 동미를 좋아했던 남자의 어린 추억을 미끼 삼아서 그의 마음을 욕심냈던 내 모습이 얼마나 이기적이었을까. 보기 흉한 속내를 마주한 것만 같아 쓴웃음이 나왔다.

순간, 동화가 내 어깨를 잡아 그를 향해 돌렸다. 그의 얼굴이 기묘하다 싶을 만큼 일그러진 게 보였다. 당황한 듯 혹은 기가 막힌다는 듯한 표정이었다. 그가 왜 그런 표정을 짓는 건지 알 수 없었다.

내가 그와 동미 사이에 있었던 일을 언급해서 화가 난 걸까.

어쨌든 그때의 일은 두 사람만의 추억인데 내가 몰래 끼어든 셈이니까.

실수를 한 건가 싶어 그가 가져간 노트 대신 휴대전화를 황급히 꺼냈다.

[미안해. 일부러 들으려던 건 아니었]

미처 문장을 끝내지도 못한 채 휴대전화마저 그에게 빼앗기고 말았다. 그는 내 휴대전화 화면을 한참 동안 쳐다보더니 신경질적으로 제 머리를 헝클어뜨렸다. 말 한마디 하지 않았지만 그의 혼란스러운 속내가 여실히 눈에 보였다. 괜히 말을 꺼낸 건가, 후회가 되었다. 그냥 끝까지 내색하지 말았어야 했는데. 이미 꺼낸 말을 없었던 걸로 되돌릴 수는 없는 노릇이었다. 그 순간, 동화가 당혹감을 추스른 것인지 한결 침착해진 얼굴로 내게 물었다.

[뭘 들었다는 거야?]

굳이 내게서 그 대답을 듣고 싶은 걸까. 원망이 일어나려 했다. 나는 동화에게서 노트와 휴대전화를 둘 다 돌려받은 뒤, 잠시 머뭇거리다가 어렵게 펜을 고쳐 쥐었다.

[네가 동미에게 좋아한다고 말했던 거.]

오래된 기억을 다시 한 번 꺼냈다.

'좋아해. 정말, 많이 좋아해.'

이미 10년이나 지난 과거의 기억인데도 그의 목소리는 선명했다. 내게 한 고백이 아닌데도 걷잡을 수 없이 가슴이 뛰었을 정도로, 동화가 좋아한다는 말 속에 건넸던 마음은 철부지의 것이 아니었다.

그래서 나는 내 하나뿐인 쌍둥이 언니를 질투했다. 밤새 눈이 퉁퉁 붓도록 울면서 동미를 부러워했다. 왜 하필이면 내가 아닌 동미였냐고, 동화를 원망하기도 했다. 제대로 표현조차 하지 못한 채 흩어 버려야 했던 내 마음이 너무 가련하고 불쌍했다.

'못됐다, 진짜.'

과거의 나를 떠올리다가 한숨을 내쉬었다. 그날을 기억하고 있는 내가 이래도 되었던 걸까. 동화가 내게 한 고백을 욕심 때문에 받아들였던 것부터 잘못이었는지도 모른다. 다른 누구도 아닌 내가 그래서는 안 되는 일이었다. 나는 두 손을 서로 엇갈려 깍지 끼워 모아 잡은 뒤, 고개를 숙였다.

이제라도 헤어지자고 한 건 잘한 거였다.

괜한 말을 했다며 이별을 없었던 일로 되돌리고 싶은 충동이 불쑥 치밀고 올라왔다. 그러나 나는 애써 마음을 가다듬으며 끝없이 잘한 거라고 속으로 되뇌었다. 그렇지 않으면 나도 모르게 다시금 동화를 붙잡을 것만 같았다.

휴대전화 위로 눈물이 떨어졌다. 얼룩진 화면이 내 마음처럼 느껴졌다. 고개를 숙인 채 소리 없이 울던 중에 동화가 내 어깨를 붙잡고는 턱을 잡아 고개를 들게 했다.

"나 똑바로 봐. 나한테서 시선 떼지 말고."

동화가 나를 쳐다보며 일그러진 표정으로 입을 크게 움직였다.

"지금부터 내가 하는 얘기, 똑바로 알아봐야 돼. 알았어?"

그는 평소보다 더 또박또박 발음하는지 입을 크게 벌렸다가 다물었다. 내가 단 하나의 음절조차 놓치는 일이 없게 하려는 듯한 태도였다. 나는 동화에게 붙들린 채 고개조차 끄덕이지 못하고 그저 그의 입 모양을 바라보기만 했다.

"그때 나는 동미한테 너를 좋아한다고 얘기한 거였어. 동미가 아니라, 너를 좋아한다고 말한 거야. 너였다고. 서동은, 너였어."

숨을 쉴 수 없었다. 마치 한창 재생되던 영상을 느닷없이 정지시켜 놓은 것처럼 모든 게 멈춰 버렸다. 내가 지금 뭘 본 거지? 아니, 그가 내게 무슨 얘기를 한 거야? 나는 동화의 입술에 시선을 고정하고 있다가 덜덜 떨며 그의 눈을 쳐다보았다. 동화의 시선이 오롯이 나를 향해 있었다. 이해하기 힘든 시선이었다. 기막히고 어이없다는 듯한 시선이면서도, 한편으로는 첫사랑에 들뜬 마음을 감추지 못하는 소년의 것이기도 했다.

"중학생 때부터 너를 좋아했어. 너만 보면 가슴이 미친 듯이 뛰었어. 그걸 먼저 눈치챈 게 동미였어. 미련곰탱이 서동은은 까맣게 몰랐지만."

'아니야.'

나는 믿을 수 없어 고개를 흔들었다. 동화의 말이 사실이라면 지금껏 나는 뭘 한 걸까. 나는 고개를 젓다가 빠르게 휴대전화 키패드를 눌렀다.

[하지만 넌 나보다는 동미 앞에서 언제나 편하게 웃었어. 하다못해 책 같은 걸 빌려도 내가 아닌 동미에게 빌렸고.]

"그거야 너한테는 잘 보이고 싶었으니까!"

동화가 내 손에 있던 휴대전화를 빼앗아 가더니 다시금 나를 붙잡고 외쳤다. 아마 크게 소리를 냈을 것이다. 찡그린 그의 얼굴이 그렇게 말하고 있었다.

"네 앞에만 서면 부끄럽고 민망했어. 자칫 허둥대다가 실수만 연달아 할 것 같았다고. 너한테는 멋지게 보이고 싶었는데. 좋아하는 여자 앞에서는 완벽한 모습만 보이고 싶어 하는 게 당연하잖아. 그에 비하면 동미는 편했어. 그 애 앞에서는 두근거리지도, 설레지도 않았으니까. 걔한테 잘 보일 이유도 없었고."

너무 많은 말이 그의 입을 통해 쏟아져 나왔다. 동화의 입모양을 읽기 위해 집중하느라 눈이 뻐근해질 정도였다. 그러나 눈의 통증과는 별개로 가슴은 제멋대로 날뛰려 했다.

순전히 내 오해였단다.

그 사실에 기뻐하는 나를 자각했다. 그 순간, 희열에 벅차올랐던 가슴속이 싸늘하게 얼어붙었다.

'그렇다 해서 뭐가 달라지는데?'

동화가 고백한 상대방이 동미가 아니라 나였다는 것만으로 모든 게 달라졌다고 할 수 있을까. 내가 갖고 있는 장애가 사라진 것도 아니고, 죽은 동미가 되살아나는 것도 아닌데.

'왜 나를 모진 사람으로 만들어. 왜 너한테 독한 소리를 하게 하는 거니.'

동화의 어머니가 했던 말들이 새삼 눈앞에 떠올랐다. 동화에게 이별의 이유가 어머니 때문인 건 아니라 했지만, 그렇다 해서 어머니가 아예 이유가 되지 않는 것 역시 아니었다. 내 욕심으로 다른 누군가에게 상처를 줄 수는 없었다. 더구나 그의 소중한 어머니라면 더욱 그랬다.

'현실적으로 생각해 보렴. 좋아한다는 마음 하나만 가지고 우길 만큼 어린 나이는 아니잖아. 아까도 말했다시피 아내 노릇, 엄마 노릇, 아무나 하는 거 아니야. 몸 멀쩡한 사람도 쉽지 않은 일이라고. 성하지도 않은 몸으로 네가 어떻게 감당할 수 있겠어. 안 그래?'

동화와 함께하는 미래는 꿈꿔 본 적 없었다. 그러나 내가 그와 헤어지지 않는 이상, 우리는 어쩌면 금세 미래를 꿈꾸게 될지 모른다. 동미는 가져 보지 못했던 미래. 가질 수 없었던 미래. 그걸 내가 갖는 게 과연 온당한 일일까. 더구나 다른 사람의 마음을 아프게 하면서까지.

[달라질 건 없어. 헤어지자.]

펜을 쥔 손끝이 파르르 떨렸다. 나는 벤치 위에 노트를 내려놓은 뒤, 몽실이를 품에 안은 채 몸을 돌렸다. 그가 내 등 뒤에서 어떤 표정을 지었는지 상상하고 싶지 않았다.

놀이터에서부터 집까지 어떻게 갔는지 기억조차 나지 않는다. 그저 생각나는 것이라고는 현관에 들어서자마자 허물어지듯 주저앉아 버렸던 것뿐. 내가 무슨 짓을 저지른 건가 싶어,

일종의 공황 상태에 빠졌던 것도 같다. 그렇지만 상황을 되돌리고 싶은 마음은 없었다. 이미 이별한 이상, 되돌릴 방법은 그 어디에도 없다는 걸 알고 있기 때문이다.

동미가 죽고, 엄마는 요양 병원으로 갔다. 원하지 않은 이별이었으나 나는 그들과의 이별을 없었던 일로 되돌리지 못했다. 그러니 동화와의 이별 역시 별반 다르지 않을 것이다. 그것이 서글펐던 건지 나도 모르게 눈물이 툭, 떨어졌다. 하지만 울음이 터져 나오지는 않았다.

우리의 이별에 커다란 의미를 부여할 건 없었다. 전 지구적으로 본다면 하루에도 수백, 아니, 수천, 수만 번의 이별이 벌어질 터였다. 그러니 동화와 내가 헤어진 일 역시 흔해빠진 해프닝에 불과할 게 분명했다. 다만 그게 느닷없이, 갑작스럽게 찾아왔기에 이렇게 가슴속이 술렁이는 것뿐이리라.

그냥 이렇게 시간이 멈추었으면 좋겠단 생각을 했다. 아니면 시간이 그저 우리만 빗겨 흘러가도 좋겠다고 생각했다. 그래서 이대로 늙어 버린다면 얼마나 좋을까. 그럼 고민할 이유도, 아파할 까닭도 없을 텐데.

'사람이 태어나서 죽을 때까지 흘리는 눈물의 양은 누구나 같대요. 봄이 작가님은 살아가며 흘려야 할 눈물의 총량 중에서 지금껏 흘린 눈물만큼 덜어 낸 거니까 앞으로는 그만큼 웃을 일이 많을 겁니다.'

문득 장한이 차장이 한 말을 기억해 냈다. 그의 말은 근거 없는 희망에 지나지 않았다. 누구나 죽을 때까지 흘리는 눈물의 양이 같다면 그 고통의 크기 또한 같아야 하는데, 그렇다고 믿기에는 내가 더 이상 순진하지 않다. 고통의 크기에 상관없이 본인이 느끼는 바에 따라 다른 거라고 누군가는 항변할지 모르지만, 설령 그렇다 하더라도 하늘과 땅만큼의 차이가 나는 고통이라면 아무리 느끼는 게 달라도 '내가 더 아파' 하고 우길 수는 없지 않을까.

그러므로 눈물의 양은 같지 않다. 만약 그랬더라면 동미는 얼마나 행복했기에 그토록 고통스럽게 죽어야 했던 걸까. 평생 흘려야 할 눈물을 한순간 쏟아 내고 죽어야 한 것이라면 그 얼마나 가혹한 일일까. 쌍둥이로 태어난 나와 뭐가 얼마나 차이가 있었기에 그 애는 그토록 일찍 죽었고 나는 살아남았을까. 내가 그 애보다 덜 행복했기 때문에? 내가 그 애보다 흘려야 할 눈물의 양이 적었기 때문에? 고작 열일곱 해를 살았던 우리에게 행복의 양을 논하고 눈물의 양을 재는 건 우스꽝스러운 희극일 뿐이다.

천장으로 어슴푸레 빛이 스며들었다. 이른 아침의 햇살은 푸르스름한 빛을 머금고 있었다. 그 빛이 천장에 의미 없는 무늬를 만들었다가 없애기를 반복했다. 그걸 가만히 쳐다보고 있는데 갑자기 눈가를 타고 눈물이 주르륵 흘러내렸다. 귓바퀴를 타고 흘러내린 눈물이 차가웠다. 사람의 체온이 36.5도라는데, 눈물의 온도는 그보다 낮은가 보다.

그래서 울다 보면 가슴속까지 얼어붙을 것처럼 시린 걸까. 눈물의 온도가 체온보다 낮아서 오한을 느끼게 되는 걸까. 울고 나면 머리가 깨질 듯 아프고 몸살이 오는 건 그런 이유 때문인지도 모르겠다.

마음이 추워서. 가슴이 감기에 걸려서.

너는 울었을까. 추웠을까. 감기에 걸리지는 않았을까.

동화를 걱정한다. 그에게 이별을 말하고 먼저 돌아선 주제에 이러는 게 가증스럽지만, 그럼에도 불구하고 그가 걱정되었다. 동화가 어떤 얼굴로 돌아갔을지 궁금했다. 내 등을 보며 그가 어떤 표정을 지었을지 상상하자 막을 새도 없이 눈물이 왈칵 쏟아졌다.

왜 나는 너한테 그 말밖에 할 수 없었을까. 헤어지자는 말 따위 하고 싶지 않았는데. 정작 하고 싶었던 말은 그런 게 아니었는데.

동화에게 하고 싶었던 말은 숱하게 많았다. 그렇지만 그중 이별의 말은 들어 있지 않았다. 그러나 나는 하고 싶었던 말은 별로 해 보지도 못한 채 하고 싶지 않았던 말을 하고 말았다.

'됐어. 어차피 언젠가는 이렇게 됐어야 해.'

다만 내게 마음의 준비를 할 시간이 주어지지 않았던 것뿐이다.

동화의 어머니는 현명한 결정을 내렸다. 그녀의 말 중 틀린 건 하나도 없었다. 그녀로서는 당연히 했어야 할 행동이었다. 게다가 장애를 갖고 있다는 건 부수적인 문제일지도 몰랐다. 더 중요한 건 내 정신이 병들어 있다는 점이니까. 나는 지금도 비가 내리면 두통에 시달리고 악몽을 꾼다. 하루에도 수십, 아니, 수백 번은 동미를 떠올리고 과거의 기억에 잠겨 허우적거리고는 한다. 그런 내가 누군가를 사랑하고 그 사람의 곁에 있는 게 가당키나 한 일일까.

10년 전의 내 기억은 오해에서 비롯된 것이었다. 동화가 고백을 전한 상대방은 동미가 아닌, 나였다. 그러나 나는 그에 기뻐하면서도 차마 동화의 마음을 감당할 수 없어 도망쳤다. 그 모든 게 오해였다고 해서 달라질 건 없었으니까.

그런 감정에 기대어 살아가기에는 나는 턱없이 나약하다. 나약해진 마음에 핑계가 제멋대로 깃들었다.

얼굴이 엉망이 되었을 거란 데에 생각이 미쳤다. 이런 모습을 아버지에게 들키고 싶지 않았다. 나는 숨을 몇 번 몰아쉬며 울컥거리던 감정을 애써 가라앉혔다.

욕실로 향하는 길에 다행히 아버지와 맞닥뜨리지는 않았다. 나는 욕실로 들어가자마자 서둘러 수도꼭지를 틀었다. 세면대 가득 받아 놓은 찬물에 그대로 머리를 담그고 싶었다. 그러나 얌전히 두 손에 물을 받아 얼굴에 끼얹었다. 내가 할 수 있는 것이라고는 고작 이런 게 전부였다.

헤어지고 난 다음 날이라기에는, 너무나 보잘것없는 아침이었다.

밥을 먹고 있는데 맞은편에 앉아 있던 아버지가 슬쩍 내 휴대전화를 가리켰다. 화면 위에 새로운 메시지가 도착했음을 알리는 표시가 떠 있었지만 확인하지 않았다. 그 모습이 이상했던 건지 아버지가 내게 물었다.

"왜 확인도 안 해?"

[확인 안 해도 되는 거예요.]

"동화가 보낸 거 아니야? 아침마다 부지런히 문자 보내는 놈은 그 녀석 하나뿐인데. 오늘은 빼먹기라도 한 건가."

아버지는 동화에게서 메시지를 받은 당사자가 아님에도 불구하고 서운하다는 표정을 지었다. 나는 아버지의 시선을 피해 눈을 내리깔고 괜히 젓가락으로 밥알을 하나씩 집었다.

방금 도착한 메시지는 동화가 보낸 것이다. 그러나 나는 그가 보낸 메시지의 내용을 확인하지 않았다. 그가 뭐라고 문자를 보낸 것인지 궁금했다. 하지만 궁금한 마음과는 달리 내용을 알고 싶지는 않았다. 아니, 알고 싶지 않다기보다는 알게 되는 게 무섭다고 해야 했다.

어제의 일에 대해 묻는다거나, 아무 일도 없다는 듯 평소처럼 인사를 한다거나, 어떤 반응이든 모두 확인하기가 무서웠다. 나는 초조함을 이기지 못하고 손톱을 물어뜯으려다가 저릿한 통증에 정신을 차렸다. 미처 자라지 못한 손톱 끝이 빨갛게 변한 게 보였다. 그리고 놀란 눈으로 나를 쳐다보는 아버지와 시선이 마주쳤다.

허둥대며 자리에서 일어나려 했다. 그러나 아버지가 먼저 내 손목을 붙들었다. 아버지의 단호한 시선 앞에 내 모든 게 속속들이 들춰지는 기분이 들었다.

감추고 숨겼던 내 모든 감정. 초라하고 한심한 내 모습.

툭, 눈물이 떨어졌다. 나는 엉거주춤 일어났다가 그대로 털썩 주저앉았다. 차라리 고해성사라도 하면 좋겠다. 천주교를 믿은 적은 없지만 이 순간만큼은 신부님 앞에서 내가 품고 있던 그 모든 것들을 쏟아 내고 싶었다. 하지만 지금 내 앞에 있는 사람은 신부님이 아니라 아버지였다. 아버지를 실망시키고 싶지 않았다.

[동화에게 헤어지자고 했어요.]

그래서 나는 아버지의 앞에서 그렇게 말할 수밖에 없었다. 애써 아무렇지 않은 척 입꼬리까지 끌어올린 채.

[연애란 거, 해 보니까 별것 없더라고요. 시시하기만 하고. 그래서 이제 그만하자고 했]

줄을 바꿔 이어 가려던 문장을 채 완성하지 못하고 쥐고 있던 펜을 놓쳤다. 내가 놓쳐 버린 펜이 아버지 쪽으로 데구루루 굴러갔다. 아버지는 식탁 아래로 떨어질 뻔한 펜을 잡고는 가만히 나를 쳐다보았다. 야단을 치는 것도, 나무라는 것도 아닌 시선이었다. 그저 안쓰럽고 애틋한 뭔가를 대하는 듯한 시선이었다.

'아버지. 아빠.'

나는 투정을 부리고 싶었다. 딱 10년 전으로 되돌아가 응석도 부리고 싶었다. 잃어버린 그 시간을 되찾고 싶었다.

사실은 방금 한 말이 전부 거짓말이라고 털어놓고 싶었다. 연애를 시작한 지 며칠 되지도 않았는데 시시해졌을 리 없지 않느냐고 말하고 싶었다. 해 보니까 별것 없더란 말 대신, 점점 더 좋아지더라고 얘기하고 싶었다.

억울하다고 하소연하고 싶었다. 이렇게 좋은데, 동화를 이렇게나 좋아하는데, 왜 그와 헤어져야 하는 건지 화가 난다고 솔직히 말하고 싶었다.

"동은아."

그러나 나는 꾹꾹 눌러 참았다. 종이 위에 눈물이 후드득 떨어지는 걸 막지도 못하면서, 그래도 씩씩한 척, 울컥 올라오는 감정을 자꾸 억눌렀다.

[거짓말을 하면서까지, 네 자신을 속이면서까지 그렇게 어른이 될 필요는 없어.]

나는 고개를 흔들었다. 처음에는 느릿느릿 흔들다가 나중에는 미친 듯 좌우로 마구 흔들어 댔다. 머리가 헝클어져 이마와 뺨을 덮었지만 개의치 않았다.

[적어도 아빠 앞에서는 억지로 철든 모습 보이지 않아도 돼. 동화가 좋으면 좋다고 하고, 헤어지기 싫으면 헤어지기 싫다고 해!]

울음이 나오려는 걸 억지로 참다 보니 딸꾹질이 나왔다. 가슴속에서 딸꾹질을 핑계 삼아 뭔가가 울컥대며 올라오려 했다. 나는 다급히 펜을 찾아 손을 뻗었다. 아버지의 손에 들려 있던 펜을 돌려받자마자 종이 위에 휘갈겨 쓰듯 빠르게 써 내려갈 수 있을 것 같았다. 하지만 막상 펜을 쥐고 나니 종이 위에 그 어떤 글자도 쓸 수가 없었다. 흐끅흐끅. 횡격막이 제멋대로 수축해 일어나는 결과물. 내가 내뱉는 딸꾹질 소리는 어떻게 들릴까. 두 손으로 입을 틀어막았다.

툭, 종이 위에 동그란 얼룩이 생겼다. 백 원짜리보다 작은 얼룩이었다. 그 얼룩은 서서히 주변으로 스며들며 뾰족뾰족한 톱니를 지닌 동그라미가 되었다. 지금 이 계절이 겨울이었으면 좋았겠단 생각을 했다. 그럼 눈물에 얼룩진 부분이 단단히 얼어붙었을 테니까. 그럼 그 얼어붙은 톱니바퀴 모양의 눈물 얼룩을 떼어다가 멀리 굴려 버릴 텐데. 더는 울기 싫으니 두 번 다시 돌아오지 말라고.

쥐고 있던 펜을 내려놓은 뒤에 물을 마셨다. 아버지가 그런 나를 가만히 바라보았지만, 애써 그 시선을 외면했다.

잃어버린 시간을 되찾을 수 없다는 건, 내가 투정이나 응석을 부려도 되는 시간으로 되돌아갈 수 없다는 것과 같은 의미였다.

버스 차창 밖으로 보이는 풍경에 무심히 시선을 던진 채 생각에 잠겼다.

어떻게 할까.

아침에 확인하지 않고 내버려 둔 동화의 메시지가 자꾸 신경 쓰였다. 메시지를 보고 싶은 마음과 보고 싶지 않은 마음이 각각 절반씩 차지하고 있었다. 차라리 어느 한쪽으로 조금이나마 마음이 기운다면 이렇게 안절부절못하고 있지 않아도 될 텐데, 그러지 못하는 내 자신이 어리석어 보여서 한숨이 나왔다.

그 순간, 느닷없이 휴대전화의 화면이 환하게 켜지더니 또 다른 메시지가 도착한 표시가 떴다.

[이월 상품 최대 70퍼센트 할인! 오늘부터 사흘 동안 진행!]

충동적으로 확인한 메시지는 광고 문자였다. 어쩐지 허탈한 기분이 들어 나도 모르게 헛웃음을 지었다. 별다른 생각 없이 광고 문자를 삭제했다. 그러자 그 이전에 도착했던 문자가 미처 내가 마음의 준비를 할 새도 없이 눈앞에 떴다.

[못된 말을 한 여자한테 사랑한다고 고백하면 바보 같을까? 그럼 뭐, 난 앞으로도 계속 바보 해야지. 오늘 미세먼지가 심하다더라. 웬만하면 밖에 나가지 말고. 사랑해.]

동화가 보낸 문자 메시지가 뿌옇게 흐려졌다가 선명해지고, 다시 흐릿해졌다. 그러다가 어느 순간 화면이 새까맣게 변하더니 아무것도 보이지 않았다. 휴대전화 화면이 저절로 꺼진 것이다. 나는 다시 버튼을 눌러 화면을 켰다. 그리고 그가 보낸 메시지를 어느 한 글자도 빼먹지 않겠다는 마음으로 보고, 또 보았다. 하다못해 물음표와 마침표마저도 곱씹기를 거듭했다. 그러다 보니 또다시 화면이 까맣게 꺼졌다.

다시.

다시.

다시.

화면이 꺼지면 다시 켜기를 반복하며 그의 문자를 계속 보다가 손으로 눈을 문질렀다. 입술이 비틀리고 얼굴이 일그러졌다. 그러나 울음은 나오지 않았다. 차라리 이럴 땐 소리 내어

울기라도 하면 속이 시원해질 것 같은데 그럴 수 없다는 게 아쉬웠다.

가만히 손을 들어 목을 만져 보았다. 청력을 잃어버린 뒤, 소리를 내는 법을 잊었다. 의미 없는 소리를 지르는 것조차 내게는 어려운 일이 되었다. 그 바람에 지난번에는 동화가 나를 구하려다가 남자들에게 구타당하고 있을 때도 소리 한번 지르지 못했다. 당시에 느꼈던 무기력감이 엄습해 왔다.

이 메시지를 적으면서 동화는 어떤 마음이었을까. 어제 저녁 내가 했던 말을 그저 '못된 말'이라 간단히 표현한 이 남자의 심정은 어떠했을까.

또다시 까맣게 변해 버린 휴대전화 화면을 응시하다가 주머니에 넣었다. 그리고 다시 차창 밖을 바라보았다. 눈은 버스 밖으로 스쳐 지나가는 풍경 어딘가를 더듬고 있지만, 가슴속은 커다란 구멍이 뚫려 휘잉, 휘잉 바람 소리를 냈다. 귀로는 들을 수 없는 소리였다.

마음속 어딘가에 매달린 추가 한쪽으로 기울었다. 방금 주머니에 넣은 휴대전화를 다시 꺼내 들었다. 기울었던 추가 이번에는 반대쪽으로 움직였다.

기우뚱, 기우뚱.

바다 위에서 이리저리 물결에 따라 흔들리는 부표처럼, 내 마음도 그렇게 제멋대로 정해 놓은 방향 없이 흔들렸다. 지금 내가 타고 가는 버스는 목적지가 정해져 있는데, 내 목적지는 미정未定이었다. 흔들리는 마음결을 붙들고 싶다가도 그냥 이대로 내버려 둔 채 같이 흔들려도 상관없단 마음이 들었다. 사실 어제 내가 한 말은 전부 진심이 아니었다며 그에게 연락을 하고 싶기도 한 반면에, 그냥 이렇게 외면한 채 그와 재회하기 전의 시간으로 돌아가고 싶기도 했다.

동미가 죽은 뒤, 동화와 제대로 이별 인사조차 하지 않고 그 동네를 떠났다. 그러고 나서 10년이 흘렀다. 그 시간 동안 동화를 아예 떠올리지 않았다면 거짓말일 것이다. 가끔, 아니, 어쩌면 자주. 그렇지만 동화를 떠올리면 자연스럽게 동미가 함께 기억났고, 나는 그 기억을 온전히 견디기에는 너무나 나약했다. 그래서 기억 저편으로 밀어 두고 가급적 기억하지 않으려 했다.

이제 그와 다시 헤어지고 나면, 나는 아마 같은 과정을 반복하게 될 것이다. 함께한 시간은 얼마 되지 않지만, 그렇다 해서 그 얼마 되지 않는 시간의 무게마저 가벼운 것은 아니니까.

'그러니까 헤어지자고 한 건 잘한 거야.'

휴대전화를 만지작거리던 손끝이 흔들렸다. 지금도 이렇게 흔들리는데 일분일초라도 시간이 더 쌓여 간다면 나중에 이별을 고하고 나서 어떻게 견딜 수 있겠는가. 이른 감이 있었지만, 먼저 이별을 말한 건 현명한 결정이었을 것이다. 그랬어야 한다.

나는 휴대전화 화면을 켰다. 그러고는 조심스럽게 키패드를 눌러 한 글자, 한 글자, 입력했다.

[동화야.]

그저 이름만을 입력해 놓고, 보내지 못한 메시지가 화면 안에서 까맣게 먹어 들어갈 때까지 하염없이 그 이름만을 쳐다보았다.

그러다가 차창 밖의 풍경을 보고는 황급히 하차 벨을 누르며 자리에서 일어났다. 그러자 앞에 서 있던 사람이 냉큼 나를 밀치고 엉덩이부터 들이미는 바람에 좌석 손잡이에 옆구리를 부딪치고 말았다.

'아야…….'

얼얼한 통증에 저절로 얼굴이 찡그려졌다. 방금 나를 밀치고 자리에 앉은 사람을 노려보았다. 하지만 그 사람은 시치미를 떼며 팔짱을 낀 채 차창 밖만 바라볼 뿐이었다.

하기야 뭐라고 따지기도 어렵지.

나는 버스 뒷문 근처로 향하며 한숨을 삼켰다. 필담으로 대화를 나누니까 괜찮다고 스스로 위로하며 살아오기는 했으나 아무렇지 않은 건 아니었다. 지금처럼 이렇게 곧바로 소리 내어 뭔가 내 의사를 표시하고 싶을 때도 메모지나 휴대전화를 준비해야 하니까. 짧은 시간에 말하지 못하면 기회를 놓치게 되는 터라 그럴 때의 나는 무기력해져 아무것도 할 수 없었다.

그래서 원래부터도 소심하고 내성적이었던 성격이 더욱 심해졌는지 모르겠다. 사람들 앞에 서는 걸 두려워하고, 사람들 속에서 더욱 주눅 들고, 늘 다른 사람들보다 부족하다는 생각이 앞서 숨기 바쁘고.

정류장에 내려서서 그 앞길을 응시했다. 희한하게도 10년이나 지났는데 거의 바뀐 게 없었다. 하다못해 보도블록조차도 예전과 달라지지 않은 것만 같았다. 연말이면 멀쩡한 보도블록까지 전부 뒤엎고 새로 까는 게 보통인데 말이다. 어쩌면 아무것도 변한 게 없었으면 좋겠다고 바란 내 마음이 투영되어 그렇게 보이는 건지도 모르겠다. 과거의 지옥 같았던 기억조차 존재하지 않는, 그 이전의 모습으로.

지금 나는 10년 전에 살았던 동네에 와 있다.

솔직히 두 시간 전만 해도 이곳에 대한 생각은 아예 하지도 않았다. 떠올리고 싶지 않았고, 구태여 기억할 마음도 없었다. 그런데 어째서일까. 그냥, 느닷없이 생각이 났다.

아침을 먹은 뒤, 늘 그랬듯 아버지가 가게에 나가고 집에는 나와 몽실이 단둘이 남았다. 노트북 전원을 켜고 새로 쓸 원고의 시놉시스를 구상하기 위해 새 파일 하나를 열었지만, 한참 동안 모니터 위에 깜빡이는 커서만 보다가 닫을 수밖에 없었다. 머릿속이 복잡해 도무지 아무것도 떠오르지 않았기 때문이다.

그러다가 갑자기 떠올랐다. 마치 기억하기로 약속이라도 했던 것처럼 선명하게 생각이 난 것이다.

내가 살았던 그 동네가.

그와 동시에 불쑥 궁금증이 치밀었다. 그곳은 어떻게 변했을까. 10년이면 강산도 변한다는 그 상투적인 말처럼, 그곳 역시 내가 알아보지 못할 만큼 변해 있지는 않을까 싶었다. 두 번 다시 돌아보고 싶지 않았던 곳인데, 아니, 아예 그 근처로는 가고 싶지도 않았는데, 우습게도 마음이 바뀌었다.

10년이라는 시간이 나를 변하게 만들었을까.

하지만 나는 얼마 전까지만 하더라도 달라진 게 없었다. 여전히 악몽에 갇혀서 움츠러들어 있었고, 그 속에서 간신히 숨만 내쉬고 있었을 뿐이다. 아니, 굳이 '얼마 전'이라 할 것도 없었다. 바로 어제만 하더라도 나는 아예 그곳을 생각조차 하지 않았으니까.

그런데 어떻게 마음이 변한 걸까. 그 짧은 시간에.

정류장 안쪽의 의자에 앉았다. 멍하니 지나가는 차를 쳐다보고 있는데 버스 한 대가 정류장 앞에 멈춰 섰다. 그리고 낯설지 않은 교복 차림의 학생들 서너 명이 버스에서 내렸다. 그들 중 두 여학생이 서로 닮은 게 눈에 들어왔다. 자매인 듯 인상이 비슷했다. 동글동글한 눈과 약간 낮은 콧대, 개구쟁이처럼 올라간 입꼬리.

…….

더 이상 그들을 볼 수 없어 고개를 숙였다. 손이 부르르 떨리며 오므라들었다. 비어 있는 손바닥 안의 뭔가를 움켜쥐기라도 해야 이 텅 비어 있는 가슴속을 채울 수 있을까.

충동적으로 자리에서 벌떡 일어섰다. 버스에서 내린 학생들의 모습은 그새 온데간데없이 사라졌다. 저마다 각자 학원으로, 독서실로, 혹은 집으로 갔을 것이다. 물론 조금 전 그 여학생들은 함께 집으로 갔을지도 모르겠다.

예전에 나와 동미가 그러했듯이.

나는 홀린 사람처럼 터벅터벅 걸음을 옮기기 시작했다. 내 발이 나를 이끌고 간 곳은 10년 전에 살았던 동네였다. 머리로는 분명히 그 사실을 인식하고 있었다. 그걸 거부한 건 가슴이었다.

'가지 마! 이대로 돌아서!'

가슴속 깊숙한 곳 어딘가에서 과거의 내가 비명을 질렀다. 그저 환청일 뿐이라는 걸 모르지 않으면서도 나도 모르게 양손으로 귀를 감싸듯 막고 그 자리에 쪼그려 앉았다. 경련이라도 일어났는지 몸이 부들부들 떨렸다. 누군가가 다가와 내 어깨를 조심스럽게 붙잡는 게 느껴졌다. 어디 아픈지, 괜찮은지, 그런 질문들을 했을지 모른다. 비록 듣지 못한다 하더라도 그 정도의 눈치는 있으니까. 나는 황급히 귀를 감싸고 있던 손을 내리고 고개를 들었다.

중년 아주머니가 걱정스러운 눈으로 허리를 구부린 채 나를 살폈다. 엄마와 비슷한 또래일 듯싶었다. 나는 아주머니의 시선을 마주하고 있다가 그녀가 들고 있는 것을 보았다. 노란색 장바구니 밖으로 삐죽 올라와 있는 대파 봉지가 우스꽝스러우면서도 정겨웠다. 그 대파 봉지에, 눈물이 왈칵 쏟아졌다.

엄마가 잃어버린 삶은 화려하거나 대단한 게 아니었다. 그저 이런저런 반찬거리를 장바구니에 담고 집으로 돌아가, 남편과 딸 들을 위하여 요리를 하며 즐거운 마음으로 기다리던, 그런 소박한 삶이 그녀의 것이었다. 그렇게 욕심 없었던 이에게 왜 그토록 가혹한 일이 벌어졌을까.

걱정스러운 눈으로 나를 보는 아주머니를 향해 괜찮다고 손짓을 한 뒤 일어섰다. 비틀대는 나를 부축하려는 아주머니에게 고개를 숙여 감사 인사를 했다. 아주머니가 걱정을 지우지 못한 시선으로 나를 보다가 뭐라고 말했다.

'죄송하지만 듣지 못해요.'

나는 두 손을 모아 사과하는 시늉을 한 뒤에 내 귀를 손으로 가리키고 고개를 저었다. 그러자 아주머니가 눈을 크게 뜨더니 뒤이어 안쓰러운 시선으로 다시 한 번 나를 보았다. 그 동정과 연민에 순간적으로 씁쓸한 마음이 들었다.

익숙해질 법도 하지만 여전히 불편한 마음이 드는 건, 내가 못된 구석이 있어서일까. 다른 사람들이 나를 동정하고 연민하는 건 당연한 감정일 텐데 말이다. 나 또한 어딘가가 불편하고 성하지 않은 누군가를 보면 그런 시선으로 보았을 것이다. 사람이니까 다른 누군가를 안쓰러워하고 가여워한다. 아니, 사람이 아닌 짐승도 그런 마음을 갖고 있다. 살아 있는 생명이라면 다들 갖고 있는 감정일 것이다.

그러나 언제나 그런 시선을 마주해야 하는 내 입장에서는 가끔 숨이 막힐 때가 있다. 당신들의 그런 눈이 나를 더욱 주눅 들게 하고 움츠러들게 만든다고 항의하고 싶을 때도 있다. 삐뚤어진 생각이라는 걸 알면서도 그런 원망이 슬며시 고개를 든다.

모르겠다. 지금만큼은 아무 생각도 하고 싶지 않다.

한참 걷다 보니 동네 어귀에 다다랐다. 조금은 달라진 풍경에, 나는 섭섭하면서도 한편으로는 안도했다. 어느 쪽 마음이 더 크게 자리하고 있는지 알 길은 없었다. 그저 섭섭했고, 안도

했을 뿐.

그 순간, 휴대전화가 부르르 몸을 떨었다.

[지금 어디야?]

동화가 보낸 메시지라는 걸 안 순간, 가슴이 덜컥 내려앉았다. 간신히 속을 진정시킨 뒤, 다시 그의 메시지를 살폈다. 간단한 문자 메시지인데도 불구하고 조급해하는 마음이 느껴지는 것만 같았다. 그 바람에 나는 그에게 어제 이별을 고했다는 사실조차 잊은 채 되물었다.

[밖에 나와 있는데, 그건 왜?]

[너 몽실이도 안 데리고 혼자 나갔다며. 어디 간 건데?]

아무래도 동화가 누군가에게서 내 외출에 대하여 전해 들은 게 틀림없었다. 그에게 그런 말을 전했을 사람이 누구일지는 굳이 묻지 않아도 알 수 있었다. 나는 황급히 다른 메시지가 와 있는지 확인했다. 예상대로 아버지가 보낸 문자가 몇 개 도착해 있었다. 집에 잠시 들르셨던 것인지 30분 전부터 몇 분 간격으로 문자가 들어와 있는 게 보였다.

아버지의 번호를 누르고 문자를 입력했다. 가게에 나간 아버지가 낮에 다시 집에 들를 거라고는 생각하지 못했다. 집에 들렀다가 몽실이만 있고 내가 보이지 않아서 얼마나 놀라셨을지…….

[아버지, 걱정하셨어요?]

뻔한 질문이었다. 당연히 걱정하셨겠지. 더구나 그런 식으로 딸 하나를 먼저 앞세웠던 아버지에게는 끔찍한 악몽을 불러 일으킨 셈이 되었는지도 모른다. 경솔했던 내 행동을 후회하며 휴대전화 화면만 쳐다보았다. 그 순간, 화면이 다시 켜지면서 아버지의 답장이 도착했다.

[혼자 어디 간 거야? 아빠가 얼마나 걱정한 줄 알아? 몽실이는 왜 두고 나간 거고!]

나무라는 아버지의 말 속에 담긴 마음이 고스란히 느껴졌다. 얼마나 애태우고 걱정하셨을까 싶어 변명도 할 수 없었다.

[죄송해요.]

[어디를 가느라고 혼자 나간 거야? 집 근처니?]

[아니요.]

나는 조금 망설이다가 이어서 메시지를 보냈다.

[예전에 살던 동네요.]

굳이 동네 이름 같은 걸 말하지 않았어도 아버지는 내가 어디에 와 있는지 충분히 짐작했을 것이다. 아버지에게서는 곧바로 답장이 오지 않았다. 나는 휴대전화를 손에 쥔 채 다시 걸음을 옮겼다. 몇 걸음을 채 옮기기 전, 손안에 있던 휴대전화에서 진동이 느껴졌다.

[거기는 왜.]

[그냥……, 갑자기 생각이 나서요.]

[괜찮니?]

[예. 여기도 좀 변했어요. 하기야 10년이나 지났으니까 변하는 게 맞겠죠?]

[그렇겠지.]

[조금 둘러보다가 갈게요. 너무 걱정하지 마세요. 놀라게 해 드려서 죄송해요.]

어느새 골목 앞에 다다랐다. 땅바닥에 발이 붙어 버리기라도 한 것처럼 갑자기 걸음을 뗄 수 없었다. 턱이 실룩이며 팽팽하게 당겨지는 게 감각으로 전해졌다.

쏴아아.

빗소리가 귓속을 때렸다. 잃어버린 소리였다. 기억하고 싶지 않았던, 그 빗소리였다. 억지로 힘을 주어 발을 뗄 때마다 땅속에서 누군가의 팔이 뚫고 나와서 내 발목을 덥석 잡았다. 차갑게 식어 버린 팔은 아직 채 성숙하지 못했던 소녀의 것이었다. 가느다란 팔 여기저기에 붉고 푸른 멍이 얼룩처럼 남아 있었다. 그 팔이 절박한 움직임으로 나를 붙잡았다.

바로 여기에 노란색 폴리스 라인이 가로질러 있었다.

기억을 더듬으며 간신히 끌고 나아가던 걸음을 멈췄다. 햇볕이 따사롭게 내리쬐는 골목 안의 풍경은 평온해 보였다. 어디선가 길 고양이 한 마리가 불쑥 나타나는 바람에 화들짝 놀라 옆으로 비켜섰다. 꺼끌꺼끌한 벽에 팔꿈치가 쓸리면서 생채기가 난 것인지 쓰라린 통증이 일었다.

'……나 왔어, 동미야. 정말 오랜만이지.'

아버지와 함께 동미가 있는 납골당에는 종종 찾아가고는 했지만, 정작 이곳은 10년 만이다. 기억은 이곳을 범죄 현장이라고 여기고 있는데, 내 눈은 그저 이곳을 평범한 어느 동네의 골목길이라 말한다. 그 괴리감 때문인지 가슴속이 서걱거렸다.

물론 이곳에 동미의 흔적이 남아 있기를 바란 건 아니다. 오히려 아무것도 남아 있지 않기를 바랐다. 생의 가장 마지막 순간을 그토록 비참하게, 홀로 끔찍하게 보내야 했던 그녀에게 지금껏 이 골목에 머무르라고 한다면 그건 너무나 가혹한 일일 테니까. 그래서 동미의 시신은 화장했다. 그녀의 옷과 이런저런 물건들도 모조리 태울 수밖에 없었다.

부디 끔찍했던 기억도 불길에 활활 태우고 떠났기를 기원하면서.

고개를 숙였다. 발목을 붙잡던 무게감이 어느새 사라졌다. 땅속에서 뚫고 나왔다고 생각한 누군가의 팔 따위가 애당초 존재하지 않았다는 건 알고 있다. 귓속에서 서서히 잦아드는 빗소리 역시 그저 환청에 지나지 않는다는 것도 잘 안다.

'있지, 나……. 동화가, 좋아.'

어느 집 담벼락에 기댄 채 쪼그리고 앉았다. 지나가던 사람이 이상한 사람처럼 나를 쳐다보았지만 개의치 않았다. 그저 무심히 맞은편 담의 푸르스름한 얼룩에 시선을 고정했을 뿐.

'너는 알고 있었다면서? 동화가 나를 좋아하는 거. 우습게도 나는 너를 참 많이 질투하고 부러워했어. 왜냐고? 동화가 좋아한다며 고백한 걸 들었거든. 그 상대방이 너라고 생각했어. 그런데 그게 내 오해였더라. 지난 10년 내내 나는 그냥, 바보 같은 오해를 하고 있었던 거야.

세상은 한 편의 익살스러운 광대극 같아. 오로지 사람이 아닌, 신만이 이해하고 깔깔대며 웃을 수 있는 광대극. 가끔은 그 광대극의 내용이 너무나 참혹해서 견딜 수 없는데도, 그래서 살아가게 되는 게 아닐까 싶어. 우리는 그저 그 광대극 속에 등장하는 무기명無記名의 인물에 불과하니까. 불가해한 세상이지. 그리고 참, 그릇된 세상이고.

너를 죽음으로 몰아갔던 이들이 지금 이 순간에도 어디선가 살아 숨 쉬고 있을 거라고 생각하면 머릿속이 새하얘지고 숨이 막혀. 차라리 그들이 어디서 살고 있는지 흥신소 같은 데라도 찾아가 알아내 볼까. 그리고 내 손으로 똑같이, 네가 겪은 고통을 고스란히 돌려줄까. 그런 끔찍한 생각을 할 때도 있어.

하지만 아버지가 매일 아침마다 입을 크게 벙긋벙긋 벌려 인사를 건넬 때마다 그런 생각이 무너져 내려. 과거 속을 헤매고 있는 엄마의 텅 빈 눈을 마주할 때마다 내가 지금 무슨 생각을 하는 건가 싶어 고개를 마구 흔들어.

미안해, 동미야. 결국 이 모든 게 그저 핑계일 뿐이야. 나는 여전히 살고 싶고, ……이제는 사랑마저 하고 싶어졌어.

동화를 사랑해. 그 애가 참 많이 좋아. 너를 떠나보낸 뒤, 단 한 번도 느껴 본 적 없는 감정인데. 잊고 있었던 나를 탓하기라도 하듯 그 감정이 나를 휘몰아쳐서 현기증이 느껴질 정도야. 어느 순간, 동화가 내 세상의 전부가 되어 버리기라도 한 것처럼. 그 애를 마주하고 있으면 다른 모든 게 희뿌예질 만큼. 그래서 있지, 동미야. 나는 너한테 이런 이야기를 꼭 하고 싶었어. 예전에 너랑 나, 단둘이 나란히 앉아서 그런 얘기를 한 적이 있잖아.

'남자 친구 생기면 제일 먼저 얘기하기, 사랑하는 사람 생기면 가장 먼저 자수하기!'

우스갯소리로 너는 내게 그랬었지. 얌전한 고양이가 부뚜막에 먼저 올라가는 법이라고. 아마 동미 너보다 내가 먼저 남자 친구가 생겼단 말을 할 거라고. 나는 말도 안 된다고 손사래를 쳤지만……. 어쩌다 보니 그 말대로 된 것 같아. 동미야. 언니.'

눈물이 고였다가 툭, 떨어졌다. 숨죽여 흐느꼈다. 내 귀에는 들리지 않으니 통곡을 한다 해도 상관없지만, 그래도 나는 가급적 소리를 내지 않으려고 울음을 삼켰다. 죽은 쌍둥이 자매를 위해서 우는 자리라고 하기에는 지난 세월이 그 간극을 더욱 멀리 벌려 놓았고, 나는 그녀가 비를 맞으며 죽어간 자리에서 더 이상 울고 싶지 않았다.

'이제는, 나도 살고 싶고. 이제는, 나도 사랑하고 싶은데.'

숨을 쉬며 밥을 먹고, 아침에 눈을 뜨고 밤이 되면 잠을 잤다. 나는 그것을 반복해 왔다. 그렇다고 해서 그게 살아가고 있다는 증거가 될 수는 없었다. 젖은 뺨을 손등으로 문지르며 입술을 달싹였다.

'이제 너를 떠나보내도 될까. 동화와 그저, 사랑하고 싶어. 헤어지잔 말 대신, 사랑한단 말을 하고 싶었어.'

눈물이 바닥에 떨어진 순간, 내 앞에 누군가가 다가와 섰다. 먼지투성이가 된 구두가 먼저 보였고, 그 뒤에 정장 바지가 눈에 들어왔다. 그러더니 앞에 선 누군가가 한쪽 무릎을 꿇고 앉았다. 동화가 가쁜 숨을 몰아쉬며 붉어진 얼굴로 나를 쳐다보고 있었다.

지금 이곳에 있어서는 안 될 남자의 모습에 저절로 눈이 크게 뜨였다. 하지만 내가 그 무엇도 물을 틈 없이 동화가 팔을 뻗더니 나를 끌어당겨 품에 안았다. 그가 내뱉은 뜨거운 숨결이 목덜미에 닿았다.

나는 귓속에서 잦아들던 빗소리가 뚝, 끊긴 것을 알아차렸다. 동화가 잠시 나를 안은 채 숨을 고르는 듯싶더니 다시 몸을 떼고 내 뺨을 어루만졌다. 그제야 뺨이 눈물로 얼룩져 있을 거란 사실을 깨닫고 황급히 고개를 숙이려 했다. 하지만 그가 허락할 수 없다는 듯 양손으로 내 뺨을 감쌌다. 나는 동화의 시선을 마주하지 못하고 잠시 그의 목 언저리를 응시했다. 느슨하게 풀린 넥타이 매듭이 보였다. 뛰어오기라도 한 것인지 목이 땀에 젖어 있는 것도 보였다.

설마 회사에서 무작정 뛰쳐나온 것일까. 쥐고 있던 휴대전화의 화면을 켜고 메모 어플을 열었다.

[너 지금 일하던 중 아니야? 여기는 어떻게 알았어?]

"아저씨한테 들었어."

동화는 내 손에 들려 있던 휴대전화를 빼앗더니 제 주머니에 넣었다. 그러고는 내 손에 깍지를 끼워 잡고 나를 일으켜 세웠다. 얼떨결에 그가 이끄는 대로 일어섰다가 당황하여 한 걸음 뒤로 물러서려는데, 동화가 나를 끌어당겨 품에 안았다.

그는 내게 아무것도 묻지 않았다. 왜 이곳에 왔는지, 왜 울고 있었는지. 그저 내 앞에 무릎 꿇고 앉아 같은 높이의 시선으로 나를 바라봐 주었을 뿐. 그 마음에 가슴속이 울컥거렸다. 동화가 내게 전한 건 맞닿아 있는 체온과 뜨겁게 내려앉던 숨결이 전부였지만, 그것만으로도 넘치도록 충분했기에.

[이곳도 많이 바뀌었네.]

내 옆에 나란히 걷던 동화가 문득 메모를 전했다. 나는 땅바닥만 내려다보며 걷다가 불쑥 눈앞에 보인 휴대전화 화면을 보고는 동화를 향해 고개를 돌렸다. 그가 새삼스럽다는 듯이 턱을 매만지며 동네의 풍경을 바라보고 있었다. 그러고 보니 그도 오랜만에 이곳을 찾은 건지도 모른단 생각이 들었다. 나와 부모님이 이사를 간 뒤에 동화 역시 미국으로 떠났다고 했으니까.

[아주머니도 다른 데 사시는 거야?]

[응. 너 나 어디 사는 줄은 알아?]

동화가 불쑥 꺼낸 물음에 대답을 못 했다. 그러자 그가 얼굴을 찡그리더니 투덜거렸다.

[너무한다, 서동은. 애인이 어디 사는 줄도 모르고.]

그가 자연스럽게 꺼낸 '애인'이란 말에 나도 모르게 표정이 굳었다. 나는 걸음을 멈추고는 그를 마주 보고 섰다.

[우리 그런 사이 아니잖아, 이제.]

[그럼 어떤 사이가 된 건데?]

머뭇거리는 찰나, 어디선가 시큼한 냄새가 바람결에 실려 왔다. 누가 이 근처에 음식물 쓰레기 같은 걸 버리기라도 한 걸까. 순간, 실소가 새어 나왔다. 이런 곳에서 무슨 얘기를 할까. 사랑도, 이별도, 둘 중 어느 것 하나 꺼내기에는 어울리지 않았다.

[아무 사이도 아니지.]

휴대전화 키패드를 누르던 손끝이 흔들렸다. 그와 더불어 멀미라도 난 것처럼 속이 울렁거렸다. 초라하기 짝이 없는 내 삶이 풍기는 고약한 냄새 때문이었다.

사실, 이런 삶이 낯설다거나 어색할 건 없었다. 지난 10년 내내 살아온 내 삶은 언제나 이랬으니 말이다. 오히려 이런 삶 속에서 동화가 홀로 이질적인 존재였을 것이다. 그는 내가 유일하게 맞닥뜨렸던 반짝임이었으니까. 지금도, 그리고 아마 미래에도. 그러니까 그와 뜻하지 않았던 재회를 한 뒤, 이렇게 걷잡을 수 없이 그에게 빠졌던 건지도 모르겠다.

그 감정에 사랑이라 이름을 붙일 수 있을까. 너를 사랑하는데, 동화야. 왜 내게는 그 사랑이 이렇게나 어려울까. 남들 다 하는 사랑을, 왜 나만 허락받지 못한 걸까.

[우리가 아무 사이도 아니라고?]

버릇처럼 미소 짓던 그의 표정이 굳어졌다. 그러고 보니 동화의 얼굴이 조금은 여윈 것 같았다. 하루 만에 어디 아프기라도 했던 걸까, 겁이 덜컥 나면서 걱정이 됐다.

'나 때문이니? 내가 너한테 그런 말을 해서?'

묻고 싶은 것들을 속에 담아 둔 채 시선을 돌렸다. 동화가 메고 있는 크로스백이 눈에 들어왔다. 단정한 그의 차림새만큼이나 가방 역시 구김 하나 보이지 않을 거라 생각했는데, 의외로 그의 가방은 주름이 잡히고 반질반질해져서 꽤 여러 해 동안 사용했음을 짐작하게 했다. 그가 했던 노력의 흔적들이 가방의 해진 모서리에 남아 있는 게 아닐까 싶었다.

우성유통. 한영대학병원 인턴.

그에게 들어왔다던 소개 자리가 생각났다. 속물적이라 할 수 있겠지만, 일반적인 눈으로 볼 때 그 조건은 최상급이라 할 만했다.

반면, 나는 동화에게 뭘 해 줄 수 있을까.

그가 나와 함께하며 얻는 것이라고는 장애인의 남자 친구라는 타이틀 정도가 될 터였다. 나와 함께 앉아 소리 없이 대화를 주고받는 것만으로도 그는 사람들의 구경거리가 되었다. 그걸 계속 감수해야 한다는 뜻이다. 그걸 얼마나 견딜 수 있을까.

내가, 그리고 그가.

숨이 막혀 오는 걸 참지 못하고 그를 향해 돌아섰다. 그러자 동화가 다시금 나를 쳐다보았다. 그와 눈이 마주치자마자 누군가가 떠밀기라도 한 것처럼 몸이 뒤로 밀려 나갔다. 그와의 거리가 한층 더 벌어졌다. 그것이 서글펐으나 나는 애써 덤덤한 척 행세했다.

[그러니까 앞으로는 이렇게 오지 마. 우리, 아무 사이도]

아무 사이도 아니란 말을 다 완성하기도 전에 그가 내 손목을 붙들고는 나를 잡아당겼다. 휘청대며 그에게 끌려갈 뻔한 것을 가까스로 발에 힘을 주어 버텼다. 그러자 동화가 일그러진 얼굴로 억지 미소를 지었다.

그 미소가 칼날처럼 가슴속에 박혔다. 기뻐서 웃는 게 아니라 억지로 입꼬리를 끌어올려 웃는 모습이 가슴속을 미어지게 했다. 나를 향해 진심으로 환하게 웃던 동화의 모습과 겹쳐진 지금의 모습이 산산이 부서진 유리 조각처럼 내 눈을 파고들었다. 눈의 이물감이 너무나 생생했다. 나는 도저히 눈을 뜨고 있을 수 없었다. 그래서 그를 외면하고 시선을 피하려 했다.

그 순간, 동화가 다시 내 앞에 다가와 서더니 내 턱을 잡아 고개를 들게 했다. 화를 참으며 말하는 그의 입 모양이 저절로 눈에 들어왔다.

“그래도 난 네가 좋아 죽겠는데 어쩌지? 나 좀 봐 주라. 너 보고 싶어서 여기까지 따라왔는데.”

파르르 떨리는 입술을 깨문 뒤, 숨을 깊이 들이쉬었다. 그냥 이대로 눈 딱 감고 그를 받아들이고 싶었다. 억지로 그를 밀어내기도 싫고, 그에게 상처 주는 말 같은 걸 거듭하고 싶지도 않았다. 이별을 말한 지 며칠이나 지났다고 이러나 싶어, 사람의 마음이란 게 한없이 간사하고 나약하다고 하지만 이건 너무 심한 게 아닌가 싶어 헛웃음마저 나오려 했다.

내 턱을 감싸 쥐고 있던 동화의 손을 밀어냈다. 그러자 그가 순순히 손을 떼더니 나를 놓아주었다. 나는 두 손으로 얼굴을 쓸었다. 아마 내 귀가 정상이었더라면 버석대는 소리를 듣지 않았을까 하는 생각이 들었다. 손바닥에 닿는 살갗이 내는 소리 말이다. 물기라고는 남아 있지 않은 것처럼, 더 이상 쏟아

낼 눈물도 감정도 없는 것처럼.

그때, 동화가 다시 손을 뻗어 뺨을 감싸고 있던 내 손을 움켜쥐더니 그대로 끌어 내렸다. 뒤이어 그의 손이 내 뺨을 대신 감쌌다. 나는 내리깔았던 눈을 들어 그를 쳐다보았다. 그의 눈 안에 초라한 내가 보였다. 이러지도 저러지도 못하는, 이별조차 제대로 하지 못하고 헤매는, 그런 바보 같은 내가 그의 눈동자 안에 또렷이 담겨 있었다. 그러나 곧 그런 내 모습이 희뿌옇게 흐려졌다. 동화가 나를 위로하듯 가만히 내 뺨을 어루만지더니 눈가를 느릿하게 문질렀다. 젖어든 눈가의 물기가 그의 손에 옮겨 갔다.

'미안해.'

소리 내어 사과하고 싶었다. 내 입으로 직접 소리 내어 말하고 싶은 게 너무 많았다. 헤어지자는 말만 빼면, 세상의 모든 말들을 동화에게 하고 싶을 정도였다.

'미안해. ……사랑해.'

만약 세상의 모든 말들이 소멸된다 하더라도 이 두 가지만큼은 어떻게든 품에 끌어안고 숨겼다가 그에게 건네고 싶었다. 헤어지자는 말은 제일 먼저 버릴 것에 불과했다.

'너는 이런 나한테 질리지도 않아?'

나는 묻고 싶었다. 그러나 소리를 낼 수 없는 입은 그저 조용히 달싹이다가 다물어졌을 뿐이다. 눈가를 훑던 동화의 손이 이번에는 내 귓바퀴를 다정히 어루만졌다. 듣지 못하는 내 귀는 그저 얼굴 양옆에 매달린 살덩어리에 지나지 않았다. 그런데 그 쓸모없는 살덩어리가 세상에서 제일 귀한 무엇이라도 되는 듯 그의 손길은 조심스럽기 그지없었다.

'이러지 마, 정말.'

나는 더 이상 견딜 수 없어 내 귀를 만지는 동화의 손을 덥석 감싸 잡았다. 그와 동시에 가득 고였던 눈물이 한꺼번에 흘러내렸다.

갑자기 귓속을 찌르는 듯한 통증이 일었다. 삐이이이이 하며 요란한 이명이 귓속을 가득 채웠다. 그렇지만 나는 귓속을 파고드는 날카로운 통증에도, 들릴 리 없는 귀울림에도 아무런 반응을 하지 못했다. 그저 흘러내린 눈물 사이로 보이는 그에게서 시선을 떼지 못하고 계속 쳐다보았을 뿐.

뒤늦게 동화가 울고 있다는 걸 알게 되었다. 그의 뺨을 흠뻑 적시고 있는 건, 내 것이 아닌 그의 눈물이었다. 그가 마치 어린아이처럼 입까지 일그러진 채 울고 있었다. 동화의 뺨을 타고 흘러내린 눈물이 턱 아래로 툭, 툭, 떨어졌다.

소리 없이. 아니, 소리 없이 울고 있다는 건 전적으로 내 착각일지 모른다. 내 귀에는 들리지 않으니 말이다. 그래서 그가 울고 있다는 것조차 깨닫지 못했나 보다. 이렇게 동화가 울고 있는 줄도 모르고.

그가 울고 있다는 걸 알아차렸어야 했다. 내 이별 통보 이후, 그가 아파했으리란 건 분명했으니까. 그걸 똑바로 마주하지 않고 내 아픔에만 집중하려 했던 이기심에 또 한번 가슴이 미어졌다. 나도 모르게 손이 움직였다. 동화의 뺨에 닿은 손끝이 눈물에 차가워졌다.

그때, 동화가 힘주어 나를 끌어당겼다. 그에게서 울음소리가 났다. 그가 토해 낸 울음이 귓가에 환청이 되어 맴돌았다. 그 감각이 너무나 생경해서 화들짝 놀라고 말았다. 그런 내 행동을 어떻게 받아들인 것인지, 동화가 나를 더욱 힘주어 끌어안았다. 등과 허리를 감싼 힘이 너무나 절박했다.

그 손길의 절박함이 나를 먹먹하게 만들었다. 굳이 설명하지 않아도 그의 감정이 어떤지 충분히 짐작할 수 있었다. 외면하겠다고 마음먹는다 해서 그게 뜻대로 될 수 있는 감정이 아니었다.

도대체 난 뭘 한 걸까.

허탈한 마음과 동시에 우습단 생각이 서로 교차했다. 나는 그의 가슴팍을 떠밀어 간신히 동화의 품에 갇혀 있던 팔 하나를 빼낼 수 있었다. 그러고서 나를 안고 있던 동화의 팔 위에 천천히 한 글자씩 손가락으로 써 내려갔다.

[좋아해.]

'좋아해, 동화야. 네가 생각하는 것 이상으로 아주 많이. 네가 몰랐던 시간 동안 줄곧 나는 너를 좋아했어. 네가 동미에게 고백을 했다고 오해했을 때도, 그래서 너를 향한 내 마음이 너와 동미에게 모두 죄가 된다고 생각했을 때도, 나는 네가 너무나 좋았어. 도저히 그 마음을 버릴 수가 없더라.

그렇게 보낸 세월이 10년이야. 동미를 보낸 뒤에는 너를 기억하려 하지 않았고, 지나간 시간이 켜켜이 쌓일 때마다 그 틈새에 내 마음을 한 조각씩 떼어서 숨겨 두려 했지만, 그래도 이렇게 다시 온전히 붙어 버린 마음을 이제 어떻게 말 몇 마디로 전할 수 있을까. 그러니 차라리 이렇게 단 한 마디로 표현하는 수밖에. 그저 좋아한단 말 한 마디로.

헤어져야 한단 말에는 이유를 억지로 끌어다가 수십, 수백 개를 붙여도 모자란데, 너를 좋아한단 말에는 아무런 이유가 필요 없나 봐.'

그의 팔뚝 위로 떨어진 눈물이 내 것인지 혹은 그의 것인지 알 길이 없었다. 좋아한단 말을 쓰자마자 굽은 내 손가락을 동화가 꽉 붙들어 움켜쥐었다. 그러곤 내게 말했다.

"사랑해."

누군가가 하는 말을 그저 입 모양만으로 짐작하는 게 위험하다는 걸 알면서도 방금 그가 내게 건넨 말이 또렷하게 각인되었다.

아마도 그래서인가 보다. 갑자기 눈이 시려 눈을 뜰 수 없게 된 건. 내가 황급히 눈을 바닥으로 내리깔려는 순간, 동화가 다시 내 턱을 잡았다. 그러고는 고개를 들게 한 뒤에 한 번 더 말했다.

"사랑해, 동은아."

듣지 못해도 들으라는 듯 그의 고백은 단호했다. 듣지도 못하는 나를 붙들고 눈에 핏발이 선 채 거듭 고백하는 동화의 모습에 가슴이 먹먹해졌다. 나는 그의 팔을 잡고 있던 손에 힘을 주며 입술을 깨물었다.

'못 하겠다, 진짜.'

울음이 터져 나오려 했다.

'너랑 이별, 정말 못 하겠다.'

나는 울음 대신 동화의 팔을 움켜쥐었던 손을 그의 목에 감으며 매달렸다. 그러자 그가 내 허리를 끌어당겨 안고는 입을 맞췄다. 길고 긴, 입맞춤이었다.

변한 게 많지 않다고 느꼈지만, 그와 반대로 변한 흔적이 곳곳에 보이는 것도 사실이었다. 특히 다세대 주택이 있던 자리에 들어선 소공원에 시간이 내려앉은 흔적이 많이 보였다. 그 일이 있고 난 뒤로 이런저런 변화가 있었음을 짐작할 수 있었다. 하기야 세상의 일이란 게 다 그런 것일 터였다. 나와 부모님에게는 동미의 죽음이 가장 큰 사건이었겠지만, 그 뒤로도 많은 일이 벌어졌다가 사라지기를 반복했을 테니까. 냉정한 이야기였으나 부정할 수 없는 현실이기도 했다.

[우리 언제 한번 동미 보러 납골당에 같이 가자. 계속 미국에 있다 보니까 갈 기회가 거의 없었거든.]

동화가 미안한 기색을 숨기지 못하고 말했다. 자주 찾아가지 못했다 해서 그가 내게 미안해할 건 없었다. 죽은 동미의 경우에는 동화에게 서운해했을지 모르지만 말이다. 어찌 되었든 시간은 흐르고, 현실 속에서 살아가는 사람이 죽은 이에게 언제까지 매몰된 채 살아갈 수는 없는 법이다. 한 배에서 태어난 나조차도 동미를 자주 보러 가지 못했으니까.

[납골당 갈 때마다 혹시 너랑 마주치지는 않을까, 하는 마음에 괜히 더 서성이다가 돌아가고는 했었는데.]

문득 생각났다는 듯 동화가 말을 꺼냈다. 나는 걸음을 옮기다 말고 동화를 쳐다보았다. 그러고 보니 나도 그랬던 것 같다. 동미를 보러 납골당에 가면 괜히 '누군가'가 다녀가지 않았나, 흔적을 찾아보다가 실망하고는 했었으니까.

그날, 사인회를 했던 날의 우연한 만남이 없었더라면 우리는 평생 서로를 만나는 일 없이 그렇게 살아갔을까.

[그래도 언젠가는, 어딘가에서 만나지 않았을까.]

마치 내 생각을 알아차린 것처럼 동화가 말했다. 나는 휴대전화 화면을 보다가 다시금 그를 돌아보았다. 동화가 나를 쳐다보고 있었다. 그러더니 천천히 입을 벌렸다가 다물고, 또다시 벌리기를 거듭했다.

"20년이든, 30년이든, 혹은 그 이상의 시간이 흘렀든."

입 모양만으로 동화가 하는 말을 정확히 알아들었는지 확신할 수 없다. 어쩌면 내가 가슴속에 품고 있던 말을 그의 입 모양에 비추어 본 건지도 몰랐다. 충동적으로 손을 뻗어 그의 입술 언저리를 만져 보았다. 사람의 살갗에서 전해지는 온기가 새삼 낯설었지만 놓치기 싫었다. 아마 그의 체온이기에 더욱 그런 마음이 든 것이리라.

'사랑하고 싶어.'

동미에게 털어놓았던 간절한 바람이 다시 한 번 가슴속에서 비눗방울처럼 붕붕 떠올랐다. 잊고 있었던 애착과 갈망, 삶에 대한 욕심, 사랑하고 싶은 갈증, 그런 감정들이 탐욕스러운 몸짓으로 한꺼번에 고개를 들이밀었다. 동물원 우리 안에 갇혀 있던 새끼 악어 크로코가 용기를 내서 탈출하던 때의 마음이 바로 지금 내가 느끼는 이 마음 같지 않았을까. 나는 이제야 내가 썼던 크로코의 이야기를 온전히 이해할 것 같았다.

그게 바로 이 남자 덕분이라는 걸 깨달았다. 누가 가르쳐 준 게 아닌데도 그냥 저절로 알게 되었다. 지난 10년 내내 깊숙이 침잠되어 있던 나를 끄집어낸 사람이 눈앞에 있는 이 남자라고. 친구이자 첫사랑이었던, ……지금 내가 사랑하는 이 남자, 류동화라고.

동화가 자신의 입술을 만지던 내 손을 움켜잡고 깍지를 꼈다. 손가락 사이사이에 제 손가락을 얽어매듯 단단히 움켜쥔 채 다른 손으로 내 뺨과 흘러내린 머리카락을 만졌다.

그의 손길에 나는 한없이 귀한 존재가 되었다. 듣지 못하고 말하지 못한다 하여 사람들의 구경거리가 되는 내가 아닌, 그저 누군가의 사랑을 받고 누군가를 사랑하는 내가 되었다.

동화의 앞에서만큼은, 나는 죄인이 아니었다. 그의 눈에 비친 나는 사랑을 허락받아야 하는 존재가 아니었다. 나를 향한 시선과 손길은 내게 말하고 있었다.

사랑해도 된다고. 사랑 받아도 된다고.

가슴이 먹먹해지면서 또르르, 눈물이 뺨을 타고 한 줄기 흘러내렸다. 동화가 눈물 자국을 엄지로 부드럽게 문지르더니 그 위에 느릿하게 입술을 꾹 눌렀다.

"동화야."

나도 모르게 입술을 달싹였다. 그런데 동화가 갑자기 눈을 크게 뜨더니 놀란 얼굴로 나를 쳐다보았다. 무슨 일인가 싶어 나도 눈을 동그랗게 뜨고 그를 마주 보았다. 그가 잠시 눈을 껌뻑이다가 서둘러 자신의 휴대전화에 뭔가를 입력하더니 내게 내밀었다.

[방금 나 부른 거 맞지? 동화야, 하고 나 부른 거지?]

어떻게 그걸 알았지? 내 표정만으로도 대답이 되었다는 듯 동화가 환하게 웃더니 그대로 나를 꽉 끌어안았다. 그의 심장이 미친 듯 뛰고 있는 게 전해졌다. 그 정도로 동화가 기뻐하고 있다는 사실에 가슴이 주체할 수 없이 벅차올랐다. 무심코 달싹인 입술 사이로 소리가 새어 나갔나 보다. 그리고 운 좋게도 그의 이름을 말한 내 발음이 썩 나쁘지는 않았나 보다. 그가 단번에 내가 저를 부른 것을 알아들은 걸 보면 말이다.

어쩌면.

미약한 희망이 기지개를 켜며 고개를 내밀었다. 내 목소리로 또박또박, 그에게 고백할 수도 있지 않을까 하는 희망이었다. 동화에게 소리 내어 고백하는 날을 막연히 바라던 것이 희망으로 탈바꿈했다. 아직은 미약하기 그지없는 희망이지만, 또한 선불리 품은 희망이 되레 실망을 불러올지도 모르지만, 그래도 용기가 생기고 힘이 났다.

"동화야."

용기가 생긴 김에 한 번 더 입술을 달싹였다. 소리를 내는 법을 잊은 터라 어떻게 해야 소리가 입 밖으로 나가는지 알 수 없어 무작정 목에 힘을 주었다. 그 바람에 목 안쪽이 아파 왔지만 상관없었다.

그가 환하게 웃으며 놀라는 걸 한 번 더 볼 수만 있다면.

나를 끌어안고 있던 동화의 팔에 힘이 더욱 들어갔다. 어깨가 축축하게 젖어드는 게 느껴졌다. 나는 동화의 품에 안겨 있다가 그를 쳐다보았다. 그의 눈가가 젖어 있는 게 보였다. 손을 내밀어 그의 젖은 눈가를 쓰다듬었다. 그러고서 까치발을 들고 그 눈가에 입술을 댔다. 조금 전, 동화가 내게 해 주었던 대로.

짭조름한 눈물 맛이 났다. 그 눈물을 모조리 먹어 치우면 더 이상 우리가 울 일은 없지 않을까, 하는 생각이 들었다. 꾹, 꾹, 꾹, 연이어 동화의 눈가에 입술 도장을 찍는 데에 온 신경을 집중했다. 그때, 동화가 다시 내 손을 붙잡더니 제 목의 울대뼈 쪽으로 끌어당겼다. 손끝에 닿은 남자의 울대뼈가 위아래로 움직이며 가느다란 진동을 전해왔다. 손끝으로 전해진 진동과 함께 고개를 들어 그를 쳐다보았다. 웃고 있는 동화의 얼굴이 보였다.

'아, 이게 바로 네 웃음이구나.'

소리를 귀로 듣는 대신, 진동으로 느낄 때가 종종 있다. 작은 소리는 느낄 수 없지만, 크게 내는 소리는 공기가 둥둥 울리면서 진동을 퍼뜨리기 때문에 감지할 수 있었다. 그것에 별반 감흥이 있었던 건 아니다. 되레 잃어버린 청력을 그런 식으로 재차 확인하는 기분이 들어 씁쓸하기만 했다. 그러나 지금 이 순간만큼은 손끝으로 느껴지는 그의 웃음이 경이로웠다.

"사랑해."

웃던 얼굴 그대로 그가 내게 고백하는 것을 손끝으로 느꼈다. 나는 문득 그의 회사 앞에 찾아갔다가 만난 경비원을 떠올렸다.

[저번에 수화 배웠는데.]

나를 품에서 놓아준 동화가 고개를 숙여 휴대전화 화면을 보더니 고개를 들었다. 다소 놀란 듯한 그의 모습에 머쓱했다.

[뭘 그렇게 놀라? 수화 배운 게 그렇게 놀랄 일이야?]

[수화는 아예 관심 없는 줄 알았거든.]

[사실, 남들 시선이 의식됐거든. 수화를 주고받으며 대화하는 모습을 사람들이 힐끔거리는 게 싫어서.]

비겁한 이유였다. 나는 이제야 그 점을 인정할 수 있었다.

[그냥, 간단한 걸 하나 배웠어.]

나는 다시 웃으며 그를 쳐다보았다. 그러자 동화가 눈을 크게 뜬 채 나를 쳐다보며 물었다.

"뭔데?"

그게……. 무심코 내가 배웠던 걸 손으로 표현하려다가 흠칫, 두 손을 꼭 오므려 쥐었다. 그러고 보니 내가 배운 수화는 바로 이것이었다.

왼손을 주먹 쥐고 모로 세운 채 오른손바닥을 그 위에 대고 시계 방향으로 돌리기.

사랑한다는 의미.

얼굴이 제멋대로 화끈거리며 달아올랐다. 그러나 동화는 이런 나를 눈치채지 못하고 호기심 어린 얼굴로 거듭 물었다.

[배운 거 보여 주려던 거 아니야?]

나는 눈을 질끈 감으며 고개를 마구 흔들었다. 따지고 보면 못 할 것도 아닌데 느닷없이 고백을 하려니까 민망함이 앞서서 도저히 그의 앞에서 수화를 할 수 없었다.

'아니지. 왜 민망해야 하는데?'

당황한 마음에 손으로 부채질을 하려다가 가슴속에서 올라온 물음에 그대로 손을 내렸다. 그러곤 다시 그를 쳐다보았다.

내가 좋아하는, 아니, 사랑하는 남자. 도저히 헤어질 수 없는 이 남자.

솔직하게 마음을 털어놓지 못한 바람에 지난 10년 내내 홀로 오해해야 했다. 그런데 이제야 겨우 같은 마음이었단 걸 알게 됐다.

뭘 더 감추고 숨겨야 할까. 민망하고 멋쩍다는 이유로 용기를 내지 못한다면, 10년 전과 다를 바가 없잖아.

고개를 돌려 주위를 둘러보았다. 익숙하면서도 낯선 동네 어디선가 동미가 불쑥 나타나서 '그래, 이 소심아! 좋아한다고, 사랑한다고 말하라니까!' 하며 경쾌하게 웃을 것만 같았다. 환청처럼 귓속에 스며드는 그리운 기억을 보듬어 가슴속에 묻어두며, 나는 크게 심호흡을 했다.

그리고 천천히, 주먹 쥔 왼손 위에 오른손을 쫙 펴고 둥글게 시계 방향으로 움직였다. 동화가 그런 내 손짓을 물끄러미 응시하다가 시선을 들어 나를 보았다.

소리 내어 말하지 못하는 고백을 이렇게 손짓으로 대신할 수도 있다는 게 새삼 신기했다. 간단한 수화는 한 번쯤 배워도 나쁠 건 없겠단 생각도 들었다. 사랑해. 고마워. 미안해. 그런 말들.

[방금 그거 무슨 의미야?]

[비밀.]

나는 웃으며 고개를 흔들었다. 그러자 동화가 눈을 가늘게 뜬 채 내 표정을 살피더니 이내 장난스럽게 웃으며 방금 내가 한 손짓을 그대로 흉내 냈다.

그는 뜻도 모르면서 따라한 것일 텐데, 그 뜻을 아는 나로서는 얼굴이 확 달아오를 수밖에 없었다. 동화가 그런 내 반응을 보고는 손가락을 튕기며 고개를 주억거렸다.

[무슨 의미인지 대충 알겠어.]

'응?'

[너 얼굴 빨개진 거 보니까. 야한 뜻인 거지?]

'뭐, 뭐어어?'

이게 무슨 엉뚱한 말인가 싶어 눈만 깜빡였다. 그러다가 싱글거리는 동화의 얼굴을 보고 나서야 그가 일부러 짓궂은 농담을 한 것임을 깨달았다. 내가 무슨 말을 한 건지 대충 눈치챘으면서! 나는 달아오른 뺨을 식히지도 못한 채 그의 가슴팍을 때렸다. 동화가 더욱 크게 웃더니 뒤이어 내 어깨에 제 팔을 두르고는 그대로 끌어안았다.

가슴이 쿵쾅대며 뛰었다. 어깨를 감싸고 있는 그의 단단한 팔이 안정감을 주면서도 한편으로는 긴장감을 준 탓이다. 그 바람에 미동조차 하지 못한 채 그저 앞만 쳐다보고 있을 수밖에 없었다.

어깨를 안고 있는 동화의 손에서 열기가 전해졌다. 문득 그 손이 조금 전, 나를 따라서 수화를 했던 게 떠올랐다. 비록 손짓으로 전한 말이지만, 사랑한다는 고백은 어떤 형태로든 사람의 가슴을 들뜨게 하는 듯싶었다.

글자로 적어서, 수화를 통해서, 그렇게 전한 마음을 소리로 표현한다면 그건 또 어떤 느낌일까. 직접 들을 수 없으니 그 느낌에 대해 내가 알 수는 없겠지만 말이다. 그래도 동화는…… 그 느낌에 대해 알 수 있을 텐데.

'소리 내어 고백할 수만 있게 된다면.'

나는 고개를 돌려 동화를 쳐다보다가 불쑥 말을 꺼냈다.

[언어 치료 받아 볼까?]

다정하게 웃던 동화의 얼굴이 순간적으로 멍해졌다. 그와 동시에 내 어깨를 안고 있던 팔의 힘이 풀리기라도 했는지, 어깨를 감싸고 있던 손이 순간적으로 아래로 툭 내려갔다.

[힘들기는 하겠지만, 그래도 한번 해 보면 어떨까 싶어서.]

언어 치료를 받는다고 해서 내가 보통 사람들처럼 또렷이 발음하고 말할 수 있을 거라고는 생각하지 않는다. 아무래도 귀가 들리지 않아서 내 목소리를 듣고 어눌한 발음을 교정할 수 없을 테니 말이다.

하지만 설령 그렇다 하더라도 시도해 보고 싶었다. 그저 아주 가끔, 막연히 떠올리던 바람이 한층 더 간절하게 다가왔다. 그렇게 해서 내가 약간이라도 부족한 부분을 채울 수 있게 된다면 동화의 어머니가 나를 조금이나마 인정해 줄 수 있지 않을까. 그런 어리석은 기대가 하나의 이유이기는 했다. 그러나 그것보다도 더 큰 이유는 동화에게 직접 고백하고 싶다는 것이었다.

동화가 나를 찾아 이곳에 오기 전, 나는 홀로 골목에 쪼그려 앉아 동미에게 하고 싶었던 말을 속으로 건넸다. 만약 그녀가 죽지 않고 살아 있었더라면 소리 내어 했을 이야기들이었다. 살고 싶다고, 사랑하고 싶다고 말했다. 가련하게 죽은 쌍둥이 언니에게 그런 말이나 한다고, 누군가는 참 생각 없고 냉정하단 비난을 할지도 모른다. 하지만 나는 이기적으로 굴고 욕을 먹더라도 이제는 달라지고 싶었다.

아마도 그래서 불쑥 이 동네를 찾아올 마음이 들었던가 보다. 나도 모르는 사이에, 의식하기도 전에 내 마음이 변해 버려서……. 그때, 멍해 있던 그가 정신을 차리고는 황급히 자신의 휴대전화에 뭐라고 입력해서 내게 내밀었다.

[네가 바라는 거라면 뭐든지. 나는 무조건 네 편이야.]

내가 왜 언어 치료를 받고 싶은 것인지, 동화는 묻지 않았다. 그리고 나 역시 그에게 굳이 말하지 않았다.

아주 나중에라도 내 목소리로 직접 그에게 고백할 수 있게 되면 그때 슬쩍 털어놓아야지.

사실은 네게 이렇게 고백하고 싶어서 언어 치료를 받았던 거야, 라고. 그럼 동화는 깜짝 놀라면서 나를 끌어안고 기뻐하겠지. 상상 속의 그를 머릿속에 그려 보다가 이런 내 모습이 민망해져서 손바닥으로 뺨을 쓸었다. 이룰 수 있을지 없을지도 모르는데, 먼저 김칫국부터 마시는 모습이라니.

#
그 남자

걸음을 옮기다가 제멋대로 흔들린 손과 손이 서로 맞부딪쳤다. 동은이 냉큼 손을 뒤로 물리려는 걸 곧바로 따라갔다. 그녀의 손이 내 손안에 쏙 들어온 순간, 싱글벙글 웃음이 번졌다.

[깁스했던 팔, 이제 안 아파?]

내게 붙들린 손을 꼼지락거리며 그녀가 다른 손으로 어렵게 써서 내민 휴대전화 메시지를 보고 가만히 웃었다. 나는 일부러 더욱 힘을 주어 동은의 작은 손을 고쳐 잡은 뒤, 어깨를 으쓱였다. 이런 내 행동으로 대답이 된 것인지, 그녀가 한결 마음을 놓았다는 듯 웃었다.

[그나저나 여기 좋다.]

[그러게. 호수공원이 이렇게 큰 곳인 줄 몰랐어. 호수가 아니라 강 같아.]

동은의 말처럼 일산 호수공원은 호수라는 말보다 강이라는 말이 어울릴 법했다. 주말을 맞이하여 나름대로 데이트하기에 좋은 곳을 골랐는데 그녀가 마음에 들어 하는 것 같아 다행이었다.

나는 호수 건너편을 응시하다가 그녀를 돌아보았다. 동은이 기분 좋은 미소를 머금은 채 호수를 응시하고 있었다. 골목 한쪽에 웅크린 채 앉아 있던 동은을 떠올렸다. 그리고 그녀의 파리한 얼굴과 젖은 뺨을 기억했다. 악몽밖에 남지 않았을 동네를, 그녀는 어떤 마음으로 찾아갔던 것일까.

다시 고개를 돌려 호수를 바라보았다. 잔잔하던 수면이 갑자기 불어든 바람에 흔들렸다. 세상 모든 일이 그저 이렇게 잠시 바람이 부는 것처럼 지나갔으면 좋겠다. 어머니의 말과 행동 역시 그냥 그렇게 말할 수 있으면 좋겠다. 그러면 그녀가 상처받지 않아도 될 테니까. 하지만 나는 그럴 수 없으리라는 걸 안다. 카페에서 내 눈으로 보았던 두 사람의 대화를 떠올렸다.

그때, 동은이 내 손을 잡아끌었다.

[우리 저기 가서 앉자.]

그녀가 가리킨 곳은 사람이 많지 않았다. 나는 고개를 끄덕이고는 동은의 손을 잡고 걸음을 옮겼다. 적당한 자리를 잡아서 돗자리를 펼쳤다. 돗자리 위에 무릎을 꿇고 여기저기 꾹꾹 눌러 보며 혹시 그 밑에 돌멩이나 날카로운 뭔가가 있을까 싶어 확인해 보고는 동은을 향해 이리 와서 앉으라고 손짓했다. 그러자 물끄러미 나를 쳐다보던 동은이 가까이 다가왔다.

신발을 벗고 나니 발바닥의 얼얼함이 뒤늦게 느껴졌다. 그러고 보니 호수 주변을 따라서 꽤 많이 걸었구나 싶었다. 나는 동은이 여전히 신발을 신고 있는 걸 보고 냉큼 몸을 움직였다. 그리고 그녀가 막을 새도 없이 두 손으로 신발을 벗겨 주었다. 그녀가 눈을 동그랗게 뜨고 나를 쳐다보다가 이내 빨갛게 달아오른 얼굴을 숨기려고 고개를 숙였다. 수줍어하는 그녀를 보고 있으려니 문득 장난을 치고 싶었다. 나는 아예 동은의 앞에 자리를 잡고 앉은 채 다시 손을 뻗어 그녀의 발을 주물렀다.

동은의 발이 손 아래에서 화들짝 놀란 감정을 고스란히 드러내며 움찔거렸다. 어떻게든 내 손을 피하려고 버둥대며 뒤로 물러서려는 발을 두 손으로 꽉 붙잡아 끌어당겼다. 그러자 그녀의 몸마저 너무 쉽게 쭉 딸려 왔다. 나는 갑작스럽게 내 눈앞으로 다가온 동은의 동그래진 눈을 보며 웃은 뒤, 그대로 그녀의 입술에 내 입술을 맞댔다. 순식간에 벌어진 입맞춤을 인식하지도 못한 듯 그녀가 멍하니 눈만 깜빡이다가 뒤늦게 상황을 깨달았는지 붉게 물든 얼굴로 입술을 달싹였다.

그 입술에 다시 한 번 입을 맞췄다. 그리고 또 한 번. 연이어 이어진 입맞춤에 어디선가 누군가의 휘파람 소리가 들렸다. 나는 입술을 떼고 또다시 그녀를 바라보았다. 동은의 얼굴이 더 이상 빨개질 수 없을 정도로 빨갛게 물들어 있었다.

정말이지, 이렇게 사랑스러운 여자가 또 있을까.

가슴이 벅찰 정도로 밀려드는 감정을 주체하지 못하고 숨을 깊이 몰아쉬었다. 두서없이 어떤 영상이 눈앞에 떠올랐다. 오래

전, 그러니까 우리가 아무런 상처도 입기 전의 어느 날이었다.

학교에서 집으로 오던 중간쯤에 교차로를 건너면 햄버거 가게가 하나 있었다. 거기가 롯데리아였던가, KFC였던가. 어쩌면 맥도날드나 버거킹이었을지도 모르겠다. 함께 햄버거를 먹은 쌍둥이의 모습은 선명한데, 그 가게가 어느 프랜차이즈 간판을 달고 있었는지는 흐릿하기만 하다. 하기야 그게 중요한 것은 아니니까.

햄버거 가게에는 똑같은 교복을 입은 아이들이 여기저기 테이블을 차지하고 앉아 1층에는 앉을 자리가 아예 남아 있지 않았다. 나는 동은과 동미에게 2층에 먼저 올라가서 자리를 잡아 놓으라고 말했고, 그들의 것까지 대신 주문을 하느라 1층에 남아 있었다. 그때 내 등 뒤로 조심스럽게 다가왔던 작은 발소리. 그리고 세 사람이 주문한 걸 어떻게 혼자 들고 올라갈 수 있겠냐며 같이 들고 올라가자던 동은의 말간 미소. 그 작은 발소리와 말갛기만 하던 미소가 머릿속의 어딘가를 노크하듯 두드렸다.

그날 그 순간이 내가 동은에게 처음 반했던 계기는 아닐 것이다. 그렇지만 나는 꼭 그날이 아니었더라도 그녀에게 매 순간마다 반했다. 마음이란 게 어느 한 가지 형태로 고정되어 있는 게 아니기에, 동은을 향한 마음은 일분일초마다 바뀌기 일쑤였고 그때마다 나는 매번 새로운 사람에게 첫눈에 반한 것처럼 쿵쾅거리며 뛰는 가슴을 달래느라 한참 애를 먹어야 했다.

그건 지금 이 순간도 마찬가지였다. 손에 잡혀 있던 동은의 발이 꼼지락거리며 움직이는 게 느껴졌다. 꽤 긴 시간 동안 꿈을 꾸다가 깬 사람처럼, 나는 손바닥 안에서 느껴지는 그 사소하면서도 사랑스러운 감각이 신기해서 고개를 숙였다. 그러자 그녀의 발이 내 시선에 당황한 듯 더욱 움찔대며 움직이더니 재차 내 손에서 벗어나려고 바르작거렸다. 난처해하는 얼굴로 눈만 이리저리 굴리는 동은을 힐끔 쳐다보고는 장난을 그만둬야겠단 생각에 그녀의 발을 쥐고 있던 손을 놓았다. 기다렸다는 듯 동은이 제 발을 뒤로 물리더니 이내 책상다리를 했다.

"손 좀 씻고 올게."

동은이 내 말을 알아들은 듯 고개를 끄덕였다.

[도시락 싸 가지고 올 걸 그랬나 봐.]

동은이 멀찍이 자리를 잡은 채 도시락을 먹고 있는 어느 가족의 모습을 쳐다보다가 휴대전화를 만지작거리더니 내게 내밀었다.

[미안. 다음부터는 준비해 가지고 올게.]

내 대답을 본 동은이 멍한 얼굴로 눈을 깜빡였다. 그 모습이 의아해서 고개를 기울이려는데, 그녀가 가만히 웃더니 고개를 흔들었다.

[너한테 도시락 싸 오지 않았다고 그런 거 아니야. 오히려 나한테 한 말인걸.]

[네가 왜 도시락을 싸?]

[보통, 여자가 도시락을 싸 가지고 오잖아.]

[데이트하자고 너 데리고 나온 건 난데. 오히려 내가 도시락도 준비 안 하고 돗자리 하나만 달랑 들고 와서 민망하지.]

말해 놓고 나니까 정말 민망했다. 동은이 그런 나를 쳐다보다가 웃더니 슬그머니 내게 몸을 기댔다.

[그나저나 저 나무, 참 신기하게 생겼네. 그렇지?]

내 민망함을 덜어 주려는 것인지, 그녀가 뜬금없이 다른 말을 꺼냈다. 나는 동은의 말에 시선을 들어 그녀가 손가락으로 가리키는 쪽을 보았다. 곧바로 그녀가 뭘 말하는 것인지 알아차리고는 고개를 끄덕였다.

[저 나무 말하는 거야?]

[응. 나무 모양이 특이해.]

나무가 쭉 올라가고 그 윗부분에서 가지가 뻗어 나갔다. 보통 우듬지라고 부르는 부분인가? 내가 고개를 갸웃거리며 나무를 쳐다보는 사이에 동은이 휴대전화를 만지작거리더니 이내 인터넷으로 뭔가를 검색했는지 내 팔을 톡톡 건드렸다.

[참죽나무래. 나뭇가지가 옆으로 퍼지지 않고 위로 쭉 뻗어 올라간게 비슷해.]

휴대전화 화면의 포털 사이트 검색창에는 그녀가 검색한 나무 이미지들이 나열되어 있었다. 그 이미지들 중 우리가 본 나무와 닮은 이미지 몇 개에 참죽나무라 쓰여 있었다. 처음 들어보는 나무 이름이었다. 이럴 때 동은의 앞에서 '아, 이 나무는 말이야. 참죽나무라고 하는 건데…….' 하면서 똑똑한 행세를 하면 얼마나 좋을까. 왜 진작 수목도감 같은 책을 읽지 않았나,

후회를 하며 아쉬워했다. 그 순간, 동은이 내게 기댄 채 메시지를 입력해 보여 주었다.

[이런 거 참 좋다. 몰랐던 걸 너랑 하나씩 알아가는 거.]

'……그래?'

[넌 안 그래?]

동은이 몸을 똑바로 세우고 나를 쳐다보았다. 바로 조금 전에 했던 생각을 그녀가 알아차린 것만 같아서 뜨끔했다. 그러게, 이런 것도 좋은데. 나는 괜히 유식한 척 행세할 생각이나 하고 있었으니……. 머쓱한 마음에 헛기침을 한 뒤에 다시 휴대전화를 들어 바쁘게 대답을 입력했다.

[나도 당연히 좋지. 우리 저녁 먹으러 나가는 길에 모르는 나무들 볼 때마다 인터넷으로 찾아볼까?]

내 제안을 받은 동은의 눈이 둥글게 휘어졌다. 그녀는 고개를 끄덕이며 장난기 어린 미소를 매단 채 웃었다. 나는 자리에서 일어나 동은을 향해 손을 내밀었다. 그녀가 내 손을 물끄러미 쳐다보다가 잡았다. 가느다란 손가락 하나하나에 입을 맞추고 싶단 생각을 하며, 동은의 손을 붙잡은 채 힘을 주어 그녀를 일으켜 세웠다. 어느새 저녁 무렵이 된 탓에 하늘이 불그스름하게 물들어 가고 있었다.

오래전, 패스트푸드점의 2층에서 보았던 노을 진 하늘과 흡사한 모양새로.

[동은아, 너 그거 알아?]

내 물음에 동은이 눈을 깜빡였다. 나는 돗자리를 접어 가방에 넣은 뒤, 다시 휴대전화를 건넸다.

[나 지금 너한테 또 반한 거.]

그날처럼. 그리고 언제나 그래 왔듯이.

11.
나도, 사랑해

"괜찮아?"

동화가 시동을 끄고 나를 돌아보더니 염려 가득한 얼굴로 물었다. 나는 바짝 긴장하여 전면 창 너머로 보이는 경찰서를 쳐다보다가 간신히 고개를 끄덕였다. 그러자 그가 긴장을 풀어 주려는 건지 내 어깨를 가볍게 잡았다가 놓았다. 그 손길에 나도 모르게 입매가 느슨해졌다.

[걱정 마. 괜찮으니까.]

미소 짓는 내 얼굴에 안도한 것인지 동화의 표정 역시 풀어졌다. 그는 입꼬리를 올리며 차에서 내렸다. 나 역시 차문을 열고 밖으로 나갔다.

하지만 막상 바로 눈앞에 경찰서 건물을 마주하고 있으려니 죄를 지은 것도 아닌데 온몸이 뻣뻣하게 굳었다. 그런 내 상태를 알아차린 동화가 다가와 내 손을 단단히 잡았다.

내 손을 움켜쥔 그 악력에 다시 한 번 긴장을 풀 수 있었다. 나는 숨을 크게 들이쉬고는 동화와 손을 맞잡은 채 경찰서 출입문 앞까지 걸어갔다.

온라인상에서 내게 악의적인 비난을 퍼붓던 이들에 대하여 조사가 시작된 게 며칠 전의 일이다. 처음에 악플러를 잡았다고 연락이 왔을 때는 혹시 보이스 피싱인가 의심도 했다. 어떻게 된 건가 싶어 의아해하던 중에 동화가 나를 대신해 담당 형사와 통화를 하여 조금 더 구체적인 속사정을 알아내고는 알려주었다.

고소자는 바로 '닻별 기획', 그러니까 출판사 쪽에서 악의적으로 악플을 남기는 몇 명을 영업 방해로 고소한 것이다.

그리고 오늘은 처음으로 피해자 조사가 있는 날이다.

[나 때문에 너 회사도 결근해서 어떡해?]

출입문 앞에 서서 동화에게 묻자, 그가 대수롭지 않다는 듯 말했다.

"이럴 때 쓰라고 있는 월차인걸."

'그래도…….'

나는 속으로 구시렁대다가 다시 한 번 호흡을 가다듬은 뒤, 출입문을 열고 안으로 들어갔다.

경찰서 내부는 소란스러웠다. 물론 그 소란을 내 귀로 들었던 건 아니지만 말이다. 눈으로 보는 광경만으로도 충분히 짐작할 수 있었다. 그 바람에 다시 한 번 몸이 굳으려는 찰나, 동화가 내 옆에 따라 들어와 누군가를 붙잡고 묻더니 '사이버 수사팀'이란 안내 표지가 붙어 있는 자리로 나를 데리고 갔다. 얼떨결에 그에게 이끌려 어느 형사의 책상 앞까지 가게 됐다. 빼빼 마른 형사가 컴퓨터 모니터를 보며 뭔가를 하다가 고개를 들고 입을 열었다. 동화가 그에 대답하듯 입을 움직이는 게 느껴졌다.

담당 형사구나.

다행히 조사를 맡은 형사는 친절했다. 내가 자신을 앞에 두고 긴장했다는 걸 알자마자 따뜻한 물 한 잔을 가져다줄 정도로 세심한 면도 갖고 있었다. 동화의 도움과 형사의 친절한 태도 덕분에 조사는 순조롭게 마무리될 수 있었다. 자리에서 일어서려는데, 형사가 내 뒤쪽을 보더니 난감한 표정을 지었다. 동화 역시 미간을 좁히며 고개를 뒤로 돌렸다.

'무슨 일이지?'

나는 두 사람의 반응에 어리둥절해하며 몸을 돌렸다. 내 또래로 보이는 여자가 우리를 향해 다가오고 있었다. 저 사람도 피해자 조사를 받으러 온 건가 하고 생각하는 순간, 동화가 내 손을 덥석 잡더니 힘을 주었다.

'……동화야?'

갑작스럽게 전해진 악력에 놀라 그를 돌아보았다. 동화가 그 여자를 향해 시선을 고정하다가 나를 보고는 미안하다는 얼굴로 잡고 있던 손을 놓아주었다.

'왜 그래?'

내가 의아한 눈으로 그를 쳐다보자 동화가 머뭇거리다가 책상 위에 있던 노트에 뭔가를 적어 내밀었다.

[저 여자가 그 악플러 중 하나래.]

'……뭐?'

순간적으로 머릿속이 텅 비어 버렸다. 나는 여자를 다시 쳐다보았다. 여자는 내게서 몇 발자국 떨어진 곳에 서서 나를 마주 보고 있었다.

악플을 다는 사람들의 얼굴을 상상하는 건 어려웠다. 어떤 사람일지 아무리 상상해 보려 해도 생전 본 적 없는 사람의 얼굴을 떠올리는 건 불가능했다. 그래서 나도 모르게 그런 이들의 얼굴을 괴물로 상상해 보고는 했다. 어릴 적 읽었던 동화책에서나 등장할 법한, 그런 괴물.

하지만 정작 내가 마주한 악플러의 얼굴은 너무나 평범했다. 아니, 되레 세련되고 예쁘다고 할 수 있는 외모의 여자였다. 당당하고 생기 넘치는, 그런 여자였다.

나와는 달리 뭔가를 잃어 본 적 없는, 그래서 타인의 상실감 같은 건 이해하지 못하는, 그런 얼굴을 하고 있었다.

형사가 다시 동화에게 뭐라고 말을 건넸다. 동화는 발끈하여 목에 핏대를 세우면서 말했다. 나는 여자에게서 시선을 떼지 못하고 있다가 가까스로 눈을 돌려 그를 보았다.

동화의 목에 선 핏대가 눈에 선명히 들어왔다. 형사가 뭐라고 한 건지 모르지만, 그는 나를 대신해 화를 내고 있는 게 틀림없었다. 형사는 더욱 난감한 표정으로 어쩔 줄 몰라 했다. 나는 그제야 정신을 차리고 동화의 팔을 잡아 흔들었다.

'대체 왜 그래? 무슨 일인데?'

내가 입술을 달싹이자 동화가 숨을 크게 들이쉬며 화를 가라앉히더니 펜을 쥐었다.

[저 여자가 너를 만나고 싶어 했대.]

사과하겠다고. 그러니 만나게 해 달라고. 그렇게 계속 졸라대는 여자에게 질린 형사가 오늘 내가 피해자 조사를 받으러 오기로 했다는 걸 귀띔해 준 모양이었다. 알아서 잘 합의해 보란 뜻에서 말이다.

나는 동화가 적어 내려간 문장들을 읽으며 울렁거리는 속을 억지로 가라앉혔다. 이번에 고발된 악플러들은 단순히 글에 대한 리뷰 같은 걸 나쁘게 적었다는 이유로 고발된 게 아니었다. 가족이나 친구 등의 아이디까지 동원하여 여러 개의 아이디를 이용해서 악플을 달아 여론을 조성하고, 입에 담기 힘든 심한 말들을 퍼부었던 이들이었다. 그래서 괴물인 줄로만 알았는데, 이토록 평범한 사람이라니. 그게 더욱 소름 끼쳤다. 길거리에서 우연히 스쳐 지나갈 수도 있는 이가 나를 향해 그런 악의를 품는다는 게 무섭고 끔찍했다.

[저 여자랑 단둘이 얘기할래.]

"단둘이? 하지만."

동화는 내가 적은 메모를 보고는 입을 열었다. 그러나 나는 그의 입 모양으로 동화가 무슨 말을 할지 예상하고는 고개를 흔들었다.

[이건 내가 해결해야 하는 문제잖아.]

여태 그의 도움을 받아 놓고 이런 말을 하는 게 우스울지 모르지만, 나는 진심이었다. 내게 악플을 퍼부었던 여자와 단둘이 마주한다는 게 겁이 나고 두려워도 한 번은 부딪쳐야 할 일이었다. 그런 내 마음을 이해한 듯 동화의 눈이 흔들렸다. 그러더니 그가 형사에게 내 뜻을 전해 주었다. 형사는 난감한 얼굴로 계속 나와 여자를 쳐다보고 있다가 그제야 안심한 듯 고개를 끄덕였다.

"밖에서 기다릴게."

동화는 내 손을 잡았다가 놓으며 말했다. 나는 고개를 끄덕인 뒤, 형사가 안내해 준 사무실 안으로 들어갔다. 여자가 나보다 한 발 앞서 사무실 안에 들어가 주위를 빙 둘러보았다. 나와 눈이 마주치자 자리에 앉았다. 나 역시 맞은편 의자에 앉아 호흡을 가다듬었다.

단둘이 대화를 나누라며 형사가 안내해 준 곳은 비어 있는 사무실이었다. 세월의 흔적이 엿보이는 오래된 캐비닛과 책상이 사무실 안에 있는 집기의 전부였다. 여자가 먼저 책상 위의 종이를 끌어당기더니 뭔가를 적었다.

[출판사에서 고발한 거, 없었던 일로 해 주세요. 저 결혼도 앞두고 있고요. 이런 일에 속 썩을 시간 없어요.]

당연하게 요구하는 듯한 여자의 말에 어이가 없었다.

[왜 그랬어요?]

더구나 결혼을 앞두고 있었단다. 그러니 얼마나 행복했을까. 사랑하는 이와 평생 함께할 날을 기다리며 얼마나 설레고 들떴을까. 그런데 그 와중에 뭐가 그렇게 화가 나서 내게 비난을 퍼부었던 건지 알고 싶었다. 나로서는 꿈조차 꿀 수 없는 미래가 예정되어 있었으면서, 왜 내게서 글을 쓰는 것마저 빼앗아가려 했던 건지 묻고 싶었다.

일종의 질투였다. 나는 결코 가질 수 없는 미래를 갖게 될 여자가 너무 부러웠다. 그래서 더욱 원망스러웠다. 그런 감정이 드러나지 않도록 애써 덤덤한 표정으로 여자의 대답을 기다렸다.

[제가 작가님 책으로 태교를 얼마나 열심히 했는지 아세요?]

'……태교? 임신했다고?'

여자가 납작한 배를 손으로 문지르며 뿌듯한 표정을 짓더니 이내 분한 얼굴로 펜을 잡고 휘갈겨 썼다.

[시댁 될 집안이 얼마나 대단한 곳인지 몰라요. 그래서 정말 신경 써서 태교하던 중이었어요. 작가님 책이 인기 많다고 해서 일부러 골라 읽었을 만큼요. 그러니 제 입장에서 배신감이 든 건 당연하잖아요? 더구나 이번 일은 솔직히 작가님 잘못이 없다고는 못 하죠. 제가 무조건 잘했다는 건 아니지만, 애당초 작가님이 이 모든 걸 숨기는 바람에 벌어진 일이잖아요? 작가님한테 장애가 있는 줄 알았으면 다들 미리 배려했을 거고, 괜한 오해도 하지 않았을 텐데.]

여자는 나를 탓했다. 나는 여자의 말에 아무 항의도 하지 않았다. 그런 내 태도를 어떻게 받아들인 것인지, 여자가 더욱 기세등등하여 말을 이어 나갔다.

[사인회 날, 애가 다쳐서 피가 나고 난리인데 작가님은 무표정으로 아무 대응도, 어떤 조치도 하지 않고 방관하니까 오해를 할 수밖에요. 귀가 안 들린다는 걸 그때는 몰랐고요.]

그러니까 다 네 잘못이다. 여자가 하려는 말은 그거였다. 나는 창백해진 손끝을 내려다보았다.

[태교하느라 밥 한 끼도 마음 놓고 못 먹었어요. 뭐든지 친환경 재료로 요리한 것만 먹고, 알레르기 반응 일어날 만한 건 모조리 금지하고. 음악도 애들 머리에 좋다는 클래식으로만 골라서 들었다고요. 그런데 전혀 상상도 못 한 곳에서 문제가 생겼으니 기가 막혔죠. 그렇게 신경 써서 고르고 골라 선택한 동화책의 작가가 장애인이라니. 한순간 제가 쏟은 노력이 허사가 됐으니 화가 난 게 당연하잖아요. 그래서 험한 말 몇 마디 했어요. 그것도 작가님한테 찾아가 대놓고 한 것도 아니고, 그냥 인터넷에 몇 줄 적은 거라고요. 그게 이렇게 고발까지 할 정도로 큰 죄예요? 그렇게 따지면 그 많은 사람 죄다 속였던 작가님이랑 출판사는 사기죄로 고발당해야죠.]

사기죄.

그 말에 나도 모르게 몸을 떨었다. 여자가 자신의 말이 과했다고 생각했는지 내 눈치를 살폈다.

[이번에 용서해 주시면 저도 다시는 그런 댓글 달지 않을게요. 아이 때문에 흥분해서 실수한 거라고 생각하고 이번 한 번만 넘어가 주시면 안 될까요? 동화책 쓰시는 분이니 아이들이 행복하기를 바라실 거잖아요. 이런 일로 스트레스 받으면 태아에게 얼마나 안 좋겠어요. 동화 작

가로서 할 일이 아니죠. 괜히 사람들 입에 오르내리다 보면 작가님 앞으로의 명성에도 해가 될 테고요. 우리 그냥 좋게 해결해요. 그렇게 해 주시면 제가 작가님 작품 여기저기 막 홍보해 드리고요. 책 나올 때마다 열 권, 스무 권씩 사서 주변에 싹 다 돌릴게요.]

나는 기가 막혀서 여자를 쳐다보았다. 그녀는 내게서 동정심을 끌어내겠다는 듯 제 배 위에 손을 얹고 쓰다듬는 시늉을 했다. 그 행동에 얼만큼의 진심이 담긴 것인지 알 수는 없었다. 하지만 여자의 말대로 이번 고발 건으로 말미암아 그녀가 스트레스를 받으면 배 속의 아이에게 좋지 않은 영향을 미치리란 건 자명했다. 마음이 복잡해져서 여자가 종이 위에 쓴 것을 한참 내려다보기만 하다가 불쑥 물었다.

[먼저 저한테 할 말이 있어야 하는 거 아닌가요?]

[할 말이요?]

[적어도 미안하다는 말 정도는 한 뒤에 그런 걸 요구해야죠.]

여자의 눈꼬리가 매섭게 올라갔다. 하지만 그런 여자의 표정을 마주하고도 덤덤한 마음이 들었다.

동화. 그가 저 너머에 있으니까.

동화와 헤어지려 했지만 가능하지 않았다. 그의 어머니에게는 죄스러운 일이지만, 도저히 그와 헤어질 수 없었다. 그렇다면 더 이상 그 누구의 앞에서도 초라한 모습을 보여서는 안 된단 생각을 했다. 나는 종이 위에 또박또박 써 내려갔다.

[사과하시라는 거예요. 저한테. 그리고 당신 배 속의 아이한테.]

[정말 이러실 거예요?]

여자가 눈살을 찌푸리더니 내게 따졌다. 그러더니 울컥한 표정으로 다시금 빠르게 휘갈겨 썼다.

[아이만을 생각하다 보니 벌어진 실수였어요. 그걸 이해 못 하세요? 작가님도 결혼해서 아이 갖게 되면 제 입장 충분히 이해하실걸요? 결혼할 수 있을지는 모르겠지만.]

여자의 악의가 선명히 묻어났다. 그녀가 변명으로 일관하고 내 탓으로 돌리던 와중에 무심코 드러낸 진심인지도 몰랐다. 나는 들끓는 가슴속을 진정시킨 뒤, 펜을 잡았다.

[저한테 사과하기 싫다면 하지 마세요. 굳이 강요하면서까지 사과받고 싶지는 않으니까. 하지만 아이한테는 꼭 사과하세요. 아직 태어나지도 않은 아이를 핑계 삼아 엄마로서 해서는 안 될 행동을 한 것에 대해.]

여자의 얼굴이 붉으락푸르락 변하는 걸 보며 자리에서 일어났다. 문을 막 열자마자 맞은편 벽에 서 있던 동화가 보였다. 여자가 고함이라도 질렀는지, 그가 문이 열리자마자 내 뒤쪽을 매섭게 쏘아보았다. 그 표정만으로도 여자가 내게 어떤 말을 했을지 짐작할 수 있었다. 인터넷상에서 했던 비난과 조롱, 혹은 그 이상의 말들을 했을지도 모르겠다. 동화가 저토록 무서운 얼굴을 하고 있는 걸 보면 말이다. 나는 동화를 향해 다가가 그의 팔을 붙들었다. 그러자 그가 여자를 향해 뭐라고 말하다 말고 나를 쳐다보았다.

'그만해. 괜찮아.'

나는 그를 향해 속으로 중얼거렸다. 신체적으로 장애가 없다

해서 정신까지 건강한 건 아니라는 걸 새삼 깨달았다. 멀쩡한 몸으로 여자처럼 사느니, 차라리 지금의 나로 살아가는 편이 낫겠단 생각마저 들었다. 하지만 동화는 속상함을 감추지 못한 채 다시 한 번 여자를 노려보았다. 그걸 본 순간, 기분이 묘해졌다. 나 때문에 화를 내고 속상해하는 동화의 모습에 미안함을 느껴야 할 텐데, 어째서인지 되레 기분이 좋아진 탓이다.

비참하지 않았다. 초라하지도 않았다. 나는 그저 부당한 일을 겪었고, 동화가 그것에 대해 나를 대신하여 화를 내는 것뿐이다.

함박꽃나무, 조팝나무, 병꽃나무, 탱자나무, 가래나무, 복자기나무, 때죽나무.

동화와 내가 찾아낸 나무의 이름은 모두 다 낯설기 그지없었다. 그렇지만 그게 하찮다는 의미는 아니었다. 이름은 단지 편의상 붙여 놓은 것에 지나지 않았다. 나무는 그저 나무로서 존재할 뿐이니까.

……그리고 나도.

장애가 나를 의미할 수는 없었다. 사람들이 제멋대로 달아 놓은 이름에 얽매일 필요는 없다는 뜻이었다. 나 역시 그저, 나일 뿐이다.

스스로 비참하다 여길 이유도 없고, 초라하다고 생각해 움츠러들 까닭도 없었다. 그걸 머리로는 생각하면서도 가슴으로는 받아들이지 못했는데 이제 조금이나마 받아들일 수 있을 것 같았다. 나는 여자에게 다가가 휴대전화에 짧게 입력한 문장을 보여 주었다.

[명예훼손으로 고소할 거예요.]

여자가 눈을 크게 뜨더니 인상을 쓰며 고함을 질렀다. 동화가 나서려는 걸 말리고 여자를 향해 다시 말을 이었다.

[제 글에 대한 비평이라면 얼마든지 받아들일 수 있어요. 글이 세상에 나간 순간부터 그 글은 저만의 것이 아니니까요. 얼마든지 읽는 분들에 따라서 달리 받아들일 수 있다는 걸 이해해요. 하지만 당신이 비난한 건 제 글이 아닌, 장애에 대한 것이었으니까 그건 바로잡아야죠.]

동미의 죽음 이후 세상이 얼마나 부조리하고 부당한지 여실히 알게 되었다. 그 사실에 분노하고 절망하기도 했었다. 하지만 나는 아무것도 할 수 없는 무기력한 존재에 불과했기에, 내가 선택한 건 그저 숨어드는 것뿐이었다. 그랬던 내가 지금 이 순간, 이 모든 현실에 맞서 싸워 볼 마음을 먹은 것이다. 나는 동화의 손을 잡으며 여자를 똑바로 쳐다보았다. 여자가 당황한 얼굴로 나를 보고 있었다. 몸을 돌려 먼저 그 자리에서 나와 버렸다.

[잘했어. 속이 다 시원하네.]

그가 내민 휴대전화 화면을 보자마자 괜히 민망해졌다. 나는 기역 자로 꺾인 복도를 돌자마자 그 자리에 멈춰 서서 동화에게 물었다.

[내가 너무했단 생각은 안 들어? 방금 그 여자, 결혼 앞둔 예비 신부라던데.]

[그렇게 따지면 누구든지 변명할 말 한 가지 정도는 있을걸? 뭐가

잘못이고 그릇된 행동인지 분간 못 할 어린애도 아닌데, 죄를 지었으면 합당한 대가를 치러야지.]

동화는 냉정하게 대답했다. 그 대답에 안도하면서도 여전히 마음 한구석이 불편했다.

[하지만 그 여자, 임신도 한 상태래. 혹시 스트레스 받아서 태아한테 안 좋은 영향이라도 갈까 봐 솔직히 겁나.]

동화가 이맛살을 찌푸리더니 냉랭한 얼굴로 어깨를 으쓱였다.

[나쁜 일이 벌어진다고 해도 그건 그 여자가 치러야 할 대가야. 네가 신경 쓸 일이 아니라.]

그래도……. 나는 휴대전화 키패드를 누르려다가 그대로 손을 오므려 쥐었다. 고소하겠다고 말해 놓고 돌아서자마자 이러는 게 위선적이란 생각이 들었다. 물론 동화는 그런 식으로 나를 생각하지 않을 테지만.

[넌 좀 못되게 굴어도 돼.]

방금 내가 한 생각을 읽어 내기라도 한 것 같은 그의 말에 그저 웃을 수밖에 없었다. 그러다가 나도 모르게 뒤를 돌아보았다. 여자가 우리 뒤를 따라올 리 없으니 괜한 짓이었지만.

대문 옆의 우편함에 우편물을 넣는 집배원을 보았다. 급한 마음에 걸음을 재촉하며 몽실이의 목줄을 당겼다. 집배원이 오토바이를 타고 출발하기 직전, 그의 소매를 붙잡았다. 막 출발하려던 집배원이 나를 보더니 뭔가를 물었다. 나는 겉옷 주머니 안에서 작은 노트를 꺼냈다.

[저는 청각 장애인입니다. 그래서 듣지 못해요.]

얼마 전에 겪었던 일이 문득 떠올라 씁쓸했다. 사람들의 오해를 피하고자 늘 노트에 적어 가지고 다니던 문장이었는데, 오히려 이것을 악용했던 남자들이 기억났다. 당시에 내가 가지고 있던 노트는 잃어버렸다. 지금 내가 들고 있는 노트는 동화와 함께 문구점에 가서 고른 것이다. 집배원이 내 노트와 내 옆에 나란히 서 있는 몽실이의 주황색 조끼를 보고는 입을 벌렸다가 다물었다. 아버지와 비슷한 연배로 보이는 그의 시선에 안쓰러운 빛이 묻어났다.

[이 주소가 여기 맞나요?]

내가 방금 적은 문장 위에 적힌 집 주소는 나와 다른 글씨체였다. 살짝 기울여 쓴 채 길쭉한 모양새인데 단정하고 깔끔했다. 동화의 필체였다. 그리고 그가 적어 준 주소는 바로 그의 집 주소였다. 나는 노트 위의 주소를 다시 한 번 보고 집배원을 쳐다보았다. 그가 주소를 확인하더니 미소를 머금고 고개를 끄덕였다.

'감사합니다.'

집배원은 내가 고개 숙여 인사하자 손사래를 쳤다. 오토바이가 떠나는 걸 보다가 목줄이 팽팽하게 당겨지는 느낌에 시선을 돌렸다. 몽실이가 동화의 집 대문 쪽으로 코를 킁킁거리며 꼬리를 흔들었다.

동화는 지금 내가 제 집 앞에 온 것을 알지 못한다. 오늘은 평일 중의 하루일 뿐이고, 그런 만큼 그는 열심히 근무 중인 시간일 테니까. 그것을 알면서 몰래 찾아온 건 나였다.

오늘, 내가 만나고자 하는 사람은 동화가 아니라 그의 어머니이다.

나는 재차 호흡을 고른 뒤, 몽실이를 데리고 대문을 향해 다가갔다. 대문 안쪽에서 길게 뻗어 자라 담 위까지 훌쩍 올라온 이름 모를 꽃나무가 먼저 눈에 띄었다. 동화와 일산 호수공원에 갔던 날의 기억이 선명했다.

함박꽃나무, 조팝나무, 병꽃나무, 탱자나무, 가래나무, 복자기나무, 때죽나무.

그날 우리가 참죽나무 이후로 마저 찾았던 나무들의 이름을 마법 주문처럼 속으로 외우자 불안하던 가슴속이 한결 편안해졌다. 이 나무들의 이름을 찾아냈던 순서대로 고스란히 외우는 나를 보고 동화가 놀라워하던 것이 떠올랐다. 하지만 딱히 놀라워할 일은 아니었다. 그와 함께한 날들이 모두 다 선명하게 기억에 남아 있는 것뿐이니까.

[저 동은이에요. 지금 어머니 댁 앞에 와 있어요. 찾아뵈어도 될까요?]

불쑥 연락도 없이 방문한 건 예의에 어긋난 행동이다. 하지만 혹시 그녀가 나를 만나기를 꺼리고 거부할까 싶어 두려운 마음에 무작정 집 앞까지 찾아올 수밖에 없었다. 물론 동화의 어머니가 외출을 해서 집에 없을 수 있다는 생각도 해 봤다. 만약 그렇다면 그녀가 올 때까지 기다릴 각오를 한 상태였다.

답장은 바로 오지 않았다. 아무래도 외출을 한 게 아닐까 하는 생각이 들었다. 그때, 몽실이가 앞발로 내 다리를 툭툭 건드렸다. 나는 쪼그려 앉으며 몽실이의 머리를 쓰다듬었다. 아무래도 기다려야 할 것 같아. 몽실이한테 미안한 마음을 속으로 전했다.

시간이 흘러가고 있다는 건 차츰 움직이는 햇살과 그늘의 위치만으로도 짐작할 수 있었다. 몽실이의 근처로 다가온 햇살을 가려 주기 위해 손을 들어 그늘을 만들었다. 조금 전부터 엎드린 채 자고 있던 몽실이가 눈을 뜨더니 뒷발로 제 목덜미를 북북 긁고는 다시 잠을 청했다. 그 모습을 보다가 쪼그리고 앉아 있던 다리가 저려서 종아리를 주물렀다.

갑자기 자고 있던 몽실이가 벌떡 일어나더니 뒤로 돌아섰다. 나 역시 덩달아 뒤를 돌아보았다가 황급히 몸을 일으켰다.

언제 열린 것인지 모르지만, 굳게 닫혀 있던 대문이 반쯤 열려 있었다. 그리고 동화의 어머니가 가만히 서서 나를 바라보고 있었다.

외출하셨던 건 아니었나 보다. 나는 허둥대다가 고개를 숙여 인사했다. 단단히 각오하고 찾아온 건데도 막상 동화의 어머니와 마주하니 머릿속이 백지가 된 것 같았다. 어머니가 내 인사를 받아 준 건지 알 수 없었다. 다시 고개를 들었을 때 내가 본 건, 안으로 들어가는 어머니의 뒷모습뿐이었으니. 그래도 일단 다행이란 생각에 몽실이를 데리고 문턱을 넘었다.

마당 한쪽에 있는 장독대에 먼저 시선이 갔다. 아파트에 살면서 거의 본 적 없던 옹기들이 모여 있는 모습이 정겨웠다. 그 바람에 나도 모르게 잠시 넋을 놓고 장독대의 옹기들을 바라보았다. 햇살을 머금은 채 반짝이는 적갈색 옹기가 너무나 예쁘고 고와서 멍하니 보고 있는데, 손에 쥐고 있던 목줄이 흔들렸다. 덕분에 정신을 차리고 고개를 돌렸다. 현관 앞에 서 있던 어머니가 그런 나를 물끄러미 응시하다가 눈이 마주치자 다시 몸을 틀었다.

저절로 몸이 움츠러들었다. 기껏 들어와서 한다는 게 넋 놓고 장독대 구경이나 하는 거였냐고, 어머니가 한심하게 볼 것 같아서 주눅이 들었다. 나는 가볍게 내 머리를 쥐어박은 뒤에 걸음을 재촉했다.

현관문도 대문과 마찬가지로 열려 있었다. 들어와도 된다는 무언의 허락이라고 여기며 조심스럽게 현관 안쪽에 들어서서 신발을 벗었다. 그러고는 몽실이의 목줄을 옆의 신발장에 길이를 적당히 조절하여 묶었다. 그걸 모르는 몽실이가 냉큼 내 뒤를 따라서 거실 안으로 들어오려다가 목줄이 당겨져 뜻대로 할 수 없자 꼬리를 축 늘어뜨렸다.

'미안.'

나는 몽실이에게 속으로 사과했다. 그러지 않아도 어머니에게 미움을 받고 있는데, 몽실이까지 함부로 실내에 데리고 들어갈 수 없는 노릇이었다. 몽실이가 새까만 눈으로 나를 가만히 올려다보더니 이내 얌전히 현관 바닥에 배를 깔고 엎드렸다. 그 유순한 모습이 기특하고 고마웠다.

그 순간, 어머니가 다가오더니 현관에 엎드려 있는 몽실이를 발견하고는 미간을 찡그렸다. 아, 현관에도 데리고 들어오면 안 되는 거였을까? 내가 그녀의 눈치를 살피며 몽실이를 현관 밖으로 데리고 나가려는 찰나, 어머니가 신발장 손잡이에 묶어 놓았던 몽실이의 목줄을 풀었다. 그리고 내가 말릴 새도 없이 몽실이가 어머니를 따라서 신나게 거실로 들어갔다.

'……어어?'

얼떨떨한 얼굴로 눈만 끔뻑이고 있는데, 동화의 어머니가 나를 힐끔 돌아보더니 들어오라는 듯 손짓을 했다. 나는 허둥지둥 거실 안쪽으로 걸음을 옮겼다. 함부로 기대하거나 희망을 가져서는 안 된다는 걸 알면서도, 몽실이가 거실 여기저기를 돌아다니는 걸 보니 가슴이 두근거렸다. 어머니가 몽실이를 받아 준 것처럼 혹시 나도 받아 주는 건 아닐까, 그런 말도 안 되는 마음마저 들려는 순간, 그녀가 과일과 음료수가 담긴 쟁반을 주방에서 가지고 나왔다.

그 모습을 보자마자 서둘러 그녀에게 다가갔다. 그러나 어머니는 내게 쟁반을 건네주지 않았다. 근거 없이 퐁퐁 솟아오르던 설렘과 기대감이 순식간에 가라앉았다. 나는 침울해지려는 표정을 숨기며 어머니를 따라서 거실 테이블로 향했다.

동화의 어머니는 내게 시선조차 주지 않고 가만히 사과를 깎기 시작했다. 사과 껍질이 얇게 깎여 기다란 띠를 이루며 차곡차곡 쌓이는 것을 보고 있다가 무심코 고개를 들었다. 거실 벽에 걸려 있는 액자 하나가 눈에 띄었다.

그건 오래된 스킬 자수 액자였다. 그와 동시에 예전 기억이 선명히 떠올랐다.

'동은이 왔니?'

동화의 어머니가 지금보다 훨씬 젊은 모습으로 거실 테이블 앞에 앉아 스킬 자수를 하다가 나를 반갑게 맞이하던 기억이었다. 그 맞은편에는 엄마가 뜨개질을 하며 앉아 있었다.

자매처럼 지냈던 두 분은 뜨개질이나 자수를 하며 함께 시간을 보낼 때가 많았다. 거실 벽에 걸린 액자 속 스킬 자수 역시 그중 하나였다.

어린 소년과 소녀의 모습이 그려진 그림.

당신들의 아들, 딸 같다며 깔깔거리던, 그 웃음소리가 새삼 귓속에 파고들었다.

눈물이 툭, 떨어졌다. 이제 와서 울 만한 일도 아닌데 갑자기 눈물이 떨어지니 당혹스러웠다. 내가 손등으로 눈물을 닦아내자 어머니가 깎고 있던 사과를 내려놓더니 티슈 몇 장을 뽑아서 내밀었다.

그것을 받아 들어야 하는데 갑자기 수전증이라도 걸린 사람처럼 손이 후들거리며 떨렸다. 나는 어쩔 줄 몰라 눈만 깜빡였다. 받아야 하는데. 계속 들고 계시게 하면 안 되는데. 티슈 몇 장을 받아 드는 게 이렇게 힘든 일이 될 거라고는 단 한 번도 생각하지 못했다. 그렇기에 더욱 당황할 수밖에 없었고, 손의 떨림은 더 심해졌다.

"쯧."

어머니가 혀를 차는 소리를 들었다고 생각했다. 그와 동시에 그녀가 내 손을 붙잡아 끌어당기고는 내 뺨을 타고 흘러내린 눈물을 직접 닦아 주었다. 예전에 그러했듯이, 마치 울고 있는 딸을 달래는 것 같은 모습으로.

'아들 녀석 하나 둬서 그런지, 나는 동미랑 동은이가 참 딸 같고 예쁘더라. 동미 엄마, 하나만 나 주라. 딸 삼아서 잘 키울게. 응? 아우님, 둘 중에 한 아이만 나 주라아아.'

깔깔대며 엄마에게 농담처럼 던지던 그녀의 말 속에 담긴 애정을 알아차리지 못할 정도로, 나는 둔하지 않았다. 이웃집 아주머니라기보다는, 친구의 어머니라기보다는, 되레 이모라고 불러도 좋을 만큼 가까웠던 이가 바로 동화의 어머니였다. 그걸 잊고 살았다. 지난 10년 동안 잊고 살았던 건 그 이외에도 많을 것이다.

내 눈물을 닦아 주던 그녀의 손을 덥석 붙잡았다. 홀로 아들을 키워 낸 그녀의 손은 거칠고 투박했다. 고운 외모와 달리 지금껏 살아온 세월의 노곤함이 고스란히 묻어나는 손을 붙잡은 채 고개를 숙였다.

'죄송해요, 아주머니. 정말 죄송해요, 어머니. 그래도 동화를 포기할 수가 없어요. 욕을 하고 때리세요. 염치도 없다고 나무라셔도 돼요. 그렇게 해서라도 조금이나마 어머니의 마음이 풀리실 수만 있다면 뭐든지 감내할 수 있어요. 기꺼이 뭐든지 감수할 수 있어요.

동화를 사랑해요. 아주 많이 사랑하고 있어요. 어린 시절의 철없던 마음이 아니에요. 어머니께서 보시기에는 한없이 걱정스럽고 어리석어 보이는 마음일 테지만, 그래도 진심이에요. 비록 풋내 나고 서툰 감정이라 하더라도 그렇다 해서 진심이 아니라 할 수는 없잖아요.'

나는 소리 없이 홀로 중얼거렸다. 필담으로 전하는 것만이 전부일 수는 없었다. 수화를 배웠더라면 손짓으로라도 더 표현할 수 있었을까. 이 마음을 어떻게 표현해야 전부 고스란히 내보일 수 있을까. 눈물이 조용히 흘러내렸다. 그러자 어머니가 다시 내 고개를 들게 하더니 얼굴을 일그러뜨린 채 손바닥으로 쓱쓱 내 뺨을 닦아 냈다. 그러고는 방금 내가 쳐다보았던 액자를 향해 시선을 던졌다.

액자를 보는 어머니의 시선에 아련한 그리움이 묻어났다. 잊고 살다가 문득 떠올린 과거의 기억에 새삼 당혹감을 느끼는 것도 같았다. 어머니는 복잡한 눈빛으로 한동안 액자를 쳐다보다 물었다.

"네 엄마는 어떠니?"

[그냥 병원에 계세요.]

엄마는 뇌출혈이 오는 바람에 몸 한쪽이 불편해요. 게다가 후유증으로 감각에 이상이 왔고 지금도 통증을 호소할 때가 많아요. 그래서 대부분의 시간을 약에 취한 채 보내세요. 어쩌다가 정신이 들 때면, 엄마는 행복했던 시절을 기억하며 어린 딸들을 찾고는 해요. 아주 가끔 저를 알아볼 때도 있지만. 하고 싶은 말은 많았다. 그러나 나는 펜 끝에 매달린 말들을 옮겨 적지 않았다. 엄마의 안부를 묻는 그 물음에 간단한 대답만을 적은 뒤, 눈물을 뚝뚝 흘렸다.

"내가 너무 무심했구나. 수소문해서 찾아봐야지, 하다가도 사는 게 바빠서 금세 잊어버리고. ……그렇게 10년이나 흘렀으니."

동화의 어머니가 기억을 더듬어 보듯 가만히 액자를 응시했다. 그러다가 갑자기 나를 향해 고개를 돌리더니 큰 입 모양으로 말했다.

"너 이렇게 모질지 못해서 세상 어떻게 살래? 그렇게 뻔뻔하지 못해서 어떻게 살 거야. 몸이 정상이어도 세상살이가 쉽지 않은데. 이렇게 약해빠져서 눈물 질질 짜고 그러면 어쩌자는 거니?"

어머니의 말이 이어질 때마다 눈물이 후드득 떨어졌다. 눈물 질질 짠다고 타박하는 말에도 또 눈물이 나오니 더욱 당혹스러웠다. 황급히 손등으로 눈가를 눌러 닦으며 눈을 깜빡였다. 입술 사이로 흐느낌이 새어 나갔다. 어머니는 그런 나를 보다가 관자놀이 근처를 지그시 눌렀다.

"내가 어떻게 해야 하니. 울지만 말고 말 좀 해 봐."

어머니는 한탄하듯 내게 물었다. 나를 위해 또박또박 말하려고 노력하시는 것이 느껴졌다.

"자식을 겉만 낳지, 속은 못 낳는다더니. 그 말이 딱 들어맞더구나. 늘 온순하고 내 말에 순순히 따라 주던 녀석은 어디로 간 건지, 너 만나서 또다시 모진 말 하지 말라고 몇 번이나 약속 받아 내고, 반대를 해도 저한테 하라며 버럭버럭 대들고. 요즘은 그 녀석이 집에 들어올 시간만 되면 내 가슴이 벌렁거려. 그거 아니?"

몰랐다. 나는 정말 아무것도 알지 못했다. 어머니와 만났던 날 이후, 그는 내게 그 어떤 얘기도 하지 않았다. 내가 어머니 얘기를 꺼내려 해도 곧바로 막아 버리는 터라, 어머니와 관련된 말 자체를 꺼내는 게 조심스러웠다. 그래서 일단 어머니의 감정이 조금이라도 가라앉기를 기다리려나 보다, 하고 여겼다.

물론 나로서는 속절없이 흘러가는 시간을 그대로 놔둘 수 없어서 이렇게 동화 몰래 어머니를 뵈러 온 것이기는 하지만. 그가 어머니와 언성을 높이고 다툴 거라고는 상상하지 못했다. 단 한 번도 내게 내색한 적 없었기에.

[죄송해요, 어머니.]

몰랐다는 말 같은 건 하고 싶지 않았다. 그 누구보다 효자였던 동화가 어머니를 몰아세우며 느꼈을 죄책감을 이렇게나마 내가 함께 짊어지고 싶었다. 무릎 위의 손을 꽉 오므려 쥐며 고개를 거듭 숙였다. 나를 바라보고 있는 어머니의 시선이 느껴졌다. 차라리 내 머리채라도 붙잡고 화를 내면 좋을 텐데, 어머니는 고개 숙이고 있는 나를 그저 물끄러미 바라보고만 있었다.

나는 고개를 숙인 채 어머니의 무릎 언저리를 보았다. 나와 그녀 사이의 거리는 두 뼘 조금 넘을 듯싶었다. 하지만 그 두 뼘 조금 넘는 거리가 아득할 정도로 멀게만 느껴졌다. 지금 당장 그 거리를 좁힐 수는 없을 것이란 생각이 들었다.

마음으로 느끼는 거리가 실제로 두 뼘 남짓할 정도까지 좁아지려면 얼마나 많은 시간이 필요할까.

지난 10년 동안 멀어졌으니 그만큼의 시간이 필요할지도 모르겠다. 그리고 어쩌면 그보다 몇 배는 더 요구될지도 모르고.

"아무리 다시 생각해 봐도 도저히 용납이 안 돼. 너는 서운하겠지만, 내 입장에서는 그럴 수밖에 없어. 동화 아버지 먼저 보내고, 그 녀석 하나만 보고 살았어. 그 녀석한테 그런 걸 알아 달라거나 보상해 달라는 건 아니야. 다만, 동화가 아무 흠 없는 여자 만나서 가정 꾸리고 오순도순 행복하게 사는 걸 보고 싶은 것뿐이지. 그게 그렇게 큰 욕심이니?"

무슨 대답을 할 수 있을까. 어머니의 마음을 모르는 게 아닌데. 하지만 그렇다고 해서 무작정 그녀의 말을 듣고만 있을 수는 없었다. 고작 그러려고 용기 내서 이곳까지 찾아온 게 아니었다.

[제가 동화에 비해 많이 부족하다는 거 알아요. 하지만]

펜 끝이 흔들렸다. 글을 업으로 삼아 산다는 말이 민망할 정도로, 어떤 말을 해야 할지 모르겠다.

……빠졌던 손톱이 그새 조금 자랐다. 시간이 조금 더 흐르고 나면 손톱이 빠졌던 자리는 언제 그랬던가 싶게 온전한 손톱이 채울 것이다. 그저 묵묵히 견디고 살아가는 것만으로도 채워진다는 뜻이다.

[조금씩 채워 나갈게요.]

당장 내가 할 수 있는 약속은 거창한 것일 수 없었다. 허황된 말 몇 마디로 지금 이 순간을 모면할 수도 없는 노릇이었다. 그렇기 때문에 나는 내가 할 수 있는 최선의 말을 써 내려가야 했다.

[지금껏 견디고 살아왔던 제 시간을 한 번만 믿어 주시면 안 될까요? 앞으로 더 단단해지고, 더 씩씩해질 거예요.]

귀를 잃어버린 토끼를 주인공으로 하는 새로운 글을 구상하고 있는 중이다. 며칠 전, 경찰서에서 악플러와 맞닥뜨리고 난 뒤에 떠올린 것이다. 귀를 잃어버렸단 이유로 다른 토끼들에게 조롱당하고 상처받아 바깥세상을 외면한 채 숨어 살던 토끼가 세상에 나가 직접 부딪치며 벌어지는 이야기이다. 그 이야기를 구상하느라 사람들이 나에 대해 뭐라고 말하는지 굳이 찾아보고 있지는 않다. 다만, 그럼에도 불구하고 간혹 눈에 띄는 댓글들이 있다. 결혼 앞둔 예비 신부라던 악플러를 고소한 뒤로도 몇 명의 악플러를 더 고소했지만, 여전히 나를 비난하고 욕하는 댓글들이 드문드문 올라왔다. 장애와 학력을 문제 삼으며 수군대고 조롱하며 'ㅋㅋ' 하고 웃기도 한다.

하지만 그와 별개로 나를 응원하는 글들도 발견한다. 악플보다는 조금 더 자주 보고 있다고 해야 할지도 모르겠다. 동화가 일하면서 틈틈이 나를 응원하는 댓글들을 모아 메일로 보내주곤 한다.

그 덕분에 조금 더 힘을 내어 글을 쓸 수 있는 건지도 모른다. 나와 내 글을 폄하하고 조롱하는 이들도 있지만, 그와 반대로 나와 내 글을 격려하고 아껴 주는 이들도 분명 있다는 걸 알았기 때문이다.

그렇게, 나는 모니터 상의 텅 빈 공간을 채워가고 있는 중이다. 손톱이 자라 올라오는 것처럼, 내 원고도 언젠가 완성될 것이다. 그러면 내 삶의 비어 있는 공간에도 한 조각 정도는 끼워 넣을 수 있지 않을까.

비록 지금은 여기저기 듬성듬성 빈 공간이 많이 남아 있어서 부족한 면도 많고 초라한 삶이겠지만, 꾸준히 채워가다 보면 언젠가 나는 나만의 퍼즐 조각들로 꽉 채운 내 삶을 마주할 수 있게 될지도 모른다.

[동화를 사랑해요.]

결국 내가 할 수 있는 말은 이것 하나로 귀결된다. 그를 사랑한다는 말. 그의 어머니 앞에서 염치없이 할 수밖에 없는 말이 고작 이것뿐이다.

[사랑하는 사람 앞에서 당당해지고 싶어요.]

나는 어머니의 앞에 머리를 조아리다시피 했다. 그러나 어머니는 내게 아무런 말도 하지 않았다. 그렇게 시간이 얼마나 흘렀을까. 그녀가 다시 나를 향해 또박또박 물었다.

"네 엄마 입원한 병원이 어디니?"

'예?'

나는 어머니의 물음에 당황하여 눈을 깜빡였다. 그러자 어머니가 자리에서 일어났다.

"네 엄마 보러 가자. 봐야겠어."

"오셨어요?"

간호사가 건넨 인사에 고개를 숙여 인사하면서도 얼떨떨한 상태를 벗어나지 못했다. 바로 내 뒤를 따라오는 동화의 어머니 때문이었다. 내 당혹감에 아랑곳하지 않고 동화의 어머니는 병원 여기저기를 둘러보았다.

'어, 어머니?'

그러고는 내가 붙잡을 새도 없이 그녀는 어느 병실 앞에 멈춰 섰다. 바로 엄마가 입원한 병실이었다. 병실 문 옆에 붙어 있는 이름표를 응시하던 그녀의 턱이 가늘게 떨렸으나 곧 아무렇지 않게 병실 문을 열고 들어갔다.

엄마가 간병인의 부축을 받으며 침대 아래로 내려서다가 고개를 들었다. 그러곤 동화의 어머니와 서로 눈이 마주쳤다.

내가 더 이상 뭔가를 할 필요는 없었다. 거의 대부분의 시간을 넋 놓고 보내던 엄마가 동화의 어머니를 보자마자 눈을 크게 뜬 것부터가 그랬다. 엄마의 굳게 다문 입이 벌어졌다. 그와 동시에 동화의 어머니가 성큼성큼 다가가 엄마를 와락 끌어안았다.

두 분이 어떤 대화를 나누었는지, 나는 알지 못한다. 엄마가 과연 동화의 어머니를 기억했는지도 알 수 없었다. 그러나 그들은 서로의 손을 맞잡고 눈물을 흘리며 끊임없이 대화하고, 웃고, 또 대화했다. 희한한 일이라며 간병인이 내게 말을 전했을 정도로 말이다.

나는 두 분을 모시고 휴게실로 향했다. 엄마는 내가 아닌, 동화의 어머니를 바라보며 끊임없이 뭐라고 말을 건넸다. 10년 만에 엄마의 생기 있는 모습을 본 것이다. 그 모습이 감격스러워 그저 바라볼 수밖에 없었다.

그러던 중, 동화의 어머니가 갑자기 엄마의 등을 찰싹 때렸다. 반사적으로 몸이 움찔거렸다. 두 분은 복잡한 시선으로 나를 잠시 바라보다가 가까이 다가오라는 듯 손짓을 했다. 나는 주저하다가 느릿느릿 다가갔다. 그러자 동화의 어머니가 냉큼 내 손을 끌어다가 엄마의 손 위에 겹쳤다.

비쩍 말라 얇은 살가죽만이 느껴지는 엄마의 손에 화들짝 놀랐는데, 동화의 어머니가 그런 내 손을 꽉 붙들었다. 그러고는 엄마를 향해 말했다.

"자기 딸은 자기가 챙겨. 남한테 부탁하지 말고."

'……엄마가, 나를 부탁했어?'

나는 뒤늦게 깨달은 사실에 깜짝 놀라 고개를 돌려 엄마를 쳐다보았다. 그러나 엄마는 고집스럽게 정면만을 보았다. 파리한 얼굴에 가슴이 에일 듯 아팠다.

[네 엄마가 나더러 너 부탁한단다. 뭘 알고 하는 말인지, 모르고 하는 말인지.]

그 순간, 동화의 어머니가 내 팔을 건드리더니 휴대전화 화면을 보여 주었다. 금방 뿌옇게 흐려진 눈으로 엄마를 돌아보았다. 하지만 엄마는 여전히 나를 쳐다보고 있지 않았다. 그 옆얼굴을 한참 동안 바라보다가 시선을 내렸다. 뇌출혈 후유증으로 불편해진 왼손이 무릎 위에서 파들파들 떨리고 있었다.

'엄마.'

나는 더 이상 참지 못하고 엄마 앞에 무릎을 꿇었다. 그러고는 두 손으로 경련을 일으키는 엄마의 왼손을 감싸 쥐고 무릎 위에 고개를 묻었다. 늘 과거 속에서 머무르고 있다고 생각했다. 엄마가 헤매고 있는 시간 속에 나란 존재는 없다고 여겼다. 서운했지만, 그게 당연한 거라고 여겼다. 엄마가 이렇게 된 건 내 탓이었으니까.

그런데…… 엄마의 머릿속에 내가 있었나 보다. 엄마가 기억하는 내가 과연 어느 시절의 모습일지 알 수는 없지만, 그래도 그 사실만으로도 충분했다.

엄마의 손이 내 눈물로 젖어들 무렵, 머리를 쓰다듬는 손길이 느껴졌다. 어색하게. 조심조심. 그 손길에 간신히 참고 있던 울음이 터져 버렸다.

유리 안쪽에 놓여 있는 동미의 사진을 바라보는 동화의 시선이 다정하다. 교복을 입은 동미가 환하게 웃고 있었다.

아무리 세월이 흘러도 그녀는 언제나 이 사진 안의 시간 속에 멈춰서 그저 환하게 웃고 있을 것이다. 나중에 내가 동미보다 훨씬 나이 들어 꼬부랑 할머니가 되어 납골당을 찾게 된다면, 동미는 그런 나를 보고 할머니가 다 됐다며 까르르 웃지는 않을까. 여전히 스무 살이 되지 못한 소녀의 모습으로 말이다.

그때, 내 어깨를 단단히 끌어안는 손길이 느껴졌다. 동미의 사진을 바라보던 동화가 어느새 나를 응시하고 있었다. 동미가 보고 있는 앞에서 동화에게 안긴 채 서 있는 것 자체가 쑥스러웠다. 환하게 웃고 있는 사진 속의 동미가 그런 나를 놀려 대는 것 같았다.

'계집애. 하여간 얌전한 고양이가 부뚜막에 먼저 올라간다니까.'

그녀의 재잘거리는 목소리가 부드럽게 귓바퀴를 감쌌다. 손을 들어 귀를 문지르다가 휴대전화의 화면을 켰다.

[예전에 동미랑 약속한 거 있었어.]

"무슨 약속?"

[남자 친구 생기면 제일 먼저 얘기하기. 사랑하는 사람 생기면 가장 먼저 자수하기. 진작 와서 털어놓았어야 하는 건데, 늦어 버렸네.]

"괜찮아. 내가 얘기했으니까."

내 휴대전화 화면을 들여다보던 동화가 어깨를 으쓱이며 대답했다. 예상치 못한 그의 대답에 황당해져서 눈을 깜빡였다. 그가 제 휴대전화에 바쁘게 뭔가를 입력했다.

[지난번에 왔었거든.]

[언제?]

[네가 나한테 헤어지자고 했을 때. 하소연할 사람 찾다가 동미 생각나서.]

나는 순간 당황하여 뭐라고 대답하지 못했다. 그런 나를 쳐다보던 동화가 씩 웃더니 연이어 메모를 작성했다.

[여기 와서 네 흉 엄청 봤었는데. 못된 계집애, 나쁜 계집애, 하면서.]

싱거운 농담에 피식 웃으며 팔꿈치로 그의 옆구리를 가볍게 때렸다. 동화가 제 옆구리를 손으로 마구 문지르며 엄살을 부렸다. 그러다 미처 내가 막을 새도 없이 입을 맞췄다.

'미쳤어!'

나는 납골당 안에서 거리낌없이 입을 맞추고는 천연덕스럽게 미소 짓는 동화를 보고 기가 막혀서 입만 벙긋거렸다.

"이제 갈까?"

[동미한테 인사하고.]

동미를 보기 위해 납골당에 올 때마다 쉽게 발걸음이 떨어지지 않았다. 매번 아쉬운 마음이 발목을 붙잡았고, 그리움이 앞을 가로막았다. 엄마를 보러 요양 병원에 갈 때도 이와 비슷했다. 나는 가슴속에서 뭉근하게 퍼지는 아릿한 열감의 통증을 꾹 참으며 다시 동미의 사진을 보았다.

'갈게, 동미야.'

며칠 전, 10년 만에 찾아간 옛 동네에서 속내를 모조리 털어놓아서인지 오늘은 할 말이 많지 않았다. 그저 왔다는 인사와 이제 가겠다는 인사 외에는. 환하게 웃고 있는 동미를 보면서 그 모습을 머릿속 깊숙이 각인시키고자 했을 뿐이다.

사람은 이기적인 존재라는 말을, 나는 내 자신을 통해서 제대로 깨달았다. 동화와 함께 몸을 돌려 납골당 밖으로 향하며 눈을 문질렀다. 눈물은 나오지 않았다. 이제는 더 이상 나올 눈물이 없는 것인지도 모르겠단 생각이 들었다.

문득 사흘 전의 일이 생각났다. 동화의 어머니를 뵈러 갔던 건데, 어쩌다 보니 어머니와 함께 엄마를 보러 간 셈이 되었다. 그날, 엄마를 붙들고 한참 울음을 쏟아 낸 나를 보던 어머니의 복잡한 눈빛이 기억났다. 하지만 동화의 어머니는 말을 아꼈다. 그리고 그다음 날도 동화의 어머니가 병원에 다녀갔단 걸 아버지를 통해 알게 됐다. 또한 동화의 어머니가 다녀간 뒤, 엄마의 상태가 조금 호전되었다는 것도.

'동화 엄마가 뜨개질 거리를 한아름 챙겨 갖고 왔더라고. 그거 보니까 예전 생각이 많이 나더라. 네 엄마가 손재주 하나는 정말 좋았잖니. 자기도 그때 그 시절이 기억나는지, 동화 엄마가 뜨개질하는 걸 가만히 보다가 뜨개실도 만지작거리고 바늘도 만지작거리고 그러더구나.'

아버지가 엄마를 보러 요양 병원에 갔다가 동화의 어머니와 엄마가 사이 좋게 예전과 비슷한 모습으로 앉아 있는 걸 보고는 그냥 되돌아왔다고 했다. 나는 그 기억을 곱씹다가 문득 동화의 어머니가 내게 지나가는 말로 했던 걸 떠올리고는 질문을 건넸다.

[방에 고무나무 있다던 거, 혹시 출판사에서 갖고 온 거야?]

"어떻게 알았어?"

동화의 팔을 툭 치며 휴대전화를 건네자마자 그가 당황하여 눈을 껌뻑거렸다.

'좋아하는 여자랑 관련된 거라던데. 네가 키우던 거니?'

화분이 워낙 커서 방을 3분의 1 정도는 차지하고 있다며 기막혀 하던 어머니의 말을 떠올렸다. 엄마 앞에서 한참 울어서 눈이 퉁퉁 부은 나를 보며 동화의 어머니가 불쑥 꺼낸 말이기도 했다.

[어머니한테 들었어.]

[우리 어머니한테서? 설마 어머니 만났어?]

동화는 전혀 모르고 있었나 보다. 내가 그의 어머니를 찾아갔던 걸, 그리고 그의 어머니와 함께 엄마를 보러 요양 병원에 갔었던 걸. 그 뒤에도 그의 어머니가 혼자서 엄마를 보러 그저께도 병원에 다녀갔다는 걸.

나는 대답 대신 어색하게 미소를 지은 뒤, 휴대전화를 꺼냈다.

[동미한테 인사하고 나오는 길이에요, 아빠.]

동화의 어머니를 뵙고 돌아온 날, 나는 또 다른 용기를 냈다. 바로 아버지를 '아빠'라고 부른 것이다.

"사랑해요, 아빠."

아버지는 곧바로 내가 소리 내어 한 말을 알아듣고는 감격해서 나를 끌어안았다. 동화가 내 고백을 바로 알아들은 것처럼 아버지, 아니, 아빠 역시 내 말을 정확히 알아들은 것이다.

어떻게 그게 가능한 걸까.

새삼 신기한 마음에 휴대전화를 만지작거렸다. 그 순간 휴대전화가 부르르 진동했다. 납골당 밖에서 기다리고 있던 몽실이가 그 소리를 듣기라도 했는지 폴짝폴짝 뛰며 메시지가 도착했다는 걸 알렸다. 동화가 나를 힐끔 보더니 몽실이를 향해 먼저 달려갔다. 나는 그 모습을 잠시 쳐다보다가 메시지를 확인했다.

[날씨가 참 좋구나. 잘했다, 동은아.]

아빠가 보낸 메시지는 간단했다. 그러나 그 메시지 안에 담긴 마음까지 간단하게 표현될 수 있는 건 아닐 터였다. 동화와 같이 납골당에 다녀오겠단 얘기를 꺼냈을 때, 아빠의 눈꺼풀이 파르르 떨렸던 걸 떠올렸다. 그 이면에 숨겨져 있을 마음을 내가 어떻게 완벽히 이해할 수 있을까.

나는 다시 걸음을 옮기려다가 왼손 약지에 끼워진 가느다란 반지를 보았다. 동화와 함께 나란히 끼고 있는 속칭 '커플 반지'였다. 엄마의 손에도 가느다란 반지가 끼워져 있는 게 문득 생각났다. 큼직한 알이 박혀 있는 결혼반지가 아닌, 그저 자그마한 큐빅 하나가 박혀 있는 실반지. 엄마와 아빠가 아주 오래전 연애하던 시절에 나눠 꼈다는 반지였다. 언젠가 반지에 얽힌 연애 이야기를 해 주며, 엄마는 소녀처럼 웃었더랬다.

두어 걸음 걷다 말고 또다시 멈춰 섰다. 동화가 몽실이와 노는 모습이 보였다. 연한 풀색을 머금은 잔디밭 위에서 몽실이가 신나게 뛰어다니는 걸 동화가 붙잡으려고 함께 뛰었다. 공원처럼 마련되어 있는 납골당 주변 풍경이 따스하기 그지없었다. 마치 소풍이라도 온 것 같은 기분이 들 정도로 말이다. 그래서일까. 잔디밭 한쪽에 돗자리를 펴고 옹기종기 모여 앉아 있는 어느 가족의 모습도 보였다. 나는 조금 전 납골당 안에서 보았던 그들의 모습을 떠올렸다. 누군가를 향한 그리움에 흐느끼던 이들은 어느새 모여서 환하게 미소 짓고 있었다.

산다는 게 다 저런 모습인 건 아닐까. 내가 그렇듯이.

눈시울이 뜨거워졌다. 눈물이 고여 흐려진 시야 안에 동화와 몽실이가 들어왔다. 눈물이 핑 돌고 코끝은 시큰거리는데, 입꼬리는 자꾸 올라가려 했다. 나는 손으로 눈을 문지르고는 힘차게 걸음을 옮기기 시작했다.

동미는 살아 돌아오지 않는다. 엄마도 여전히 요양 병원에 있다. 청력을 잃은 나는 두 번 다시 소리를 들을 수 없을 것이다. 기적이라는 건, 말 그대로 기적일 뿐이기에.

그렇지만 나는 동화와 10년 만에 재회했다. 그리고 10년 전의 어린 외사랑은 그 모습을 바꾸어 서로를 마주 바라보는 사랑이 되었다.

그러니까 이 정도면 살아가고 사랑할 이유가 되지 않을까.

동화와의 거리가 대여섯 걸음 정도 남았을 무렵, 손안에서 휴대전화가 제 몸을 부르르 떨었다. 몽실이가 동화와 놀다 말고 귀를 쫑긋거리더니 잽싸게 나를 향해 달려왔다. 나는 그 자리에 무릎을 접고 앉아 몽실이의 머리를 쓰다듬으며 새로 도착한 메시지를 열어 보았다.

[봄이 언니! 소희인데요. 아빠 몰래 언니가 새로 쓴 거 읽었어요! 진짜 좋아요. 토봉이도 크로코만큼 최고예요!]

전화번호는 장 차장의 것이었지만 내용을 보니 그의 어린 딸 소희가 보낸 듯했다. 아무래도 내가 이번에 쓴 초고를 소희가 장 차장 몰래 읽고 난 뒤에 감상을 보낸 듯싶었다. 나는 들키면 눈물 쏙 빠지게 혼이 날지도 모르는 소희를 떠올리며 웃음을 터뜨리고는 재빨리 답장을 보냈다. 장 차장이 아닌, 소희가 답장을 보기를 기원하면서.

[죄송해요, 작가님. 주말에 집에서 원고를 보려고 가지고 갔더니, 소희가 냉큼 그걸 볼 줄은 몰랐네요. 정말 죄송합니다.ㅠ_ㅠ]

[아니에요, 장 차장님. 설마 소희 야단치신 거 아니죠?]

나는 장한이 차장의 문자에 답장을 보냈다. 동화가 한눈에 봐도 달콤해 보이는 아이스크림을 양손에 든 채 다가오고 있었다.

[어떻게 야단을 치겠어요. 작가님이 직접 '야단 면제 쿠폰'까지 메시지로 보내 주셨는데.]

장 차장의 메시지를 읽다가 입꼬리가 저절로 올라갔다. 혹시 소희가 내 원고를 건드렸다는 이유로 혼날까 봐 장 차장에게 아이를 야단치지 말아 달라고 간곡히 부탁하는 문자를 보냈다. 어느새 옆에 다가와 앉아 있던 동화가 고개를 쑥 내밀고 휴대전화 화면을 들여다보더니 눈을 가늘게 떴다. 뭔가 불만이 있는지 심술이 가득한 얼굴로.

'으응?'

하지만 동화는 뭔가 할 말이 있는 건 아니라는 듯 제 손에 있던 아이스크림 하나를 내게 건넸다. 한입 베어 먹으며 슬쩍 그의 눈치를 살폈다.

"장 차장이랑 너무 친한 거 아니야? 누가 보면 둘이 애인 사이인 줄 알겠다."

어이없는 말에 헛웃음이 나왔다. 나는 입꼬리가 실룩이는 걸 간신히 억눌렀다. 동화의 귓바퀴가 빨갛게 변해 있는 게 눈에 들어왔다. 본인이 한 말에 스스로 민망해하는 게 분명했다. 아이스크림의 달콤한 맛에 취하기라도 한 것일까. 자꾸만 배시시 웃음이 나오려고 했다.

[웃지 마. 나도 내가 유치한 거 알거든?]

[알아?]

[당연하지. 아, 인간 류동화, 어쩌다 이렇게 유치해졌나 모르겠다.]

동화가 투덜대듯이 입을 삐죽이더니 뒤이어 웃음을 터뜨렸다. 그러더니 나를 돌아보고는 곧바로 입을 맞췄다. 아이스크림을 먹은 탓인지 맞닿은 입술이 더없이 달콤했다. 나는 얼떨결에 그와 입술을 맞댄 채 있다가 손등에 떨어진 차가운 감촉에 정신이 번쩍 들어 몸을 뒤로 물렸다.

손에 들고 있던 아이스크림이 녹으면서 걷잡을 수 없이 손등 위로 뚝뚝 떨어지기 시작했다. 당황하여 아이스크림을 들고 있던 손을 바꿔 잡았다.

'아…….'

더욱 난감한 상황이 되고 말았다. 나는 양손에 전부 아이스크림이 묻어 더 이상 움직일 수도 없는 상태로 울상을 지었다. 동화가 이런 나를 보더니 배꼽을 잡으며 웃었다. 몽실이 역시 내 발밑에 엎드려 있다가 무슨 일인가 싶었는지 뒷발로 서서 나를 건드렸다.

'안 돼, 몽실아. 나 못 움직여.'

동화가 눈꼬리에 눈물까지 맺혔는지 손가락으로 눈가를 문지르더니 이내 짓궂은 미소와 함께 내게 조금 더 가까이 다가와 앉았다.

지금 이곳은 납골당에서 돌아오는 길에 들른 야외 식당 앞 벤치였다. 식당에서 밥을 먹고 나와서 디저트로 아이스크림을 먹으려고 벤치에 앉아 있었던 건데, 이럴 줄 알았으면 디저트고 뭐고 그냥 차를 타고 출발할 걸 그랬다. 나는 주위의 시선이 온통 내게 쏠려 있는 걸 깨닫고 얼굴을 붉혔다.

주말이라 나들이를 나온 가족이나 커플이 제법 있었다. 그런데 그들의 시선을 전부 모아 버린 셈이 되었으니, 쥐구멍에라도 들어가고 싶은 심정이었다. 하지만 동화는 짓궂은 미소를 머금은 채 천연덕스럽게 나를 바라보고만 있었다.

'어떻게 좀 해 줘!'

나는 그에게 눈짓으로 외쳤다. 양손이 전부 아이스크림으로 지저분해졌으니 휴대전화를 만질 수도 없고 난감한 상황이었다. 나를 바라보던 동화의 눈이 부드럽게 호를 그리는 듯싶더니 그가 살짝 고개를 끄덕였다. 뒤늦게나마 도와주겠다는 뜻을 밝힌 그의 태도에 간신히 안도의 숨을 내쉬려는 찰나, 느닷없이 동화의 입술이 다가왔다.

어디로? 아이스크림으로.

그리고 또 어디로? 맙소사. 내 손등으로!

동화는 내가 들고 있던 아이스크림을 재빨리 먹어 치우더니 뒤이어 내 양손에 묻은 아이스크림을 직접 혀로 핥았다. 손등에 닿은 그의 혀는 내게 이상하고도 야릇한 기분을 느끼게 했다. 그것도 햇볕이 따사로운 대낮에 말이다. 나는 당황한 나머지 그를 떠밀며 벌떡 일어났다. 하지만 곧바로 주저앉아 얼굴을 숨길 수밖에 없었다. 일어나자마자 마주친 어느 커플이 박수를 치며 입을 동그랗게 모아 휘파람을 부는 시늉을 했기 때문이다. 아니, 단지 시늉으로 그친 게 아니라 휘파람을 불었을 게 분명하다. 민망함을 감추지 못하고 양손으로 얼굴을 감싼 채 고개를 푹 숙였다. 그러자 동화가 나를 당겨 품에 안더니 얼굴을 감싸고 있던 손을 붙잡아 끌어 내렸다.

"미안. 그런데 동은이 네가 너무 귀여웠어."

귀엽기는! 더욱 창피해져서 얼굴을 빨갛게 물들인 채 동화의 가슴팍을 주먹으로 두드렸다. 그 순간, 그가 내 손을 감싸더니 손가락에 뭔가를 끼워 주었다. 커플 반지를 끼고 있는 바로 그 왼손, 네 번째 손가락이었다. 나는 갑작스럽게 손가락을 조이는 뭔가의 감촉에 당황해 눈을 깜빡이다가 그를 때리던 손을 거두었다.

내 손에 또 다른 반지가 끼워진 것을 보았다. 원래 끼고 있던 가느다란 반지보다 더 굵고, 더 반짝이는 반지였다. 숨을 쉬던 것조차 잊고 고개를 들어 동화를 쳐다보았다.

동화가 자리에서 일어섰다가 그대로 내 앞에 한쪽 무릎을 꿇고 다시 앉았다. 그리고 주머니에서 뭔가를 꺼내더니 내 눈 앞에 잘 보일 수 있도록 들어 올렸다.

[함께하지 못한 시간은 지난 10년만으로도 충분했잖아. 이제 남은 시간은 전부 다 너 줄게. 결혼하자, 우리.]

작은 카드에 적힌 단정한 필체, 소박한 문장에 눈물이 왈칵 쏟아졌다. 화려한 미사여구가 있는 것도 아니고, 근사한 약속 같은 건 아예 눈을 씻고 봐도 찾아볼 수 없었다. 그가 한 약속이라고는 그저, 자신의 남은 시간을 전부 다 내게 주겠다는 것. 어떻게 보면 이보다 더 근사한 약속이 있을까 싶지만…….

나는 가만히 앉은 채 내 앞에 무릎을 꿇고 있는 동화를 쳐다보았다. 그가 진지한 얼굴로 나를 마주 바라보았다. 하지만 그 진지함 이면에 숨겨진 긴장을 읽을 수 있었다. 일부러 보려 한 것이 아닌데, 그냥 눈에 보였다.

이 남자가 지금 내게 결혼하자는 말을 하면서 얼마나 긴장하고 있는지 말이다. 잔뜩 긴장한 탓에 표정이 굳었다. 아마 그 굳은 표정이 진지함을 더하고 있는 것일 터. 나는 동화의 진지한 얼굴이 못내 사랑스러워 그대로 두 팔을 벌렸다. 그러자 동화가 눈을 크게 뜨더니 냉큼 몸을 일으켜 나를 끌어안았다.

드라마나 영화에서 등장하는 화려한 프러포즈 이벤트가 없어도 괜찮았다. 그저 이렇게, 내가 사랑하는 남자가 이만큼 나를 원하고 있다는 사실을 확인한 것만으로도 날아갈 듯 기뻤다.

누군가가 이런 내 모습을 본다면 대책 없다며 혀를 끌끌 찰지도 모르겠단 생각이 스쳤다. 하지만 동화의 어머니가 여전히 나와 그의 교제를 반대하고 있다는 것조차 생각할 수 없었다. 그저 지금 이 순간만큼은 그에게 오롯이 집중하고 싶었으니까.

나는 동화를 꽉 끌어안으며 그의 볼에 내 볼을 맞댔다. 36.5도의 체온이 주는 감각이 이렇게 멋진 것이었던가. 동화의 온기에 흠뻑 취해 숨을 깊이 들이쉬었다. 그러고는 다시 한 번 그를 안은 팔에 힘을 주었다. 동화가 화답하듯 나를 더욱 힘주어 안았다.

동화가 내게 프러포즈를 했다고 해서 당장 커다란 변화가 생기지는 않았다. 그의 어머니에게서 허락을 받은 것도 아니었다. 우리의 상황 자체는 그다지 달라진 게 없었다.

다만 동화가 내게 청혼했다는 걸 알게 된 아빠의 반응만이 우리에게 벌어진 변화라고 해야 할까. 아빠는 나란히 앉은 우리를 한동안 쳐다보다가 두 손으로 얼굴을 쓸어내린 뒤에 황급히 화장실로 들어갔다. 직접 듣지 못해서 알 수 없었지만, 나중에 동화에게서 들은 바로는 아빠가 화장실 안에서 많이 우셨다고 했다.

"바구니 이리 줘. 내가 들게."

내가 들고 있던 바구니를 동화가 자연스럽게 가져갔다. 바구니 안에서 고소하면서도 달콤한 빵 냄새가 물씬 풍겼다. 엄마에게 가져다주기 위해서 새벽에 일어나 구운 초코빵과 사과쿠키였다. 비록 겉모양새는 예전에 엄마가 구워 주었던 것과는 비교도 할 수 없을 만큼 초라하고 엉망이기는 하지만 말이다. 아니, 겉모양새뿐만 아니라 그 맛도 엄마가 해 주던 것과는 비교도 되지 않겠지만.

나는 오늘, 엄마를 보러 왔다.

그게 새삼 특별한 일은 아니다. 어차피 엄마를 보러 거의 매일 병원에 들르고는 했으니까. 하지만 어째서인지 병원 출입문을 열고 들어가는 발걸음에 힘이 들어가면서 바짝 긴장이 됐다. 나는 바싹 마른 입술에 침을 축이며 두 손을 서로 맞잡은 채 힘을 주었다.

아무래도 동화에게서 프러포즈를 받고 난 뒤에 엄마를 처음 보러 온 것이라 그런 것 같았다.

내가 긴장한 걸 눈치챘는지 동화가 내 어깨를 감싸 안았다. 나는 그의 스킨십에 화들짝 놀라 뒤따라오던 아빠를 향해 고개를 돌렸다. 아빠가 나와 눈이 마주치자 장난스럽게 눈을 찡긋거리더니 말했다.

"아빠는 아무것도 못 봤어."

……거짓말. 나는 아빠의 거짓말에 얼굴이 새빨개져서 다시금 고개를 휙 돌렸다. 무안한 마음에 동화보다도 더 앞서 걷자

몽실이가 재빨리 나를 따라왔다. 그렇게 걸음을 재촉해 엘리베이터 앞에 서고 나니 마음이 가라앉았다.

엄마가 오늘만큼은 내 얘기를 듣고 어떤 반응이라도 보여 줬으면 좋겠는데, 하는 생각이 들었다. 깜짝 놀란 표정을 지어도 좋고, 환하게 웃으며 기뻐해 줘도 좋다. 우리 딸 다 컸네, 하고 등을 두드려 줘도 좋고……. 이루어지지 않을 바람을 가슴속에 꾹꾹 눌러 담는 사이 동화와 아빠가 내 옆에 다가와 섰다. 이윽고 엘리베이터가 도착했다.

엄마는 다른 때와 별반 다르지 않은 모습이었다. 달라진 거라면 엄마의 손에 뜨개실 한 뭉치가 쥐여 있다는 것뿐. 동화의 어머니가 몇 번 더 다녀간 뒤로 엄마가 정신을 차리는 시간이 늘어났다고 하는데, 내가 그 타이밍을 못 맞추는 건지 엄마는 내가 찾아올 때마다 늘 정신을 놓고 있었다.

환자복을 입고 있는 엄마의 얼굴은 핏기 없이 창백했다. 햇볕이 좋은 날인데도 병실 안에서만 지내고 있으니 당연한 결과인지도 모를 일이다. 나는 엄마를 태운 휠체어를 밀다가 병원 한쪽에 마련되어 있는 실내 정원으로 들어갔다. 적당히 햇살이 따사로운 곳에 멈춰 섰다.

뒤를 돌아 아빠와 동화를 가만히 쳐다보았다. 그들은 나와 엄마가 단둘이 있을 수 있도록 거리를 둔 채 서 있었다. 내가 부탁하기도 전에 내 마음을 먼저 짐작하고 배려해 준 두 사람의 마음 씀씀이에 가슴이 뭉클해졌다. 나는 살짝 미소 짓고는 다시 돌아서서 엄마의 앞에 마주 보고 섰다. 엄마는 나를 빗겨서 어딘가를 멍하니 응시하고 있었다.

엄마의 왼손에 끼워져 있는 반지를 응시했다. 그러다가 문득 생각나서 그 옆에 나란히 내 손을 올려놓았다. 그러자 멍하니 허공을 바라보던 엄마가 반사 작용처럼 시선을 내렸다.

"예쁘죠, 엄마?"

나는 입술을 달싹여 보았다. 내가 낸 소리가 얼만큼 큰 소리였을지, 솔직히 가늠이 되지 않았다. 얼마 전부터 언어 치료를 받고 있기는 하지만, 단기간에 눈에 띌 정도의 효과를 기대한다는 건 욕심일 터였다. 그저 부정확한 발음이나 불안정한 음의 높낮이가 조금이나마 고쳐졌기를 바랄 뿐이었다. 다행히 내가 낸 소리가 엄마의 귀에 들릴 정도는 되었는지, 엄마가 손을 내려다보다가 시선을 들어 나를 쳐다보았다.

초점이 흐릿한 눈이 나를 담았다. 숨조차 쉬지 못한 채 엄마의 눈을 마주 바라보았다. 짙은 구름이 드리워져 있는 것처럼 흐릿하기만 하던 엄마의 눈에 아주 느린 속도로 초점이 돌아오는 것만 같았다. 그리고 서서히 구름이 걷히듯 엄마의 눈 깊숙한 곳에서부터 빛이 돌아왔다.

그건 내 착각이었을지도 모른다. 엄마의 눈이 정확히 나를 인식하고 있는지 확신할 수 없었다. 그런데 바로 그 순간, 엄마가 내 손을 꽉 움켜잡았다.

'엄마?'

엄마의 여윈 손이 내 손을 붙들고 있었다. 물기 없이 마른 손이 내 손 위를 느릿하게 움직였다. 나는 숨조차 멈춘 채 그저 그 손의 움직임을 내려다볼 수밖에 없었다.

동화가 준 반지는 왼손과 오른손 약지에 각각 나눠 꼈다. 처음에 받았던 커플 반지는 오른손 약지, 그리고 결혼하자는 말과 함께 받은 반지는 왼손 약지. 엄마는 내 오른손의 반지를 가만히 만져 보는 듯싶더니 뒤이어 내 왼손의 반지도 조심스럽게 어루만졌다. 어떤 의미도 없다는 듯 엄마의 표정은 덤덤하기 그지없었지만, 나는 그것만으로도 울음이 나올 것만 같아서 입술을 앙다물어야 했다.

그렇게 내 반지를 만지작거리던 엄마가 이번에는 당신 손에 끼워져 있는 반지를 천천히 쓰다듬었다. 더없이 소중한 것을 만지고 있다는 듯. 격해지는 감정을 추스르지 못하고 그 손을 끌어다가 붙잡았다. 그러곤 엄마의 손바닥 위에 느릿느릿 한 글자씩 손가락으로 써 내려갔다.

'나 청혼 받았어요.'

동화 기억하죠? 예전에 엄마가 아들처럼 든든하다고 예뻐했던 옆집 남자아이. 동미랑 나랑, 딱 3남매 하면 좋겠다던 바로 그 동화요. 그 애가 나더러 결혼하재요. 나는 손바닥을 통해 전하지 못한 말들을 삼키며 쪼그려 앉은 채 엄마를 올려다보았다. 하지만 엄마는 그저 손바닥이 간지럽다고만 느낀 것인지 두 손을 환자복 소매에 쓱쓱 비빌 뿐이었다. 어느새 엄마의 시선도 다시 허공을 향해 있었다. 그 모습을 보자 허탈한 마음이 들었다.

나도 모르게 희망 같은 걸 품었나 보다. 엄마가 이렇게 아무런 반응도 보이지 않을 거라는 걸 알고 있었으면서도 말이다. 그래도 요즘 상태가 부쩍 좋아졌다고 했으니까. 쓴웃음을 지으며 무릎을 펴고 일어섰다.

동화가 한쪽 손에 바구니를 든 채 아빠와 함께 다가왔다. 어떻게 된 일인지 눈치챈 듯 아빠가 내 어깨를 두드렸다. 나는 억지로 미소를 짓다가 곧바로 울컥거리는 감정을 주체하지 못하고 돌아서야 했다. 동화가 바구니를 내려놓은 뒤, 나를 끌어당겨 안고는 등을 토닥여 주었다.

'아니야. 기대한 건 아니야. 그런데…… 그냥, 속상해. 엄마는 앞으로도 나와 같은 시간을 공유하지 못하겠구나 싶어서. 그 끔찍한 과거에만 머물러 있는 게 얼마나 힘든 일인지 내가 잘 아니까. 지금 엄마는 과거의 어느 시점에 머무르고 있는 걸까. 이제 그만 나와서 나를 봐 주지. 동화의 어머니 말대로 남한테 나를 부탁하지 말고, 엄마가 직접 나 좀 챙겨 줬으면. 나는 아직 엄마가 너무나 필요한데. 엄마와 하고 싶은 것도 많고, 나누고 싶은 이야기도 많고, 해 주고 싶은 것도 많은데. 그런데 엄마의 시간 속에 내가 끼어들 틈이 보이지 않으니까…….'

서러운 마음에 눈물이 쏟아지는 걸 막지 못하고 동화의 품에 안겨 흐느끼는 와중에 갑자기 그가 나를 떼어 냈다. 나는 눈물에 젖은 뺨을 닦으며 고개를 들었다. 동화가 어딘가를 바라보고 있었다. 나는 마치 주술에라도 걸린 사람처럼 그의 시선을 따라 몸을 돌렸다. 아빠 역시 동화와 비슷한 표정으로 어딘가를 응시하고 있었다.

'대체 뭘 보고…….'

만약 동화가 부축해 주지 않았더라면 그대로 주저앉았을 것이다. 하지만 그런 게 중요한 건 아니었다.

"어, 엄마."

나는 입술을 달싹였다. 엄마가 조금 전에 동화가 내려놓은 바구니에서 초코빵 하나를 꺼내서 먹고 있었다. 그리고 흡족하다는 듯 눈까지 둥글게 휘며 웃었다.

'엄마…….'

눈물이 흘러내렸다. 나는 엄마에게로 다가가 무릎을 꿇고 앉았다. 엄마가 바구니 안에 손을 넣다가 나를 보더니 그대로 모든 행동을 멈췄다. 엄마의 흐릿한 시선이 다시 한 번 내게 고정되었다. 그러다가 뭔가를 떠올린 것인지 고개를 갸웃거렸다. 무덤덤해 보이는 엄마의 얼굴 위로 눈물이 주르륵 흘러내렸다. 그러나 엄마는 당신이 눈물을 흘리고 있다는 것조차 인식하지 못했다.

그러던 엄마의 시선이 내 손으로 내려갔다. 내 손의 반지를 가만히 응시하다가 당신의 손에 끼워져 있는 반지를 보았다. 뒤이어 엄마의 입술이 달싹였다. 뭔가를 말한 것일까. 나는 눈을 휘둥그렇게 떴다. 아빠 역시 내 옆에 무릎을 꿇고 앉아 엄마의 손을 붙들었다. 엄마는 나와 아빠를 번갈아 쳐다보더니 재차 눈물을 떨어뜨리다가 바구니 안에서 쿠키를 꺼내서 내밀었다. 어서 받으라는 듯 손을 위아래로 흔들기까지 했다. 하지만 나도 아빠도 엄마에게서 쿠키를 쉽게 받아 들지 못했다. 눈물이 자꾸만 흘러내려 그걸 닦아 내는 것만으로도 손이 모자랄 지경이었다.

그 순간, 엄마가 눈물을 닦던 내 손을 잡아끌더니 쿠키를 쥐여 주고 말했다.

"동은이, 엄마표 쿠키 좋아하잖아. 어서 먹어."

'아아, 엄마! 엄마! 엄마!'

나는 엄마의 목소리를 분명히 들었다. 엄마가 쥐여 준 쿠키가 손안에서 부서졌다. 그 부서진 조각이 바닥에 떨어지기 전, 황급히 쿠키를 입안으로 밀어 넣었다. 그리고 쿠키 조각과 울음을 함께 목구멍 아래로 삼키고 또 삼켰다.

"동은아."

또다시 엄마의 목소리가 들렸다. 환청이었다. 하지만 환청이 아니라고 믿고 싶었다.

병원 1층 대기실에 앉아 동화를 기다렸다. 그가 유리병에 든 두유를 들고 다가왔다. 온장고 안에서 막 꺼내 가지고 나온 것인지 뜨끈뜨끈했다.

[아빠는?]

[병실에서 주무신대.]

[보조 침대 불편하실 텐데.]

[전혀 그렇지 않으실걸?]

동화가 내 물음에 대답을 하다 말고 싱긋 웃었다.

우리에게 극적인 드라마 같은 현실은 주어지지 않았다. 갑자기 정신이 돌아온 엄마가 우리를 알아보고 모든 기억을 떠올리는 일 같은 건 결코 벌어지지 않았다. 그저 바구니 안의 쿠키를 손에 쥐여 주었던 것, 그게 전부였다.

어쩌면 그 행동마저도 별다른 의미가 있었던 건 아닌지도 모른다. 그저 바로 앞에 무릎 꿇고 앉아 있으니 무심코 손에 쥔 것을 건네려 하였던 것일지도 모를 일이다. 아빠가 누구인지, 내가 누구인지 기억조차 하지 못한 채 말이다.

[두 분, 그래도 좋아 보이더라.]

[우리 집 사정 뻔히 알면서.]

나는 동화의 말에 씁쓸한 표정을 지으며 대답했다.

[좀 전에 병실에서 나오다가 뒤를 돌아봤는데 보기 좋았어. 부부란 바로 저런 모습이구나, 싶었고. 우리 아버지는 일찍 돌아가셨잖아. 서로를 사랑하고 아끼는 부부의 모습이란 게 어떤 건지 잘 몰랐어.]

그는 어릴 적 이별한 아버지에 대한 기억이 거의 없을 것이다. 아들에게는 롤 모델이 될 수도 있는 아버지의 부재가 그에게 어떤 상실감을 안겨 주었을까. 사랑하는 이를 잃고 홀로 저를 키우느라 고생하는 어머니를 보며 그가 어떤 책임감과 죄스러움을 느꼈을지 선불리 짐작할 수 없었다.

그에 비하면 나는 아빠와 엄마가 서로에게 얼마나 다정하고 애틋하였는지 기억하고 있다. 모범적인 부부의 표본이라 불러도 손색이 없을 만큼, 두 분은 늘 헌신적이었고 서로를 사랑했다. 동미가 죽은 이후 산산이 부서져 버렸지만, 그래도 그렇게 행복하고 멋진 기억들이 남아 있었다.

동미가 죽은 뒤에 10년이 지났다. 그러나 동미가 죽기 전, 우리 가족이 차곡차곡 쌓아 갔던 행복한 기억의 시간이 10년을 훌쩍 넘는다.

16년 남짓한 그 시간을 잊고 살았던 건 아닐까. 지난 10년의 악몽에 너무 매몰되어 있었던 건 아닐까. 그보다 더 긴 세월, 우리는 행복했었는데.

갑작스러운 깨달음에 그대로 생각을 멈춰 버렸다. 동화가 말한 두 분의 모습이 어떠했을지, 나는 알지 못한다. 병실에 남아 있겠다는 아빠를 두고 나오면서 한 번도 뒤를 돌아보지 않았으니까.

[아까 많이 실망했지?]

동화의 말에 대답할 수 없었다. 그저 그의 시선을 피해 고개를 돌린 뒤, 죄 없는 바닥만 발로 툭툭 찼다.

엄마는 언제쯤 현실로 돌아올 수 있을까.

자식을 앞세우고 갈기갈기 찢겨져 나간 마음이 회복되려면 얼마나 많은 시간이 더 필요할까. 아이러니하게도 엄마가 다시 정신을 차리는 일이 무섭게 느껴지기도 한다. 우리에게는 그나마 10년이 지난 일이지만, 정신을 차린 엄마에게는 바로 어제처럼 생생하기만 한 현실이 되어 버릴 테니 말이다.

그래서 엄마는 홀로 과거의 시간 속 어딘가를 헤매고 있나 보다. 깨어나면 닥치게 될 현실이 버거워서, 외면하고 싶은가 보다. 그 마음을 이해하면서도 한편으로는 서운해서 눈시울이 뜨거워졌다.

[엄마 딸이 동미만 있는 건 아닌데. 나도 있잖아. 엄마가 나 보기 싫어서 정신 안 차리는 건가, 하는 생각마저 들어. 소리 못 듣는 내가 미워서.]

나는 마치 투정을 부리기라도 하듯 동화에게 하소연했다. 그는 가만히 내 어깨를 감싸 안았다. 제게로 몸을 기대게끔 끌어당기더니 내 정수리 위에 입술을 묻었다.

사람의 체온 자체가 위로가 될 수도 있다는 걸 알았다. 나는 그의 어깨에 기댄 채 엄마를 떠올렸다.

요양 병원에 처음 들어왔을 때보다 환자복 속의 몸이 더욱 비쩍 말라 버린 엄마에게서는 버석거리는 소리가 날 것만 같았다. 한없이 마르고 앙상해진 당신의 몸만큼이나 정신마저도 약해지지 않았을까 생각하니 머리가 지끈거리며 아파 왔다.

그러다가 문득 바구니 안에서 초코빵 하나를 꺼내 먹으며 웃던 엄마의 모습을 떠올렸다. 그러자 나를 괴롭히기 시작했던 두통이 조금씩 가라앉았다.

[어머니가 왜 너를 미워해? 방금 그 말, 나한테 헤어지자고 했던 말보다 더 못된 말인 거 알지?]

동화는 나를 야단치듯 내 코끝을 살짝 잡았다가 놓았다. 나는 손등으로 코를 문지르다가 고개를 들어 그를 보았다.

'네가 그렇다면, 그런 걸까.'

모든 건 믿음의 문제인지도 모른다. 아니, 그런 건 그저 하잘것없는 일에 지나지 않을지도 모른다. 그렇다면 중요한 건 무엇일까.

[지금 이 시간은 어머니 나름대로 견디고 버텨 내는 시간일 테니까. 남아 있는 딸을 지키기 위해서. 사랑하는 가족이 기다리고 있는 그 자리로 되돌아가기 위해서. 당신의 삶을 포기할 수 없어서 싸우고 계신 중일 거야.]

뺨을 타고 흘러내린 눈물이 턱 아래로 툭, 떨어졌다. 그런 걸까. 내가 소리를 대가로 치르고 지옥 같았던 시간을 견뎌 낸 것처럼, 엄마도 그 시간을 견뎌 내기 위해서 뭔가를 대가로 치른 것일까. 동화가 내 손에 깍지를 꼈다. 그 손은 결코 나를 놓지 않을 것만 같았다.

아무것도 달라진 건 없는데, 그럼에도 불구하고 마음이 한결 편안해졌다. 나는 다시 그를 돌아보았다. 동화가 가만히 나를 마주 바라보고 있다가 천천히 손을 뻗었다. 양쪽 뺨을 감싼 손길에 나도 모르게 눈을 감았다. 그와 동시에 입술 위에 온기가 포개어졌다. 서늘한 공기에 닿은 몸에 미열이 올랐다.

동화의 손에서는 더욱 높은 열이 느껴졌다. 그리고 겹쳐진 입술 사이로 새어 나온 숨결은 그보다 더 뜨거웠다. 나는 몸을 떨며 반사적으로 그의 팔을 꽉 붙들었다. 그러자 그가 내 떨림을 짐작하고 있었다는 듯 한 손으로 내 뒷머리를 감싸고 더욱 깊숙이 입술을 파고들었다.

'사랑해.'

나는 그의 숨결에 고백을 전했다. 동화가 내 고백을 곧바로 알아듣고 입술을 뗐다. 나를 바라보며 뺨을 어루만지다가 가만히 내 손을 붙잡았다. 동화가 뭘 하려는 건가 싶어 고개를 갸웃거리는데, 그의 고개가 아래로 깊숙이 숙여졌다. 그리고 그의 입술이 손바닥 위에 맞닿았다.

'나도.'

손바닥 위에 맞닿은 입술이 움직였다. 입술의 움직임이 손바닥의 감각을 통해 세밀하게 전부 느껴졌다. 그와 동시에 나는 깨달았다. 이것이 동화가 내게 전하는 고백이라는 것을. 손으로 들을 수 있는 고백이라는 것을.

그의 입술이 조금 더 오랫동안 손바닥 위에서 머물렀다. 나는 사르륵 눈을 감았다. 동화가 몇 번이고 내게 고백을 하고 또 했다. 소리 없는 고백이었지만, 손바닥 위에서는 제법 소란한 고백이기도 했다.

나는 그 고백에 재차 답을 하고 싶었다. 손바닥에 입을 댄 채 고백을 또 이어 가려던 동화를 붙잡고 고개를 들게 했다. 그의 눈 안에 내가 보였다. 활짝 웃고 있는 내 모습이 선명했다.

내가 다시 소리를 되찾을 일은 없을 것이다. 죽은 동미가 살아 돌아오는 일도 없을 것이다. 그 어느 것 하나 바뀌지는 않는다.

잃어버린 것. 사라진 것.

그것들을 되돌려 받는 건 현실 속에서는 불가능한 이야기일 터였다. 동화책 속에서나 가능할 것이다.

엄마는 여전히 나와 아빠를 알아보지 못한 채 당신만의 시간에 갇혀 있을 것이다. 그 끝이 언젠가 찾아올지도 모르지만, 그 무엇도 확실히 단언할 수는 없다. 아빠는 그걸 알면서도 엄마의 침대 밑에서 보조 침대를 끌어내 몸을 뉘였을 것이다.

대부분의 사람들이 잠들었을 지금 이 시간.

어쨌든 단 한 가지 분명한 건, 지금 우리가 이 시간을 함께 견뎌 내고 있다는 점이다. 그것으로 되지 않을까.

충분하다 말할 수는 없겠지만, 그래도 최소한 우리가 버틸 수 있는 힘이 되어 주지는 않을까.

나는 커다란 창 너머로 밤하늘 저 혼자 떠 있는 달을 보았다. 40억 년 전의 시간을 품고 있는 달을 바라보다가 시선을 내려 천천히 동화에게 입을 열었다. 이왕이면 조금이라도 더 정확한 발음으로 소리 내어 고백하고 싶어서.

"사랑해."

그 말을 하고 싶어서.

#

그 남자

Q: 우선 이번에 볼로냐 어린이 도서전에서 라가치 상을 수상하신 거 축하합니다. 외국에서도 크로코 인기가 나날이 높아져서 새로운 한류의 장을 열었단 말까지 나올 정도예요. 인기를 실감하시죠?

A: 축하해 주셔서 감사합니다. 한류라니요. 그저 많은 독자님이 사랑해 주셔서 저로서는 몸 둘 바를 모르겠네요.

Q: 너무 겸손하신 거 아니에요? 이왕 말 나온 김에 더 얘기해 보죠. 곧 크로코 시리즈가 애니메이션으로도 만들어진다고 들었어요. 게다가 크로코와 그 친구들이 캐릭터 상품으로도 출시를 앞두고 있잖아요. 출시 일만 손꼽아 기다리고 있는 팬들 중에 키덜트족도 상당해요. 개인적으로 저도 굿즈 출시되기만을 목 빠지게 기다리고 있는 팬이거든요.

A: 상투적인 인사일지 모르지만, 이 모든 게 크로코 시리즈를 사랑해

주신 독자님들 덕분이에요. 그리고 주변에서 늘 힘이 되어 준 고마운 분들 덕분이기도 하고요.

Q: '장애인'이라는 이유로 마음고생을 좀 하셨다고 들었어요. 듣기로는 악플 때문에 절필도 생각했다고 하던데요. 독자님들이나 주변 분들의 응원이 많이 도움 되셨나요?

A: 솔직히 처음에는 그런 생각을 했어요. 저를 향해 쏟아지던 조롱과 비난을 감당할 수 없어서 차라리 다 그만두고 숨어 버리는 게 편해지는 길이 아닐까 하고 고민했었죠. 그런데 오히려 이런 못난 저를 일으켜 세워 주고 응원해 준 분들이 정말 많았어요.

Q: 그런 고민까지 하셨던 분이라고는 믿기지 않을 정도로 현재 왕성한 작품 활동을 하고 계세요. 크로코 시리즈를 마무리한 지 얼마 되지 않았는데 벌써 새로운 이야기, 《토봉이와 소리 향수》를 가지고 이렇게 독자들을 찾아 주셨으니 말이에요. 토봉이, 이름이 참 토속적인데요. 귀를 잃어버린 토끼라는 점에서 작가님 본인의 분신이 아닌가 하는 얘기도 조심스럽게 나오고 있어요.

A: 제 분신이라기보다는……. 사실, 토봉이는 제 방에 있는 토끼 인형이에요. 여기 이 녀석이요.

(서봄 작가는 인터뷰 도중에 휴대전화에 저장된 사진을 보여 주었다. 한눈에 낡은 인형이라는 게 드러났다. 토끼 특유의 기다란 귀가 보이지 않았다. 동네 골목길에서 주웠다고 했다.)

토봉이 안에는 물론 제 모습도 어느 정도 들어 있을 거예요. 모두가 생각하시는 대로 귀를 잃어버린 토봉이와 청각 장애가 있는 제 모습은 공통점이 있으니까요. 하지만 단순히 제 분신이라고 여기며 이야기를 구상하지는 않았어요.

저는 토봉이를 통해서 자신의 잘못이 아닌 일로 피해를 입고 상처 받고 때로는 희생된, 그런 이들을 대신 보여 주고 싶었어요. 그들이 잃어버린 것들, 놓쳐 버린 것들, 빼앗긴 것들, 그 안에는 꿈이 있었을 테고 미래가 있었을 거예요. 되찾을 수 있다면 그보다 좋은 일은 없겠죠. 그러나 때로는 그게 불가능할 때가 있어요. 아니, 어쩌면 '때로는'이라 표현하는 것보다 더 자주 불가능하다는 걸 확인하게 될지도 모르죠. 씁쓸한 일이지만.

어쨌든 저는 그 불가능한 이야기 대신, 허구를 통해서 그것이 가능했을 이야기를 만들어 내고자 해요. 그건 그저 덧없고 무의미한 시도에 불과할지도 모르지만, 그 덧없고 무의미한 시도를 계속 이어가다 보면 어느새 시간을 견뎌 내고 버티고 있는 우리 자신을 발견할 수 있을 거라고 믿으니까요.

Q: 이를테면 작가님이 잃어버린 소리에 대한 기억을 촘촘하게 묘사한 것처럼 말이죠?

A: 그렇게 봐 주셨다면 감사하고요.

Q: 그런데 속상할 때가 있지는 않나요? 그 잃어버린 것들에 대해 쓰다 보면 상실감이 더욱 짙어질 것 같은데요.

A: 얼마 전까지는 그랬어요. 다른 이들이 듣는 소리를 오로지 저만 듣지 못한다는 생각을 하다 보면 저절로 움츠러들고, 주위에 벽을 쌓게 되었죠. 그런데 지금은 생각이 조금 달라졌어요.

Q: 생각이 달라졌다니요?

A: 소리의 '양'이 중요한 건 아니라는 거예요. 사람들은 언제 어느 때

나 소리에 노출되어 있죠. 그렇지만 그 소리의 대부분은 그저 무의미하게 흘러 지나가요. 일분일초도 쉬지 않고 이어지는 소리를 모두 받아들인다는 것 자체가 어려운 일인지도 모르죠. 그랬다가는 머리에 과부하가 걸릴지도 모르고요.

그에 비하면 저는 기억 속의 소리를 다른 감각으로 치환하여 오랫동안 저장해 두는 법을 배웠어요. 냄새로, 혹은 눈앞에 펼쳐지는 풍경으로, 그렇게 소리를 담아 두는 거예요. 그래서 많은 사람이 놓치고 살아가는 사소한 일상 속의 작은 속삭임조차 제게는 향긋한 냄새로 기억될 수도 있고, 다정하고 유쾌한 어느 날의 풍경으로 저장될 수도 있어요.

그런 점에서 보면, 오히려 제가 장애를 갖고 있지 않은 이들보다 더 많은 소리를 기억하고 감각하고 있는 것인지도 몰라요. 그러니 상실감을 느낄 이유가 없는 거죠.

……나는 잡지에 수록되어 있는 동은의 인터뷰 기사를 읽다 말고 고개를 들었다. 곧 시작될 사인회에 앞서 출판사 사람들과 필담을 주고받는 그녀의 모습이 보였다. 그 모습을 물끄러미 쳐다보는데, 바로 옆에서 아저씨의 목소리가 들렸다.

"장가도 가기 전에 팔불출 소리부터 듣겠다."

"하하! 그런가요?"

동은의 아버지가 농담처럼 건넨 말에 나는 웃음을 터뜨리며 대꾸했다. 그러고는 아저씨가 밀고 온 휠체어 쪽으로 몸을 틀고는 꾸벅 고개를 숙여 인사했다.

"오셨어요, 어머니. 오늘따라 더 예쁘게 하고 오셨네요. 동은이 저쪽에 있는데 보이시죠? 저기, 저쪽에 엄청 예쁜 아가씨요."

나는 휠체어에 앉아 있는 동은의 어머니를 향해 말을 걸었다. 그녀의 어머니는 내 얘기에 그 어떤 반응도 보이지 않고 그저 무심히 허공을 응시했다.

어머니의 상태는 별반 달라지지 않았다. 아주 가끔 당신의 남편과 딸을 알아보는 듯 초점을 맞추기도 했지만, 그건 말 그대로 찰나에 불과했다. 그래도 그 찰나의 순간이 내가 사랑하는 여자와 그녀의 아버지에게는 커다란 희망이 될 수도 있기에, 나 역시 그 희망을 미리 부정하고 싶지는 않았다.

언젠가는 나아지지 않을까. 어머니의 외로운 싸움이 언젠가는 끝나지 않을까. 그러고 나면 당신의 소중한 가족에게로 돌아올 터. 부디 그 시간이 아주 오래 걸리지 않기를 바랄 뿐이다.

바로 그 순간, 출판사 사람들과 대화를 끝낸 것인지 동은이 우리 쪽으로 다가왔다. 그녀는 제 부모님에게 먼저 고개를 숙여 인사를 한 뒤, 내 쪽으로 돌아서더니 슬그머니 시선을 내렸다. 동은의 눈이 향한 곳은 내 손, 아니, 내 손안에 동글게 말려 있는 잡지였다.

[백 번도 더 봤겠어. 그만 좀 봐.]

[내가 내 마누라 인터뷰 기사 좀 보겠다는데 누가 뭐래?]

[마누라는 무슨! 누가 보면 우리가 겨ㄹ훈, 결혼한 줄 알겠어!]

동은이 얼마나 놀랐는지 오타를 냈다. 나는 장난스럽게 키득거리다가 어깨를 으쓱였다. 그러자 그녀가 아프지 않게 살짝 주먹을 쥐고 내 가슴팍을 때리는 시늉을 하더니 이내 다시 제 어머니 쪽으로 몸을 돌렸다.

그 시선이 애달팠다. 하지만 그녀는 곧 눈을 휘며 웃은 뒤, 무릎을 구부려 손을 붙잡았다. 어머니가 허공을 향해 있던 시선을 내려 그녀와 눈을 맞췄다.

"어으아."

동은의 목소리가 작지만, 당당했다. 언어 치료를 받기 시작했다고 해서 곧바로 상태가 좋아진 건 아니었다. 하지만 그녀는 내 앞에서, 그리고 부모님의 앞에서 용기를 내어 종종 입을 열었다.

'엄마'라고 불렀을 그녀의 발음이 아무리 어눌하다 해도 그것을 알아듣지 못할 어머니는 없을 터였다. 그래서일까. 그녀가 잡고 있던 어머니의 손에 힘이 들어갔다. 그러더니 어머니가 조금 전보다 또렷해진 시선으로 동은을 쳐다보았다.

그걸 알아차린 동은의 얼굴이 순간적으로 놀라서 굳었다. 그리고 그건 나와 아저씨 역시 마찬가지였다.

"여, 여보, 도…… 동은이 엄마."

"도, 동으니."

아저씨가 떨리는 목소리로 불렀지만, 동은의 어머니는 당신의 남편을 돌아보는 대신 딸을 똑바로 응시했다. 아슬아슬하게 매달려 있던 눈물방울이 동은의 뺨 아래로 떨어지지 못하고 그대로 쏙 들어가 버렸다. 동은은 눈조차 깜빡이지 못하고 자신의 어머니를 쳐다보았다.

"내 딸. 우리 동은이."

굳게 다물려 있던 입술 사이로 나온 발음은 처음에는 어눌했다. 그러나 재차 동은의 이름을 부른 어머니의 목소리에 힘이 들어가면서 발음 역시 또렷해졌다. 듣지 못하는 그녀마저도 그걸 알아차린 듯 눈을 크게 떴다.

"……네, 잘못, 아니야."

어머니는 마른 입술을 축이고는 어렵게 띄엄띄엄 말했다. 어머니의 입술만 집중해서 쳐다보던 동은의 눈이 흔들렸다.

"네 잘못 아니야."

그녀의 어머니는 꼭 그 말을 하고 싶었다는 듯 몇 번이고 반복해서 중얼거렸다. 당신의 딸이 그 말을 온전히 이해하고 받아들일 때까지 계속해서 말할 것만 같았다.

"어, 어으엄…… 어엄마."

그 순간, 동은의 눈에 가득 고였던 눈물이 한꺼번에 쏟아졌다. 그녀는 어머니를 와락 끌어안은 뒤, 울었다. 갑작스러운 상황에 무슨 일인가 하고 사람들의 호기심 어린 시선이 집중되었다. 하지만 누구도 그들 모녀에게 일어난, 이 기적 같은 일을 상상할 수 없을 터였다. 그렇게 시간이 잠시 흐른 뒤, 동은이 어머니를 안고 있던 팔을 풀더니 환하게 웃었다.

그 미소를 보고, 깨달았다. 조금 전 그녀의 어머니가 한 말이 동은을 짓누르던 지난 10년의 죄책감을 풀어 주었다는 것을.

동은은 제 어머니를 향해 한 번 더 웃은 뒤, 나와 아저씨에게도 미소를 짓고는 출판사 사람들이 있는 곳으로 돌아갔다.

그 모습을 지켜보던 아저씨가 먹먹한 목소리로 입을 열었다.

"이제, 다 좋아지겠지?"

나는 아저씨를 쳐다보았다. 당신의 딸을 바라보는 얼굴에 걱정이 가득했다.

"그럼요. 동은이가 한다면 하는 애잖아요."

동은의 아버지는 내 말에 고개를 끄덕이며 휠체어를 잡고 있던 손에 힘을 주었다. 그러고는 어머니의 어깨를 감싸며 뭔가를 속삭였다. 고맙다고, 잘했다고, 그런 말들이 언뜻 들린 것도 같았다.

나는 다시 동은을 쳐다보았다. 그녀가 조금 전보다 더 환한 표정을 짓고 있었다. 우는 바람에 화장한 게 조금 망가지기는 했지만 개의치 않는 모습이었다. 그 어느 때보다도 당당한 모습이었다.

오늘, 사인회에서 그녀는 직접 독자와 소통하겠다고 했다. 지난번에 썼던 가면도 이번에는 쓰지 않고 맨얼굴로 독자 한 사람, 한 사람과 시선을 맞추겠다고 했다.

그리고, 제 목소리로 간단한 인사를 건네고 싶다고도 했다.

장 차장이 다른 이들과 대화를 나누다 가까이 다가왔다. 긴장감을 지우지 못한 그를 보며 나는 고개를 숙여 인사한 뒤 입을 열었다.

"많이 긴장하셨나 봐요, 차장님."

"하하! 솔직히 긴장이 되지 않을 수가 없네요. 아무래도 저번 사인회 때 일도 기억에 남아 있고……. 게다가 이번에는 작가님이 독자들 앞에서 직접 얼굴을 드러내고 말도 건네겠다고 하셨으니까요."

"그렇죠."

나는 장 차장의 마음을 이해하며 고개를 주억거렸다. 혹시 동은이 또다시 상처 받는 일이 생기지는 않을까 싶어서, 그녀를 아끼고 사랑하는 이들이 걱정하고 긴장하는 건 어쩔 수 없는 일인지도 모른다. 장 차장이 갑자기 생각났다는 듯 입을 열었다.

"참! '토봉이' 매뉴얼 북은 검토해 보셨나요? 어떠세요?"

"당연히 최고죠. 그러지 않아도 다음 주 초에 연락드리려던 참인데. 삽화가님께서 직접 만든 매뉴얼 북이니 캐릭터 변형도 크게 없었고, 저희 쪽에서 굿즈 제작하기에도 좋고요. 다만, 저희가 크로코에 이어서 토봉이까지 맡아도 되는 건가 싶어서……."

나는 대답하다 말고 말끝을 흐렸다. 반년 전 '크로코' 캐릭터 라이센스 계약을 체결한 뒤에 지금껏 내 속을 불편하게 만든 문제가 바로 그것이었다. 우리 회사에서 크로코 시리즈를 계약하게 된 게 아무래도 동은과 내가 연인이기 때문이라는 생각을 떨쳐 낼 수 없었다. 아니, 그게 분명했다. 물론 동은은 내가 이런 얘기를 꺼냈을 때 눈을 동그랗게 뜨고 자신은 전혀 관여하지 않았다며 부정했다.

"뭘 염려하시는지 대충 짐작은 가는데, 그건 염려 마십시오. 서봄 작가님을 개인적으로 많이 아끼고 좋아하기는 하지만, 그렇다고 해서 업무를 그런 식으로 처리하지는 않으니까요. 솔직히 당시에 류동화 씨 회사 외에도 대여섯 군데에서 라이센스 계약을 체결하자는 제안을 받았었어요. 그중에는 대기업도 있었고, 외국 유명 에이전시도 있었죠."

"……."

"하지만 서봄 작가님의 작품을 애정을 가지고 캐릭터 상품으로 만들어 줄 수 있는 곳은 류동화 씨 회사뿐이었으니까요. 저희가 중점적으로 본 건 바로 그 점이었습니다. 회사 규모 같은 건 부차적인 문제였죠. 그래서 이번에도 '토봉이' 역시 류동화 씨에게 맡기고 싶은 겁니다. 그저께 샘플 몇 가지 보내 주신 것 때문에 출판사 직원들이 서로 갖겠다고 난리를 쳤던 거 아세요? 그날 거의 업무 마비 상태였다고요."

장 차장은 농담을 덧붙인 뒤, 다음 주에 정식으로 얘기하자며 돌아섰다. 그가 출판사 사람들이 모여 있는 곳으로 향하는 걸 보고 있는데, 동은이 내 옆으로 가까이 다가와 옷소매를 잡아당겼다.

[차장님이랑 무슨 얘기 했어?]

[토봉이 매뉴얼 북 어땠냐고. 그나저나 너는 괜찮아?]

나는 그녀를 보자마자 다시금 긴장이 되어 물었다. 그러자 동은이 말갛게 웃더니 말했다.

[걱정 마.]

다부진 표정을 지어 보인 동은을 보고 나도 모르게 웃음을 터뜨렸다. 그래. 걱정 안 할게. 본인이 이렇게 씩씩한데, 주변에서 걱정하는 것도 우스울 듯싶으니. 나는 동은을 품으로 당겨 안았다가 다시 놓아준 뒤, 주먹을 꽉 쥐고 "화이팅!"이라 외쳤다. 동은 역시 나와 비슷한 모습으로 작은 주먹을 쥐어 보이고는 고개를 끄덕였다.

"고아어요."

그녀가 어린 독자에게 사인을 해 주며 고맙단 인사를 건넸다. 사인을 받은 여자아이가 고개를 갸웃거리더니 같이 서 있던 여자를 향해 입을 열었다.

"엄마. 토봉이 언니도 토봉이처럼 말 배우는 중이야?"

"응? 아아…… 응."

여자는 딸아이의 갑작스러운 질문에 당황해하다가 이내 고개를 끄덕였다. 그와 동시에 동은의 주위에 있던 출판사 사람들이 난처한 표정을 지었다. 하지만 정작 그녀는 아무렇지 않은 얼굴로 웃기만 했다. 대화를 듣지 못해서 눈치 없이 웃는 게 아니었다. 모녀 사이에 어떤 대화가 오간 것인지 대충 짐작한 얼굴이었다. 그러나 그녀는 덤덤하게 웃었다.

"……여보, 동은이 엄마. 우리 동은이 좀 봐. 언제 저렇게 훌쩍 커 버렸을까."

동은의 아버지가 떨리는 목소리로 입을 열었다. 그녀의 어머니가 남편의 목소리에 반응하듯 고개를 움직였다.

"어때? 기특하지? 우리 딸, 참 대견하고 예쁘지? 당신한테 보여 주고 싶었어. 앞으로도 저런 모습 보려면 당신이 얼른 정신 차려야 돼. 이것 봐. 병원에서 나오니까 얼마나 좋아. 응?

잠깐 외출하는 게 아니라 퇴원하는 거면 또 얼마나 좋겠냐고. 안 그래?"

세상을 향해 한 걸음 더 내딛고자 하는 그녀의 모습이 너무나 예쁘고 사랑스럽다. 그런 내 시선을 느낀 것인지, 그녀가 사인을 하다 말고 고개를 움직여 나를 보았다. 나는 씩 웃으며 동은을 향해 엄지를 세워 보였다. 그녀의 뺨이 금세 붉어졌다. 덩달아 나도 민망한 마음이 들어 괜한 헛기침을 하고는 무심코 고개를 돌렸다.

"……어, 어머니?"

바로 그 순간, 눈을 부릅뜨고 말았다. 지금 이곳에서 보게 되리라고 상상조차 한 적 없던 어머니의 모습을 맞닥뜨린 까닭이었다. 그녀 역시 어머니를 본 것인지 자리에서 벌떡 일어났다.

어머니는 우리의 놀란 시선을 받고도 덤덤한 얼굴로 동은을 향해 걸음을 옮겼다. 어린아이들이 엄마나 아빠와 함께 줄을 서 있었는데, 그 중간에 홀로 서 있는 중년 여인의 모습은 사람들의 시선을 잠시 붙들어 놓았다. 그러나 손자나 손녀에게 사인을 가져다주려는 건가 보다 하며 사람들은 곧바로 관심을 끊고 시선을 돌렸다.

동은이 새하얗게 질린 얼굴로 어머니를 바라보았다. 나는 뒤늦게 정신을 차린 뒤, 황급히 어머니에게 다가갔다.

"어머니, 여기는 어떻게……."

"사인회에 사인 받으러 왔지. 무슨 다른 용건이 있겠니?"

어머니는 나를 보고 아무렇지 않게 대답했다. 그러다가 문득 내 뒤쪽으로 시선을 던지더니 반가운 표정으로 눈을 크게 떴다.

"어머, 동은이 엄마도 왔네?"

"잠깐 외출 나오신 거예요. 그나저나 어머니……."

나는 어머니의 말에 대꾸하고는 급한 마음에 다시 입을 열려 했다. 입안이 바짝 마르고 신경이 곤두섰다. 어머니가 단순히 동은의 사인을 받으러 왔다고는 믿을 수 없었다. 혹여 또다시 그녀에게 상처라도 줄까 싶어 이를 악무는데, 어머니가 그런 나를 노려보는 시늉을 하더니 미간을 찡그렸다.

"됐다. 동은이 잡아먹으려고 온 거 아니니까 그만 좀 떨어. 사내 녀석이 금방이라도 울 것처럼……. 참 잘하는 짓이다. 아주 보기 좋아."

빈정대던 어머니가 다시 고개를 돌리고는 동은의 앞에 섰다. 그렇게 잠시 시간이 흐른 뒤, 어머니가 뒤쪽을 돌아보고는 시간을 끌어 미안하다며 줄을 서 있던 이들에게 사과했다. 그리고 들고 있던 책을 탁자 위에 내려놓았다.

정말 사인을 받으러 오셨단 거야?

당황한 얼굴로 어머니를 쳐다봤다가 뒤이어 동은을 돌아보았다. 그녀 역시 당혹스러운 표정을 짓다가 이내 정신을 차리고는 그대로 선 채 펜을 쥐었다. 바들바들 떨리는 손이 애처롭기까지 했다. 그녀는 간신히 떨리는 손을 진정시킨 뒤, 사인을 하기 위해 책 안쪽 페이지를 펼쳤다.

투둑, 투둑.

그러나 동은은 사인을 하지 못하고 그저 하염없이 눈물만

떨어뜨렸다. 책 위로 방울방울 떨어지는 눈물에 당황한 나머지, 나는 그녀의 옆으로 다가갔다.

[어디, 잘 살아 봐. 이왕이면 나 보란 듯이 잘 살아 봐. 내가 했던 걱정들이 죄다 쓸데없는 걱정이었다고, 그렇게 증명해 봐. 그러면 나도 너를 내 며느리로 받아들일 테니.]

책 안쪽 페이지에 적혀 있는 건, 어머니의 필체로 쓰여 있는 게 분명했다. 나는 숨도 쉬지 못하고 있다가 힘겹게 고개를 들었다. 어머니가 조금은 속상한 얼굴로, 한편으로는 후련한 얼굴로 나와 동은을 쳐다보고 있었다.

"어머니……."

"뭘 그렇게 감격스럽다는 얼굴로 쳐다보니? 이미 잡지에 보란 듯이 기사까지 내놓았으면서."

"예?"

"너 말이야. 남자 친구랍시고 그 잡지 마지막 부분에 들어가 있기까지 했잖아."

"아, 아니요. 그 기사에 제 이름이나 얼굴이 나간 건 아니었는데……."

그제야 내 손에 돌돌 말아 쥐고 있던 잡지를 탁자 위에 내려놓았다. 이미 수십 번은 봤던 터라 기사 내용은 눈앞에 선명히 떠올릴 수도 있을 정도였다. 나는 붉어진 얼굴을 감추며 헛기침을 했다. 그리고 뒤이어, 동은의 목소리가 들렸다.

"강사, 감사해요, 어, 어어머, 니."

동은이 다시 고개를 들고 어머니를 똑바로 마주 바라보며 입을 열었다. 그녀는 언제 울었던가 싶게 환하게 웃었다.

Q: (인터뷰를 마무리 하던 중) 저쪽에서 내내 기다린 분은 누구예요? 남자 친구?

A: 달이 40억 년 전의 시간을 품고 있다는 걸 알려 준 남자예요. 본인 방에 고무나무 화분을 몰래 가져다놓고도 시치미를 뚝 떼고 있었던 남자이기도 하고……. 무엇보다, 평생 남은 삶을 함께하고 싶은 남자예요. 그 모든 시간을 함께 견디고 버텨 내고 싶은, 그런 남자요.

그녀가 나를 쳐다보았다. 나는 손을 내밀었다. 맞잡은 손에서 전해진 온기가 내 전부라 해도 좋을 듯싶었다.

그 순간, 동은이 입술을 꾹 깨물었다가 놓더니 숨을 크게 들이쉬었다. 뭔가 단단히 각오한 듯한 모습에 순간적으로 의아해졌다.

갑자기 왜…….

바로 그때, 그녀의 입이 열렸다. 작은 새가 퍼덕거리며 첫 날갯짓을 하다가 이내 힘차게 날아오르듯 동은이 더듬더듬 말을 잇다가 주변 사람들마저 깜짝 놀라 돌아볼 정도로 크게 외쳤다.

"하, 샤, 사, 사라해. 사랑, 사랑해! 사라, 사랑해!"

사인회장의 모든 소리가 사라졌다. 그 누구도 함부로 입을 열지 못했다. 그건 나 또한 마찬가지였다.

언어 치료를 하면서 그녀가 직접 소리를 낸 건 여러 번 있었던 일이지만, 지금처럼 이렇게 큰 소리로 당당히 외친 건 처음이었다. 더구나 사랑한다고, 나를 향해 크게 외치리라고는 상상도 하지 못했다.

"……나도."

맞잡고 있던 손에 더욱 힘을 주었다. 목이 멘 탓에 목소리가 쉽게 나오지 않았다. 나는 한 번 더 그녀의 손을 꽉 움켜쥐고는 방금 전에 동은이 했던 것처럼 숨을 크게 들이쉬고 입을 열었다.

"나도 사랑한다, 동은아! 사랑해, 서동은!"

울음처럼, 그리고 웃음처럼 터져 나온 고백을 마치 알아들은 듯 동은이 환하게 웃었다. 그리고 뒤늦게 여기저기서 사람들의 환호와 박수 소리가 이어졌다. 나는 그대로 그녀를 품에 당겨 그 가냘프고 작은 몸을 두 팔로 와락 끌어안았다.

이 여자가 내게는 전부일 터였다.

지금도, 그리고 앞으로도.

《고요한, 소란한 고백》 끝

작가 후기

누구나 살아가면서 뭔가를 잃어버리기 마련입니다. 하찮은 것이든, 소중한 것이든. 뭔가를 잃어버리고 나면 상실감이 뒤따라오는 건 다르지 않겠지요.

다만, 그 상실감의 무게가 저마다 다를 뿐.

소중한 이를 잃고, 청력을 잃고, 말을 잃어야 했던 동은의 이야기를 쓰고 싶었습니다. 그 마음 하나로 조금씩 쓰다 보니 어느새 글을 마무리 지을 수 있었고, 파란미디어 분들의 조언을 받으며 몇 번의 수정을 거치다 보니 이렇게 책으로 인사드릴 수 있게 되었네요.

늘 그렇지만, 책을 통하여 뵙게 될 분들을 상상하면 가슴이 술렁거립니다. 특히 이번 글은 더욱 그러네요. 초고를 완성한 게 재작년이었는데, 이제야 세상으로 나갈 준비를 해서 그런 걸까요.

어쩌면 동은도 이렇듯 술렁대는 가슴으로 동화를 향해, 그리고 세상을 향해 외치지 않았을까 하는 생각이 들어요.

그녀의 외침에 귀를 기울여 준 독자님들께 진심으로 감사하단 말씀 드립니다.

원고를 수정하는 내내 도움 주신 파란미디어 분들, 감사합니다. 소리가 존재하지 않는 세상만을 그리려던 제게 그 세상 밖, 소란스러운 세상을 일깨워 주셔서 정말 감사해요. 박대일 대표님, 이문영 주간님, 임유리 팀장님, 전보라 편집자님, 그리고 그 외에 다른 파란미디어 가족 분들 덕분에 많이 배웠습니다.

그리고 항상 응원해 주는 부모님과 동생에게도 고맙단 말 전합니다.

초고를 완성했던 게 재작년 가을 무렵이었는데, 어느새 계절이 여러 번 바뀌어 새로운 봄이 되었네요. 이 글이 따뜻한 봄과 함께할 수 있어서 기뻐요.

모두에게 행복하고 따스한 봄이 되시기를.

2018년 봄날,

김영희 드림.